Emily Gunnis

La chica de la carta

Traducción de
Ignacio Alonso Blanco

LIBROS
EN EL
BOLSILLO

© 2018 Emily Gunnis
First published in Great Britain in 2018
by Headline Review
An imprint of Headline Publishing Group
© de la primera edición en Editorial Almuzara, S.L.: octubre de 2020
© de la traducción: Ignacio Alonso, 2020
© de esta edición en Libros en el bolsillo, junio de 2022
www.editorialberenice.com
info@almuzaralibros.com
Síguenos en @AlmuzaraLibros

Impreso por BLACK PRINT
Libros en el bolsillo: ÓSCAR CÓRDOBA

I.S.B.N: 978-84-11311-31-1
Depósito Legal: CO-901-2022

Código BIC: FHP
Código THEMA: FBA
Código BISAC: FIC000000

Impreso en España - *Printed in Spain*

Para mamá.

Echo de menos nuestros paseos y tu amor a la vida.
Pero como siempre
me decías: No llores, toma nota.
Así que te prometo intentarlo…

Mi vela arde por ambos lados;
No durará toda la noche;
Ay, enemigos míos; oh, amigos míos…
¡Da una luz hermosa!

Edna St. Vincent Millay, «Primer higo»

PRÓLOGO

VIERNES, 13 DE FEBRERO DE 1959

Mi querida Elvira:

No sé por dónde empezar.

Solo eres una niña pequeña y me resulta muy difícil explicar con palabras que entiendas por qué he decidido abandonarte a ti y a este mundo. Eres mi hija, si no natural sí sentimental, y me destroza saber que esto que estoy a punto de hacer se añadirá al peso de la montaña de pena y dolor que has tenido que soportar durante los ocho años de tu corta existencia.

Ivy hizo una pausa e intentó calmarse y lograr que el bolígrafo que sujetaba en la mano dejase de temblar lo suficiente para poder escribir. Echó un vistazo alrededor, por la enorme sala de secado donde se había escondido. Desde el techo colgaban grandes tendederos atestados de sábanas y toallas cuidadosamente lavadas por las ajadas e hinchadas manos de las muchachas embarazadas de la lavandería de St. Margaret, ya listas para pasar por la sala de plancha antes de salir a un mundo que esperaba las prendas y olvidaba a las lavanderas.

De no haber sido por ti, Elvira, habría abandonado la lucha por permanecer en este mundo mucho antes. Desde que me quitaron a Rose no tengo ganas de vivir. Una madre no puede olvidar a su bebé, del mismo modo que el bebé no puede olvidar a su madre. Y te aseguro que si tu madre estuviese viva, estaría pensando en ti cada minuto del día.

Cuando escapes de este lugar, y lo harás, mi amor, debes buscarla. En los atardeceres, en las flores y en cualquier cosa que pinte en tu rostro esa hermosa sonrisa. Pues ella está en el aire que respiras, que llena tus pulmones y proporciona a tu cuerpo lo necesario para sobrevivir, crecer fuerte y tener una vida de plenitud. Fuiste amada, Elvirita, cada instante que estuviste en el vientre de tu madre. Tienes que creerlo y tenerlo siempre presente.

Se tensó y se detuvo un momento cuando el sonido de pasos resonó en el piso de arriba, por encima de ella. Era consciente de que su respiración se había acelerado al compás de su ritmo cardiaco y bajo el mono marrón podía sentir una película de sudor formándose sobre su cuerpo. Sabía que no faltaba mucho para que regresase la hermana Angélica, cerrando de golpe su única ventana abierta al mundo, de la que disfrutaba cuando no era vigilada. Bajó la vista llevándola a esa carta escrita de cualquier manera, con el rostro de Elvira destellando en su mente, y tuvo que reprimir las lágrimas al imaginarla leyéndola con sus oscuros ojos castaños abiertos de par en par y sus pálidos dedos temblando mientras se esforzaba por asimilar las palabras.

Ahora ya tienes en tus manos la llave que he guardado en esta carta. Es la que abre los túneles y lleva a tu libertad. Haré lo que pueda por distraer a la hermana Faith, pero no tendrás mucho tiempo. En cuanto salte la alarma de la casa, la hermana saldrá de la sala de plancha y tú tendrás que irte. De inmediato. Abre la puerta del túnel situado al final de la sala, baja las escaleras, gira a la derecha y atraviesa el cementerio. Corre al edificio anexo y no mires atrás.

Subrayó las palabras con tanta fuerza que el bolígrafo hizo un agujero en el papel.

Siento no poder decirte todo esto en persona, pues temo que te enfades y nos traiciones. Anoche, cuando me acerqué a ti, pensaba que iban a dejarme ir a casa, pero no; ellas tienen otros planes para mí, así que voy a emplear mis alas para abandonar St. Margaret de otra manera, y esa será tu oportunidad para escapar. Debes permanecer escondida hasta el domingo por la mañana, hasta pasado mañana; así que procura llevarte una manta, si puedes. Mantente oculta.

Ivy se mordió un labio con fuerza, hasta que el metálico sabor de la sangre llenó su boca. El recuerdo de entrar a hurtadillas en la oficina de la madre Carlin al clarear el día, aún estaba fresco, y también el de la expectativa de encontrar el archivo de su bebé... convertida en conmoción al descubrir que no había ni rastro del paradero de Rose. En vez de esa información, el archivo contenía seis cartas. Una de ellas

estaba dirigida a la unidad siquiátrica local, con la palabra
«copia» estampada en una esquina, recomendando que fuese
admitida de inmediato; las otras cinco habían sido escritas
por la propia Ivy, rogando a Alistair que fuese a St. Margaret
y los recogiese a ella y a su bebé. Una banda elástica las ceñía
con firmeza, y en cada una de ellas estaba garabateada una
frase con la letra de Alistair: *Devuélvase al remitente*.

Se acercó a la pequeña ventana de la oscura e infernal
habitación donde había sufrido tanto dolor y observó el
amanecer, sabiendo que para ella sería el último. A continuación introdujo las cartas para Alistair en un sobre que cogió
del escritorio de la madre Carlin, escribió aprisa la dirección
de su madre y lo escondió en la bandeja de correo, antes de
subir sigilosa las escaleras y regresar a su cama.

Ahora, sin esperanza de lograr la libertad o de
encontrar a Rose, ya no tengo fuerzas para continuar.
Pero tú sí puedes, Elvira. Tu archivo me ha revelado
que tienes una hermana gemela llamada Kitty, que
probablemente no tenga idea de tu existencia, y que el
apellido de tu familia es Cannon. Viven en Preston, así
que vendrán a misa todos los domingos. Espera en el
edificio anexo hasta que oigas las campanas y la gente
comience a acudir a la iglesia, después escóndete en
el cementerio hasta ver a tu hermana gemela. No me
cabe duda de que la reconocerás, aunque irá vestida
con un estilo un poco diferente al tuyo. Intenta llamar
su atención sin que nadie te vea. Ella te ayudará.

No temas escapar y vivir una vida llena de
esperanza. Busca el bien en todo el mundo, Elvira,
y sé amable.

Te quiero, estaré observándote y te llevaré de la mano en todo momento. Y ahora, cariño mío, corre. CORRE.

Besos.

Ivy

Ivy se sobresaltó cuando el pestillo de la sala de secado donde ella y Elvira habían pasado tantas horas juntas emitió un repentino chasquido y la hermana Angélica entró precipitadamente. Fulminó a Ivy con una mirada de sus ojos grises, entornados, ocultos tras las gafas de montura metálica colocadas sobre su nariz bulbosa. Ivy se apresuró a ponerse en pie e introdujo la nota en el bolsillo de su mono. Bajó la mirada para no establecer contacto visual con la monja.

—¿Todavía no has acabado? —ladró la hermana Angélica.

—Sí, hermana —dijo Ivy—. La hermana Faith dijo que podría conseguir un poco de TCP; ya sabe, el antiséptico. —Ocultó sus temblorosas manos en los bolsillos.

—¿Para qué?

Podía sentir los ojos de la hermana Angélica atravesándola.

—Algunos pequeños sufren unas horrorosas úlceras bucales y tienen dificultad para comer.

—Esos pequeños no son de tu incumbencia —replicó la hermana Angélica, airada—. Bastante afortunados son por tener un techo sobre sus cabezas.

Ivy imaginó las filas de bebés tumbados en sus cunas con la mirada perdida; ya hacía tiempo que habían dejado de llorar.

—Traer TCP implica que tendré que ir hasta el almacén,

y ya es hora de recoger la bandeja de la cena de la madre Carlin —continuó la hermana Angélica—. ¿No te parece que ya tengo bastante que hacer?

Ivy reflexionó un instante.

—Solo pretendía ayudarlos un poco, hermana. ¿No es lo mejor para todos?

La hermana Angélica la atravesó con la mirada, los pelos que sobresalían de la verruga que tenía en la barbilla se erizaron un poco.

—Va a resultarte difícil allí donde vas.

Ivy sintió la adrenalina corriendo por su cuerpo cuando la hermana Angélica dio media vuelta dispuesta a salir de la sala mientras buscaba las llaves para cerrar la puerta tras ella. Levantó sus manos temblorosas, tomó una profunda respiración, se lanzó hacia delante, agarró la túnica de la monja y tiró de ella tan fuerte como pudo. La hermana Angélica emitió un jadeo, perdió el equilibrio y cayó al suelo con un golpe sordo. Ivy se sentó a horcajadas sobre ella, le tapó la boca con la mano y se afanó en buscar las llaves sujetas al cinturón, hasta que, por fin, pudo soltarlas. Después, cuando la hermana Angélica abrió la boca para chillar, le cruzó la cara dándole un bofetón que la dejó sumida en un atónito silencio.

Jadeando con fuerza, y con el miedo y la adrenalina haciendo que los latidos de su corazón le doliesen, Ivy se obligó a levantarse, salió corriendo de la sala y la cerró dando un portazo. Sus manos temblaban con tanta violencia que le costó encontrar la llave adecuada, pero al final se las arregló para colocarla en la cerradura y hacerla girar justo cuando la hermana Angélica sacudía el picaporte intentando abrir la puerta por la fuerza.

Se quedó allí un instante tomando profundas bocanadas de aire. Después desenganchó la enorme llave de latón que Elvira iba a necesitar para meterse en los túneles y la envolvió con la nota. Dio un tirón para abrir la puerta de hierro que daba a la rampa de la lavandería y besó la carta antes de arrojarla al lugar donde se encontraba Elvira, tocando el timbre para que supiese que estaba allí. Se imaginó a la niñita esperando paciente la colada seca, como hacía al final de cada jornada. La inundó una oleada de emoción y sintió que le fallaban las piernas. Se inclinó hacia delante y lanzó un grito.

La hermana Angélica comenzaba a chillar y a golpear la puerta, y tras lanzar un último vistazo al corredor que llevaba a la sala de planchado y a Elvira, Ivy se volvió y echó a correr. Rebasó la pesada puerta de roble de la entrada. Tenía las llaves para abrirla, sí, pero ese camino solo la llevaría a un alto muro de ladrillo, coronado con alambre de espino, que no tenía ni fuerza ni ánimo para saltar.

Los recuerdos de su llegada, hacía ya unos cuantos meses, volvieron a ella como una riada. Se vio tocando la pesada campana del portón, con su enorme vientre dificultándole cargar con la maleta a lo largo del camino de entrada mientras seguía a la hermana Mary Francis, y sintió sus dudas asaltándola antes de cruzar el umbral de St. Margaret por primera vez. Se apresuró a subir las escaleras salvando los escalones de dos en dos, haciéndolos crujir, llegó arriba y se dio media vuelta, imaginándose a sí misma gritando a la niña que fue, diciéndole que huyese corriendo y jamás volviese la vista atrás.

Cruzó el rellano con sigilo, ya oía el murmullo de voces acercándose a ella, y se lanzó a la carrera dirigiéndose a la puerta situada a los pies del vuelo de escalones que llevaba al dormitorio. En la casa había un silencio sepulcral; las muchachas cenaban en silencio, pues tenían prohibido conversar. Solo el llanto de los bebés en la guardería resonaba en la residencia. Pensó que la madre Carlin no tardaría en saber que se había ido y todo el edificio se pondría en estado de alerta.

Llegó a la puerta del dormitorio y echó a correr entre las filas de camas justo cuando la estridente señal de alarma comenzó a sonar. Al llegar a la ventana, la hermana Faith apareció al fondo de la sala. A pesar de su temor, Ivy sonrió para sí. Que la monja estuviese con ella implicaba que no estaba con Elvira. Pudo oír a la madre Carlin gritando desde la escalera.

—¡Deténgala, hermana, rápido!

Ivy se encaramó a la repisa y abrió la ventana usando las llaves de la hermana Angélica. Imaginó a Elvira corriendo a través de los túneles hasta salir a la libertad de la noche. Entonces, justo cuando la hermana Faith llegó hasta ella y la sujetó por el mono, extendió los brazos y saltó.

CAPÍTULO UNO

—¿Ya lo has arreglado?

Sam tiró del freno de mano de su maltratado Vauxhall Nova, deseando que fuese un nudo corredizo alrededor del cuello de su editor de noticias.

—No, todavía no. Acabo de llegar. He tenido que venir en coche desde Kent, ¿recuerdas?

—¿Quién más está por ahí? —ladró Murray por teléfono.

Sam estiró el cuello y vio a los sospechosos habituales bajo la llovizna, frente a la hilera de bonitas casas de campo alineadas en el camino, con sus jardines perfectamente cuidados.

—Pues Jonesey, King... y Jim está a la puerta ahora mismo. ¿Por qué he venido hasta aquí si Jim ya se ha hecho cargo de la historia? —Observó a uno de los gacetilleros más experimentados de la *Southern News Agency* intentando colarse por la puerta—. ¿No creerá que le estoy pisando la noticia?

—Me ha parecido que esta podría necesitar un toque femenino —dijo Murray.

Sam echó un vistazo a su reloj. Eran las cuatro de la tarde (faltaba poco para que las noticias de la sección nacional fuesen a las rotativas) y podía imaginar la escena desarrollada en la oficina. Murray hablando por el móvil, chillando órdenes a todo el mundo mientras admiraba su propio reflejo en el cristal de las portadas enmarcadas de la *Southern News*. Koop estaría escribiendo a máquina, tirándose ansioso de su cabello despeinado, rodeado de tazas de café frío y bocadillos mustios, mientras Jen mascaba su chicle Nicorette y llamaba frenética a sus contactos intentando rellenar los huecos de su artículo. Después de colgarle el teléfono, Murray llamaría directamente al *Mirror* o al *Sun*, mintiéndoles, diciendo que Sam ya se estaba ocupando de la historia y que esperasen por ella para poner en marcha las rotativas.

—La verdad es que no estoy segura de ser la persona adecuada para esto —dijo ella, observando su reflejo en el espejo retrovisor, viendo las flores para el cumpleaños de su abuela marchitándose en el asiento trasero. Se suponía que debería estar en el piso de Nana hace una hora, haciéndose cargo de Emma y preparando la cena de cumpleaños.

—Bueno, la flor y nata de la cuadrilla ya se ha ido a los Premios de Prensa de esta noche. Tendrás que hacerlo tú.

—Genial. Es bueno saber que se me considera el sobrante de la agencia —masculló Sam.

—Llámame cuando tengas algo —dijo Murray, y colgó.

—Gilipollas.

Sam tiró el teléfono sobre el asiento del copiloto. Le parecía que las horas trabajadas aquella jornada a cambio de su magro salario ya implicaban un régimen de esclavitud, y encima esperaban de ella que entrevistase a los parientes del recién fallecido.

Presionó los ojos con las yemas de los dedos masajeándose las cuencas. Había creído saber qué era el cansancio antes de ser madre. La gente mentía a los padres primerizos diciéndoles que resistiesen, que a la sexta semana el bebé dormiría bien; lo cual era una mentira descarada. Después llegarían a acostumbrarse, pasado un año. Emma tenía cuatro y todavía era un milagro que durmiese toda la noche de un tirón. Antes, Sam se quejaba del cansancio por haber dormido solo seis horas en vez de ocho, arrastrándose al trabajo abotargada por la resaca de una noche tomando copas. Ahora, a la avanzada edad de veinticinco años, se sentía como una anciana; la acumulación de cuatro años de privación de sueño había afectado a todos los músculos de su cuerpo y alterado su cerebro de tal modo que algunos días apenas sí podía construir una oración. Los días que Ben se quedaba con Emma, podía dormir al menos hasta las siete. Pero él los había reducido a dos jornadas semanales con la excusa de necesitar más tiempo para buscar trabajo, así que la mayoría de las veces tenía que levantarse con su hija a las seis y salir aprisa para llegar a tiempo a la guardería.

Suspiró y observó cómo Jim, rechazado, descendía por el irregular camino adoquinado para reunirse con los demás reporteros bajo un paraguas de golf. Conocía el paño, sabía que el paso por la puerta era un mal necesario en su trabajo, y también que eso era lo peor de ser reportero. Aunque le gustaban todos los miembros de la triste caterva apostada al final del camino de entrada a la casa de aquella pobre mujer, siempre los veía como una bandada de buitres volando en círculo sobre la carroña.

Ajustó el espejo, sacó su bolso de maquillaje y arregló lo mejor que pudo las partes de su rostro aún recuperables. Necesitaría una palada de base de maquillaje para rellenar la mella que tenía en el entrecejo por fruncir tanto el ceño. Cerró los ojos, retocándose el maquillaje, y regresó el recuerdo de la pelea que tuvo con Ben la noche antes. Siempre había tensión cuando iba a su casa a recoger a

Emma, pues ambos intentaban no hablarse mal delante de su hija, pero anoche la cosa no salió bien. Fue una pelea encarnizada, eso lo tenía muy claro, pues el habitual intercambio de insultos pasó a ser un galimatías que terminó con ellos gritando tan fuerte que hicieron llorar a Emma. Sam se odiaba por involucrar a la pequeña en sus riñas y odiaba a Ben por no intentar poner más empeño en disimular su desdén hacia ella.

Retrocedió ante la visión de su encrespado cabello y sacó la plancha rizadora portátil. Entre vestir a Emma y preparar el desayuno de las dos le quedaba poco tiempo para arreglarse por la mañana. Solía llevar sus tirabuzones rojizos apartados del rostro, y los cinco minutos que había conseguido los empleó para darle un golpe de secador a su pesado flequillo. Los tacones eran parte de su uniforme, y en cuanto al presupuesto, eBay era su mejor amigo. Jamás iba bien la jornada sin unos Louboutin o Dior que la alzasen en un mundo de hombres, aunque a menudo la banda se riese de ella cuando tenía que atravesar campos embarrados o aparcamientos inundados subida a unos tacones de vértigo.

—¡Hola, Sam! —saludó Fred al volverse y verla. Se apartó de la cuadrilla, tropezando con uno de los adoquines al apresurarse por llegar hasta ella. Avergonzado, se rio, echó hacia atrás su flequillo lacio y puso la mirada de cordero degollado que le reservaba en exclusiva.

—Hola, tú. ¿Cuánto tiempo llevas aquí? —Sam tiró hacia delante el asiento del copiloto para coger su abrigo, el bolso y las flores de Nana del asiento trasero.

—No mucho. Es mi día libre y estaba practicando algo de escalada en roca ahí en Tunbridge Wells, así que acabo de llegar. —Sam, ciñendo su impermeable negro alrededor del cuerpo, pensó que la chaqueta encerada de Fred lo hacía parecer recién llegado de cazar faisanes.

—¿Por qué le ha dado a Murray por llamarte si era tu día libre? No es justo —dijo, revisando su teléfono mientras caminaba.

—Lo sé, me ha fastidiado un poco. La desavenencia me puso enfermo—dijo Fred, sonriendo.

—¿Estabas enfermo? Ay, Dios —Sam se apartó un poco de él.

—No, no me pasa nada; sería bueno estar enfermo —dijo Fred, avergonzado.

—Estar enfermo nunca es bueno cuando tienes una criatura de cuatro años. ¿Cuánto hace que llegaron los otros? —preguntó Sam mientras se acercaban a la cuadrilla, reunida formando grupo.

—Horas. Es una mujer dura; lo hemos intentado todos. Los del *Guardian* y el *Independent* también vinieron y se han ido. A esta no creo que puedas entrarle ni siquiera tú, Samantha —dijo Fred con la dicción de colegio privado que le había acarreado despiadadas chanzas por parte de la plantilla de la *Southern News*.

Sam le devolvió la sonrisa. Fred, con veintitrés años, solo era dos más joven que ella, pero al carecer de compromisos personales y ser un recién graduado lleno de heroicos ideales parecía pertenecer a otra generación. Para la mayoría de los empleados en la *Southern News* resultaba obvio que estaba perdidamente enamorado de Sam. A pesar del hecho de que fuese alto, guapo y en ocasiones divertido, con un interminable repertorio de zapatos de gamuza azul y gafas multicolores, a ella le costaba tomarlo en serio. Él estaba obsesionado con la escalada y, según se había podido enterar, pasaba los fines de semana trepando y después emborrachándose con sus amigos. No tenía idea de por qué le gustaba. Era una cascarrabias triste y agotada cuya mayor fantasía en el dormitorio consistía en lograr ocho horas de sueño ininterrumpido.

Llegaron cerca del grupo de prensa.

—Todavía no sé para qué te ha enviado Murray —dijo Jim por encima del hombro, dirigiéndose a ella. Sam sonrió al veterano empleado de la *Southern News* que tanto le costaba ocultar el hecho de que, según él, ella estaría mejor en la oficina preparando té.

—¡Tampoco yo, Jim! ¿Estoy aceptable? —dijo, volviéndose a Fred, que se sonrojó ligeramente.

—Sí, por supuesto. —Y ansioso por cambiar de tema se apresuró a añadir—: Cuídate de la vieja bruja que vive al lado. Parece capaz de atacarnos con su andador.

Todas las miradas se posaron en Sam al rebasar la cuadrilla y entrar en el camino sujetando el ramo de flores contra su pecho, como una novia asustada. Al acercarse a la puerta advirtió la presencia de una señora anciana asomada a la ventana de la casa contigua. Había apartado sus cortinas de ganchillo y miraba fijamente. Fred tenía razón, realmente parecía una bruja. Tenía los ojos desorbitados, el largo cabello gris suelto cayéndole sobre los hombros y sus huesudos dedos blancos por sujetar la cortina con mucha fuerza. Sam inspiró profundamente y llamó al timbre.

Pasaron unos buenos dos minutos antes de que Jane Connors abriese la puerta con el rostro ceniciento.

—Buenos días. Siento molestarla en un momento tan difícil —Sam miró directamente a los enrojecidos ojos de la mujer—. Me llamo Samantha y represento a la *Southern News*. Quisiéramos brindarle nuestras más sinceras condolencias…

—¿Es que no pueden dejarnos en paz? —replicó la mujer con tono cortante—. Como si no fuese lo bastante duro ya. ¿Por qué no cogen y se van?

—La acompaño en el sentimiento, señora Connors.

—¡No, no me acompaña! Si así fuese, no estaría aquí haciendo esto… En el peor momento de nuestras vidas —le tembló la voz—. Solo queremos que nos dejen en paz. Debería darles vergüenza.

Sam esperó a que se le ocurriesen las palabras adecuadas y después humilló la cabeza. La mujer tenía razón. Debería darle vergüenza, y le daba.

—Señora Connors, detesto esta parte de mi trabajo. Ojalá no tuviese que hacerla. Pero sé por experiencia que a veces la gente desea rendir tributo a sus seres queridos. Quieren hablar con alguien capaz de narrarle al mundo sus historias. En su caso, podría hablarnos de con cuánta valentía su padre intentó salvar a su hijo.

Las lágrimas brotaron de los ojos de la mujer al acercarse a la puerta.

—No hable de ellos como si los conociese. No sabe nada de ellos.

—No, no sé nada de ellos pero, por desgracia, mi trabajo es averiguarlo. Todos esos reporteros de ahí fuera, incluida yo, tenemos unos jefes muy duros que no nos permitirán volver a casa, con nuestras familias, hasta que usted hable con nosotros.

—¿Y si me niego? —La señora Connors echó un vistazo a través de la puerta entreabierta.

—Pues hablarán con otros miembros de su familia, o con los tenderos de la zona, o escribirán artículos basados en una información potencialmente inexacta procedente de vecinos bienintencionados —Sam hizo una pausa—.

Para los lectores, ese será un recuerdo perdurable que con el paso de los años a usted le puede molestar incluso más que todo esto.

Para entonces la mujer miraba al suelo con los hombros caídos. Estaba destrozada. Sam se odiaba.

—Son para usted —dejó las flores en el umbral de la puerta—. Bueno, en realidad eran para mi abuela (hoy es su cumpleaños) pero a ella le hubiese gustado que las recibiese usted. Por favor, de nuevo le pido acepte mis más sinceras disculpas por entrometerme. Esperaré media hora y después me iré. No volveré a molestarla —Comenzó a regresar bajando por el camino adoquinado, esperando que sus tacones no la hiciesen tropezar frente a la aburrida pandilla.

—¿Podría comprobar antes qué va a escribir? —La voz de la señora Connors sonaba desmayada.

Sam dio media vuelta.

—Por supuesto. Usted podrá leer hasta la última palabra antes de que entregue el artículo —sonrió a la mujer con dulzura mientras esta miraba al húmedo pañuelo apretujado en su mano.

Sam observó que la anciana de al lado se encontraba en la entrada de su casa, con la puerta abierta, sin apartar la vista de ellas. Debería de tener más de noventa años. ¿Cómo sería eso de ser tan anciana, de haber vivido tantas cosas? La mujer estaba casi doblada en dos sobre su andador; en la mano tenía una mancha senil que parecía un enorme moratón. Su rostro en forma de corazón estaba pálido, excepto por el pintalabios rojo oscuro que llevaba.

—Bueno, entonces supongo que será mejor que entre —dijo la señora Connors, abriendo la puerta de par en par.

Sam lanzó una mirada hacia la cuadrilla y después a la señora anciana, que tenía sus pálidos ojos azules fijos en ella. No era extraño que los vecinos se involucrasen cuando la prensa pululaba por los alrededores, pero su presencia solía ir acompañada de juramentos. Le ofreció una sonrisa a la mujer, que no obtuvo respuesta, pero cuando se volvió para cerrar la puerta tras ella levantó la vista y sus miradas se cruzaron.

CAPÍTULO DOS

SÁBADO, 4 DE FEBRERO DE 2017

Kitty Cannon miró a la calle High Kensington desde lo alto de los Roof Gardens, a unos treinta metros de altura. Mientras observaba a los trabajadores pendulares apresurándose para llegar a casa aquella gélida noche de febrero, se inclinó sobre las rejas del balcón, tomó una profunda respiración e imaginó que saltaba. El rugido del viento en sus oídos al lanzarse hacia delante, con los brazos extendidos y la cabeza inclinada, al principio liviana, intocable, para después hacerse más pesada a medida que la gravedad tiraba de ella hacia abajo de modo irreversible. Al golpear el suelo, la fuerza del impacto rompería cada uno de los huesos de su cuerpo y quedaría unos segundos tendida, retorciéndose, mientras la multitud se congregaba a su alrededor jadeante, mirando embobada, sujetándose unos a otros con incredulidad.

¿Qué podría ser tan malo, se preguntarían, para que la gente se hiciese eso a sí misma? Es horrible, una tragedia.

Kitty se imaginó allí tendida, con finos regueros de sangre corriendo por su rostro y una pequeña sonrisa congelada en sus labios, formada en el momento de lanzar su último suspiro, sabiendo que al fin sería libre.

—¿Kitty?

Retrocedió un paso y se volvió para encarar a su joven ayudante. Rachel se encontraba a medio metro de ella, con su cuidada media melena rubia enmarcando la ligera mirada de alarmada plasmada en sus ojos verdes. Estaba vestida de negro de pies a cabeza, a excepción de unos zapatos de tacón de color rosa brillante y un fino cinturón a juego. Su falda de tubo y la chaqueta se ajustaban tanto a su estrecha figura que no se movían cuando lo hacía ella. Llevaba un portapapeles en la mano, cuyos dedos apretaban con tanta fuerza que habían perdido el color.

—Están preparados para recibirte —dijo, volviéndose hacia la escalera que llevaba al salón de actos, donde Kitty sabía que se encontraría con su equipo de producción y a muchas de las estrellas del escenario y la pantalla con los que había hablado a lo largo de los veinte años de duración de su programa de entrevistas. Se imaginó la acústica de la sala, las voces luchando para ser oídas por encima del sonido de cubiertos y entrechocar de vasos. Voces que guardarían silencio en cuanto ella entrase.

—Kitty, tendríamos que irnos —dijo Rachel un poco nerviosa, situada en lo alto de la escalera—. Pronto servirán la cena y querrás decir unas palabras.

—No *quiero* decir unas palabras; *tengo* que hacerlo —contestó, cambiando el peso de una pierna a otra en un intento de aliviar sus ya doloridos pies.

—Kitty, estás tan deslumbrante como siempre —dijo una voz masculina tras ellas, y ambas se volvieron para ver a Max Heston, el productor ejecutivo de todos y cada uno de sus programas. Era alto y delgado, vestía un traje azul que le sentaba a la perfección y camisa rosa; su rostro perfectamente rasurado lucía tan atractivo como siempre. Este hombre no envejece, pensó Kitty mientras él le dedicaba una ancha sonrisa; tenía el mismo aspecto que la primera vez que se conocieron, hacía ya treinta años… En realidad mejor. Observó a Rachel mientras Max caminaba hacia ellas; las mejillas de la joven se sonrojaron, ladeó ligeramente la cabeza, levantó su mano y jugueteó con su despuntada media melena para comprobar si estaba perfectamente recta. La presencia de Max siempre hacía que Rachel se convirtiese en una colegiala, y eso molestaba a Kitty profundamente.

—¿Todo bien? —preguntó con el tono que solía emplear cuando ella estaba a punto de salir en antena. Era consciente de que necesitaba apoyo, así que le dedicaba cumplidos y alabanzas, calmando su incomodidad haciéndola reír, sabiendo exactamente cómo tranquilizarla.

Solo que durante esa velada no la estaba tranquilizando, la estaba airando con su falta de atención. Sin duda su lealtad hacia ella se había debilitado desde el programa final de la serie anterior. Canceló comidas en el último momento, no atendió a varias llamadas y no le envió flores, ni siquiera una tarjeta, cuando se publicó la noticia de su retiro. Notaba que los ejecutivos de la BBC habían perdido interés en ella; no se hablaba de una posible fecha de comienzo para la nueva temporada, a pesar de que su agente realizase varias llamadas a los miembros de la administración. Imaginó que pronto la llamarían para concertar una comida de trabajo y decirle que la próxima temporada sería la última, y esa sospecha la animó a retirarse. Sería ella, y no Max, quien decidiese cuándo se apartaría para dejar paso a presentadoras más bonitas que venían pisándole los talones. Había medio esperado que él no se presentase a la cena, pero en el último momento llamó diciendo que aceptaba, probablemente al descubrir la cantidad de peces gordos que asistirían.

—Creo que voy a tener uno de mis dolores de cabeza. A ver, otra vez, ¿dónde voy a sentarme? —quiso saber Kitty, sujetando con fuerza el pasamanos de la escalera mientras descendía con cuidado los escalones calzada con unos Dior de tacón blanco, y con la etiqueta de su nuevo vestido de gasa rosa rozándole el cuello. Se vio reflejada en el enorme espejo colgado en las escaleras y retrocedió. Había escogido el rosa a causa de una joven y agresiva dependienta de Jenny Packham. Sabía por intuición que era demasiado juvenil para ella, pero había dejado que los muy necesitados halagos de la jovencita se le subieran a la cabeza. Rachel, en cambio, parecía naturalmente despampanante, y caminar a su lado la hacía sentir como una de esas tías solteronas que acuden a las bodas.

—Mesa uno. Como pediste, estarás junto a Jon Peters, de BBC Publicity, y Sarah Wheeldon, jefe de desarrollo de Warner Brothers —se apresuró a decir Rachel, tras ella.

—No recuerdo haber pedido sentarme junto a Jon. Es un muermo —gruñó Kitty, mientras Rachel comprobaba nerviosa sus papeles.

Velas y guirnaldas de luz conferían a la sala una cálida iluminación, y los manteles de lino blanco servían de fondo para los grandes ornamentos hechos con las flores preferidas de Kitty: peonías rosas.

—¿Dónde te sientas, Rachel? —preguntó Max, volviéndose hacia la joven.

Las mejillas de Rachel volvieron a sonrojarse al levantar la vista de la hoja con la lista del arreglo de asientos.

—Ah, no estoy segura de que vaya a cenar. Creo que será mejor si permanezco disponible —respondió, apartando con esfuerzo su mirada de Max y sonriéndole a Kitty, que evitó mirarla a los ojos.

—Bah, tonterías. Estoy seguro de que podremos hacerte un sitio en nuestra mesa. Podría presentarte a gente —apuntó Max.

Rachel volvía a juguetear de nuevo con su flequillo cuando los primeros aplausos comenzaron a resonar en la sala, creciendo hasta convertirse en una ovación atronadora. La sala estaba atestada de aquellos que la habían ayudado a alcanzar la cumbre: actores, editores, productores, agentes, periodistas, personalidades del deporte. Todos estaban allí esa tarde, aunque pronto se irían… como Max; aburridos de ella ahora que ya no les era útil. Gente que había cruzado salas para hablar con ella desviarían su mirada, cortarían la conversación y encontrarían una salida para ir a hablar con la nueva y más joven Kitty (quienquiera que fuese), felicitándose en silencio mientras se alejaban tras el esfuerzo realizado con la vieja gloria.

Kitty sonrió y le lanzó una mirada a Rachel.

—¿Podrías acercarte hasta mi apartamento y recoger el vestido Jaeger azul marino y sus zapatos? Voy a cambiarme después de la cena.

Rachel, con los hombros hundidos, le echó un vistazo a Max y comenzó a abrirse paso entre las mesas dirigiéndose a la salida, con las mejillas ardiendo por la vergüenza. Cuando por fin remitió el aplauso, Kitty se aclaró la garganta.

—Muchísimas gracias a todos por venir. Y gracias sobre todo al equipo que tanto ha sufrido por haberme aguantado durante los últimos quince años: a mi hermosa ayudante Rachel, sin quien no podría habérmelas arreglado, y, por supuesto, a mi productor ejecutivo, Max Heston, que estuvo a mi lado desde el primer día.

Max le dedicó una amplia sonrisa.

—Cuidado con lo que dices, Kit. ¡Todavía recuerdo aquellas hombreras inspiradas en *Dinastía*!

Kitty rio.

—Gracias por recordárnoslo. Y por haberme organizado esta maravillosa e inmerecida cena. Como muchos sabéis, no me gusta estar bajo los focos y prefiero ser la que hace las preguntas. Pero os voy a decir algo. Quedé enganchada en 1960, en el momento que vi a John Freeman entrevistando a Gilbert Harding en *Face to Face*. Allí estaba una personalidad imponente (una de las pocas personas que hacía aullar de risa a mi padre con *Adivine su vida*) reducida al llanto cuando salió el hombre oculto tras la máscara. Solo tenía diez años, pero ya era muy consciente de las esperanzas que crecían en mí, y mientras estaba allí sentada, con los ojos pegados a la televisión en blanco y negro del salón de mis padres, fue como una epifanía descubrir que no era la única.

Echó un vistazo por la sala, observando los ojos fijos en ella.

—La gente me fascina. Lo que ves muy pocas veces es lo que hay. Y yo siempre he intentado emplear la televisión como una plataforma para llegar a la verdad. Pocos de nosotros hemos ganado un Oscar o una medalla de oro en las Olimpiadas, pero la mayoría podemos entender, hasta cierto punto, las pruebas por las que han pasado nuestros ídolos. Pruebas tan profundas e inductoras a la soledad que prendieron en ellos la llama que los impulsaría al éxito.

Cogió una copa de champán del camarero situado junto a ella y le sonrió con gracia.

—Me gustaría alzar mi copa por cualquiera que tenga el valor suficiente para quitarse la máscara y compartir su dolor. Estoy tremendamente orgullosa de todos esos invitados a mi programa que marcaron una diferencia y llegaron al corazón de la gente… Algunos de vosotros habéis conseguido las mejores cuotas de pantalla en la historia de la BBC. Por supuesto, me entristece descender de esta maravillosa plataforma, pero supongo que es mejor bajar que ser empujada.

—¡Nunca! —gritó una voz al fondo, y Kitty esbozó una breve sonrisa.

—Como hija de policía criada cerca de Brighton, jamás habría imaginado que sería capaz de disfrutar de una compañía como esta. Gracias a todos por venir. Y ahora, por favor, comed, bebed y portaos mal.

Cuando se apagó el aplauso, Kitty se volvió para dirigirse a su mesa, pero se detuvo al oír el tintineo de un cuchillo con un vaso. Max se levantó y dedicó una cálida sonrisa a la sala.

—Conocí a Kitty siendo, relativamente, un novato recién ascendido a productor de la BBC y, si no recuerdo mal, un tipo joven y atractivo.

—¡Como si no lo supieses! —dijo Kitty, haciendo que Max frunciese el ceño.

—Todos los que conocen a Kitty darán fe de que tiene la increíble habilidad para convencerte de lo que ella quiere es lo que tú necesitas. Allá por 1985, un colega mío en Light Entertainment me preguntó si podría aceptar a una becaria que llevaba un año escribiéndole una carta diaria y lo estaba volviendo loco.

Una oleada de carcajadas barrió la sala antes de que Max pudiese continuar.

—Necesitaba un investigador en *Parkinson*, así que acepté. Al día siguiente apareció una joven de asombrosa inteligencia y cabello y ojos oscuros que tomó el control —sonrió a Kitty, que respondió alzando su copa hacia él.

—A lo largo de los años siguientes avanzó muy rápido, cortando curvas hasta lanzar la idea de tener su propio programa; y así nació *Cannonball*. Para quienes no estéis familiarizados con el término, se trata de la habilidad que tiene Kitty para hacer que su entrevistado se relaje antes de lanzarle uno de esos bombazos marca de la casa. Yo creía que sabía investigar hasta que la conocí. Ella sabía cosas de sus invitados que no sabían ni siquiera sus cónyuges. De la noche a la mañana se convirtió en un patrimonio nacional, y estoy increíblemente orgulloso de haber viajado en esa especie de montaña rusa durante más de treinta años. Kitty, eres una persona amable y generosa, y nunca te olvidaremos. Estoy orgulloso de contarme entre tus amigos.

Mientras servían la cena, Kitty anduvo entre las mesas, saludando invitados a su paso, halagándolos con cumplidos sobre su aspecto o charlando de sus logros menos conocidos, que era su especialidad.

Al llegar a su asiento, sintió la vibración del teléfono en el bolsillo de su chaqueta. Rachel le había enviado un mensaje haciéndole saber que ya tenía el vestido y llegaba en cinco minutos. Kitty tecleó una rápida respuesta.

> No te preocupes por el vestido, querida. Estoy bien. Tienes que estar destrozada. Ve a casa. Buenas noches. Xx

CAPÍTULO TRES

SÁBADO, 4 DE FEBRERO DE 2017

El ascensor se había vuelto a estropear. Sam subió de dos en dos los peldaños de la escalera del Whitehawk Estate y entró en el piso de Nana, donde Emma y ella residían desde hacía un par de meses cuando, hecha una furia, había decidido dejar su casa después de mantener con Ben una pelea particularmente desagradable.

—¿Nana? —susurró, intentando recobrar el aliento tras la subida.

No hubo respuesta. Cruzó en silencio la alfombra marrón de espirales y entró en la sala de estar, donde ardía una chimenea de gas. Nana dormía en la mecedora y Emma en el sofá, acurrucada bajo una manta. La luz tenue y el conocido olor del asado hicieron que Sam se sintiese de inmediato en su hogar. Las fotografías cubrían cada centímetro de la pared y el alféizar: Nana y el abuelo en algunas de sus aventuras campestres o Emma desnuda construyendo castillos de arena con su abuelo; pero la mayoría eran bochornosas fotografías de una Sam mucho más joven que se parecía a un Mick Hucknall[1] desdentado y con las rodillas huesudas.

Andaba con mucho cuidado entre pilas de revistas de pasatiempos, periódicos, olvidadas tazas con té frío, lápices

---

1 Vocalista y compositor del grupo británico Simply Red. (N. del E.)

de colores y pasteles de arroz a medio comer, cuando su vista se posó en una carta manuscrita tirada en el suelo, cerca de donde colgaba la mano de Nana, como si se hubiese quedado dormida leyéndola.

Hubo algo en la descolorida tinta, la descuidada caligrafía y el envejecido papel color crema que llamó su atención de inmediato; pero al inclinarse, acercándose para leerla, Nana abrió los ojos y sonrió. Sam le devolvió la sonrisa, divertida porque la anciana llevase los dos pares de gafas; uno en la punta de la nariz y otro bien sujeto en lo alto de su media melena... que con el tiempo se había apagado pasando de un color rojo oscuro a un tono cobrizo.

—Hola, cariño, ¿cómo estás? —preguntó Nana, adormilada, con sus dulces ojos azules arrugándose en los bordes.

Sam sintió una oleada de tranquilidad al ver a sus dos chicas favoritas. Nana estaba muy guapa con sus vaqueros, su camisa blanca y un jersey rosa de cachemira que fue regalo del abuelo. Se había quedado dormida, como solía, frente a su adorada colección de *Planeta Tierra*. Aunque era una fría jornada de febrero, su rostro de rasgos finos mostraba buen color. Nana comenzó a sufrir de artritis prematura desde que tenía poco más de cincuenta años, pero su radiante sonrisa ocultaba el hecho de haber arrastrado su dolorida cadera bajo la gélida lluvia. Sam no pudo evitar pensar que, a pesar de no desfallecer y hacer todo lo posible por ser una maravillosa abuela con Emma y una madre putativa con ella, el dolor por haber perdido a Christine, su unigénita y madre de Sam, le había cobrado una enorme factura física. De pronto la joven sintió ira hacia Ben.

—Ay, Nana, tendrías que haberme dicho que el ascensor se ha vuelto a averiar. Al menos podría haber traído algo de compra.

Las besó a las dos en la frente.

—No hay problema, cariño, hemos pasado un rato estupendo. Emma me ayudó a subir las escaleras. Es una niña encantadora, Sammy. Es un orgullo para Ben y para ti; de verdad lo es.

—Bueno, pues siento que Ben te la haya encasquetado. No estoy contenta con él.

—Tenía una entrevista —dijo Nana, mirándola con simpatía.

—¿Un sábado? —preguntó Sam frunciendo el ceño.

Nana se encogió de hombros.

—Dijo algo de que era para una cadena de restaurantes. Deberías alegrarte por él.

Sam negó con la cabeza.

—Yo ya no sé qué nos está pasando… ¿Hay una tetera preparada? —Nana asintió y Sam se dirigió a la cocina—. ¿Se durmió bien?

—Al final sí, aunque me temo que ya era bastante tarde. Quería esperar por ti. Intenté convencerla para que se fuese a la cama, pero se quedó dormida ahí. Tienes que estar agotada, cariño.

Sam regresó con dos tazas que colocó en la mesita de centro.

—Obtuve una exclusiva para la sección nacional, así que supongo que ha merecido la pena —se hundió en el sofá junto a Emma, con la mano posada en la espalda de la pequeña, que subía y bajaba al ritmo de su tranquila respiración.

—Bravo, cariño, bien hecho. ¿Eso significa que por fin vas a tener tu nombre en el candelero? —Nana se removió en su mecedora.

—No, la firmará la sección nacional, pero todo ayudará a crearme un buen portafolio. No creo que te hayas perdido ni una de las palabras que he escrito, ¿verdad? —Sam observó las pilas de periódicos a su alrededor.

—Por supuesto que no —respondió Nana—. Estoy tremendamente orgullosa de ti, cielo mío.

—Me alegro de que alguien lo esté. Ben está tan resentido conmigo que en este momento apenas puede mirarme a la cara —dijo Sam, y tomó un buen trago de té.

—Todo te irá bien. Es difícil, jovencitas, intentar manejarlo todo. Parece como si vuestra generación tuviese que hacerse cargo de todo. Y creo que solo manejáis una buena palada de mierda fresca y humeante.

Sam soltó la atronadora carcajada que a Ben solía encantarle, cubriéndose la boca con la mano para no despertar a Emma.

—Bueno, como sea… —dijo rebuscando en su bolso para después tenderle a Nana un paquete pequeño y una caja de bombones grande—. Feliz cumpleaños, Nana.

—Ay, malvada, ¿dónde has ido y qué has hecho? —rio Nana con ganas de broma, levantando una bonita pulsera de plata con el número 60 grabado en ella y las iniciales S, A y E colgando, junto a una pequeña tetera y una mariposa. Sus ojos se humedecieron—. Todo lo que me gusta —apuntó, lanzándole un beso a su nieta—. Es preciosa, cariño. Gracias.

—Siento no haber estado en el primer cumpleaños que pasaste sin Abuelo. La próxima semana te llevo a cenar. Lo prometo.

—No seas tonta. Ya estás aquí, y tenía a Emma conmigo. Además, el abuelo estaba en espíritu. ¿Sabes qué he encontrado?

—¿Qué? —Sam se estiró para coger un trozo de pan de malta.

—Emma tiró un juguete a un lado de nuestra cama, fui a recogerlo y descubrí una buena abolladura en la pared.

Sam frunció el ceño.

—No sé si quiero saber nada de una buena abolladura en la pared junto a tu cama y la de Abuelo…

Nana soltó una risita.

—Estaba precisamente allí porque tu abuelo solía escuchar la radio en la otra habitación. La ponía tan alta que tenía que dar con mi cachaba en la pared del dormitorio. —Se tomó un instante para recomponerse antes de continuar—. Después de su muerte fui yo quien la ponía para simular que él estaba allí. Crees que solo echas de menos las virtudes de una persona, pero echas de menos todo.

Sam sonrió a Nana y le lanzó un beso. Abuelo tenía 75 años al morir; era quince años mayor que Nana y fue amor a primera vista, cuando en 1980, durante una fatídica y lluviosa tarde de un domingo otoñal, ella entró en su tienda de antigüedades. Él la deslumbró y pronto se hicieron inseparables; se casaron en la Oficina de Registro de Brighton solo un año después. Abuelo había demostrado ser el refugio de Nana en la vida, y no fue nada menos que eso cuando recibieron una llamada del Centro de Servicios Sociales informándoles del fallecimiento de Christine, su hija única, de la que se habían distanciado, y de la existencia de una nieta de doce años a la que no conocían. Abuelo aceptó a Sam como si fuese hija suya y los tres vivieron en una burbuja de felicidad, hasta que trece años después estalló con la noticia de que él tenía un cáncer de pulmón inoperable.

Nana se secó los ojos con un pañuelo del abuelo.

—¿Qué es eso? —preguntó Sam señalando la carta tirada en el suelo—. Parece que la estabas leyendo antes de que llegase.

Nana miró hacia abajo. Pareció detenerse un instante antes de recoger las hojas.

—Es una carta, cariño.

—¿De quién?

—No estoy segura. La encontré entre los papeles del abuelo.

Se levantó de la mecedora.

—Parece interesante. ¿La puedo ver? —dijo Sam.

Nana dudó, miró las hojas que tenía en la mano y se las pasó.

—¿Estás bien, Nana? —preguntó Sam.

—Muy bien, tesoro. Un poco cansada, nada más —contestó, alejándose—. Llamada de la Naturaleza. Ahora vuelvo.

Sam alisó con cuidado las dos finas hojas de papel amarillento. Estaban cubiertas con líneas perfectamente espaciadas de un texto escrito con rasgos resueltos y tinta negra; la fecha del encabezamiento correspondía al *12 de septiembre de 1956*.

Amor mío

Me asusta no saber de ti. Todos mis temores se han confirmado. Llevo tres meses de embarazo. Es demasiado tarde para que se pueda hacer nada; es voluntad de Dios que nuestro bebé nazca.

—Creo que me voy a dormir, tesoro —dijo Nana regresando a la sala, devolviendo a Sam a la realidad—. Emma parece muy a gusto en el sofá, ¿la dejamos ahí?

Sam observó a su hija, que dormía, y despúes regresó a la carta.

—Es de una joven a su amante. Le dice que está

embarazada. Parece realmente asustada —Nana comenzó a ordenar cosas—. ¿Por qué tendría Abuelo una carta así?

—No lo sé, Sam. Probablemente estuviese en alguna de esas antigüedades de su tienda.

Sam pasó con cuidado a la segunda hoja y leyó la firma al pie.

—¿Sabes si hay más cartas de esta chica, la tal Ivy? —preguntó.

Nana se quedó quieta un buen rato y después dio media vuelta.

—No estoy segura, es posible.

Fue a la cocina y Sam oyó el ruido de los platos en el fregadero.

Continuó leyendo.

—Pobre chica, parece que su familia está furiosa. Pretenden enviarla fuera, a un sitio llamado St. Margaret, para tener el bebé. No sabía que esto pasaba por aquí, ¿y tú? Creía que solo sucedía en Irlanda. Parece que tiene el corazón roto. Le está rogando a esa persona, quien quiera que sea, que regrese y se case con ella.

—La década de los cincuenta no fueron buenos años para ser madre soltera —dijo Nana con un profundo suspiro—. Lo siento, cielo, tengo que ir a la cama.

—¿No te parece que la carta era para Abuelo? Quiero decir de antes de que te conociese, obviamente.

Nana le lanzó una mirada.

—No, Samantha, no lo creo. ¿Podría no ser interrogada sobre este asunto ahora, por favor?

Sam sintió que le ardían las mejillas.

—Por supuesto. Lo siento mucho, no pretendía decir eso. Me he traído el trabajo en la cabeza. De verdad lo siento, Nana.

—No pasa nada, cariño. Es que estoy destrozada. ¿Sabes? Abuelo tuvo esa tienda de antigüedades durante la mayor parte de su vida, y a menudo encontraba cartas y recuerdos de las vivencias de otra gente metidos en cajones de escritorios y tocadores; eran vestigios de experiencias ajenas que a veces leíamos atentamente, durante horas. Hoy lo echo especialmente de menos, así que me metí en toda su parafernalia.

—Claro. Perdona de nuevo porque me quedase trabajando hasta tarde y por tenerte cuidando de Emma, y por perderme tu cumpleaños y por tener que estar en tu casa… Básicamente siento mucho haber nacido.

—Vale, pero yo no. Sin ti estaría perdida —Nana las besó a las dos, a Sam y a Emma, y después desapareció por el pasillo.

Sam recogió a Emma y la llevó a su habitación. La bajó hasta posarla en una pequeña cama y encendió la luz nocturna.

—Te quiero —susurró, antes de salir de puntillas haciendo el menor ruido posible.

De nuevo en el salón, encendió su ordenador portátil, entró en Google y tecleó *St. Margaret asilo infantil Sussex*. En la pantalla apareció la foto en blanco y negro de una mansión de estilo neogótico, victoriano. Pasó un rato examinando la imagen, advirtiendo la presencia en las cercanías de dos monjas con sus hábitos. En el pie de la fotografía se leía: *Convento St. Margaret, hogar para madres solteras, Preston, enero de 1969*.

Al leer la historia del hogar para madres solteras, e historias de mujeres que a lo largo de los años habían intentado seguir el rastro de bebés dados en adopción, se sintió conmovida de pies a cabeza. Al parecer, antes de la FIV, las parejas estériles no tenían dónde recurrir y hasta mediados de los años setenta, cuando St. Margaret cerró sus puertas, estuvieron bien dispuestas a pagar mucho dinero por un bebé.

Pensó en Emma acurrucada tranquilamente en la habitación contigua. Le parecía inconcebible la idea de que alguien se la arrebatase por la fuerza. Pero al leer con atención la carta de Ivy y los testimonios de docenas de mujeres, tuvo bien claro que, de haberse quedado embarazada en 1956, su familia la habría abandonado en la calle por ser madre soltera y su única opción habría sido St. Margaret.

Siguió explorando resultados y detectó que el mismo titular se repetía muy a menudo. Al final, le dedicó toda su atención. Los restos del sacerdote desaparecido han sido hallados en un antiguo hogar infantil. Examinó el artículo, publicado en *The Times* la semana anterior. «La magistratura sabe de la muerte del padre Benjamin al hallar sus restos entre las ruinas de una mansión victoriana».

Intrigada, volvió a la carta:

> El domingo, en la iglesia, el doctor Jacobson hablará con el padre Benjamin sobre eso de enviarme lejos. Creo que tomarán una decisión en cuestión de días. No sé ni qué pensar ni qué hacer. Por favor, cariño, te lo ruego, te haré feliz y seremos una familia. Por favor, ven por mí, rápido. Temo al futuro.

—El padre Benjamin —dijo Sam en voz alta, volviendo a mirar el artículo en su pantalla. Comprobó el titular y cogió su móvil—. Hola, Carl, soy Sam. ¿Estás esta semana en el turno vespertino? —podía oír a los empleados del último turno y el lejano sonido de la voz de Murray gritando como ruido de fondo. Nadie iba a descansar hasta que la sección

Nacional estuviese compuesta o Murray hubiese perdido la voz… Lo que primero pasase.

—¿Sabes quién cubrió la investigación forense de la semana pasada, esa del sacerdote de Preston, en Sussex, llamado padre Benjamin? Desapareció en 2000 y sus restos fueron encontrados en 2016 dentro de un terreno en construcción. —Se sirvió más té y recogió las piernas bajo ella.

Carl gritaba para ser oído por encima del ruido de las limpiadoras de noche, que se ocupaban de la oficina.

—Deja que lo busque un momento. Eso del padre Benjamin… sí que me suena… Bien, allá vamos. La cubrió Kevin, fue el tema central en Nacional. Sacerdote muerto en el terreno de St. Margaret, un convento abandonado. Veredicto: muerte accidental. Slade Homes iba a derribar el edificio para construir algo elegante, pero ese hallazgo ha paralizado la obra. Los de Slade tienen que estar que echan chispas, pues vi en un artículo de la sección local que a la empresa ya le había costado más de una década trasladar el cementerio y planearlo todo.

—Me pregunto qué hacía allí el padre Benjamin… ¿Qué le pasó? —dijo Sam.

—Ni idea. Recuerdo que a Kevin le sorprendió la presencia de Kitty Cannon en la investigación forense.

—¿De quién has dicho? —Sam apenas podía oírlo por encima del ruido del aspirador.

—Ya sabes, Kitty Cannon, la del programa de entrevistas.

—Estás de guasa —comentó, incorporándose.

—Sí, mucha guasa. Y, al parecer, molesta; se escabulló antes del veredicto.

—¿Y por qué demonios iba Kitty Cannon a asistir a la investigación forense del cadáver de un anciano sacerdote de Preston? —Sam se acercó a la ventana para lograr mejor cobertura, su corazón latía más aprisa. Si podía obtener una exclusiva con alguien de tan alto perfil como Kitty Cannon, podría acreditar lo necesario para formar parte de la sección nacional. Ya llevaba mucho tiempo machacando la moqueta de la *Southern News*. Desde el nacimiento de Emma no lograba invertir tantas horas como antes, y Murray parecía decidido a dejarla abajo. Todavía le sacaba partido a casi cada historia que le encomendaban, como había sucedido con Jane Connors esa misma jornada, pero siempre la pasaban por alto en los ascensos. Necesitaba empezar a ganar un sueldo decente; por mucho que amase a Nana, Emma y ella necesitaban desesperadamente encontrar un lugar en el que hacer su vida. Sabía que Murray le había dejado para el día siguiente una jornada repleta de historias aburridas, pero su turno no comenzaba hasta las diez y estaba segura de que podría husmear en lo de Kitty Cannon y St. Margaret durante su tiempo libre.

—No lo sé. Kevin habló con Murray acerca del tema (pensaba que ahí podría haber una historia), pero no tenía ninguna foto y el despacho de Cannon dijo que no era ella. Ese fue el fin del asunto.

—¿Y lo dejó así? Eso sí que es raro. ¿Conocería ella al padre Benjamin? —Sam sacó su libreta del bolso y empezó a tomar apresuradas notas.

—Pues no tengo ni idea. La verdad es que la noticia no es de interés público, Sam. No estaba haciendo nada ilegal, así que no había razón para seguir adelante.

—Pero… ¿está Kevin por ahí? ¿Puedo hablar con él?

—No, señora. Está en el turno matutino. Oye, lo siento, Murray me está berreando. Tengo que dejarte.

—Vale, gracias —dijo Sam a la línea muerta.

Le echó un vistazo al artículo en la pantalla de su ordenador portátil, después pasó a una página en blanco de su libreta y escribió *padre Benjamin* en la primera línea. A continuación posó la carta en su regazo y comenzó a leerla de nuevo.

CAPÍTULO CUATRO

MIÉRCOLES, 12 DE SEPTIEMBRE DE 1956

Ivy Jenkins se sentó al borde de la cama con las uñas bien hundidas en sus rodillas y la voz del tío Frank atravesando las placas del suelo. Había oído llegar al doctor Jacobson, el sonido del timbre la alcanzó como un rayo de temor y entreabrió la puerta de su dormitorio solo lo suficiente para ver a su madre apresurándose por la ajada alfombra marrón de la entrada para ir a recibirlo. Se esforzó por escuchar la conversación, por oír la voz nerviosa y jadeante de su madre revoloteando inquieta alrededor del médico.

—Buenas tardes, doctor, muchas gracias por venir.

Ivy apenas había oído hablar a su madre desde que a principios de semana visitasen al doctor Jacobson. Se había quedado mirando al médico, observando cómo se movían sus labios mientras las palabras brotaban y atravesaban la sala, en su dirección, como las balas de un arma. Quería detenerse en esa fracción de segundo que le quedaba de sus dieciocho años de inocencia, antes de que el mundo tal y como lo conocía cambiase para siempre.

—Bien, Ivy —había dicho tras examinarla y pedirle que se sentase en la silla próxima a su escritorio—. La razón por la que no te sientes bien es porque vas a tener un bebé.

Madre lanzó un jadeo y se llevó a la boca una mano enguantada. En el momento de sufrir aquella fuerte impresión, Ivy intentó coger su otra mano pero su madre la apartó.

Después de eso Madre solo habló dirigiéndose al doctor Jacobson, preguntándole qué tenían que hacer. ¿Qué iban a decir los vecinos? ¿Sabía que Ivy no estaba casada? El médico les había dicho que si el padre del bebé de Ivy no estaba preparado para casarse con ella, solo habría una opción. Y añadió que tendría que hablar de todo eso con ellos y que para eso pasaría por casa el miércoles por la tarde. Después, durante el largo regreso al hogar en autobús y los tres días siguientes Madre apenas había pronunciado palabra.

El tío Frank no había reparado en el silencio de Madre. Como acostumbraba, siguió quejándose de la cena, de la corriente de la puerta trasera y de la ruidosa prole de los vecinos. Ivy sí lo había notado; veía cómo los hombros de su madre estaban más hundidos de lo normal y sus ojos miraban sin mostrar ninguna clase de emoción.

Desde el momento en que supo que en su interior crecía el bebé de Alistair, Ivy estuvo desesperada por verlo. Le había hablado de la falta en su menstruación, y aunque le había sonreído y dicho que no se preocupase, su voz entonces sonó fría.

No se presentó para llevarla en coche a su excursión semanal por el campo, como acostumbraba todos los sábados y por lo que había esperado nerviosa toda la mañana. Estuvo sentada en la sala de estar, vestida con su nueva falda de algodón azul claro y su blusa blanca, con el tío Frank mugiéndole a la radio durante la transmisión de la carrera de caballos, hasta que al final aceptó que su amor no iba a venir por ella.

Desesperada, la noche siguiente se escapó y fue hasta el Preston Arms, el *pub* donde sabía que Alistair iba a beber con sus amigos. Atravesó el bar atestado de humo, tirando de su vestido muerta de vergüenza, hasta que vio a la novia de uno de los compañeros del equipo de fútbol donde jugaba su amor y reunió valor para pedirle que le diera a Alistair el mensaje de que necesitaba verlo con urgencia. La chica le sonrió y prometió que así lo haría. Pero en cuanto Ivy se volvió oyó a la amiga de la chica reír.

—Ya veo que Al tiene a otra cachorrita loquita de amor por él.

—No me digas —respondió la chica—. Todas hemos pasado por eso.

Ivy se volvió para mirarlas y las vio riéndose mientras ella salía del jaleo del *pub* al silencio de la calle.

Entonces oyó la voz del tío Frank tronando a través de las placas del suelo, devolviéndola al presente.

—¡Espera a que le ponga las manos encima a la cría esa!

—¡No, Frank! —oyó decir a su madre para intentar calmarlo, y después el tono bajo del doctor Jacobson.

En un esfuerzo desesperado por distraerse, fue hasta su escritorio, cogió una hoja de papel y comenzó a escribir.

12 de septiembre de 1956

Amor mío:

Me asusta no haber sabido de ti. Todos mis temores se han confirmado. Llevo tres meses de embarazo. Es demasiado tarde para que se pueda hacer nada; es voluntad de Dios que nuestro bebé nazca.

Desde que el doctor Jacobson confirmó la noticia, he oído a Madre llorar en su habitación. Le puse unas flores en un jarrón y las dejé junto a su cama, pero se limitó a darse la vuelta. ¿Cómo puedes dejar de amar a la sangre de tu sangre de un día para otro? Desde la muerte de papá lo hemos sido todo la una para la otra. El tío Frank cree que Madre lo ama, pero yo sé que no. Vi a mis padres bailar en el salón cuando creían que ya me había ido a la cama; el modo en que Madre le sonreía cuando él la hacía girar… Bueno, nunca le ha dedicado esa sonrisa al tío Frank. De hecho, nunca la he visto sonreírle. Simplemente le sirve lo que necesita en una bandeja que lleva de la cocina al salón. Él nunca le da las gracias.

No se nos permite hablar de papá ahora que vivimos con el tío Frank, pero sé que en una caja oculta en el trastero bajo la escalera ella guarda una foto de él que el tío Frank desconoce. A veces me escondo ahí cuando se enfada, así me alejo de él, y llevo mi linterna para sacar la foto de papá cuando las cosas se calman y verla. Es papá vestido de uniforme, y está muy atractivo. Tiene el pelo engominado y peinado hacia atrás bajo su gorra y mira a lo lejos como si algo tremendamente importante sucediese en el horizonte.

Papá solía ponerme en su regazo antes de volver a la guerra y yo le rogaba que no se fuese. Me abrazaba y decía que siempre que lo echase de menos mirase al cielo y escogiese la estrella más grande y brillante, pues él también la estaría mirando esa noche. De ese modo los dos sabríamos que ambos le rogábamos a la misma estrella que regresase pronto a casa, y nuestro anhelo se haría realidad. Pero no fue así y cuando murió me sentí muerta por dentro… Hasta que te conocí.

Ay, ¿por qué me siento tan hundida y asustada? ¿Dónde estás? ¿Ya no me amas?

—¡Ivy! Baja aquí de inmediato —la voz del tío Frank tronó en las escaleras.

Despacio, Ivy guardó el papel en el cajón, posó el bolígrafo en el escritorio y se tragó la náusea que sentía en el estómago. Atravesó su dormitorio temblando de pies a cabeza, bajó las escaleras y fue al salón.

—¿Dónde está? ¡Ivy! —volvía a gritar el tío Frank cuando ella se detuvo a la puerta.

—Aquí está —dijo su madre en voz baja mientras Ivy se obligaba a cruzar el umbral y entrar en la sala donde todos tenían su mirada fija en ella. El ambiente estaba cargado de humo. El tío Frank y el doctor Jacobson se encontraban sentados en el descolorido sofá marrón con sus cigarrillos en la mano, mientras Madre se había situado en una esquina, sentada incómoda en una silla.

—Dígame, tío.

—A mí no me vengas con «dígame, tío», pequeña ramera.

—¡Frank! Por favor, tenemos un invitado —la madre de Ivy se retorcía la manos, nerviosa.

—No la defiendas, Maude. Está claro que no puedes disciplinar a la cría, así que tendré que hacerlo yo. Vamos a ver, ¿qué tienes que decir en tu defensa?

Ivy, con la cabeza baja, guardó silencio. Las lágrimas le escocían en los ojos y se sentía tan mareada que los círculos naranjas y marrones de la alfombra que tenía bajo sus pies comenzaron a moverse y creyó que se iba a desmayar.

—¿El padre del niño tiene alguna intención de casarse contigo? —escupió el tío Frank.

—No lo sé, tío —susurró.

—Bueno, ¿has hablado con él?

Parpadeó y las lágrimas comenzaron a descender por sus mejillas. Levantó una mano y las secó.

—Habla, niña, o te suelto un revés.

—No puedo encontrarlo —dijo Ivy.

Hubo un silencio en la habitación, antes de que estallase la atronadora carcajada del tío Frank.

—¡Apuesto a que no!

Se levantó y fue hasta el mueble bar, donde se sirvió una buena copa de whisky.

—No sé qué te hizo pensar que un chico así pudiese estar interesado en ti, aparte de para follarte. Recuerda mis palabras: jamás volverás a saber de él.

—¡No lo hagas, Frank! —volvió a decir la madre de Frank.

Frank se acercó a Ivy y se detuvo un instante. Ella no osó moverse cuando él la rodeó; las mejillas del hombre estaban rojas de ira. Tensó cada músculo del cuerpo esperando que la golpease.

—Bien sabe Dios que he intentado ocupar el lugar de tu padre y hacer un buen trabajo con tu crianza, pero está claro que he fracasado. Tú solo esperabas tener una oportunidad para desgraciarte y traer la vergüenza a esta familia.

Ivy miró a su madre, que dejó escapar un sollozo.

Frank continuó.

—De no haber sido por el doctor Jacobson, que con tanta amabilidad se ha ofrecido para hablar con el padre Benjamin y conseguir una plaza en St. Margaret para ti y para tu hijo, estarías de patitas en la calle. Estoy muy disgustado contigo, Ivy. No había sufrido una decepción así en toda mi vida. Solo espero que te lleven pronto, antes de que se te empiece a notar.

—Me temo que todo esto tendrá un coste, Frank —dijo el doctor—. No se la llevarán gratis.

—¿Cuánto? —preguntó Frank.

—El domingo tendré que confirmarlo con el padre Benjamin, pero serán unas cien libras esterlinas.

—¡No tenemos esa cantidad de dinero! —gritó Frank.

—Entonces ella tendrá que quedarse después de que el niño se haya dado en adopción y trabajar para pagar la deuda.

—¿Cuánto tiempo? —Ivy miró a su madre, que estaba pálida como un cadáver.

—Tres años, creo —dijo el doctor Jacobson con voz tranquila, como si estuviese hablando del clima y no dictando una sentencia de prisión.

Ivy jadeó, corrió hacia su madre y le sujetó la mano con la que sostenía un pañuelo empapado.

—Mamá, por favor, no me haga ir.

El tío Frank se acercó dando grandes zancadas y la apartó.

—No cargues a tu pobre madre con esto. ¿No te parece que ya ha pasado bastante?

—Te alegras porque así puedes librarte de mí —Ivy se zafó del agarre del tío Frank.

—¡Basta ya, Ivy! —exclamó su madre con los ojos enrojecidos por el llanto.

Ivy se quedó con la cabeza baja, observando las ondas formadas en el whisky que el tío Frank sujetaba con fuerza. De pronto arrojó el vaso contra la pared, haciéndolo añicos.

—¡Quítate de mi vista! —bramó—. Tu padre debe de estar revolviéndose en su tumba.

Ivy corrió a su habitación, secándose frenéticamente las lágrimas mientras sacaba la hoja del cajón de su escritorio para comenzar a escribir de nuevo.

El tío Frank dice que la única salida para la terrible vergüenza que he traído a la familia es hacer que me vaya de inmediato, antes de que se me empiece a notar, de modo que los vecinos no se enteren. Hay un lugar en Preston llamado St. Margaret donde las chicas como yo van a tener sus bebés.

Sé que mamá no quiere que me vaya, pero dirá que es la casa del tío Frank y que somos afortunadas por tener un lugar donde vivir, pues papá nos había dejado sin nada. Odio cuando dice eso de papá; no fue culpa suya que lo destinasen lejos para morir en la guerra.

El doctor Jacobson dice que tendré que pasar un tiempo fuera para pagar mi manutención en el Hogar, hasta tres años, pues no tenemos las 100 libras para cubrir los gastos. A juzgar por las cenas y regalos con que con tanta amabilidad me has obsequiado, no creo que 100 libras sean mucho dinero para ti. Comprendo que no quieres que salga ningún escándalo en los periódicos ahora que vas a jugar tu primera temporada en el Brighton, pero si fueses a pagar las 100 libras y le prometieses al tío Frank que algún día te casarás conmigo, entonces podría soportar este dolor sabiendo que nos reuniríamos en cuanto nazca el bebé, nuestro bebé.

Estos últimos meses, y esa preciosa noche que pasamos en el hotel Rose, han sido los más felices de mi vida. Te echo muchísimo de menos. No puedo comer ni dormir; temo lo que me pueda pasar, a mí y al niño que crece en mis entrañas. Paso las noches tumbada en la cama, acariciándome el vientre y preguntándome si el niño que pueda tener será tan fuerte y atractivo como su papá.

El tío Frank cree que soy una ingenua por suponer que alguna vez has amado a una chica como yo. Dice que ya has conseguido lo que querías y que no volveré a saber de ti.

Por favor, cariño, demuéstrale que está equivocado. Meteré esta carta personalmente en tu buzón para asegurarme de que la recibes.

El domingo, en la iglesia, el doctor Jacobson hablará con el padre Benjamin sobre eso de enviarme lejos. Creo que tomarán una decisión en cuestión de días. No sé ni qué pensar ni qué hacer. Por favor, cariño, te lo ruego, te haré feliz y seremos una familia. Por favor, ven por mí, rápido. Temo al futuro.

Con todo mi amor.

Tu Ivy xx

Dobló la carta con cuidado, la metió en un sobre y lo cerró. Esperaría hasta que Madre y el tío Frank estuviesen dormidos para escabullirse y enviarla.

Conocía el lugar donde iban a mandarla: St. Margaret, en Preston. Desde que tenía memoria, aquella enorme mansión la había obsesionado cada vez que pasaba en coche frente a ella para asistir a la misa dominical. Desde lejos, el edificio parecía un pastel de jengibre quemado; alto, estirado, con torrecillas gélidas y puntiagudas, columnas retorcidas como bastones de caramelo y vidrieras policromadas. Las pesadas vigas transversales de cada sección de la casa dominaban la línea del horizonte y la hiedra ascendía hacia el tejado de pizarra como un huésped no deseado.

La gente susurraba rumores acerca de un par de chicas de la escuela que habían ido allí para tener sus bebés. Una de ellas regresó meses después siendo una sombra de sí misma. A la otra no se la había visto desde entonces. Ivy convencería a Alistair para que se casase con ella y haría todo lo posible para que no la enviasen a ese lugar. Una vez atravesase el umbral de St. Margaret, su lucha por conservar al bebé bien podría darse por perdida.

CAPÍTULO CINCO

SÁBADO, 4 DE FEBRERO DE 2017

Después de dos horas leyendo desgarradoras historias de bebés arrebatados a sus madres, una experiencia de la que ellas parecían no recuperarse, Sam ya no podía soportarlo más. Las chicas eran obligadas a trabajar en las lavanderías, a menudo manejando maquinaria pesada, hasta el momento del parto. Les quitaban los bebés al nacer y las obligaban a firmar una renuncia a cualquier clase de derecho a intentar buscarlos.

La idea la hizo llorar mientras acariciaba a Emma, dormida en su cama de armazón blanco, sintiendo el cuerpo menudo y suave de la niña fundirse con el suyo. El instinto de proteger a tu vástago era abrumador; ¿cómo podrían esas monjas hacer tal cosa a las madres? No solo las convencían para que abandonasen a sus bebés, sino para firmar unos contratos que hacían ilegal cualquier intento por encontrar a sus hijos en el futuro. Era una atrocidad.

Bajó la vista hacia la carta y siguió la descuidada caligrafía con el dedo. Ivy había nacido una generación antes de tiempo. Sam, como reciente madre soltera, sufrió una profunda impresión al enterarse de que en St. Margaret, al lado de su casa, se habían arrebatado bebés de los brazos de sus madres hasta mediada la década de los setenta.

Tenía que ir allí y ver cómo habían vivido, dónde

durmieron los bebés, dónde trabajaron las chicas para pagar su manutención. Le intrigaba el posible vínculo de Kitty Cannon con St. Margaret pero, por alguna razón, podía imaginar encontrándose en la situación de Ivy y se sintió obligada a ver el edificio con sus propios ojos.

Sus búsquedas en línea revelaron que el viejo convento sería demolido el martes, lo cual le concedía solo dos días para llegar allí antes de su destrucción. Acababa de empezar su turno de cinco jornadas, así que no tendría tiempo libre hasta que se cumpliese la orden de demolición de la casa. Al día siguiente tendría que levantarse al amanecer si pretendía ver el lugar en persona y conseguir presentarse a las diez de la mañana en su lugar de trabajo.

Mientras caía en un sueño irregular, su mente volvió a vagar regresando una y otra vez a la carta posada al otro lado de la mesa —una carta que, de alguna manera, había terminado entre las cosas de su abuelo— y a la aterrada mujer que la había escrito.

CAPÍTULO SEIS

DOMINGO, 5 DE FEBRERO DE 2017

Kitty se quedó en el umbral de la casa *mews* que Richard Stone tenía en el centro de Londres mientras este quitaba el doble cerrojo y abría la puerta principal, haciéndole un gesto para que entrase.

La alarma doméstica comenzó a marcar la señal de treinta segundos; ella se quedó en el pasillo, observando a Richard golpear los números del teclado. Sus manos, nudosas y cubiertas de manchas seniles, temblaban ligeramente mientras lo hacía.

—Lo siento. Desde que falleció mi esposa olvido quitar la alarma al levantarme.

Kitty sonrió.

—Te agradezco que hayas aceptado esta cita urgente. No sabía a quién recurrir.

—Por supuesto, para eso estamos. Solo siento que tenga que ser tan temprano, hoy tengo concertada una comida con mi hijo desde hace semanas.

Richard volvió a colocar las llaves en un gancho de la pared, después la llevó por la suave moqueta de un pasillo adornado con fotografías en blanco y negro de sus dos hijos en distintos lugares, de vacaciones.

—¿Te importa si voy al baño un momento? —preguntó Kitty.

—Pues claro que no, ya sabes dónde está, ¿verdad? Te espero aquí —respondió Richard.

Al regresar a la sala, él señaló con un gesto una silla de cuero marrón colocada en la esquina.

—Por favor, siéntate.

Kitty echó un vistazo por la habitación, que a esas alturas ya conocía tan bien como su propio cuarto de estar, y exhaló un suspiro de irritación. La mesa baja con la preceptiva caja de pañuelos de papel, el color neutro de las paredes y la persiana de color crema que solo permitía el paso de la luz solar suficiente para acabar con cualquier sensación de claustrofobia. Llevaba semanas visitando a Richard, andando con mucho cuidado al hablar de su insomnio, de su carrera. Estaba harta de aquella sala, harta de esperar que la presionase para hablar de su pasado y obtener la fisura que buscaban todos los psiquiatras…, harta de ver su reacción.

—¿Me permites el abrigo? —dijo Richard, dedicándole una cálida sonrisa al inclinarse a su lado.

—No, gracias, todavía estoy helada —contestó Kitty, tirando uno a uno de los dedos de sus guantes grises de cachemira antes de hundirse en la silla.

Richard también se sentó, cruzando las piernas y reclinándose hacia atrás. Kitty evitó mirarlo hasta haber colocado sus guantes en el bolso posado en su regazo, que a continuación dejaría junto a la silla con un suave y sordo golpe. Al final levantó la vista, comprobando si los ojos azules del hombre estaban fijos en ella, y después, de inmediato, apartó la mirada.

—¿Cómo estás, Kitty?

Cambió dos veces de postura antes de volver a acomodarse en su asiento, con los hombros hundidos.

Escuchó el fuerte sonido de su propia respiración. En el exterior sonó la bocina de un coche, y el ruido la hizo dar un respingo.

—No sé cómo puedes soportar vivir en el centro —dijo.

Richard sonrió con amabilidad.

—Me mantiene joven.

—Me sorprende que oír los gemidos de la gente te compense lo invertido.

Richard bebió un sorbo de agua.

—Yo no diría gemidos. ¿Seguro que estás cómoda con el abrigo puesto?

—Sí. Deja de preocuparte tanto, haz el favor. He venido hasta aquí para alejarme de toda esa falsedad.

—¿Crees que la gente es falsa cuando se preocupa por tu bienestar? —inquirió Richard.

Kitty volvió a apartar la mirada, dedicándose a examinar los zapatos del hombre para evitar sus ojos. Eran unos ajados zapatos marrones de cuero calado, pero había un brillo en ellos que indicaba un buen mantenimiento.

«Como el propio Richard», pensó Kitty.

El hombre tenía más de ochenta años. Estaba casi calvo y bajo sus ojos sobresalían unas pesadas bolsas, pero sus descoloridos vaqueros estaban planchados y el suave jersey rojo de lana estaba recién lavado. Todo en la sala indicaba que alguien cuidaba de él, a pesar del reciente fallecimiento de su esposa… Quizá una empleada del hogar y, por supuesto, sus cariñosos hijos.

A Kitty siempre le pareció que Richard tenía el aspecto de alguien que lo tiene todo planeado, que había pasado el tiempo con una esposa que no gastaba nada y llevaba una vida frugal: «No tires esa silla, cariño. Podría barnizarla y emplearla como taburete en el cuarto de los chicos».

Podía verlos disfrutando en sus vacaciones de saludables acampadas, en vez de caros viajes al extranjero. Eso les permitió ahorrar dinero suficiente para comprar una casa en el centro de Londres mientras aún eran jóvenes. Una decisión que, además de conseguir una lucrativa clientela, les permitió retirarse a una acomodada existencia.

—Tienes buen aspecto —contestó ella como si respondiese a un insulto—. ¿Has estado fuera?

—Sí —respondió Richard—, acabo de pasar un par de días con mi hijo.

Con un gesto maquinal, el hombre acarició la alianza que llevaba en su dedo anular con el pulgar izquierdo, y Kitty lo imaginó a él y a su devota prole sentados en la pintoresca plaza de alguna ciudad, sonriéndose de vez en cuando unos a otros viendo al mundo pasar. Richard había hecho tan magnífico trabajo criando al chico que el entendimiento entre ellos no requería de una constante conversación. Quizá la velada referencia a cuánto le gustaba a su esposa el lugar donde estaban sentados.

—¿Quieres hablar de eso que te está molestando, Kitty?

Kitty quitó una pelusa de su abrigo. El radiador a su espalda arrojaba calor haciendo que su piel latiese. Sentía las mejillas ardiendo al desabrochar los botones y abrir el abrigo.

Richard posó una mano en la rodilla.

—¿Cómo fue tu cena?

Kitty se revolvió en el asiento y suspiró.

—Bien. A no ser por el hecho de sentirme invisible.

—Vaya, lo siento. ¿Por qué te sentías invisible?

Ella comenzó a arrancarse padrastros.

—Porque toda esa gente a la que respeto miraba a través de mí, no a mí. Antes solían observarme, interrumpían conversaciones para escucharme. No sé cuándo comenzó, pero anoche no lo hicieron. Miraban a gente más joven que yo, más atractiva, con toda la vida por delante. Sentía como si se estuviese apagando una luz dentro de mí y que ya no me veían como era.

Trazó un círculo sobre la pernera de su pantalón con un dedo, dando vueltas y vueltas.

Richard hizo una breve pausa esperando a que ella continuase.

—Quizá solo sea cómo lo viste; quizá todavía viesen muy bien esa luz dentro de ti, como dices.

Kitty miró el reloj, cuyas manecillas parecían haberse detenido.

—Al irme, sola, sentí como si estuviese abandonando mi propio funeral. Sabía que nadie me echaría en verdad de menos. Tú eres distinto, Richard. Lo que has conseguido lo has logrado del modo correcto. Has vivido un verdadero amor, has perseguido las cosas importantes de esta vida, atesoras una familia. Tu trabajo ocupa un segundo lugar.

—Es peligroso compararse con los demás, Kitty. Solo nosotros conocemos la realidad de lo que ocurre en nuestras vidas.

—Venga, vamos, no te menosprecies. Estoy en tu casa, puedo sentir la felicidad, la alegría. Simplemente estoy diciendo la verdad, y la digo como un cumplido. Siento celos por lo que tienes. Mi trabajo es todo lo que tenía yo, y ahora hasta eso se está difuminando.

Richard se aclaró la garganta.

—Dices que el trabajo es todo lo que tenías, pero asististe a una fiesta llena de gente deseosa de mostrar su amor y admiración por ti.

Kitty le lanzó una mirada, negando con la cabeza.

—Estaban allí por ellos.

—Creo que estás siendo muy dura contigo misma. ¿Podría ser justo lo contrario, que fuesen ellos los que ya no disfrutasen de tu atención o tu amor? ¿Que estés enfadada con ellos por no ser como quieres que sean?

—¿Por no quererme por lo que en verdad soy? Es un tema un poco manido, ¿no crees?

Ella apartó la mirada, se levantó y se quitó el abrigo mientras se acercaba al portalón de la terraza que daba a un pequeño jardín perfectamente cuidado.

—No, no está manido querer sentir amor por quienes somos realmente. Pero si no les muestras quién eres de verdad, ¿cómo podrían amarte? Quizá tu trabajo te haya proporcionado una máscara que temes quitarte por miedo al rechazo. Quizá estés cansada de simular. ¿Tienes a alguien con quien puedas hablar, Kitty? Quiero decir aparte de mí. ¿Un amigo? ¿Una alma gemela?

—La tuve —respondió Kitty, cruzando los brazos y mirando a lo lejos.

—¿Y qué pasó? —preguntó Richard.

—La perdí —dijo Kitty con voz queda.

—¿Qué quieres decir con «la perdí»? —Cambió despacio de posición e hizo un gesto de dolor; sin duda sentía molestias en la espalda, o en las articulaciones.

Kitty guardó silencio. Finalmente regresó a su silla, dobló el abrigo y lo dejó en el suelo, al lado de su bolso. Después se sentó, suspirando.

—Tienes razón, estoy cansada. Me ayudaría conseguir dormir un maldito segundo. El temazepam ese que me recetaste me deja noqueada, pero me despierto a las dos o tres horas. Esto puede volver loco a cualquiera.

—¿Y qué te desvela? —preguntó Richard.

Kitty observó a un gato negro persiguiendo a una ardilla a través del césped, primero, y encaramándose a un enorme sicomoro después.

Richard la presionó.

—¿Es un sueño recurrente? ¿O tal vez una pesadilla?

Kitty observó la pulsera en su muñeca, acariciando y dándole la vuelta a cada colgante con los dedos.

—Corro a través del túnel por el que escapó, pero nunca logro llegar a la luz del final. Yo sigo y sigo, pero nunca me acerco.

—¿Es tu hermana? ¿Es el túnel por el que escapó tu hermana? —dijo Richard.

Kitty asintió.

—Los sueños son asuntos sin resolver que el cerebro intenta procesar mientras duermes. Serán recurrentes hasta que logres descifrar qué intentan decirte. —Observó a Kitty con atención.

—Nunca le pregunté a mi padre por qué murió mi hermana. Estaba viva cuando fui a buscar ayuda —dijo Kitty en voz baja. Podía sentir cómo se le secaba la boca—. Sabía que lo habían engañado, y él también lo sabía. —De nuevo volvió a arrancarse padrastros, haciéndose sangre, encogiéndose de dolor.

—¿Quién lo había engañado? ¿Qué crees que le ocurrió a ella? —preguntó Richard.

—Creo que la encontraron y que la castigaron por escapar —contestó Kitty, mirándolo a los ojos por primera vez.

—¿Escapar de dónde? —Richard descruzó las piernas lentamente y se inclinó hacia ella—. ¿Sabes si estaba en alguna clase de institución?

Kitty sintió que se tensaban todos los músculos de su cuerpo.

—Vivía en un lugar llamado St. Margaret. Era un hogar para madres solteras, en Sussex.

Richard la observó con atención. Todo color había desaparecido de su rostro y la mano que descansaba sobre su rodilla estaba blanca de tanto apretar.

—Cometieron un error —dijo Kitty—. No sabían que me encontraría al salir de la iglesia… Verás, yo estaba sola, sin mis padres. Me hizo una señal desde el cementerio. Sabían que faltaba, pero no que me había encontrado y que fui a pedir ayuda.

Hizo una pausa y levantó la vista hacia Richard, cuya respiración se había vuelto muy lenta y profunda.

—¿Cuántos años tenías cuando pasó eso, Kitty? —preguntó un rato después.

—Ocho. Solo tenía ocho años. —Observó las manos de Richard, que temblaban.

—¿Me perdonas un momento? —dijo antes de levantarse despacio de su silla, emitiendo un débil gruñido al hacerlo. Se tambaleó un poco al dirigirse a la puerta.

—¿Estás bien, Richard? —preguntó Kitty.

—Sí, un poco cansado por el viaje. Será solo un momento.

Kitty miró al reloj: le quedaban treinta minutos.

Después de que pasasen dos, Richard regresó a la sala con un vaso de agua en la mano.

—Por favor, disculpa que te dejase así. En circunstancias normales jamás habría salido de la sala con un paciente en ella. Pero es que los últimos tiempos están siendo bastante difíciles. Vamos a retomarlo donde lo dejamos. ¿Por qué fuiste sola a la iglesia ese día?

Kitty se levantó y anduvo hasta la biblioteca, cogió un

globo de nieve colocado en una de las baldas y lo agitó. La nieve comenzó a caer sobre el pequeño pueblo del interior.

—Mi padre se había pasado todo el día en el hospital. Yo sabía que mi madre estaba gravemente enferma. Había ido a la iglesia cada domingo de mi vida… Si mi padre trabajaba, mi madre y yo cogíamos el autobús. Así que yo ya sabía cuál coger y qué hacer. Estuve en casa sola todo el día, deambulando por ahí, pensando en mi madre hospitalizada, desesperada por salir, por hacer algo; algo para ayudar. Me perdí el servicio matutino, pero sabía que también había uno vespertino porque a veces mi madre asistía sola.

Regresó a su silla y se sentó con el globo en el regazo. La nieve se había asentado, y ella se imaginó a sí misma dentro, con ocho años de edad, fuera de la iglesia y vestida con su mejor abrigo rojo.

—Ese día estuve a punto de no ir. Esa decisión cambió el rumbo de mi vida. Yo solo quería rogar a Dios que salvase a mi madre. Nunca olvidaré el frío que hacía. El crujido del hielo bajo mis pies era más fuerte que el tañido de las campanas.

Kitty miró a Richard mientras su mente volaba de regreso al autobús que a duras penas rodaba por las heladas carreteras comarcales de Sussex Oriental, contribuyendo a que su hermana y ella se encontrasen por primera vez en la vida.

CAPÍTULO SIETE

DOMINGO, 15 DE FEBRERO DE 1959

Kitty tiraba de los alargados botones de su nueva trenca roja mientras el autobús se abría paso a lo largo de ventosas carreteras hacia el pueblo de Preston. Setos esmaltados de hielo bordeaban la carretera antes de dar paso a campos cubiertos de nieve. Había subido sola al autobús y pagado con la calderilla recogida en la mesita de noche de su padre, después se sentó sola, junto a la ventana, y luego una señora anciana que conocía de la iglesia se colocó a su lado. Su aliento dibujaba círculos de vaho en la ventana que ella periódicamente frotaba con sus guantes negros de lana. Al contemplar el paisaje pudo ver monjas esparcidas por los campos, mirando tras los setos, inclinándose sobre las cunetas con su aliento condensándose en el gélido aire.

Echó un vistazo a la mujer sentada a su lado. Iba vestida con elegancia y llevaba el cabello recogido hacia atrás en un moño de esos que, según imaginaba Kitty, requieren varios intentos antes de quedar bien. Tenía un enorme broche de cristal negro prendido en su grueso abrigo marrón, que a la niña le parecía confeccionado con el tejido de las alfombras. La señora rebotaba en su asiento, con los ojos fijos al frente y su bolso sujeto en el regazo, mientras el autobús avanzaba dando tumbos sobre la carretera helada. Kitty deseaba preguntarle qué creía que estaban buscando las monjas por los campos, pero la mujer no la había mirado ni una sola vez desde que subiesen juntas al autobús, y además tenía la mandíbula apretada, como si no quisiese hablar.

El autobús se detuvo en un cruce y Kitty se mordió el labio con fuerza. Fijó la mirada en el cartel indicativo frente a ella, uno que ponía *Preston Lane*. Doblaron siguiendo esa dirección, rebasando la profunda sombra de Preston Manor y saliendo por South Downs, donde apareció a la vista una mansión victoriana recortada en el horizonte. Desde que tenía memoria, aquel edificio de cuatro pisos y doble fachada la había cautivado. Desde lejos le parecía una casa de muñecas descuidada, sin usar, vacía y colocada en una polvorienta buhardilla. Diez ventanas oscuras se abrían en cada uno de los cuatro pisos, nunca había luz en ellas; la hiedra trepaba por su fachada beis. Al acercarse, su insulso color parecía desaparecer por completo y adquirir una tonalidad grisácea a medida que se marcaban sus ángulos. Grandes cruces sobresalían de cada sección de la casa, y además allí estaban aquellas torrecillas que a Kitty le recordaban a la historia de la cautiva Rapunzel, el cuento de los hermanos Grimm que de vez en cuando le leía su padre.

El camino de grava que daba acceso a la casa estaba rodeado de terreno boscoso; trastabillaron despacio por la senda hasta llegar a un claro donde el autobús se detuvo. Las puertas se abrieron emitiendo un siseo neumático y una mujer joven avanzó con esfuerzo, pasillo abajo, llevando una maleta. Su enorme y redondo vientre presionaba contra la misma y, al descender los escalones del autobús, Kitty pudo oír cómo la señora sentada a su lado chasqueaba la lengua, mostrando su desaprobación.

A la sombra de los árboles, vestido de negro de pies a cabeza a excepción de la franja blanca alrededor de su cuello, estaba el padre Benjamin, a quien Kitty conocía por ser el sacerdote de la iglesia de Preston. Miró su alrededor y vio a varias muchachas caminando arriba y abajo a lo largo de la zanja que corría alrededor del perímetro de la zona arbolada. Vestían monos marrones y las vigilaban dos monjas ataviadas con sus hábitos. Kitty observó con atención a la joven más cercana. Tenía el cabello corto como un chico y su piel era tan pálida como el terreno extendido a su alrededor, cubierto de nieve.

Una de las monjas le hizo una señal a la muchacha y Kitty la vio salir de la zanja. Se tambaleó un instante hasta lograr equilibrarse y erguirse poco a poco, presionando su espalda baja con la mano, revelando un vientre enorme.

El autobús arrancó y la chica alzó la vista, mirando directamente a Kitty; sus penetrantes ojos eran negros como el carbón. La niña se reclinó sobre su asiento, pero no pudo apartar la vista de ella hasta que la monja le ladró a la muchacha plantada en la nieve la orden de que continuase caminando.

Kitty se acurrucó en su asiento, mordiendo frenética sus padrastros. En casa sintió que debía salir, hacer algo, pero entonces, en el autobús, sola por primera vez sin la compañía de sus padres, comenzó a sentir pánico. Aunque el motor estaba en marcha y la calefacción puesta, sentía el frío intentando alcanzarla colándose bajo la puerta plegable y las ventanas rectangulares. Su respiración fue haciéndose cada vez más irregular una vez el autobús se detuvo junto a la iglesia y los pasajeros empezaron a bajar.

Eran solo las tres de la tarde, pero la luz invernal ya se desvanecía y se estaba levantando un gélido viento de febrero. Kitty comenzó a descender del autobús cuidando de que sus mejores zapatos de charol no la hiciesen resbalar.

—¿Está bien, señorita? —preguntó el conductor del autobús al meter la primera marcha, disponiéndose a partir.

—Sí, voy a encontrarme con mi padre en la iglesia —contestó Kitty, enunciando la mentira que había pergeñado en su mente mientras se preparaba.

—Pues ya está aquí. Tenga cuidado con el hielo.

Las puertas se cerraron a su espalda y se quedó sola, observando cómo la congregación entraba afanosa en la iglesia. Deseaba que su padre estuviese de verdad junto a ella, con su manaza cogiendo las suyas. Al avanzar y sentir el hielo crujiendo bajo sus pies, casi podía ver sus zapatos al lado; se imaginaba dando dos o tres pasos para mantener el ritmo de su larga zancada.

Al atravesar la entrada y rebasar las lápidas medio cubiertas de nieve de camino a la iglesia, se detuvo un instante y miró a su alrededor. Las voces del grupo que charlaba delante de ella desaparecieron en el interior del edificio y el único ruido que se oía era el graznido de los cuervos, dos de los cuales la miraban desde las ramas desnudas que dominaban el sendero.

Poco a poco también ellos quedaron en silencio, y la niña tuvo la honda sensación de que alguien la observaba.

Contemplaba las filas de lápidas cuando vio algo moverse a lo lejos. Los cuervos se elevaron hacia el cielo, sacudiendo la nieve de las ramas en las que estaban y haciendo que una ráfaga cayese sobre el pelo de Kitty y la espalda de su nuevo abrigo rojo.

Jadeó al quitarse los helados copos, justo cuando un hombre ataviado con un largo abrigo negro comenzaba a cerrar las puertas de la iglesia.

—¡Espere! —gritó, apresurándose hacia el refugio del edificio e intentando no resbalar. Una vez más, volvió la vista hacia el cementerio y sintió erizarse el vello de sus brazos. Después entró en el templo y las puertas se cerraron tras ella.

CAPÍTULO OCHO

DOMINGO, 5 DE FEBRERO DE 2017

Aún era temprano cuando Sam detuvo el coche al borde del recinto de St. Margaret. Dejó a Nana y Emma calentitas en sus camas y salió sin hacer ruido al gélido amanecer, donde su Vauxhall Nova aguardaba para llevarla a través de las ventosas carreteras de Preston hasta salir a la brumosa campiña de Sussex.

La mansión neogótica, que cortaba la línea del horizonte frente a ella, era más grande de lo que había supuesto, con sus estrechas ventanas arqueadas bajo abruptos tejados de pizarra dominados por crucifijos. La Naturaleza ya había reclamado el lugar, con oscuras manchas de humedad subiendo por sus paredes y la hiedra cubriendo el exterior con tal frondosidad que era difícil concretar dónde terminaba la casa y comenzaba el terreno. El edificio se alzaba completamente solo en medio de una gran extensión de tierra y se podía ver que los preparativos para su demolición estaban en marcha. Excavadoras y montones de arena viva punteaban la entrada, y la pluma de una grúa de treinta metros se inclinaba sobre la casa, con la bola de demolición preparada, como llevando a cabo una cuenta atrás para el inicio de su inminente labor.

Sam se ciñó el abrigo, situándose junto a la valla de acero que rodeaba el terreno, imaginando a las muchachas que habrían estado en ese mismo lugar a lo largo de todos aquellos años, con una mano en el vientre, donde su bebé pateaba, y la otra sujetando el pequeño bulto con sus pertenencias; abandonadas por todos a los que habían querido y sin tener la menor sospecha de qué les esperaba.

Examinó los dos fuertes candados que mantenían la entrada del lugar bien cerrada y después retrocedió, para leer todos los avisos.

Demolición inminente
Zona en obras.
No entrar.
Queda terminantemente prohibida la entrada
a toda persona ajena a la obra.

A su lado, las imágenes de la gran maqueta de arquitecto mostrando siete casas unifamiliares adosadas descansaban sobre unos pilotes:

Casas de nueva construcción y diseño exquisito:
Slade Homes combina la tradicional elegancia de
la arquitectura clásica con un interior propio del
siglo XXI, cerca del tranquilo pueblo de Preston,
en el corazón de la campiña de Sussex.

Las palabras TODO VENDIDO, escritas con letras de color rojo sangre, dominaban el anuncio publicitario.

Sam se volvió y comenzó a caminar recorriendo el perímetro del recinto, pasando su mano enguantada sobre la valla. No había señales de vida, podía oír a un perro ladrando a lo lejos, y al acercarse vio una caseta de obra *Portakabin* con la luz encendida. Se dirigió a ella, trastabillando dos veces sobre el barro helado bajo los tacones de sus botas, y al pasar frente a la casa, un pastor alemán sujeto al terreno se alzó sobre sus cuartos traseros, ladrando frenéticamente. Sam se detuvo por instinto, con el corazón martillando dentro del pecho, a pesar de que el animal estuviese atado con una cadena y hubiese una valla de acero entre ambos.

—¡Max! —gritó una voz masculina—. ¡Cállate! —La luz del interior de la caseta recortó la imagen de un hombre con coleta acercándose a la puerta—. ¿Qué pasa?

Sam pudo ver que se trataba de un individuo alto, de cuello poderoso y hombros anchos. A pesar de la bajísima temperatura, tan solo vestía una arrugada camiseta gris. Calzaba unas botas negras de motorista, sin abrochar, y un sello adornaba su mano izquierda, que sujetaba una pequeña taza humeante. Después de una breve pausa para echar un vistazo a su alrededor, bajó los escalones para ver qué inquietaba al perro, que aún ladraba y gruñía a Sam.

Ella había imaginado todos los escenarios posibles en St. Margaret: el mejor de los casos habría sido encontrar un agujero en la valla perimetral y una ventana rota en el edificio victoriano por la que colarse. Si eso fallaba, entonces lo mejor sería recurrir a las aburridas secretarias, pues se figuró que, en caso de haber un departamento de ventas para tan elegante y novedoso proyecto, podría ser capaz de convencerlas de que estaba interesada en una de las propiedades y agenciarse así una vuelta por la zona antes de presentar sus excusas. Podría incluso haber engatusado o burlado a un guardia de seguridad; pero no había previsto la presencia en la caseta de un fornido capataz que tuviese a un lobo como mascota.

—¡Hola! —dijo ella con voz cantarina, saludando alegre con la mano—. Lo siento mucho, no quería asustar a tu perro.

El hombre se volvió, entornando la mirada bajo la luz del sol, con su espesa perilla atrapando la luz y el humo de un cigarrillo sujeto en la boca ascendiendo hacia sus ojos. Sam leyó la frase estampada en la camiseta (*Sóplamela, es mi cumpleaños*) e intentó esbozar una sonrisa que él no correspondió. El hombre se quedó mirándola durante un incómodo y largo tiempo. El perro comenzó a ladrar de nuevo, hasta que el individuo bajó la mirada y le propinó una patada tan fuerte que lo hizo gañir.

—¿Qué *'tas* merodeando por *'quí*, monada? —preguntó con un fuerte acento *cockney*, del East End londinense.

—No estaba merodeando. Me he acercado porque vi una luz encendida y quería saber si había alguien.

—¿Y *to'* eso *pa'qué*?

El tipo dio una profunda calada al cigarrillo y expulsó el humo en su dirección, caminando hacia ella. Sam sintió una oleada de pánico, a pesar de haber una valla de metal entre ellos, pero sonrió de nuevo y se inclinó, acercándose.

—Porque quiero echarle un vistazo al interior de la casa antes de que la demuelan. ¿Me das un cigarro?

—Últimamente hay mucha gente *interesá* en esa casa. Desde *que'ncontraron* los restos del cura. —Le tendió un cigarrillo y le dio fuego con el mechero a través de un hueco de la valla.

—Gracias. Pues sí, lo vi en el periódico. Por eso estoy aquí.

Sam siempre notaba que, llegado el momento de mentir, la clave estaba en contar un embuste tan sencillo y cercano a la verdad como fuese posible. Rebuscó en su bolso y sacó la carta de Ivy, sosteniéndola para que el hombre pudiese ver las descoloridas hojas y la desfasada caligrafía.

—Mi abuelo murió hace poco y encontré esto entre sus

cosas. Me parece que la escribió su madre y creo que él nació aquí. Anoche, al leer que iban a derribarla, quise venir tan solo para echar un vistazo al lugar donde había pasado sus primeras semanas de vida. Si alguna de las monjas que lo cuidó aún estuviese viva, sería bonito darle las gracias. —Le temblaba la voz. No tenía intención de hablar de quien había sido como un padre para ella.

El hombre soltó una risita.

—¿Las gracias? Pues serás la primera.

—¿Qué quieres decir? —preguntó Sam, entornando los ojos al levantar la vista para mirarlo bajo la luz del temprano sol invernal.

—Del periódico no serás, ¿no? —dijo él, dándole una calada al cigarro.

—¿Qué te hace pensar eso?

—*Tuvieron* revoloteando un rato por *'quí*, pero ya marcharon al forense. Ya *llegao* la orden de demolición. Esta casa va *pa'bajo* en dos días y no hay *na'* de *na'* que nadie pueda hacer *pa'* evitarlo.

—¿Y aun así quieren que duermas aquí cada noche? Eso tiene que ser duro. Está helando.

—Pues sí, cada casa nueva cuesta un millón, así que no van *a'rriesgarse*. Estoy deseando ir a tomar por saco *d'aquí*.

—Estoy segura. Por cierto, me llamo Sam. Encantada de conocerte —tendió su mano a través de la valla y el hombre dudó un instante antes de estrechársela.

—Andy. Entonces, Sam, si te llevo dentro a dar una vuelta, ¿tomas una copa conmigo *pa'la* noche? —Le dio una calada al cigarrillo sin dejar de mirarla.

Sam forzó una sonrisa.

—¿Estás celebrando tu cumpleaños?

Andy bajó la mirada hacia su camiseta.

—Lo estoy si tú lo estás. —Dudó y después inclinó la cabeza hacia el edificio—. Venga *pa'* dentro, no será tan malo.

La pesada puerta de roble de St. Margaret se cerró tras ellos con un golpe y Sam se detuvo en el gran recibidor, dominado por una amplia escalera. El polvo atrapado flotaba bajo la temprana luz matinal que se desparramaba por las deslucidas vidrieras del pico de la escalera. Advirtió un cartel roto sobre el blanco y negro de las descascarilladas baldosas. Se acuclilló y lo limpió de polvo.

Amado Señor nuestro, que las almas
perdidas encuentren su camino a Ti a través
del trabajo duro y la fuerza de sus oraciones.
Hermanas de la Misericordia
St. Margaret, Preston

Se imaginó la escalera brillando y a chicas en avanzado estado de gestación puliendo el suelo sin descanso mientras las monjas las vigilaban. Monjas que eran el infame rostro de los hogares para madres solteras que servían a familias católicas dispuestas a no indagar en qué estaba pasando, a comunidades enteras deseosas de lavarse las manos y desentenderse del asunto. A Sam le pareció una imagen correspondiente a un escenario propio de siglos pasados, y no a una generación de distancia.

—Mira *pa'cá*, encanto.

Estaba tan sumida en sus pensamientos que casi se había olvidado de su guía. Los cristales rotos de una de las ventanas crujieron bajo sus pies al dirigirse a una entrada para mirar en el interior de una enorme sala, iluminada por dos ventanales abovedados. En las paredes se alineaban fregaderos de cerámica de exagerado tamaño y a su lado estaba tirado un enorme escurridor en el centro del ennegrecido suelo. Se quedó bajo el umbral e imaginó fantasmas de décadas pasadas ahogándose en espeso vapor, apartándose el cabello del rostro con el dorso de la mano, lavando en los fregaderos sábanas manchadas y llevando manteles al escurridor.

Un crucifijo dominaba la pared posterior y un tapiz apolillado colgaba sobre los fregaderos. Leyó las intrincadas palabras tejidas y se le erizó el vello de los brazos.

Oh, Cristo misericordioso, amante de nuestras almas,
a Ti te rogamos, por la pasión de Tu Sagrado Corazón
y las penas de Tu Madre Inmaculada, que Tu sangre
limpie a las pecadoras del mundo que hoy van a morir.
Si Te complace, Señor celestial, envíame un
sufrimiento en este día a cambio de la gracia que
pido para esta alma mía, eso me alegrará y así Te
lo agradeceré, amantísimo Jesús, pastor y amante
de nuestro espíritu; Te agradeceré por la oportuni-
dad de mostrar piedad como agradecimiento por
todas las dichas que me has concedido. Amén.

—Este lugar es una locura —dijo Sam—. Siento como si las chicas aún estuviesen atrapadas aquí.

—No *ti'és* ni idea, guapa —Andy se inclinó, acercándose tanto a ella que pudo oler el humo de cigarrillo en su aliento.

—¿Entonces sabes si todavía queda alguna monja viva? —preguntó, apartándose.

—Aún no has *contestao* a mi pregunta.

—¿Y qué pregunta es esa?

No estaba segura de si la náusea que estaba subiendo a su boca se debía a Andy o a la evocadora sala.

—Lo de tomar una copa *pa'la* noche.

Ella sonrió y echó un vistazo por el pasillo.

—¿Qué hay abajo?

—Un comedor, pero ahí ya no hay *na'* —miró su reloj—. Si te digo la *verdá'*, se llevaron *to'* antes de la demolición. Dudo *de* que encuentres algo.

—¿Y allá qué hay? —preguntó Sam señalando con la barbilla una puerta de madera oscura.

Andy se quedó en silencio, así que ella cruzó el recibidor para abrirla, rozándose con él, que no se apartó. Al contrario que la lavandería, aquel pequeño cuarto era claustrofóbico, con paneles de madera oscura absorbiendo la escasa luz que el ventanuco dejaba entrar. Un escritorio de caoba estaba arrimado a la pared, en una esquina, y sobre este descansaba el retrato enmarcado y de buen tamaño de una monja vestida con sus hábitos. El alargado rostro de la mujer era inexpresivo, tenía los labios apretados y sus ojos sin emoción parecieron seguirla por toda la sala cuando Sam levantó la fotografía. Una placa en la base del marco le informó de que la mujer era la «Madre Carlin, madre superiora de 1945 a 1965».

—¿Sabes si aún está viva? —preguntó Sam señalando el retrato—. Me refiero a la madre Carlin.

—Sé que hay un par de monjas viviendo en la casa *pa'* viejos que hay camino abajo. Pero no sabría decirte los nombres. Mira, no podemos quedarnos mucho más, preciosa. El *encargao la* obra vendrá pronto.

—Claro, lo siento. Vamos —echó un último vistazo por la sala y después se dirigió a la puerta. Al hacerlo, su tacón pisó un pequeño pestillo apenas sobresaliente del suelo. Se detuvo en seco.

—¿Qué es esto?

Andy se encogió de hombros, sacó un cigarrillo del paquete y lo encendió. Sam se acuclilló, pasó el dedo por el pestillo y tiró. La trampilla estaba rígida, pero tras un par de intentos empezó a moverse emitiendo un chirrido que retumbó en la sala vacía. Retrocedió para observar la abertura.

—¿Para qué crees que es? —preguntó, mirando a Andy.

—¿Qué parece que es? —Exhaló una bocanada de humo por la húmeda sala.

Sam sintió una oleada de náuseas al comprender que el espacio apenas daba para una persona, quizás una joven. Con unas medidas de apenas 1,6 x 0,9 m, aquello parecía un ataúd. De pronto se quedó helada al imaginarse a ella misma encerrada en aquella oscuridad durante horas, en un espacio tan angosto que no se podría mover, donde tendría tiempo para reflexionar y aprender bien la lección. Cuando Andy le hizo un gesto para salir de allí, oyó el débil sonido de una chica llorando. Fue un instante antes de comprender que era ella.

Sentía una opresión en el pecho mientras el hombre la llevaba del brazo por el pasillo, rebasando la lavandería donde imaginó ver a las jovencitas inmóviles en sus fregaderos, mirándola. Cuando llegaron a la puerta, salió trastabillando al aire fresco jadeando para recuperar la respiración.

—¿'Tás bien, guapa? —Andy le soltó el brazo.

—Lo siento, solo será un momento. Este lugar es demasiado.

Rechazó con un gesto el cigarrillo que se le ofrecía.

—Ya te dije, no *ti'és* ni idea. Cuanto antes arrasen el sitio este, mejor. Creo que será mejor si te vas.

Sam tomaba profundas bocanadas de aire, asintiendo. No tenía ni idea de por qué estaba teniendo semejante respuesta emocional ante las tribulaciones de Ivy, pero en la asfixiante atmósfera de la casa sintió el sufrimiento de todas las chicas allí encerradas. Todo eso, junto con la muerte del padre Benjamín y el posible vínculo de Kitty Cannon con él, hacía que su instinto le chillase advirtiéndole de la existencia de una historia que debía seguir.

Si la madre Carlin todavía estaba viva, tenía que encontrarla. Pero antes necesitaba saber exactamente por qué Kitty Cannon había asistido a la investigación forense de los restos del padre Benjamín. Se pondría en contacto con la oficina de prensa de Cannon para tantear el terreno. Si mostraban cualquier clase de reacción ante la mención de St. Margaret, sabría que tenía algo. Después sería cuestión de que una monja se fuese de la lengua hablando del vínculo entre Cannon y St. Margaret y la cosa estaría en marcha.

Consultó la hora. Eran las siete y media de la mañana. Aún quedaban dos horas antes de tener que estar sentada en su escritorio. Si se daba prisa, podría incluso empezar a seguir el rastro de la madre Carlin. Miró a Andy.

—Me gustaría invitarte a una copa esta noche para agradecerte las molestias. Y si eres capaz de recordar el nombre del asilo ese, serán dos.

CAPÍTULO NUEVE

DOMINGO, 5 DE FEBRERO DE 2017

Richard levantó la vista hacia el reloj, que le indicó que solo había pasado media sesión, y luego miró a Kitty. Le sudaban las manos cuando las unió dando una palmada para engancharlas después en su pierna cruzada.

—¿Qué pasó al salir de la iglesia?

—Me quedé allí un rato, sola, mientras los adultos charlaban a mi alrededor. Estaba a punto de ir a la parada de autobús. Y entonces la vi —la voz de Kitty se rompió e hizo una pausa.

Richard tomó una profunda respiración.

—No pasa nada, Kitty, tómate tu tiempo.

Ella se aclaró la garganta y se mordió un labio.

—Estaba escondida tras una de las lápidas, me hacía señales.

Kitty se levantó y volvió a colocar el globo de nieve en la estantería donde lo había cogido.

—¿Te diste cuenta de inmediato de que era tu hermana?

No la miraba al hablar, mantenía los ojos fijos en la silla que ella dejase vacía, como aturdido.

—No. Veía que era de mi edad pero no sabía quién era. Cualquier otro día habría pensado que quería jugar a algo conmigo, pero estaba muy molesta con la situación de mi madre, así que me preocupé. De alguna manera supe que algo andaba mal —volvió a hacer una pausa—. Miré alrededor para asegurarme de que era mi atención la que intentaba atraer. Pensé que la estaba imaginando, que quizá fuese un fantasma. Después se llevó un dedo a los labios, para que supiese que debía guardar silencio, y me hizo un gesto para que me reuniese con ella.

—¿Y lo hiciste? —preguntó Richard en voz baja.

—Sí. Nadie me miraba. Entonces la gente hacía mucho menos caso de los críos y, por supuesto, mis padres no estaban.

Kitty caminó hasta las puertas del balcón y miró a Richard. El hombre estaba encogido, parecía incómodo. Ella fijó de nuevo su atención en el jardín.

—¿Y qué dijo cuando llegaste hasta ella? —preguntó Richard.

Kitty aún podía ver el rostro de su hermana mientras se acercaba. A pesar de las manchas de tierra, los nudos del pelo y el mono de trabajo que le quedaba demasiado grande, era como mirarse al espejo. Bajó la vista hacia las sandalias abiertas de la niña y a sus brazos desnudos, e instintivamente se quitó la trenca y la envolvió con ella. Su hermana tiritaba al estirar una mano y Kitty la tomó.

—No dijo nada cuando llegué a su lado. Corrimos al edificio anexo. Pasamos la noche allí; ella estaba demasiado asustada como para ir a ninguna parte. Me dijo que se llamaba Elvira y que había escapado de St. Margaret. Había pasado horas en la nieve, esperándome en el cementerio desde el servicio matutino. Yo sabía que mi padre iba a preocuparse terriblemente, pero ella no me permitía dejarla e ir en busca de ayuda. No hacía más que decir: «Si me encuentran, me matarán. Me matarán». —La voz de Kitty volvió a quebrarse. Cruzó los brazos abrazándose a sí misma y miró por el ventanal—. Estaba muy cansada y hambrienta. Yo solo quería ayudarla, pero ella no me iba a dejar ir a ninguna parte.

—¿Pero al final fuiste en busca de ayuda? —dijo Richard, mirándola por fin.

—Sí, al final me dejó ir con una condición. Me hizo prometer que no la llamaría a voces. Dijo que si lo hacía nos encontrarían. Después me enseñó la llave que había usado para escapar. Sacó un ladrillo suelto de la pared y la ocultó tras él. Dijo que si regresaba y no estaba, mi padre y yo tendríamos que emplearla para abrir la trampilla del cementerio, pues sería el único modo de encontrarla.

—¿Y la usasteis? —preguntó Richard con voz queda.

Kitty se volvió y lo miró. Él apartó la mirada y estiró una mano temblorosa en busca de su vaso de agua.

—No. El padre Benjamin dijo que estaba muerta. ¿Pero qué pasa si no lo estaba? ¿Qué pasa si nos mintió? Debería haber vuelto. Podría haberla salvado.

—¿Has regresado alguna vez a St. Margaret, Kitty? —dijo Richard con los hombros hundidos y la mandíbula apretada.

Ella hizo una lenta negación con la cabeza.

—¿Crees que la llave aún puede estar allí? ¿Es eso lo que crees que te está diciendo tu sueño?

Kitty aún podía sentir la inmensidad de la noche al aventurarse a salir a ella. El agujero negro abierto al frente, lleno con el ruido de los búhos en los árboles y de criaturas correteando entre la maleza. Mientras corría, tropezando y cayendo en la oscuridad, sintió como si el frío fuese una persona que tiraba de ella, ralentizándola, intentando hacerla su cautiva. Comenzó a perder sensibilidad en el rostro y las manos, y el recuerdo de su padre regresó vívido a ella: la envolvía con el abrigo que entonces vestía Elvira; le hacía cosquillas; le sonreía mientras le ponía su gorro con pompón.

—Creía conocer el camino de vuelta a la iglesia, a la carretera. Y también creía que mi padre estaría buscándome. Pero estaba muy oscuro, no se veía nada. Yo estaba aterrada. Pasé un buen rato buscando la carretera, pero ya comenzaba a sentirme mareada. Caí, tenía frío, estaba empapada y muy asustada. Solo tenía ocho años, intenté regresar con Elvira pero tampoco fui capaz de encontrarla. Así que hice lo que me rogó que no hiciese y grité pidiendo ayuda.

Kitty bajó la mirada hacia sus manos cuando la sangre tiñó de rojo la pequeña herida abierta junto a su uña. Al pasar la lengua por la mancha escarlata pudo oír el tintineo de los cubiertos en su plato mientras su padre deambulaba frente a la ventana de la cocina de su pequeña casa sin calefacción. Lo observaba con atención apartar la cortina de red cada pocos segundos para echar un vistazo al estrecho sendero cubierto de maleza. Podía sentir el sabor de la carne barata, llena de nervios, del estofado que una vecina bienintencionada les había preparado para que se alimentasen mientras su madre estaba en el hospital. Ella misma había regresado hacía poco del hospital, después de que la encontrasen casi muerta en la zanja en la que había caído al intentar conseguir ayuda para su hermana. La hermana gemela cuya existencia ni siquiera conocía apenas un par de semanas antes.

—Acaba de comer, Kitty, se hace tarde —le dijo su padre apartándole el plato y tirando las sobras a la basura.

Kitty había llevado la vista al reloj de pared: las siete menos diez; faltaba casi una hora para ir a la cama.

—¿Qué pasa, papá? —preguntó en voz baja.

—Basta de preguntas, Kitty —replicó su padre—. Es hora de ir a la cama.

La había apremiado subiendo las escaleras, le puso el camisón, después apagó la luz y se fue sin preguntarle si necesitaba que la llevase a la letrina fuera de la casa. Pudo oírlo recogiendo las cosas, el tintineo de los platos, el choque de los cubiertos dentro del fregadero. Después se oyó un golpe en la puerta.

Se incorporó en la cama, posó los pies en las frías placas del suelo y se desplazó con sigilo sobre el crujiente piso del dormitorio. Abrió la puerta despacio y con mucho cuidado, tanto como se atrevió, y vio al padre Benjamin en pie sobre la descolorida alfombra azul del pasillo.

—Entre, padre.

Kitty observó a los dos hombres dirigiéndose al salón y desaparecer dentro, después resonó en la escalera un fuerte chasquido cuando la puerta se cerró con firmeza tras ellos.

—¿Sabes cómo acabó tu hermana en St. Margaret? —preguntó Richard, devolviendo a Kitty al presente.

—Mi madre pasó enferma la mayor parte de su vida, debido a fallos renales, y creo que mi padre buscó consuelo en otra mujer. Sospecho que ambas nacimos en St. Margaret y que probablemente nuestra madre murió al dar a luz —Kitty cerró los ojos y se los frotó—. Después, por alguna razón, mi padre me llevó solo a mí.

Richard se aclaró la garganta.

—¿No te enfadó que escogiese dejar atrás a Elvira?

Kitty lo miró.

—Dudo que mi madre le hubiese dejado otra opción.

Richard hizo una pausa antes de hablar.

—De acuerdo, pero debo asegurarme de que has

reflexionado acerca de los sentimientos que tienes hacia tu padre al respecto. Me has dicho que tuvo una aventura y que esa mujer, tu madre biológica, probablemente muriese durante el parto. Y también que tu padre escogió llevar a casa solo a una de vosotras, pero que no le guardas rencor por lo que le pasó a Elvira.

Kitty le lanzó una mirada.

—Mi madre era una mujer muy enfermiza; no había modo de que mi padre se las hubiese arreglado con dos gemelas. Él creyó que Elvira sería adoptada, que sería feliz.

—¿Pero por qué crees que te escogió a ti? —preguntó Richard—. Obviamente, para Elvira fue una tragedia que le cambió la vida, pero fue igual de duro para ti, en muchos aspectos. Menuda carga para soportarla toda la vida. No tienes que culparte por nada de esto, Kitty.

—Pero a mi padre sí, ¿es eso lo que estás diciendo? —Su reflejo en el cristal le devolvía la mirada, estiró una mano y lo acarició suavemente con la punta de los dedos. A pesar de los años pasados, todavía podía oír la voz de su padre a través de la puerta del salón.

—Era mi hija, padre. Tenía derecho a saber si la habían devuelto a St. Margaret.

La mano de Kitty temblaba al pasarla por la barandilla. Había bajado cada escalón de puntillas, intentando desesperadamente no despertar a las durmientes placas del suelo. Al llegar abajo, su corazón latía con tanta fuerza que dolía. Las voces de los dos hombres llegaban a ella con toda claridad, como si se encontrase en la habitación con ellos.

—Con el debido respeto, George, usted renunció a sus derechos sobre Elvira en el instante de su nacimiento.

La voz del padre Benjamin era tranquila y razonable, como si estuviese pronunciando un sermón en la iglesia.

—Pensaba que la habían adoptado, que estaba en un hogar donde la querían.

En cambio, la de su padre sonaba tensa y ahogada; Kitty lo imaginaba deambulando por la sala mientras el sacerdote lo observaba.

—Y así fue; allí pasó seis años de su vida —dijo el padre Benjamin.

—¿Y qué ocurrió? —Preguntó George, alzando un poco la voz.

—No lo sé con exactitud, pero riñeron con ella; dijeron que tenía problemas.

Kitty oyó al padre Benjamin toser, y se lo imaginó relajado, con las piernas cruzadas, tomando un sorbo de su bebida.

—Aun así, uno no devuelve a una criatura como si fuese un regalo que no te gusta.

George deambulaba de nuevo por la sala, podía notarlo en su voz, en el ligero temblor del suelo.

—A menudo, parejas que creen no poder tener hijos quedan embarazadas tras adoptar. A Elvira le costó mucho adaptarse a la presencia del nuevo bebé y dijeron que intentó hacerle daño en un par de ocasiones.

La sala quedó en silencio; Kitty temió que estuviesen a punto de salir y se lanzó escaleras arriba,

—¿Y después trataron de encontrarle una nueva familia? —preguntó George; en ese momento su voz sonaba resignada.

—Lo hicimos, pero las parejas jóvenes no quieren niñas de seis años con problemas; quieren criar bebés —contestó el padre Benjamin.

—¿Por qué no me lo dijo, al menos?

Kitty percibió la resignación en la voz de su padre.

—Helena estaba muy enferma, George, y usted apenas si podía ocuparse de Kitty. No quería cargarlo aún más. Debo decir que estas acusaciones me parecen bastante fuera de lugar. Y también debería recordarle que fue usted quien acudió a nosotros, y rogando nuestra ayuda, debo añadir, para hacer desaparecer aquel problema suyo.

La voz del sacerdote sonaba más dura.

—Lo sé, padre, y estoy agradecido. Pero es que ha sido una fuerte impresión para Kitty, y una situación muy dura para mí. Intentar explicarle qué sucedió y por qué nunca le dije que tenía una hermana. El doctor Jacobson ha dicho que debo darle algo de tiempo, pero tiene pesadillas todas las noches; no ha vuelto a ser ella desde ese desdichado episodio. Y ahora viene y me dice que esa pobre niña está muerta. No puedo evitar sentirme responsable. ¿Dónde está enterrada?

Kitty contuvo la respiración.

—En el cementerio de St. Margaret. Le dimos la extremaunción y un entierro digno.

La voz del padre Benjamin sonaba más suave.

—¿Por qué no fueron al hospital? No pueden enterrar a una criatura por las buenas, sin cumplir con los requisitos pertinentes.

La voz de George se estaba rompiendo.

—El doctor Jacobson firmó su acta de defunción. Está todo en orden, George. Fue un asunto desafortunado, pero ella eligió escapar durante una de las noches más frías del año. No debería martirizarte más. Tiene que concentrarse en que Helena se cure y en ayudar a Kitty a superar estos momentos tan difíciles. Creo que será mejor que me vaya. No hace falta que me acompañe, conozco la salida.

Kitty subió las escaleras como un rayo antes de que apareciese el padre Benjamin. Se pasó la noche llorando sobre su almohada, pensando en la hermana a la que no había conocido y a quien tan desesperadamente añoraba, yaciendo sola en su tumba, fría y asustada.

—No está enterrada en St. Margaret, ¿sabes? —Y miró al reloj de pared, consciente de que estaba concluyendo la sesión.

Richard se recostó en la silla, con el cuerpo hundido y sus manos posadas sobre los reposabrazos como si estuviesen manteniéndolo erguido. Parecía exhausto.

—Van a demoler la casa para dedicar el solar a la construcción de un proyecto nuevo y han excavado el cementerio —continuó ella—. Guardo una copia del informe de la excavación.

—¿Da algún detalle de lo encontrado en las sepulturas? —preguntó Richard, lentamente.

—Algunas mujeres fueron enterradas con sus bebés recién nacidos. Pero ninguna tumba contenía niños mayores.

—¿La enterraron en otro lugar?

—O aún vive —dijo Kitty, observándolo con atención.

—¿Cómo podría estar viva? —Richard tenía los ojos abiertos como platos.

Kitty se encogió de hombros.

—Quizá escapó y alguien cuidó de ella. Si mintieron acerca de lo que le pasó, puede que mintiesen acerca de su entierro. O a lo mejor ha pasado todo este tiempo oculta en St. Margaret.

Richard titubeó antes de hablar.

—Eso parece bastante improbable. ¿No crees que habría intentado encontrarte de nuevo?

—No si me culpaba por haberla abandonado —dijo Kitty, sin complicarse—. Últimamente he estado pensando mucho en la noche en que murió mi padre. La policía me despertó a las dos de la mañana. Yo tenía diez años y estaba completamente sola. Mi madre se encontraba en el hospital; mi padre había ido a visitarla y tuvo un accidente en el camino de vuelta a casa.

—Lo siento, Kitty —dijo Richard, sacudiendo la cabeza.

—Solo recuerdo decirles que era un buen conductor. Que no habría chocado con nada. Quería preguntarles por qué estaban tan seguros de que había sido un accidente. Una vez, mi padre me dijo que si no había un móvil, era relativamente sencillo salvarse de una acusación de asesinato. Un vecino fue a casa, y yo estuve sentada en mi habitación hasta la salida del sol dándole vueltas y vueltas al asunto: quizá *sí* había un móvil, quizás alguien quería hacerle daño.

Hizo una pausa y miró a Richard esperando que la animase a continuar, pero el hombre se quedó mirándola como si viese a través de ella, sin establecer contacto visual, hasta que poco a poco levantó la vista hacia el reloj de pared.

CAPÍTULO DIEZ

LUNES, 23 DE ENERO DE 1961

George Cannon se sentó en la dura silla de madera colocada junto a la cama de hospital de su esposa, observando los tubos de sangre saliendo de su pálido antebrazo hasta la máquina de purificar. Ya se había sentado allí en un centenar de ocasiones, cogiéndola de la mano, pasando las horas hablando mientras el aparato de diálisis se encargaba de hacer lo que sus riñones no podían. Sin embargo, aquella noche, viendo el cuerpo desgastado y escuchando aquella respiración forzada, todo pareció ir mal. Los minutos parecieron alargarse como si fuesen horas y la noche pareció un infinito agujero negro abierto frente a él.

Levantó la mirada hacia el reloj de pared: las diez de la noche. No podía dejarla hasta que estuviese de nuevo en su habitación; estaba cubierta de moratones por las punzada de infinitas agujas y, de eso estaba seguro, por haber sido llevada de una cama a otra con demasiada rudeza. Los moratones cubrían todo su cuerpo y no parecían sanar... Unos eran verdosos, otros púrpura oscuro y había una agrupación sobre su cadera que eran casi negros, como si el mismo diablo hubiese dejado la marca de su mano al retenerla abajo.

La enfermera jefe insistió en que se fuese en cuanto finalizasen las horas de visita; pero él había insistido en quedarse. Al final, se impuso su cargo como comisario del departamento de policía de Sussex y le permitieron quedarse. No es que el consentimiento de la mujer, o la ausencia del mismo, hubiesen supuesto ninguna diferencia en su resolución. Estaba perdiendo el control de todos los demás aspectos de su vida, y aquella noche no había enfermera jefe ni ser viviente alguno capaz de apartarlo de su esposa. No mientras cada minuto que pasaba despierto, o dormido, apartado de ella se le antojaba un fracaso por su parte. Porque pronto, demasiado pronto, ella se iría y él se odiaría por haberse apartado un segundo de su lado mientras estuvo viva.

Tap, tap, tap el taconeo de los zapatos de la enfermera jefe ganaba fuerza a medida que avanzaba pasillo abajo, en su dirección. George observó el rostro de su mujer y siguió la línea de sus chupadas mejilla hasta la boca, donde los labios estaban tan abiertos y resecos que sangraban por las comisuras.

—Tiene sed, necesita más agua —ladró en cuanto la enfermera entró en la sala.

—Señor Cannon —suspiró—. Todavía está a régimen de ciento cincuenta mililitros. No se me permite darle más.

—Bueno, ¿y no puede volver a mirar? Me está rogando que le dé agua. ¿De verdad es tanta la diferencia? Se está muriendo, por el amor de Dios… —Su voz se quebró al mirar a los cansados ojos de la enfermera jefe.

—Sé que es duro —dijo, comprobando que la máquina de diálisis realizase bien todas sus funciones—. Pero aún hay esperanza de encontrar a un donante. Si lo conseguimos, habremos incrementado sus posibilidades. ¿Por qué no va a casa y duerme un poco, señor Cannon? Nosotras cuidaremos de ella.

—No pienso irme a casa —George se levantó.

—Como guste —dijo la enfermera jefe con frialdad, disponiéndose a salir de la habitación. Al llegar a la puerta se volvió hacia él, el suave vello de su barbilla recogía algo de luz—. Su tratamiento debería terminar pronto. Por favor, venga a buscarme en cuanto se detenga el aparato y me ocuparé de ella.

Estaba volviendo a vivirlo todo, la desesperación, la impotencia. El cuerpo de Helena rechazaba el riñón que le habían donado dos años después de haber acudido al padre Benjamin para pedirle que lo tuviese presente en sus oraciones. Unas oraciones que habían sido contestadas el día que cambió sus vidas para siempre.

Se había encontrado un riñón para Helena pocas horas antes de la fecha límite. Pero su hija Kitty desapareció el día en que debían estar celebrando su nueva oportunidad de vivir. Durante dos días y dos noches buscaron, desesperados, hasta que el desastrado cuerpo herido de la niña fue encontrado en una zanja a unos tres kilómetros de la iglesia de Preston. Con su esposa sometida a una intervención de trasplante en un ala del hospital y su hija en coma en la otra, George había pactado con Dios que si había de sacrificar a una, que fuese a Helena y no a Kitty. Y, al parecer, dos años después sus ruegos fueron recordados.

Se quedó en pie, mirando su reflejo en la ventana mientras una lluvia helada lanzaba ráfagas de perdigonazos contra el cristal. Sintió como si la presión del latido que sentía en la cabeza fuese a romperle el cráneo desde el interior. Se volvió y miró a Helena. No podía dejarla, pero tampoco soportaba quedarse. No encontraba sosiego en ninguna parte, no podía huir de sí mismo y eso lo estaba llevando al borde de la locura.

El monótono ruido de la máquina de diálisis y el tictac del reloj estaban reventándole los tímpanos. Tuvo que recurrir a toda su fuerza de voluntad para no destrozar ambos aparatos. Volvió a sentarse y de nuevo cerró sus irritados ojos, con todo su cuerpo latiendo, rogando por algo de sueño. Intentó controlar la respiración y calmarse, pero en cuanto se relajó sintió como si estuviese en caída libre, hundiéndose como la arena de un reloj. Se espabiló de golpe, apenas capaz de respirar con aquella tensión en el pecho. Sus ojos intentaban enfocar mientras recorrían el cuerpo inmóvil de Helena. Tenía las piernas tan hinchadas que ya no podía levantarlas, y a él le dolía recordar que hubo un tiempo en el que ella estuvo libre de todo ese dolor. En su cabeza destellaron imágenes de su primer encuentro… su mano extendida, su ondulado cabello rubio cayéndole hacia delante al quitarse las gafas y sonreír. Él no fue capaz de apartar los ojos de ella.

Poco tiempo después, vivía para estar con ella; nunca había conocido a alguien así. Era tan fuerte y valiente que nadie hubiese imaginado qué estaba sucediendo en el interior de su cuerpo perfecto. Cuando antes de su primer aniversario de boda comenzó a sentirse cansada y mareada, supusieron que se trataba del bebé que tanto querían; pero menos de una semana después estaban en la consulta del doctor Jacobson, escuchando sin poder dar crédito a sus oídos, rotos de dolor e incapaces de mirarse el uno a la otra. Ni había bebé ni lo habría jamás, y su vida marital (el futuro tal como lo habían concebido) se terminó.

George recorrió un pasillo de baldosa y pasó con cuidado entre camas con pacientes dormidos para dirigirse al cristal esmerilado de la puerta del despacho de la enfermera jefe. Llamó con suavidad y después empujó despacio el picaporte. Una radio chasqueaba en la esquina de una sala prístina, amueblada con un perchero para abrigos, un mueble archivador y un escritorio de madera, donde reposaba una taza china medio llena de té. La sala estaba vacía.

—¿Hola? —susurró.

—¿George?

La voz a su espalda lo sobresaltó de tal modo que tropezó con el escritorio, haciendo que la taza se estrellase contra el suelo. Levantó la mirada y vio un rostro conocido; el del doctor Jacobson, su médico de cabecera desde hacía veinte años, que estaba sacando los brazos de su abrigo empapado de nieve, sacudiéndose copos de su cabello canoso.

—¿Estás bien? —Preocupado, observó a George por encima de sus gafas de media luna. George sintió el frío de la noche radiando del rostro del médico; veía los capilares de su nariz adquiriendo un brillante color púrpura bajo su pálida piel.

—Sí, todo bien. ¿Has visto a la enfermera jefe por alguna parte, Edward? La sesión de Helena ha terminado y tengo que volver con Kitty.

—Todavía no. Probablemente esté haciendo la ronda.

George descolgó el teléfono.

—Pierdes el tiempo —dijo el doctor Jacobson—. Las líneas están cortadas debido a la tormenta. ¿De verdad estás bien? —Colgó su abrigo en el perchero—. Puedo ocuparme de Helena si tienes que ir.

—¿Seguro? ¿Te quedarás con ella hasta que vuelva?

—Desde luego —respondió el doctor Jacobson, cruzando los brazos y bajando la voz—. George, ¿cómo está Kitty?

—A pesar de lo que dijiste, no parece estar volviendo

a ser la que era —replicó George, cortante—. Está muy preocupada y enfadada por esto de su madre. No quería que viniese esta noche.

Sabía que a Kitty no le costaba ningún esfuerzo detectar su ansiedad, y que nada de lo que él hacía aliviaba la situación. Ni el whisky que bebía hasta por fin caer dormido al alba ni las aseveraciones del doctor Jacobson diciéndole que encontrarían un riñón para Helena. Su hija había sufrido mucho desde que dos años antes tuviese un contacto tan cercano con la muerte. Hablaba a menudo de haber encontrado a su hermana gemela el día que se perdió, algo que él creyó imposible la primera vez que la niña se lo contó en el hospital pero que, para horror suyo, había resultado ser verdad. La familia adoptiva de Elvira la había devuelto a St. Margaret y luego ella escapó. Pero estaba muerta y él siempre se culparía por ello.

Jamás conoció a la niña, pero tampoco olvidaría al padre Benjamin entrando en el despacho de la madre Carlin, en St. Margaret.

—Tiene una hija hermosa, George, aunque siento decirle que su madre no ha sobrevivido.

George se sentó, dejándose caer.

—Es terrible. ¿Sufrió?

—No, dio a luz a las dos y después sufrió una hemorragia. Fue muy rápido; no pudimos hacer nada.

La madre Carlin posó una mano sobre su hombro.

—¿A las dos? —preguntó—. ¿Había más de una niña?

—Tuvo gemelas, George, pero la otra pequeña quedó un poco atascada, así que tardó un rato en respirar. Está viva, así que debemos tenerla aquí y cuidarla. Cuando se ponga bien, le encontraremos un buen hogar.

—¿Puedo verla? —preguntó.

—No, está en la enfermería. George, no se preocupe, por favor. Tiene una hermosa hija a la que querer y eso ya es bastante tarea para usted.

En ese momento se abrió la puerta de la oscura oficina, e igual que la luz entró en la habitación, así lo hizo Kitty. Estaba en un moisés, y tan tranquila que George no estuvo seguro de que allí hubiese un bebé hasta que miró por encima del borde. Ella le devolvió la mirada con sus grandes ojos castaños e instintivamente él le pasó la mano por la mejilla. La pequeña se estiró y le cogió un dedo. Tenía un puño diminuto, pero tan fuerte que no cejaba en su agarre; ese fue el establecimiento de un vínculo inquebrantable.

Echaba de menos cómo era Kitty antes de que se perdiese, su despreocupada y feliz Kitty. Nunca debería haberla dejado sola. De pronto sintió la desesperada necesidad de salir de allí.

—Lo siento, pero creo que debo irme; no quiero dejar a Helena, pero estoy muy preocupado por Kitty. Se quedó muy enfadada cuando salí de casa; está muy irritable desde que se perdió, y va a peor.

El doctor Jacobson le dio una palmada en el hombro en el momento en que entraba la enfermera jefe.

—Sí, George, por supuesto. Vete.

—Gracias.

Se volvió y cruzó la recepción apresurado, bajó los helados peldaños de la escalera y entró en la nevada.

Apenas podía distinguir dónde estaba su coche mientras daba tumbos por el oscuro aparcamiento, pero al final lo encontró y trasteó intentando abrir la cerradura con sus helados dedos. La puerta cedió con un chirrido, entró y metió la llave de contacto; necesitó realizar varios intentos antes de lograr ponerlo en marcha.

El motor rezongó una protesta, las escobillas batieron ineficaces la capa de nieve del parabrisas. Hizo que el congelado engranaje se pusiese en reversa y bombeó el acelerador, pero el coche permaneció quieto, bamboleándose contra la nieve atrapada entre las ruedas. Perdió la paciencia, comenzó a patalear en el suelo y entonces el coche patinó hacia atrás sobre la capa de hielo y chocó contra un vehículo aparcado en la fila contigua. No tenía tiempo para evaluar los daños; ni siquiera tenía tiempo para pensar… Solo sentía una abrumadora necesidad de estar con Kitty. Giró el volante a toda prisa y frotó el parabrisas con el brazo antes de comenzar un lentísimo avance a través del aparcamiento hasta llegar a una carretera oscura como boca de lobo.

Había esperado que la calzada fuese menos traicionera, pero la nieve se había comprimido convirtiendo la huella de los otros coches en una pista de hielo negro. Al resbalar por una curva cerrada, un buen montón de nieve cayó de los árboles sobre el parabrisas con un fuerte golpe sordo. Las escobillas continuaban batiendo y llevando nieve, de modo que a veces no era capaz de ver absolutamente nada. Cuando por fin se limpió, se sorprendió al ver en medio de la carretera a un cuervo devorando las entrañas de un conejo muerto. El pájaro se elevó hacia el cielo justo cuando tenía el coche encima, batiendo frenéticamente sus grandes alas negras al pasar volando por encima del capó, en busca de un lugar seguro.

George sintió el corazón desbocándose en el pecho e intentó calmar la respiración mientras la carretera extendida al frente volvía a ser una alfombra blanca. «Carente de vida, de aspecto inocente y, en realidad, terriblemente mortal», pensó. Bombeó el acelerador, el pulso latía en sus oídos.

Despacio, despacio. Vas a patinar y vas a chocar. Acelera, te necesita. Vuelve a casa.

Su alterada respiración parecía absorber todo el aire de la cabina del coche, y la calefacción no surtía efecto en el gélido aire. Su pie tembló al posarse sobre el acelerador. Tú llega a casa y podrás arreglar todo esto. Ella estará bien. Tiene diez años, está agotada, se habrá quedado dormida. Cálmate.

Tomó otra curva cerrada y miró al velocímetro. La aguja marcaba más de 65 km/h, lo cual sería demasiado rápido incluso en una tranquila noche estival. Muerto no serviría de ayuda a Kitty; tenía que ir más despacio. Otra curva y las ruedas volvieron a tirar del volante mientras él se esforzaba por mantener el control. ¿Por qué tardaba tanto? ¿Dónde estaba la carretera general?

—¡Maldita sea! —gritó, frustrado.

Había hecho ese recorrido mil veces con Kitty al lado, sonriendo, charlando con él, riendo, liberando la tensión de sus visitas a Helena, leyéndole la mente, diciéndole lo que necesitaba oír.

—Se pondrá bien, papá. Tenía mejor aspecto, ¿no te parece? Leí en el periódico que hay más gente que nunca haciéndose donante.

¿Por qué había dejado a su hija si sabía que era tan ansiosa? ¿Y si se le ocurría hacer alguna tontería, como aventurarse en medio de la ventisca e intentar llegar al hospital? La imagen de la niña caminando en la nieve destellaba en su mente, torturándolo durante el lento viaje de regreso a ella.

¿Dónde estaba la maldita carretera general? El coche volvió a patinar, pisó el freno pero no pasó nada. El coche empezaba a ponerse de lado. «Como venga alguien de frente, estoy muerto», pensó. Vivía una pesadilla, un pozo sin fondo del que no lograba salir. La decepcionaría. Otra vez. No la merecía. Nunca la había merecido.

Cuando Helena aceptó que llevase a Kitty a casa, creyó que le estallaba el corazón. A la mujer siempre le dolería su traición, pero en su interior había encontrado el modo de comprenderlo. Tenía a su esposa hospitalizada, necesitaba compañía y la madre de Kitty se la dio. Él quería un hijo a toda costa y Helena encontró la manera de proporcionarle uno, ya que ella no podía.

Al fin, cuando el coche se enderezó, divisó a lo lejos las luces de la carretera general. Pero, al tomar la última curva, la vio. Aunque se la había imaginado batallando a través de la nieve para llegar a él, le resultó casi imposible aceptar la imagen que veía al frente. Intentó por todos los medios sacar esa alucinación de su cabeza, pero la niña permanecía allí, vestida con su trenca roja, caminando hacia él con su cuerpecito doblado hacia delante, la cabeza cubierta con la capucha, intentando protegerse de los perdigones de nieve. ¿Cómo lo había conseguido? No podía ser ella, no podía. No, Kitty. ¡No!

De inmediato supo que iba a atropellarla. Presionó el claxon con la palma de la mano y pisó el freno a fondo, girando el volante todo lo posible hacia el lado opuesto a la niña. El coche rugía lazándose hacia ella, las luces iluminaron su camino y la pequeña levantó la vista parpadeando bajo su resplandor. Por un instante sus miradas se cruzaron y George se estiró para recogerla cuando el coche giró. Por un instante la tuvo de nuevo en sus brazos, como la tuvo el día que la conoció, con su vida en sus manos.

Un ruido veloz, rasposo, llenó la cabina del coche cuando las cubiertas intentaron agarrar lo que no podían y comenzó a gritar su nombre dando vueltas y más vueltas.

«¡Corre a mí, Kitty!», pensó fuera de sí. «Ven a mí, coge mi mano antes de que muera».

El mundo cubierto de nieve pasó a toda velocidad frente a la ventanilla y él dio una última vuelta fuera de control, después cayó a plomo, dándose un golpe tan fuerte contra el parabrisas que sintió como si alguien le hubiese partido el cráneo con un hacha. Un dolor como nunca antes había sufrido brotó en su espalda como si cada vértebra se retorciese hasta soltarse. Metal chirriante y ruidoso comenzó a oprimir su cuerpo al tiempo que percibía la cabina estrechándose a su alrededor, hasta que por fin todo se detuvo y él no pudo moverse en absoluto.

Hubo un segundo de silencio mientras fluidos comenzaban a manar de su cabeza y boca cayendo sobre sus ojos, bajándole por el cuello. Intentó volver la cabeza y gritar el nombre de Kitty, pero de su garganta solo salió líquido. Tosió y escupió; sangre y mucosa mancharon la alfombrilla del coche.

Allí estaba, indefenso, chillando el dolor de su agonía; lágrimas y vómito se mezclaban con su sangre mientras esperaba sin esperanza que su hija llegase a él. Ayúdame, Kitty, ¡ayúdame! No me dejes morir solo.

CAPÍTULO ONCE

El asilo Gracewell Retirement Home era un modesto edificio de dos plantas construido con ladrillo rojo y situado al final de un tranquilo callejón sin salida al otro lado de Preston. Sam ascendió por el sendero hasta la entrada principal y llamó al timbre mientras le echaba un vistazo a su reloj. Había telefoneado a la oficina de camino al asilo; Fred buscó recortes referentes a la madre Carlin, que revelaron su fallecimiento en Gracewell en agosto de 2006. Yendo de camino, decidió que el viaje aún merecía la pena. Andy le había dicho que allí vivía una pareja de monjas, así que cabía la posibilidad de que la madre Carlin no fuese el único miembro del personal de St. Margaret retirado en Gracewell.

—Mierda —murmuró entre dientes, terriblemente consciente de que debía estar sentada en su escritorio en menos de dos horas. Al no recibir respuesta, bloqueó el reflejo apoyando una mano sobre el cristal y echó un vistazo al interior, hacia un pasillo vacío.

—¡Vamos! —apremió, llamando de nuevo al timbre antes de que por fin un taconeo sobre las placas de madera comenzase a sonar en su dirección. Tras echar un rápido vistazo por la mirilla, una joven de actitud resuelta y mediada la veintena abrió la puerta; su enorme pecho estiraba el uniforme de enfermera.

—¿Qué desea? —preguntó, colocando un mechón de pelo en su prieta cola de caballo.

—Ah, hola —respondió Sam, dándose cuenta de que no había preparado una historia—. Me preguntaba si podrían ayudarme. Estoy buscando a una mujer llamada Carlin. Madre Carlin —añadió, simulando que no sabía de la muerte de la monja—. Fue madre superiora en St. Margaret, ese convento que está carretera abajo, hacia Preston; y me parece que puede estar viviendo aquí, en Gracewell.

—Lo siento, pero creo que la madre Carlin murió ya hace muchos años; cualquier consulta relacionada con St. Margaret deberá realizarla en el Ayuntamiento —dijo la joven.

—Ah, claro. En realidad no es una pregunta sobre St. Margaret —comentó Sam—. Mi abuelo trabajó allí como empleado de mantenimiento y era muy amigo de la madre Carlin. Murió hace poco y hallé entre sus pertenencias cartas y documentos de ella. Parecen importantes y esperaba encontrar alguna pista sobre familiares o amigos que puedan quererlos.

—Ay, ahora no es el mejor momento. Estamos sirviendo el desayuno. —La joven se volvió para mirar por encima del hombro.

Sam dio unos zapatazos y se frotó las manos.

—¡Caramba! Menudo frío hace. De acuerdo, esperaré.

—Bueno, supongo que será mejor si entra, aunque tendrá que aguardar un buen rato.

—Por supuesto, no hay problema.

La joven franqueó el paso a Sam y cerró la puerta tras ellas, después la acompañó por un pasillo repleto de fotografías de la plantilla y descoloridas impresiones de Sussex Downs hasta llegar a un salón amueblado con unas sillas desnudas y unos cuantos muebles ajados.

—Le diré a la directora que está aquí. Espero que no se demore mucho. ¿Cómo se llamaba usted?

—Gracias. Soy Samantha Harper —respondió Sam, sin encontrar una razón para mentir.

La joven la dejó sola en una sala presumiblemente reservada para dar unas cabezadas después de comer o ver reposiciones de la serie *Colombo*. En el aire flotaba olor a lejía y comida del día anterior. Sam sintió náuseas mientras deambulaba por la estancia curioseando entre estanterías de libros y baldas, en busca de recuerdos o fotografías de los residentes de Gracewell.

—¿Señorita Harper? —La joven asomó la cabeza por la puerta—. Me temo que nuestra directora se encuentra bastante ocupada en este momento. Le propone que escriba a la hermana Mary Francis, que conoció bien a la madre Carlin.

—Ah, bien, ¿la hermana Mary Francis vive aquí? —Sam forzó una sonrisa cuando la muchacha asintió acompañándola fuera de la sala—. ¿Cabe la posibilidad de verla hoy?

—Me temo que no. Ya tiene más de noventa años y se pasa la mayoría de las mañanas durmiendo debido a la medicación prescrita para sus problemas cardiacos. No gestionaría bien una visita por sorpresa; estaría inquieta el resto de la jornada.

—Comprendo —dijo Sam con un asentimiento—. ¿Serviría de algo que le dijese que se trata de un asunto relacionado con St. Margaret?

—No creo. De vez en cuando recibimos visitantes en busca de información acerca de niños nacidos en St.

Margaret a los que intentan seguir la pista. A menudo llegan muy angustiados y a la hermana Mary Francis le resulta muy molesto todo eso. Ya no quiere recibir a nadie más, así que los desviamos al ayuntamiento.

—Sí, sí. Estoy segura de que debe de ser desagradable —dijo Sam. La joven consultó la hora en su reloj—. Pero, como ya le he dicho, esta documentación me parece bastante importante y versa sobre asuntos de la madre Carlin. Creo que la hermana Mary Francis, como amiga suya, podría querer verla. No guarda relación con rastrear el paradero de los bebés.

—Aun así tenemos que seguir los canales adecuados. Estoy segura de que lo entiende.

—Claro. Gracias por su ayuda —Sam sacó su teléfono y miró el nombre grabado en la placa de la joven—. ¿Podría llamar desde aquí antes de salir, Gemma? Mi abuela está esperando saber si he conseguido encontrar a la madre Carlin o a alguien que la haya conocido. Es muy importante para ella, pues el abuelo acaba de fallecer.

—No puedo dejarla aquí; de verdad, tengo que continuar con mi labor. Acabaré tarde mi turno.

—¿Así que esta semana le tocó la china? ¡Tiene que estar baldada!

—Eso es, turno de noche toda la semana; he estado dando vueltas desde las once de la noche —la muchacha esbozó una débil sonrisa.

—Mire, serán un par de minutos —le dijo Sam—. No me importa buscar la salida si me quedo sola. Asomaré la cabeza por el comedor para hacerle saber que me voy. —Le sonrió y comenzó a realizar la llamada como si ya hubiesen llegado a un acuerdo, ofreciéndole a Gemma pocas opciones aparte de dejarla allí.

En cuanto la joven se fue, Sam guardó el teléfono en su bolso y salió al pasillo tras echar un último vistazo por la sala en busca de cualquier fuente de información útil. La ubicación del comedor era obvia gracias al ruido de cubiertos y el aroma a tostadas quemadas. Al llegar a la entrada, Gemma la rebasó a toda prisa empujando un carro lleno de platos sucios.

—Bueno, pues adiós, ¡y gracias! —se despidió Sam. Gemma agitó una mano, distraída, sin mirarla, antes de cargar contra la doble puerta batiente de la cocina.

Sam era consciente de que tenía una nimia oportunidad, así que cerró la puerta de entrada con un golpe al tiempo que gritaba otro «adiós» para asegurarse y corrió como una flecha hacia la escalera cubierta con una alfombra marrón, subiendo los peldaños de dos en dos. La algarabía del piso inferior dio paso a un lugar tranquilo, pero al ver el largo pasillo de habitaciones numeradas sintió su ánimo ceder ante la imposibilidad de su tarea. Aunque de alguna manera se las apañase para averiguar cuál era la habitación donde dormía la hermana Mary Francis, si irrumpía en ella sin ser anunciada podría provocar que el corazón de la anciana sufriese un colapso. Sin embargo, una vez allí ya no podía dejarlo. Dentro de dos días los fantasmas de St. Margaret habrían desaparecido y cualquiera que fuese el vínculo de Kitty Cannon con esa institución se borraría para siempre. La hermana Mary Francis se encontraba allí, en alguna parte, y Sam sentía la obligación de intentar encontrarla y hablar con ella.

Volvió a mirar las escaleras en busca de alguna señal de movimiento y después comenzó su periplo por el largo pasillo, examinando la puerta de cada habitación que rebasaba por si hubiese alguna pista acerca de quién pudiera ser su inquilino. Llegó a la salida de incendios situada al fondo sin haber recabado ninguna información, y su temple comenzó a flaquear al oír el ruido de puertas cerrándose y al personal del centro charlando en el pasillo inferior. Le echó un vistazo a su reloj de pulsera… Eran las ocho y cuarto. Si escapaba de allí en ese momento, podría salir indemne de Gracewell y llegar puntual a su turno de oficina.

Lo vio cuando ya se disponía a marchar: un archivo azul colocado en una balda junto al extintor de incendios. Fue hacia él sin tardanza, lo abrió y en la última página descubrió un plano del edificio con el listado de los residentes. Pasó el dedo por la relación hasta encontrar a quien estaba buscando: *Hermana Mary Francis - Habitación 15*.

—¡Te pillé! —murmuró, devolviendo el archivo a su lugar antes de regresar al pasillo.

Aquel le pareció el umbral más intimidatorio de toda su carrera, pero levantó un puño sin concederse un instante para pensarlo y llamó a la puerta de la habitación número 15. Silencio. Con los latidos del corazón martillando en sus oídos, volvió a llamar.

—¿Hermana Mary Francis? Soy Gemma. Ha venido a verla una visita, ¿podemos pasar? —Empujó despacio el picaporte de la puerta y después, tras echarle un último vistazo al pasillo, entró en la oscura habitación y cerró de inmediato la puerta tras ella, con pestillo.

Las cortinas estaban echadas y los ojos de Sam tardaron un poco en ajustarse y en delinear la disposición de la sala. Estaba dividida en dos partes: ella se encontraba en la zona de estar, amueblada con una butaca de buen tamaño, un televisor y una pequeña mesa; más allá podía adivinar la silueta de una persona acostada en la cama junto a la ventana. Las contras y cortinas estaban cerradas, pero Sam podía ver la luz del sol intentando filtrarse e iluminar el rostro de la hermana Mary Francis.

—¿Está despierta, hermana?

La mujer no se movió; pasados uno o dos segundos, Sam se acercó un poco más.

A pesar de su edad, la piel de la monja estaba limpia de arrugas, como si no hubiese expresado emoción alguna a lo largo de su vida, y su cabello se había desplegado obediente y ordenado a lo largo de la almohada, como un ventilador. Estaba muy delgada, tenía los brazos extendidos a lo largo del cuerpo y sus dedos artríticos colgaban rígidos a ambos lados del lecho. La ropa de cama estaba perfectamente ordenada, como si no se hubiese movido en toda la noche, y su tez mostraba una palidez tan mortecina que si las sábanas no se alzasen y descendiesen al suave ritmo de su respiración, Sam habría asumido que estaba muerta.

—¿Está despierta, hermana? —preguntó Sam tan alto como se atrevía.

La hermana Mary Francis comenzó a moverse, volviendo la cabeza de izquierda a derecha, hasta abrir por fin sus ojos azul oscuro. Sam se quedó helada, aterrada por la posibilidad de que comenzase a chillar al ver a una completa desconocida en su habitación. Pero la mujer se limitó a echarle un breve vistazo y a volver a cerrar los ojos.

—¿Dónde está Gemma? —preguntó con voz ronca, comenzando a toser con suavidad.

—Está preparándole el desayuno.

La hermana Mary Francis tosió con más fuerza. Sam oyó las flemas burbujeando en sus pulmones, esperando a que la tos las sacase. Al final, la anciana logró susurrar algo.

—¿Quién eres?

—Me llamo Samantha. Le he pedido a Gemma charlar un poco con usted.

—Gemma sabe que no me gustan las visitas —dijo la monja, limpiándose la saliva alrededor de la boca.

—Lo siento, solo quiero preguntarle un par de cosas; después la dejaré en paz.

La hermana Mary Francis abrió los ojos y la miró con intensidad.

—¿Qué par de cosas, jovencita?

—Hace poco asistí a la investigación forense de los restos de alguien conocido como padre Benjamin. Creo que usted trabajó con él en St. Margaret.

—Cualquier pregunta concerniente a St. Margaret debe formularse en el ayuntamiento —respondió la hermana Mary Francis, de pronto despejada de su estado somnoliento.

—No tengo necesidad de hablar con el Ayuntamiento —dijo Sam—. Solo pretendo averiguar si durante su servicio en St. Margaret alguna vez supo de alguien llamada Kitty Cannon.

La hermana Mary la miró como si fuese una mosca en su sopa, después se incorporó despacio y columpió sus piernas a un lado de la cama. Tiró de una cuerda para correr las cortinas y entró la luz del sol. Sam parpadeó, apartando la vista un instante.

—¿Quién dices que eres? —preguntó la hermana Mary. El picaporte de la puerta comenzó a tintinar sobresaltando a Sam.

—Soy amiga de Kitty Cannon. Asistimos juntas a la investigación forense sobre los restos del padre Benjamin, y ella la buscaba a usted. Quiero decir que ella esperaba volver a verla.

La hermana Mary la fulminó con la mirada.

—Estoy segura de no haber conocido jamás a nadie con ese nombre.

—¿Hermana, se encuentra bien? —preguntó Gemma gritando, apurada. La monja miró a la puerta y después a Sam—. Me ha parecido oír voces ahí dentro. ¿Por qué tiene cerrada la puerta?

—¿Puedes traer la llave, Gemma? Me he encerrado y no soy capaz de levantarme de la cama —dijo la hermana Mary Francis con los ojos fijos en Sam.

—Muy bien, hermana, vuelvo enseguida —respondió Gemma—. ¡Espere un momento!

—Será mejor que te vayas, jovencita. Llamarán a la policía si te cogen aquí.

La hermana Mary se sentó a los pies de la cama y comenzó a pasar las cuentas de un rosario entre sus dedos.

Sam se quedó mirándola, con el corazón martillando en su pecho.

—Vale, quizá deberíamos hablarle a la policía de St. Margaret. Odiaría tener que desacreditar el nombre de las Hermanas de la Misericordia y que usted tenga que pasar el tiempo que le queda aquí respondiendo preguntas incómodas acerca de lo sucedido en ese agujero infernal. Los tiempos han cambiado, hermana. He visto esa especie de ataúd en el suelo del despacho de la madre Carlin y me parece que la protección de la que usted ha gozado durante todos estos años podría evaporarse.

La hermana Mary se levantó despacio y caminó hasta la Biblia colocada sobre su mesita de noche, pasando después los dedos por la cruz de oro estampada en la cubierta.

—¿Cómo es que después de todos estos años a todo el mundo le ha dado por buscar a alguien a quien culpar?

—Quizá porque no puedan superar lo que les hicieron —respondió Sam.

La hermana Francis sonrió.

—Cuidado, jovencita. A veces Satanás se disfraza de ángel de luz.

—¿Entonces a quién cree que debería culpar Kitty Cannon? —preguntó Sam.

—Podría empezar aceptando que su padre era un mujeriego —siseó—. Les proporcionamos a esas muchachas un techo bajo el que refugiarse cuando de otro modo habrían quedado en la calle. Sé lo que algunos empleados dicen de nosotras y cómo hablan de la madre Carlin. La oí gritar al morir y nadie acudió a socorrerla. A nadie le importó qué le ocurrió esa noche.

—¿Qué quiere decir con eso de «qué le ocurrió»?

Pero la hermana Mary no contestó. La anciana le dio la espalda y Sam supo que su tiempo se había agotado. Abrió la puerta y corrió por el pasillo hacia la salida de incendios. La abrió de un empujón y bajó la escalera metálica a la carrera, mientras marcaba frenética el número de Fred.

—Fred, soy Sam. Voy a llegar un poco tarde. ¿Puedes cubrirme? —Se metió en el coche de un salto—. ¿Y podrías mirar también a ver si encuentras algo acerca del padre de Kitty Cannon? Sí, la del programa de cotilleo. Te pondré al corriente en cuanto llegue.

Apenas colgó, llamó a Nana para comprobar que Emma y ella estaban bien.

—Estamos muy bien, cariño, ¿estas bien tú? Saliste muy temprano. —La voz de Nana sonaba ronca, como si acabase de despertar.

—Estoy bien, Nana. Me preguntaba si podrías echar un vistazo por los papeles del abuelo y ver si hay alguna otra carta de Ivy. Ya sabes, como esa que estabas leyendo anoche. —La línea parecía muerta—. ¿Me oyes, Nana?

—Sí, te oigo —respondió, y Sam oyó a Emma llamándola al fondo.

—Perdona que pregunte, Nana. Ya sé que estás ocupada, pero, ¿podrías mirarlo ahora? Es bastante importante.

—Está bien —suspiró la anciana—. Espera un momento.

Sam sintió una oleada de culpabilidad ante la idea de tener a Nana y a Emma pendientes de ella. Pero solo disponía de dos jornadas antes de que St. Margaret fuese demolida; y si esa historia iba a ser la que la hiciese triunfar, entonces también lo estaba haciendo por ellas. Nana tenía que recuperar la intimidad de su hogar y Sam necesitaba ganar un sueldo decente para poder hacerse cargo de Emma y de sí misma.

Consultaba el reloj, preocupada por llegar a la oficina antes de que Murray se enterase de que llegaba tarde, cuando oyó a Nana recoger el teléfono y exhalar otro fuerte suspiro al recostarse.

—¿Por qué estás tan interesada en estas cartas? —preguntó Nana.

—¿Quién no lo estaría? Pobre chica.

—No las vas a emplear en tu trabajo, ¿verdad?

Sam dudó. Nunca le había mentido a Nana, pero también era verdad que no las estaba empleando en su trabajo, técnicamente hablando, pues estaba realizando una investigación por cuenta propia.

—No, pero me parece una chica fascinante.

—¿Quién? —dijo Nana.

—La chica de la carta —respondió Sam, mientras Nana se aclaraba la garganta y comenzaba a leer.

CAPÍTULO DOCE

DOMINGO, 16 DE DICIEMBRE DE 1956

Ivy esperó hasta que estuvo segura de que todas dormían antes de buscar bajo su almohada el bolígrafo y las cuartillas de papel dobladas que esa tarde había sacado a escondidas para escribir una carta.

El cuaderno de escritura que había traído estaba en la maleta que la madre Carlin le confiscase a la llegada, pero los domingos les concedían unos minutos para escribir a casa antes del servicio religioso. La madre Carlin leía la correspondencia con atención y comprobaba las direcciones antes de entregar las cartas a Patricia para que se las diera al conductor de la furgoneta del servicio de lavandería. Patricia, la chica pecosa de cabello castaño claro que se sentaba junto a Ivy en la cena, le había susurrado que solo se permitían historias sobre la amabilidad de las monjas y el profundo agradecimiento de las chicas. Pero después de muchos ruegos por parte de Ivy, la muchacha convino que si escribía una segunda carta, esta podría colarse entre las otras. Ivy le sonrió y le apretó la mano bajo la mesa hasta que la hermana Faith les ladró la orden de abandonar el comedor, con sus estómagos aún rugiendo de hambre.

Miró a la ventana cerrada junto a su cama. Supuso que se acercaba la medianoche, pero la luna proporcionaba luz suficiente para ver. El rostro de Alistair destelló en su mente mientras el bolígrafo se deslizaba sobre la hoja de papel. Habían pasado meses desde que los sonrientes ojos castaños del joven observasen cada uno de sus movimientos, pero todavía podía oler su piel y sentir sus manos en la espalda acercándola a él, despacio. Lo echaba tanto de menos que le dolía todo el cuerpo. No sabía cómo comenzar a describir cuán desesperada se sentía. Tumbada sobre la áspera manta de su catre, podía estirarse y sentir las crujientes sábanas blancas de la cama del hotel, recordar sus mejillas sonrojándose cuando él le sonreía desde el ventanal abierto del balcón, el vello erizándose en su piel mientras la brisa marina danzaba acariciándolo. Habría de encontrar las palabras que lo hiciesen actuar. Esa era la única esperanza que tenía para escapar de aquel terrible lugar.

Amor mío:

Jamás me he sentido más sola y desdichada que en el lugar donde ahora me encuentro.

El ambiente en casa se volvió irrespirable. El tío Frank se enfadó tanto que me levantaba la mano casi todas las noches. Bebía, después se acercaba a mi habitación y me gritaba diciendo que los vecinos saben que soy una puta y una buscona, mientras me encogía preparándome para el dolor, soñando con que entrases y lo derribases de un golpe. Madre hizo lo que pudo para quitármelo de encima, pero una vez no lo consiguió y me dio unos puñetazos tan fuertes que temí por la vida de nuestro bebé. La situación en casa se ha puesto tan fea que cuando el doctor Jacobson nos dijo que el padre Benjamin me había encontrado una plaza en St. Margaret, sentí alivio por tener un sitio al que ir lejos de la tensión, los gritos y el pesar de mi madre.

Pero ahora estoy aquí y me siento tan terriblemente melancólica y hundida que daría cualquier cosa por volver a casa. El tío Frank no quiso traerme en coche, así que tuve que coger el autobús. Madre estaba demasiado enfadada para despedirse. St. Margaret se encuentra en plena campiña, más allá de la iglesia de Preston. «Esta es su parada, señorita», me dijo el conductor sin ni siquiera haberme preguntado. Pensé en cuántas otras chicas habría dejado allí, con sus vientres haciendo que arrastrasen el equipaje con torpeza. El autobús arrancó, dejándome sola, y allí estaba una enorme mansión victoriana recortándose contra el horizonte. La rodea un muro de ladrillo y en el centro hay un portón de forja provisto de un fuerte candado. Al acercarme vi una campana de acero colgada junto al umbral. Dudé un instante, después estiré un brazo, sacudí la cuerda de un lado a otro y la campana emitió un agudo tañido que sobresaltó los cuervos posados en lo alto de los árboles.

Esperé un rato. Ya estaba a punto de volver a llamar cuando una monja vestida con un hábito negro salió por la puerta de la casa y caminó hacia mí bajando por un largo camino de piedra. Tenía un aspecto solemne y llevaba las manos entrelazadas al frente; mientras se acercaba pude oír el fuerte tintineo de las llaves colgadas de su cinturón, como las de un carcelero.

Al final llegó a mi lado y nos quedamos un rato mirándonos una a otra hasta que dije: «Soy Ivy

Jenkins, me envía el doctor Jacobson». Después le tendí el papel que llevaba en la mano, pero ella lo miró como si pudiese contagiarle algo. Al final abrió el candado y dijo: «Soy la hermana Mary Francis, sígueme». La hostilidad en su voz fue como una burbuja de incomunicación flotando entre nosotras.

Tiré de mí y de mi equipaje a través del umbral y apenas entré cerró la puerta con un golpe, volviendo a echar el candado. No era más alta que yo, tenía una constitución delgada y se movía aprisa con su almidonada falda planeando sobre el camino como si no tuviese pies mientras yo, torpe, avanzaba dando tumbos tras ella, deteniéndome varias veces para posar mi equipaje. Las hojas de los fresnos que se alzaban sobre mí se agitaban como si comentasen su desaprobación entre susurros. Por fin llegamos a una puerta de entrada, hecha de madera oscura y cruzada con listones de hierro negro, que me recordó a la de una mazmorra. La hermana Mary Francis me daba la espalda, y al llegar por fin a su lado pude oír sus llaves tintineando, hasta que una traqueteó dentro de la cerradura y la abrió con un fuerte chasquido. La puerta cedió lentamente.

Una de las muchachas más jóvenes gritó en sueños e Ivy se sobresaltó. Apartó la ropa de cama y se acercó de puntillas a ella. Si la Hermana las oía, el castigo lo sufrirían todas.

—¡Chist! —Abrazó a la chica, que sollozaba, y la acunó para calmarla—. ¡Chist! Vuelve a dormir. Necesitas dormir.

Acarició sus mejillas empapadas de lágrimas y regresó sigilosa a su cama, con los latidos del corazón martillando en sus oídos. Esperó hasta calmar su propia respiración antes de volver a coger el bolígrafo.

La hermana Mary Francis se alejaba recorriendo un largo pasillo de brillantes baldosas y le eché un vistazo al techo abovedado y la enorme escalera, sobre la cual cuelga un cartel que dice «Amado Señor nuestro, que las almas perdidas encuentren su camino a Ti a través del trabajo duro y la fuerza de sus oraciones». Me apresuré para alcanzar a la hermana Mary Francis, cruzándome con tres o cuatro chicas vestidas con monos marrones (unas con el vientre dilatado, otras no) restregando de rodillas el impoluto suelo. Ninguna interrumpió su labor para mirarme; nadie hablaba.

Una bocanada de vapor me golpeó al pasar frente a un enorme portón, miré un instante y pude ver que se trataba de una lavandería. Había docenas de chicas en los fregaderos, sacando sábanas de escurridores y colgándolas en las cuerdas del tendedero. Eran demasiadas cosas para asimilar en tan poco tiempo, pero lo que me sorprendía era aquel silencio atronador. Fue roto solo por la hermana Mary Francis, que ya me esperaba al final del pasillo con el ceño fruncido. «Date prisa, la madre Carlin no dispone de todo el día. Puedes dejar tu maleta ahí». La posé en el suelo junto a la puerta y entré nerviosa en la oficina de la madre superiora.

Era un cuarto oscuro y miserable, con solo un ventanuco, ocupada por una mujer de aspecto feroz ataviada con hábitos monacales, sentada tras un enorme escritorio de caoba. Aguardé en silencio mientras ella continuaba escribiendo en un librito negro. Sabía que lo mejor era no hablar. Por fin me miró, y por su barbilla puntiaguda, su tez blanquecina y su nariz ganchuda supe de inmediato que se trataba de una bruja. Un retrato suyo colgaba en la pared a su espalda. Su aspecto era muchísimo más favorecedor que el real.

Se aclaró la garganta y luego habló. «¿Cómo te llamas?». Se lo dije y ella me contestó que ya no volvería a llamarme Ivy; que a partir de entonces sería Mary y que nuestros nombres estaban prohibidos. Sentí un ataque de pánico, aunque logré dominar la riada de lágrimas que arrasaron mis ojos. «Aquí todas las jóvenes tienen tareas asignadas. Tú trabajarás en la lavandería. Se espera de ti que trabajes tan duro como nosotras, que madrugues y emplees la jornada con provecho, atiendas a misa y ruegues por el perdón del Señor. ¿Has entendido?». Fue difícil guardar la compostura, pero me las arreglé y respondí que lo había comprendido. Me dijo que la hermana Mary Francis me llevaría al dormitorio.

Al salir del despacho advertí que mi maleta había desaparecido, pero la hermana Mary Francis me dijo que ya no la necesitaría más. Me puse histérica. En ella estaba la única foto que tenía de Padre y una manta que había tejido para mi bebé. Una de color rosa, pues estoy segura de que es una niña. Les rogué que me la devolviesen hasta que la madre Carlin salió de su oficina y comenzó a azotarme con un cinturón allí mismo, en medio del pasillo. Me dijo que debería avergonzarme por comportarme así.

Ivy se mordió el labio recordando el momento en que comprendió que le habían quitado la fotografía de su padre. Fue como si le hubiesen robado su última caricia, su último instante con ella, cuando le envió un beso desde los pies de la escalera mientras ella, ataviada con un camisón, no le quitaba los ojos de encima. Fue como si la hermana Mary Francis hubiese retrocedido en el tiempo y se hubiera llevado la escena. Pero sabía que no debía seguir hablando de su padre. Necesitaba que Alistair sintiese que ella la veía como su salvador, que no había otra esperanza sino él.

Le picaban los ojos; necesitaba echarse a dormir. Sus brazos temblaban por sostenerla mientras escribía y le dolía todo el cuerpo. Pero tendría que dejar la carta terminada bajo la almohada antes del amanecer o no sería posible que Patricia se la entregase al mozo de los repartos del servicio de lavandería.

Después de eso seguí a la hermana Mary Francis escaleras arriba hasta mi dormitorio. En las escaleras había más chicas pero ninguna me miró, ninguna sonrió y ninguna dijo una palabra. La monja me dijo que me cambiase de ropa poniéndome el mono y luego me dejó en el dormitorio. Es una sala fría y gris, con camas parecidas a las de los hospitales, un lavabo descascarillado bajo una ventana de guillotina con las cortinas descoloridas y una campana en la pared. Me mostraron dónde estaba la lavandería. Se esperaba de nosotras que manejáramos aquellas enormes máquinas; todas las chicas tenían las manos en carne viva por frotar tejido con agua helada. Tras seis horas en la lavandería llega la cena… sopa aguada y pan duro. No se nos permite hablar mientras comemos; nunca se nos permite hablar.

Las monjas son algo más que crueles. Nos pegan con varas o con cualquier cosa que tengan a mano por faltas como charlar. Una muchacha sufrió unas quemaduras tan graves con las planchas al rojo vivo de las sábanas que le salieron ampollas en el brazo y ahora las tiene infectadas. Pero en el momento del accidente, la hermana Mary Francis se limitó a acercarse a ella y mirarla mal por perder el tiempo. Solo se nos permitía hablar para recitar nuestras oraciones o para decir «sí, hermana». Hay rezos antes del desayuno, misa después de desayunar y más rezos antes de acostarnos. Y después una negrura vacía hasta que la campana al final del dormitorio vuelve a despertarnos a las seis de la mañana. Vivimos a toque de campana; no hay relojes, calendarios, espejos o sentido del tiempo. Nadie me dice qué pasará cuando tenga al bebé, pero sé que aquí hay niños porque los oigo llorar por la noche.

Hizo un gesto de dolor cuando un pequeño pie dentro de ella le propinó una patada fuerte y repentina. Su vejiga palpitaba; necesitaba desesperadamente ir al servicio, pero no les estaba permitido levantarse de noche. Pensó en su bebé, calentito y seguro dentro de ella. No tenía ni idea de cuándo nacería. Había oído decir a una chica de la escuela que los niños salían por el ombligo, pero no se imaginaba cómo podría ser. Todo lo que sabía era que Dios decidiría cuándo era el momento adecuado y que cuidaría de ambos.

Se cambió de lado para intentar ponerse más cómoda. La ropa de cama se movía cuando su bebé se agitaba feliz en su interior, ignorante de lo que le esperaba. Ivy había visto a chicas que no estaban embarazadas, sentadas en el comedor en una mesa aparte. Mostraban una tristeza que ella aún tendría que conocer. Debía salir de St. Margaret antes de que naciese el bebé. Tenía que hacer que él lo comprendiese.

Te echo mucho de menos, mi amor. Echo de menos nuestras excursiones en coche hasta la orilla del mar, echo de menos el tacto de la hierba en mi piel cuando nos tumbábamos contemplando el cielo. No se nos permite salir. Me siento completamente apartada de la Naturaleza, de mi hogar, de ti, de mí misma. Sueño con escapar, pero el único momento en que las monjas no vigilan es por la noche y los dormitorios están tan altos que una podría partirse la crisma intentando bajar. Y aunque lo lograse, ¿a dónde iba a ir? El tío Frank me devolvería de inmediato; Madre no sería capaz de impedírselo. Yo iría a ti, pero no sé si me quieres y no podría soportar que me dejases en la calle. No queda nada de lo que soy, de quien solía ser. Ni siquiera mi nombre. Por la noche, en la oscuridad, paso la mano por el vientre y siento a nuestro bebé moviéndose. He decepcionado a mi hijo. He decepcionado a todo el mundo. Cada noche lloro hasta quedar dormida.

No sé si lees estas cartas, pero no puedo soportar la idea de dejarte ir. Por favor, si todavía me quieres, ven a buscarme. Nadie tiene por qué saber que el bebé es tuyo; quizá puedas pagarme la habitación de una pensión. Estaré encantada de ponerme a trabajar y devolvértelo todo en cuanto el bebé sea lo bastante mayor para dejarlo solo. No me importa qué tenga que hacer o a dónde ir, nunca te avergonzaré.

Por favor, te lo ruego, ven pronto o no tardaré mucho en volverme loca en este lugar.

Con todo mi amor eterno.

Tu Ivy.

Una lágrima cayó en la hoja e Ivy la limpió antes de doblar la carta con cuidado, besándola antes de colocarla bajo la almohada. Después se acostó de lado, hundió el rostro en las sábanas y comenzó a llorar.

CAPÍTULO TRECE

DOMINGO, 5 DE FEBRERO DE 2017

Preston Lane era una carretera estrecha, llena de vueltas y curvas que Sam tenía que tomar a paso de tortuga. Según el recorte que Fred había desenterrado para ella, después de rebasar en coche la iglesia de Preston, George Cannon realizó el fatídico cambio que —Sam no pudo evitar pensarlo— le haría ingresar en el camino que llevaba a St. Margaret. Después, según la investigación publicada por el *Sussex Argus* el día 12 de marzo de 1961, había patinado sobre una placa de hielo oscuro y cayó en una cuneta, donde murió al instante.

Sam se detuvo en un área de descanso y se quedó contemplando los alrededores al lado de la transitada carretera. Según la descripción del lugar del accidente publicada en el periódico, el lugar no había cambiado mucho en los últimos cincuenta años. Todavía era una carretera de doble sentido, delimitada por grandes setos y cunetas abiertas en ambos lados. Era un día frío, como debió de serlo aquella jornada de enero de 1961, y Sam pudo ver una placa de hielo oscuro en un lugar del camino frente a ella. Rebuscó en el bolso y sacó su tableta. «Comisario de Policía de Sussex muerto en trágico accidente», rezaba el titular del *Sussex Argus* correspondiente al día 24 de enero. La carretera trazaba una curva cerrada frente al lugar del suceso, Sam se acercó y a la vuelta vio una enorme casa georgiana. No había más viviendas a la vista, así que decidió que bien podría llamar a la puerta y preguntar si sabían quién vivía allí cuando tuvo lugar el accidente. Sería su última parada de la mañana. Después tenía que ir a trabajar.

Subió caminando hasta la puerta principal, donde una placa de piedra ponía PRESTON MANOR, y estiró un brazo para coger una aldaba con forma de cabeza de león. Podía escuchar música clásica tronando en algún lugar del interior, pero más o menos un minuto más tarde aún no había respondido nadie. Lo intentó de nuevo y por fin pudo oír a alguien tosiendo al otro lado de la puerta. La abrió un hombre de cincuenta años cumplidos, rostro redondo, mejillas coloradas y escaso cabello gris. Su enorme barriga estaba cubierta por un delantal con la imagen estampada del *David* de Miguel Ángel, y a jugar por la cantidad de comida que lo ensuciaba, acababa de interrumpir una sesión culinaria.

—Hola, me preguntaba si podría ayudarme —sonrió—. Soy estudiante e intento averiguar detalles sobre el accidente que ocurrió en esta curva.

—Ahí se producen muchos accidentes —dijo el hombre, interrumpiéndola—. Es una curva muy peligrosa. No sabría recordar casos concretos.

—Comprendo —dijo Sam—. Bueno, el que me interesa sucedió en 1961, hace ya bastante tiempo.

—No, me temo que no tengo ni idea, de verdad.

—¿Ustedes vivían aquí por entonces? —preguntó Sam, intentando alargar la conversación.

—Sí, mi familia ha vivido aquí desde hace generaciones.

El hombre se secó las manos con un trapo de cocina.

—Es una casa muy bonita, comprendo perfectamente que nunca hayan querido mudarse.

—Gracias. Lo siento, pero debo acudir al rescate de mis suflés —dijo él, extendiendo un brazo para cerrar la puerta.

—Por supuesto. ¿No habría nadie más que hubiese estado aquí por entonces, quizá su padre o su madre?

El hombre no se molestó en disimular un suspiro, pero después señaló hacia una puerta al otro lado del camino de acceso.

—Inténtelo con mi madre; vive aquí al lado, en esa casa. Pero le advierto que le gusta hablar —añadió antes de cerrar con un portazo.

—Gracias —le dijo Sam a la aldaba, y después bajó por el camino empedrado que llevaba a un pequeño chalé adornado con cestas colgantes y jardineras en las ventanas. Llamó al timbre y esperó hasta que una mujer anciana, baja, de rizado cabello blanco y mejillas rosadas apareció a la puerta.

—Hola, ¿en qué puedo ayudarla?

La mujer sujetaba unas tijeras de podar en una mano y un gran ramo de lirios de agua en la otra.

—Hola, estuve hablando con su hijo. Me llamo Sam. Estoy investigando por la zona y me interesa saber de un accidente que hubo en la curva junto a su casa, allá por enero de 1961.

—Ya veo. Muy bonito eso de enviar a una completa desconocida a la puerta de su anciana madre —le dijo con un guiño.

—Sí, estaba en plena creación gastronómica —sonrió Sam.

—Suele estarlo. ¿Por qué no me dices lo que quieres

saber y veré si puedo recordar algo? —posó las flores sobre la mesa del recibidor.

—Eso sería genial, muchísimas gracias, señora…

—Rosalind —dijo la mujer, quitándose las gafas y abriendo la puerta para salir.

—Encantada de conocerla, Rosalind.

—¿Entonces sabes quién sufrió el accidente? —Colocó una cálida manta de lana en el banco junto a la puerta trasera y se sentó sobre ella con cuidado—. Esa curva es terrible; mucha gente se ha salido de la carretera, sobre todo con este tiempo tan frío.

—Ya imagino —dijo Sam, sacando su libreta del bolso—. El accidente que me interesa lo tuvo un policía local, el comisario George Cannon.

—¿Fue grave?

—Sí, se mató al instante, creo. Me parece que no hubo nadie más implicado; tomó la curva demasiado rápido y perdió el control. Terminó en la cuneta.

La mujer miró al suelo un instante mientras Sam se frotaba sus manos enguatadas.

—Cannon, ese nombre me suena.

—Era el padre de Kitty Cannon, me parece; la del programa de entrevistas. Era una niña de por aquí, no sé si ha oído hablar de ella.

—Ah, pues claro —dijo la mujer, frunciendo el ceño.

Sam observó el impresionante edificio georgiano con clemátides trepando por un lado en dirección a las ventanas.

—Se me acaba de ocurrir que quizá alguno de vosotros viese algo desde la casa.

Rosalinda negó con la cabeza.

—No, lo siento, no te puedo ayudar.

—Bueno, gracias por tu tiempo. Si te doy mi número, ¿me llamarías si se te ocurre algo?

—Por supuesto, cariño —dijo Rosalind antes de despedirse con un alegre gesto.

Sam no tuvo oportunidad de digerir los acontecimientos de la mañana hasta encontrarse sentada en su escritorio y ajustada con un café cargado.

—Entonces, ¿qué pasó? —le preguntó Fred, mirándola por encima de las gafas.

Sam sacó la carta del bolso.

—Mi abuela encontró esto entre los papeles del abuelo. Es una carta escrita en 1956 por una chica llamada Ivy. Su novio, un futbolista, la dejó embarazada y no quiso saber nada del asunto, según parece. —Sacó su ordenador portátil del bolso y lo encendió. Una foto de Emma ocupó la pantalla al cargar.

—Bonita foto —dijo Fred—. Es muy guapa.

—Gracias, tenía que serlo… Es mía —dijo Sam, sonriendo al pinchar en el buscador de Google y teclear el nombre del padre Benjamin.

—A ver, ¿quién es esa Ivy? —preguntó Fred, echándole un vistazo a la carta.

—Ni idea, pero la carta menciona al padre Benjamin, que es el sacerdote cuyos restos han encontrado en esa mansión arruinada. Kevin cubrió la noticia la semana pasada —dijo Sam, volviendo la pantalla hacia él—. Y Kitty Cannon, la del programa de entrevistas…

—¿La de *Cannonball*?

—Esa misma —dijo Sam—. Al parecer asistió a la investigación forense de los restos del padre Benjamin.

—¿Por qué? —preguntó Fred, inclinándose hacia ella.

—Todavía no estoy segura. Esta mañana fui hasta la

casa —añadió Sam, dando un golpecito sobre la foto de St. Margaret en la pantalla.

—¿Qué? ¿Cuándo?

—Antes de venir a trabajar —tomó otro trago de café.

—Eres una lunática. Yo ni siquiera he desayunado todavía —dijo Fred, riendo.

—Bueno, la van a derribar el martes, será terreno para construir —dijo Sam, sacando un paquete de galletas de avena del cajón superior; lo abrió con los dientes—. Da igual, el caso es que en una de las habitaciones había un retrato de la madre Carlin, mencionada en la segunda carta de Ivy. El capataz que me llevó a dar una vuelta por St. Margaret me remitió a un asilo que hay carretera abajo; le parecía que podría estar allí. Como tuviste la amabilidad de hacerme el favor de averiguar, la madre Carlin murió hace muchos años, pero me las apañé para colarme en la habitación de otra monja que trabajó allí. Hizo un comentario un poco raro sobre la madre Carlin; dijo que a nadie le importó qué le había pasado la noche en que murió. ¿Quieres uno? —Sacó otro paquete de galletas y se lo arrojó.

Fred atrapó el tentempié y lo puso a un lado.

—Además—continuó Sam—, sin duda esa monja, la hermana Mary Francis, conocía a Kitty y a su padre, George Cannon. Lo llamó mujeriego.

—Quizá Kitty sea fruto de una aventura y nació en ese hogar para madres solteras, St. Margaret —dijo Fred, quitándose las gafas para limpiarlas; después le echó un vistazo a Sam—. Jesús, si eso es verdad se lo rifarán las redacciones de Nacional. Podrías escribir tu propio billete de ida.

—Puede ser. Estás guapo sin gafas —le dijo Sam, sonriéndole.

Fred pasó por siete tonos distintos de sonrojo y tartamudeó intentando decir algo.

—Bueno, llevo lentillas para escalar; lo que pasa es que mis ojos están un poco doloridos después de pasar la noche en las rocas de Harrison. —Iba a ponerse las gafas, pero dudó.

—¿Haces escalada nocturna? —preguntó Sam, revisando el correo electrónico y haciéndolo pasar con la rueda del ratón.

—Claro, tengo mi linterna frontal. Además, paso la mayor parte del tiempo aquí metido, así que la verdad es que no me queda más remedio —contestó, encogiéndose de hombros.

—¿Escalarías todos los días si pudieses? —quiso saber Sam, terminando su desayuno.

—Sin duda. Es como hacer meditación Zen en vertical. Cuando estoy solo en una ruta difícil, no me importan nada las tonterías de mi familia y la decepción que he sido para todos. Estamos solos la roca y yo. Cuando eres libre no puedes cometer errores. No tienes más que una oportunidad para hacerlo bien.

—¿Te relaja escalar una roca gigantesca sin que haya nada además del suelo para amortiguar tu caída? —dijo Sam, riendo.

—¡Harper! —chilló Murray desde el otro lado de la sala—. Ven para acá.

Fred hizo el gesto de echarse un nudo al cuello y ahorcarse mientras Sam se levantaba para ir a reunirse con su jefe.

—¿Por qué acaba de llamar la oficina de prensa de Kitty Cannon pidiendo información sobre ti?

—Pues... leí que se suspende su programa de entrevistas

y que se retira. Se crio en Sussex, así que he pedido concertar una cita con ella para hacerle una entrevista.

—¿Y qué tiene que ver eso con St. Margaret, el hogar para madres solteras? —preguntó Murray, irritado.

—Kevin mencionó que la había visto durante la investigación forense de los restos del padre Benjamin, así que me puse a husmear y creo que puede existir alguna clase de relación.

—¿Qué clase de relación? —Murray tosió con fuerza, arrancando flemas de sus pulmones.

—Bueno, todavía no estoy segura; estoy trabajando en ello.

—Eso es asunto de Reportajes; ¿es que no te doy bastante que hacer? —gritó Murray.

—Sí, iba a dejarla. Era solo una idea —respondió Sam, intentando no quedarse absorta en el ceño cejijunto de Murray, que parecía una babosa estirada.

—De acuerdo, ¿obtuviste algún resultado? —ladró Murray. Sam negó con un gesto—. Pues muy bien, centrémonos entonces en las noticias, ¿puede ser? No quiero molestar a una oficina de prensa tan poderosa como esa sin una buena razón.

—Es obvio que estoy pisando algunos callos si el despacho de Kitty Cannon se ha tomado la molestia de investigarme —dijo Sam al regresar a su sitio.

—¿Qué les has dicho? —preguntó Fred.

—Que tenía cierta información sobre el vínculo de Kitty con St. Margaret, el hogar para madres solteras.

—Pues ahora mira qué telegrama acabamos de recibir —dijo Fred, volviendo la pantalla hacia ella.

Sam frotó sus doloridos ojos. Se había levantado a las cinco de la mañana para estar en el terreno de St. Margaret antes del amanecer, así que al leer la noticia expuesta en la pantalla de Fred pensó que su cerebro, inundado de cafeína, estaba sufriendo una alucinación.

—Jesús. Hoy va a ser el funeral del padre Benjamin.

Fred asintió. Sam sintió una subida de adrenalina al seguir leyendo.

> El padre Benjamin, bautizado como Benjamin Cook (Brighton, 1926) y criado en Preston, era hijo del doctor Frank A. Cook, cirujano, y Helen Elizabeth Cook, ama de casa.
>
> Asistió a la escuela All Saints y en 1944 se graduó en el instituto de Brighton. También cursó estudios en la Escuela de Arte de Brighton y tocaba el piano.
>
> Durante más de treinta años, el padre Benjamin fue el respetado vicario de la iglesia de Preston hasta su retiro, a los sesenta y cinco años, al asilo Gracewell, en el pueblo de Preston. Desapareció el día 31 de diciembre de 1999, y en septiembre de 2016 sus amigos recibieron la sorprendente noticia de que sus restos habían sido descubiertos en los cimientos de St. Margaret, en Preston. No se sabe de ningún pariente vivo.

—Fred, tienes que cubrirme. Debo asistir a esto —anunció Sam a su muy sufrido colega.

—¿Cómo? Vas a estar horas por ahí. Tengo la tarde libre para asistir al Campeonato Nacional de Escalada en Rocódromo —susurró.

—Mira, si tengo razón en este asunto de Kitty Cannon, va a ser algo grande. Estaré aquí a la una y media, como mucho. ¿A qué hora tienes que estar allí?

—A las tres —dijo Fred—, pero no puedo llegar tarde.

—No llegarás tarde… Por favor —Sam empezó a gañir como un cachorro perdido.

—Vale —aceptó Fred, echando un vistazo hacia la oficina de Murray—. Luego tengo una entrevista con la hija de una de las primeras sufragistas, por el Centenario. Le diré que el coche no arranca y que vas en mi lugar. Pero ocúpate de eso antes de ir al funeral, por favor. Ahora también está que trina conmigo; cree que estamos compinchados.

—Claro, cómo no. Ah, un favor más —dijo Sam, devolviendo al bolso sus pertenencias.

—¿Un riñón, tal vez?

—Tengo que saber a quién escribía Ivy esas cartas. Era un futbolista profesional, menciona su primera temporada en Brighton en una carta fechada el día 12 de septiembre de 1956 y lo describe como atractivo y sin interés por los escándalos. Quizá podrías mirar a ver si encuentras algún nombre entre los recortes de la época; tuvo que haber sido una especie de estrella. Hay pocas posibilidades, pero podríamos estar sobre la pista de algo si un futbolista de entonces hubiera sufrido una muerte repentina. La verdad es que parece como si todos los citados en esas cartas hubiesen tenido un final bastante inesperado.

Fred la saludó.

—Te quiero —dijo Sam, recogiendo su ordenador portátil y la tableta, antes de salir a toda prisa de la sala de redacción.

Al arrancar su fiable Nova estacionado en el aparcamiento, comenzó a sonar el móvil. Lo sacó del bolso; la llamaban desde un número local, desconocido.

—¿Diga?

—Hola, ¿Samantha?

Se tapó el otro oído con un dedo para asegurar una mejor audición.

—Sí, diga, ¿quién es?

—Soy Rosalind. Pasaste por casa esta mañana, ¿recuerdas? Mi hijo estaba cocinando.

—Ah, sí —se apresuró a contestar Sam.

—Te llamo porque después de que hablásemos telefoneé a mi primo y resulta que se acordaba de ese accidente por el que preguntabas. El asunto dio mucho que hablar en el *pub* del pueblo. El comisario George Cannon, ¿verdad?

—Eso es.

Sam esperó paciente a que continuase.

—Era un policía muy querido, así que el suceso fue toda una conmoción. Mi primo no recuerda nada de ese accidente aparte de su niña, que estaba con él en el coche.

—¿Su niña? No se cita nada de eso en los recortes —dijo Sam, sacando su libreta.

—Sí, ella sobrevivió, creo. Bueno, eso según dice uno de los parroquianos del Sussex Arms y esa noche estaba de regreso a casa. Pasó por ahí justo después del accidente y dijo que había una niña pequeña en la carretera.

—¿En la carretera? —repitió Sam.

—Ese tipo tenía una buena fama de borrachín, así que no creo que la policía tuviese muy en cuenta sus declaraciones. Al parecer, la niña vestía una trenca de color rojo brillante. El coche estaba en la cuneta, pero a ella la iluminaban los faros delanteros y echó a correr en cuanto lo vio. El paisano intentó seguirla para ver si estaba bien, pero la pequeña desapareció.

—Gracias, Rosalind, eso ha sido de gran ayuda —dijo Sam, garabateando palabras en su libreta—. De verdad, te agradezco la llamada.

Colgó y tiró el móvil dentro del bolso, después fue a la página donde había escrito el nombre del padre Benjamin y debajo añadió: GEORGE CANNON.

CAPÍTULO CATORCE

DOMINGO, 5 DE FEBRERO DE 2017

Kitty se sentó en el taxi negro de regreso a casa tras su sesión con Richard Stone y encendió el teléfono móvil para revisar los mensajes. Tenía dos de Rachel, pidiéndole que la llamase. Suspiró, recostándose en el asiento. Se sentía completamente vacía.

El taxi giró al entrar en Victoria Embankment y entonces sonó el teléfono, con «Rachel Ford» brillando en la pantalla.

—Dime —respondió Kitty—. Estaba a punto de llamarte.

—Hola, Kitty. Perdona que te llame en domingo. ¿Tienes un segundo para hablar? —dijo Rachel con un ligero tono de ansiedad en la voz.

—Sí, ¿qué ocurre? —cortó Kitty, presionando el teléfono contra su oído.

—Quería hacerte una consulta. ¿El nombre Samantha Harper te suena de algo? Es una periodista de la *Southern News* que quiere hablar contigo.

—Nunca he oído hablar de ella. ¿De qué quiere hablar?

—Pregunta por tu vinculación con un hogar para madres solteras llamado St. Margaret, en Preston, Sussex.

Kitty sintió una oleada de sangre subiéndole a la cabeza. Una moto frenó frente a ellos y el taxista hubo de realizar un viraje para esquivarla, tocando el claxon y gritando al rebasarla.

—Kitty, ¿estás ahí? —dijo Rachel.

—No tengo ni idea de qué habla. ¿Qué más dijo?

—Nada más, que yo sepa. Solo pidió cita para una entrevista. Llamé a un tal Murray White, el tipo que dirige la *Southern News*, pero no parecía saber nada del asunto y me dijo que le preguntaría —respondió Rachel.

—¿Quién es esa Samantha Harper? Mándame ahora mismo su biografía a mi cuenta de correo.

—De acuerdo. Supuse que la querrías, así que la tengo preparada… Te la estoy enviando.

—Bien, mantente a la espera mientras le echo un vistazo —dijo Kitty abriendo el correo electrónico; luego pinchó impaciente en el mensaje. Poco a poco, una fotografía de Sam se formó en la pantalla.

De inmediato supo quién era. Sus manos comenzaron a temblar al ver la fotografía de la chica pelirroja de ojos azules que le devolvía la mirada.

—Rachel, ¿estás ahí? Necesito que me encuentres una dirección. Quiero que te concentres y dediques todo el día a esta tarea y a nada más. ¿Has entendido?

—Sí, de acuerdo, ¿qué nombre?

—Annabel Rose Creed, sesenta años, nacida y criada en Sussex. Es seis años más joven que yo pero fuimos juntas al instituto, a la Escuela de Bachillerato Brighton. Hace muchos años que no la veo; encuéntrala.

—Bien —dijo Rachel—. Haré todo lo posible.

Kitty colocó su teléfono cuidadosamente dentro del bolso y casi de inmediato el taxi frenó frente su apartamento a la orilla del río, en Embankment. Le dio las gracias al conductor, dejó una buena propina y entró en el edificio.

CAPÍTULO QUINCE

El *pub* The Black Lion, con su tejado de paja, sus vigas de roble y su crepitante chimenea francesa era la pieza central de un lugar que a Sam le parecía el pueblo perfecto para adornar una caja de bombones. Salió disparada después de la entrevista con Clara Bancroft, cuya madre fue una de las primeras sufragistas, y condujo con exceso de velocidad hasta Preston. Al recorrer la serpenteante calle principal, donde cestas colgantes adornaban las farolas y los adoquines se alineaban con bordes perfectos, encontró el *pub* y salió de la lluvia para entrar en el abarrotado local (que parecía acoger a todos los hombres del pueblo) y preguntar el camino a la iglesia.

—Carretera arriba hasta la cima de la colina, señorita. No tiene pérdida —le indicó un caballero barbudo, de nariz bulbosa y ojos inyectados de sangre.

—¿Va *p'al* funeral? —preguntó un hombre en la barra.

—Sí —respondió Sam.

—¿*Le* conocía? —preguntó otro, mirándola por encima del borde de su pinta.

—No, pero creo que tuvo algo que ver con St. Margaret y estoy investigando acerca de los hogares para madres solteras en el Reino Unido —mientras hablaba lanzó rápidas miradas por el *pub* y advirtió a una dama anciana, abrigada con un abrigo de lana escarlata, observándola desde el otro extremo del local.

—¿*Pa'* qué lo hace? Es un asunto feo. Una chica guapa y maja como tú, *t'ía* que escribir sobre algo alegre.

—Ah, bien… Lo tendré en cuenta —dijo Sam, un poco tomada por sorpresa —. Bueno, gracias por vuestra ayuda.

Ya se disponía a marchar cuando vio a la anciana, ayudada por alguien, atravesando el local sirviéndose de su andador. Al llegar a la entrada del *pub* se detuvo y se volvió como si buscase a alguien. Sam la conocía, pero no sabía de qué. Calculaba que debía de tener más de noventa años, estaba terriblemente delgada, sin color en sus afilados pómulos y con su cabello blanco estirado hacia atrás, recogido en un moño. La anciana examinó el local y sus ojos se detuvieron al encontrarse con los de Sam. Sus mejillas hundidas se tornaron rojas al clavarle una mirada de ojos centellantes. Sam apartó los ojos de ella, incómoda, y al volver a observarla, el acompañante de la mujer ya la estaba ayudando a cruzar el umbral y salir del establecimiento.

Sam dio un apresurado agradecimiento a los parroquianos y salió al frío justo cuando ayudaban a la anciana señora a entrar en un radiotaxi. Las campanas de la iglesia comenzaron a doblar en el momento en el que arrancó el vehículo; la mujer la miró al pasar. Sam se apresuró a meterse en su coche y seguir al taxi por la abrupta colina. Cuando llegó a la iglesia, los primeros bancos ya estaban ocupados y había comenzado el oficio. Sam esperó mientras ayudaban a la anciana dama a llegar a su asiento y después se colocó al final del pasillo opuesto. Puso el teléfono en silencio en cuanto el vicario se situó en el atril y comenzó a hablar.

—Estamos aquí reunidos para celebrar la vida y obra

del padre Benjamin, que a tantos corazones llegó a lo largo de sus treinta años como párroco, y rendir tributo a su dedicación por todos aquellos que necesitaron su ayuda —Sam retiró sus ojos del vicario y los llevó a la anciana, que mantenía la mirada fija al frente y sujetaba su bolso con fuerza entre las manos—. El hallazgo de los restos mortales del padre Benjamin en St. Margaret ha sido un duro golpe para muchos de los aquí presentes. Ninguno de nosotros encontró sosiego durante el tiempo que estuvo desaparecido, pero la noticia de su muerte ha supuesto la trágica confirmación de nuestros mayores temores. Ahora, con la fuerza que nos otorga nuestro amadísimo Señor Jesucristo, podemos poner sus restos mortales a descansar y orar para que su alma viva en paz durante toda la Eternidad.

Sam observó a la pequeña congregación. Muchos eran ancianos; encontró a la hermana Mary Francis entre ellos, con la cabeza inclinada. Junto a ella estaba Gemma, la cuidadora que le había permitido entrar en Gracewell, sin apartar su intensa mirada del vicario.

—El padre Benjamin, también fundador y supervisor de St. Margaret, el hogar para madres solteras de Preston, continuó su labor como voluntario en el *Community Care Trust* hasta bien pasada su edad de retiro, acudiendo al local, a veces durante las noches más crudas del invierno, para repartir mantas y alimentos entre los más necesitados. Fue una influencia magnífica para los miembros más jóvenes de nuestra congregación, dando clase en la catequesis y contribuyendo a fortalecer los valores cristianos en nuestro pueblo, donde a veces la vida moderna puede distraernos de aquello fundamental para nosotros como seres humanos… Las enseñanzas de Jesucristo, nuestro Redentor. A la luz de todo esto, tenemos la lectura de Hannah Crane, que guarda un grato recuerdo de sus días de catequesis, cuando enseñaba el padre Benjamin.

Una mujer de largo cabello rubio se acercó al atril y desdobló una hoja de papel. Al principio no se la pudo oír, y una carcajada contenida recorrió la iglesia mientras el sacerdote trasteaba con el micrófono. Al final, la mujer comenzó a hablar con voz insegura.

No lloréis junto a mi tumba,
No estoy ahí, mi alma no duerme.
Soy el viento que sopla.
El brillo del diamante en la nieve
La luz del sol sobre la mies madura.
Una suave lluvia otoñal.
Cuando te levantas en la silenciosa mañana,
Soy el rápido y vigorizante empuje
De las tranquilas aves que en círculos
vuelan.
Por la noche soy la suave luz de las estrellas.
No lloréis junto a mi tumba,
No estoy ahí, mi alma no duerme.
No gimáis junto a mi sepultura,
No estoy ahí, ¡mi alma no muere!

Sam echó un vistazo hacia la anciana dama, que entonces miraba al suelo, secándose las lágrimas con un pañuelo que oprimía entre sus manos temblorosas. Después abrió su bolso despacio y sacó algo que sujetó entre sus delgados dedos.

—Gracias, Hannah. —El vicario regresó al atril y la mujer a su asiento, y a la sonrisa de aprobación de su esposo—. El padre Benjamin hubiese estado muy orgulloso. Y también de una de sus piezas musicales preferidas, cantada por la hermana Clara Gale.

La congregación levantó la mirada hacia los asientos del coro cuando una monja, vestida con un hábito azul y blanco, empezó a cantar el *Ave María*. Se hizo el silencio y nadie pareció moverse, ni siquiera respirar, completamente hechizados por aquella angelical voz. Sam sintió cómo se erizaba el vello de sus brazos mientras la escuchaba, quedándose tan conmovida y transpuesta que, al sentir una súbita presencia a su lado, volver la cabeza para mirar y ver a la anciana en medio del pasillo, no pudo reprimir un jadeo.

La mujer se doblaba sobre su andador sujetando una fotografía en la mano izquierda, según pudo ver Sam, y tenía los ojos fijos en el ataúd situado frente a ella. Aún nadie había reparado en la anciana, acaparada toda la atención por la voz de la hermana Clara. Casi había llegado a su destino antes de que nadie siquiera la mirase. *Tap, tap, tap*, resonaba su andador sobre el suelo de piedra gris de la iglesia.

De pronto todo el mundo posó su mirada en la anciana cuando se estiró y colocó la fotografía sobre la tapa del féretro. Al concluir la música, inclinó la cabeza, se persignó en silencio y habló:

—Que Dios perdone a este hombre sus imperdonables pecados, y que ampare a las almas de aquellos cuyas vidas destruyó. Amén.

Al alzar la cabeza, miró directamente al rostro del atónito vicario. Después, antes de que nadie pudiese reaccionar, se volvió y comenzó a andar pasillo abajo. Nadie se movió un milímetro ni hizo ruido alguno hasta que la anciana llegó a la entrada, atravesó el umbral con el andador y salió por la puerta.

El vicario parecía sufrir una parálisis pasajera. Finalmente, se acercó al atril.

—Por favor, no os enojéis por lo que acabamos de ver. La vida de un párroco también tiene sus ingratitudes y sinsabores. Aquellos a los que intentamos ayudar no siempre pueden ser ayudados. Oremos ahora por esas almas indefensas. Padre Nuestro, que estás en el Cielo, santificado sea tu Nombre. Venga a nosotros tu reino. Hágase tu voluntad así en la Tierra como en el Cielo…

Mientras los demás se unían a la oración, una joven monja salió corriendo y tiró la fotografía al suelo. Sam, sin darse cuenta de lo que hacía, se levantó para recogerla. Al mirar a la congregación, sus ojos se cruzaron con los enrojecidos ojos de Gemma, la cuidadora, que apretujaba un pañuelo de papel en las manos y se lo pasaba por la nariz.

Impaciente por alcanzar a la anciana antes de que desapareciera, se escabulló hacia la entrada tan aprisa como pudo mientras los demás devolvían su atención al vicario. Durante un segundo no pudo ver, cegada por haber pasado de la oscura iglesia a la claridad del día. Miró desesperada a su alrededor y al final vio a la dama metiéndose en un radiotaxi que la llevó colina abajo. Fue tras ella, llamándola, bajando a la carrera la abrupta cuesta con la esperanza de que viese sus señales y se detuviese… Pero se fue. Al dejar de correr y recuperar el paso habitual, advirtió que su móvil vibraba en el bolso.

—Sam, ¿dónde demonios estás? —preguntó Murray en cuanto descolgó.

—Acabo de entrevistar a Clara Bancroft y estoy volviendo —se apresuró a contestar Sam mientras el conductor de una furgoneta le pitaba.

—No me mientas. Ha llamado el fotógrafo y dijo que

te fuiste hace casi una hora —bramó Murray. Sam pudo visualizar las venas de su cuello hinchándose, como siempre hacían cuando se enfadaba.

—Pero si ya estoy volviendo, Murray. He tenido problemas con el coche.

—Sí, ya, bueno, tu abuela ha llamado a la oficina. Está intentando dar contigo… Tu hija está enferma. Quiero la copia de tu entrevista antes de las dos. Después, tú y yo tendremos que hablar. —La línea quedó muerta.

Sam, absolutamente abatida, se hundió en un banco e intentó calmarse.

La tristeza de la anciana era tan poderosa que permanecía unos segundos suspendida en el aire a su paso. Sam miró la fotografía que había recogido del suelo de la iglesia. Era el retrato en blanco y negro de una niña pequeña, de no más de diez años, que sonreía a la cámara. Tenía prietos tirabuzones y llevaba un bonito vestido blanco estampado alrededor de la cintura. Volteó la fotografía y leyó las descoloridas palabras escritas en el reverso: *Ivy, verano de 1947*.

Se le cortó la respiración. Ivy. Sin duda había más de una Ivy en Preston, pero si en 1947 tenía nueve o diez años, debía de ser una joven capaz de dar a luz en 1956, cuando se escribieron las cartas. ¿Podía ser la misma chica?

Cogió el teléfono y marcó el número de Ben. No hubo respuesta. Lo intentó de nuevo y dejó saltar el contestador automático para dejarle un airado mensaje, diciéndole que llamase a Nana. Después la llamó ella.

—Hola, Nana, soy yo. Siento que tuviese el teléfono en «silencio». ¿Cómo está Emma?

Nana le aseguró que estaba bien; que se había sentido pachucha, pero que había mejorado desde entonces.

—Le he dejado un mensaje a Ben, así que pasará pronto por ahí —le dijo Sam—. Lo siento. ¿Tú estás bien? Pareces un poco alicaída.

Nana no se sentía demasiado bien. A Sam le llevó un buen rato sacárselo. Había una tercera carta de Ivy, explicó por fin. Y era peor que las dos anteriores.

—Te llamaré en cuanto escriba una cosa. Murray la quiere para ayer.

Una vale tanto como su palabra. Así que después de arreglar la entrevista para el Centenario de las sufragistas y recibido un buen rapapolvo de Murray, llamó de nuevo a Nana; y mientras su abuela leía la tercera carta de Ivy, ninguna de las dos pudo evitar derramar abundantes lágrimas.

CAPÍTULO DIECISÉIS

LUNES, 11 DE FEBRERO DE 1957

Amor mío:

Ya está aquí. Nuestro bebé ha llegado.

Apenas me han permitido verla, pero sin duda es la niña más bonita que he visto jamás. Tiene pequeñas matas de pelo cobrizo, como el mío, y unos brillantes ojos azules, como los tuyos. Es muy tranquila, no ha llorado nada; no como su madre, que no ha dejado de hacerlo. Me han dejado cogerla antes de comenzar a coserme. Me cogió el dedo con tanta fuerza que supe que sabía que yo soy su mamá. Estoy segura de que me sonrió. La hermana dijo que eso era una tontería, que los recién nacidos no sonríen. Pero sé que lo hizo… Fue su modo de decirme que todo iba a salir bien. Después de eso ya no recuerdo nada más. Creo que debí de desmayarme, porque desperté en la enfermería y Rose, como la he llamado, ya no estaba conmigo.

Ivy oyó una llave en la puerta del fondo de la enfermería, después un chasquido al abrirse y un golpe en la pared. Ocultó el bolígrafo y las hojas bajo la ropa de cama, levantó la mirada y vio a las hermanas Faith y Mary Francis entrando en tromba hacia ella, con sus largos hábitos almidonados crujiendo al andar. Bajó la mirada para que no la castigasen por sostenérsela y posó las manos sobre el regazo.

—Bueno, pequeña, hay trabajo que hacer en la lavandería. Ya has pasado una semana aquí; no puedes quedarte en la cama para siempre —dijo la hermana Mary Francis, antes incluso de llegar a su lado.

—Creo que le podremos dar el alta dentro de un par de días, hermana —apuntó la hermana Faith—. Apenas es capaz de mantenerse en pie.

La hermana Mary Francis se volvió y fulminó con la mirada a la joven monja.

—Hermana Faith, usted las taparía a todas con edredones de plumas y les serviría chocolate caliente cada noche, así que permita que sea yo quien evalúe la situación. Levántate, jovencita, y rápido.

El pánico se abrió paso en el ánimo de Ivy al asentir y coger la ropa de cama, tirando de ella despacio, rezando para que el bolígrafo y el papel permaneciesen ocultos. La sábana bajera se veía limpia, pero tenía las piernas y la espalda cubiertas de sangre seca. No estaba segura de qué le había pasado durante esos brumosos días y noches que siguieron al parto, aunque según pudo averiguar a partir de conversaciones mantenidas entre cuchicheos, había comenzado a sangrar y la hemorragia no parecía detenerse. Desde entonces estuvo ingresada en la enfermería, incapaz de moverse debido al dolor que sentía entre las piernas.

Patricia se presentó aquella mañana antes del desayuno, con aspecto pálido y cansado. Su tarea consistía en cambiar las sábanas de la enfermería y al hacerlo aprovechó la oportunidad para colocar un bolígrafo y un papel bajo la almohada de Ivy. La hermana Faith había salido un momento para recoger algo del armario del almacén y entonces Patricia le susurró entusiasmada que había visto a su bebé, que era muy bonita, bastante alegre y apenas lloraba entre las tomas. Ivy lloró y besó la nariz pecosa de su amiga, diciéndole que se lo diera a Rose.

—A ti ya no te queda mucho, ¿verdad, Pat? —preguntó, dándole una palmada en el vientre.

—¿Tan terrible es? Me refiero al dolor. Te oí durante toda la noche —preguntó Patricia, mirando a Ivy y después a la puerta.

—No es tan malo —la tranquilizó—. Yo organicé un lío tremendo. Tú estarás bien.

—Mira el terrible trastorno que has causado —gruñó entonces la hermana Mary Francis al ver la ropa de cama manchada de sangre que Patricia dejase en una esquina de la sala—. ¿No te parece que ya tenemos bastante que hacer para tener que ir limpiando detrás de ti? En cuanto te levantes, lavas esas sábanas.

—Sí, hermana —dijo Ivy, haciendo un gesto de dolor al obligarse a salir de la cama y ponerse en pie. Tuvo la certeza de que le fallarían las piernas y miró a la hermana Faith con los ojos llenos de lágrimas.

—Anda un poco, jovencita. Tienes que empezar a moverte o no saldrás nunca de aquí —espetó la hermana Mary Francis, apretando los labios en un gesto de desaprobación.

Ivy no osó discutir. Dio un paso sin hacer caso del dolor que sentía en la ingle. Inmediatamente sus piernas temblorosas cedieron y cayó de rodillas.

—Levántate —dijo la hermana Mary Francis con tono sombrío. Ivy quedó mirando al suelo, sujetándose el vientre—. Levántate de inmediato o te mando al despacho de la madre Carlin.

La hermana Faith avanzó un paso y le ofreció una mano, pero la hermana Mary Francis estiró un brazo para detenerla. Poco a poco, Ivy consiguió levantarse y después sentarse en la cama.

—Levántate —ladró la hermana Mary Francis.

—No puedo, hermana. Lo siento. Me fallan las piernas. Lo intento, de veras que sí. —El cuerpo de Ivy temblaba de pies a cabeza.

—Levántate —volvió a decir la hermana Mary Francis.

Se levantó despacio, empleando la cama como punto de apoyo. No se atrevió llorar, a pesar de que el dolor que le desgarraba el vientre la hiciese sentir como si fuese a vomitar de un momento a otro. Al enderezar las piernas, miró al suelo y vio gotas de sangre alrededor de sus pies.

Dio un paso y se apoyó a los pies de la cama cuando las piernas le fallaron de nuevo. Se desplomó, cayendo al suelo de lado, profiriendo un chillido de dolor.

—La quiero fuera de la cama mañana a última hora, hermana, y va a tener que lavar esas sábanas ella misma —dijo la hermana Mary Francis.

Ivy yacía en el suelo, observando los zapatos negros de la hermana repicando sobre las frías baldosas de cerámica, alejándose de ella.

En cuanto se fue la monja de más edad, la hermana Faith ayudó a Ivy a regresar a la cama.

—Lo dice en serio, ¿sabes? —comentó en voz baja—. No puedes quedarte aquí más allá de mañana.

—Sí, hermana, lo comprendo. Siento mucho todo este desastre —dijo Ivy mientras la hermana Faith pasaba un trapo por los regueros de sangre en el suelo.

La campana de la pared comenzó a sonar por la enfermería y la hermana Faith consultó su reloj.

—Voy a cenar. Te traeré algo de sopa.

—Gracias, hermana.

Una vez la hermana Faith hubo abandonado la enfermería y cerrado la puerta tras ella, Ivy se incorporó y recogió el bolígrafo y el papel que aún estaban a salvo bajo las sábanas. Hizo un gesto de dolor al sentarse en la dura cama de hierro y continuó escribiendo.

Te escribo desde mi cama en la enfermería. El parto fue terrible. No sabía qué esperar, y me alegro de que así fuese. Si la habitación donde me dejaron pasar la noche a solas hubiese tenido ventanas, me habría tirado por una de ellas. Nunca había sufrido semejante dolor, ni un instante, y tuve que soportarlo hora tras hora. No tuve a nadie que me consolase y ni siquiera sabía si eso iba a terminar alguna vez.

Ya conocía la sala donde me habían dejado. El recuerdo de este lugar permanecerá conmigo para siempre. La madre Carlin hace que las chicas en estado avanzado limpien tras los partos que haya habido. Nada aterroriza más que un suelo cubierto de sangre. Resultaba difícil limpiarla con agua fría y poco jabón; una vez me pasé el día de rodillas, frotando. En otra ocasión limpié alrededor de un pequeño bebé que había muerto. Lo habían dejado en el cubo de la basura, envuelto con una manta ensangrentada. Lo saqué, lo abracé, lloré y le dije que había sido amado, hasta que la madre Carlin me lo arrancó de las manos para ponerlo en el contenedor donde iban los muertos recién nacidos. Me dijo que no desperdiciase mis lágrimas con el fruto del demonio y me pegó tan fuerte que su anillo me rasgó la mejilla.

Mi parto comenzó tras una larga jornada en la lavandería. No nos dejan emplear maquinaria más ligera, y mi vientre estaba tan dilatado que no podía mantener el ritmo de trabajo.

Ivy se detuvo con el recuerdo del último día que tuvo a Rose solo para ella. La última vez que supo exactamente dónde estaba su hija y que se encontraba a salvo.

El equipamiento de la lavandería le había parecido aún más pesado de lo habitual, y los achaques y dolores de su cuerpo desconocidos. Su vientre comenzó a sufrir calambres poco después de comer; calambres que se hicieron más y más intensos hasta cobrar una fuerza que la obligó a doblarse. Caminó despacio hacia la hermana Edith intentando no chillar de dolor.

—En nombre de Dios, ¿a dónde crees que vas? Vuelve al trabajo —espetó la hermana Edith.

—Hermana, ¿podría trabajar en la cocina esta tarde? Tengo unos calambres terribles.

—No, no puedes. No estás de parto; todavía no has salido de cuentas. ¡Vuelve al trabajo!

Ivy regresó tambaleándose a su puesto, con todos los ojos puestos en ella pero sin que nadie se atreviese a pronunciar una palabra. A la hora de la cena ya no lo soportaba más. Las demás chicas habían salido y la madre Carlin y la hermana Edith se habían quedado en pie junto a ella, que se sujetaba el vientre encogida en un rincón gritando de dolor.

—Deja de armar tanto escándalo. Será mejor que vayas a la enfermería, jovencita. Vamos —dijo la madre Carlin.

Ivy esperó a que remitiese la última oleada de calambres y salió tambaleándose por el pasillo. Había sentido un gran alivio al oír hablar de la enfermería. Al menos quizá pudiese disfrutar de cierta cortesía, de un poco de comodidad. Qué equivocada estaba.

Se compuso y volvió a coger el bolígrafo. Pronto regresaría la hermana Faith y no iba a tener otra oportunidad para escribir.

Al llegar a la enfermería, me encerraron sola. Sola y en la misma habitación que apenas una semana antes había limpiado de sangre; una habitación que sospechaba pronto iba a estar otra vez llena de sangre.

Pensé mucho en aquel pequeño bebé muerto durante esa noche en soledad. Pensé que el dolor que sufría significaba que nuestro bebé iba a morir. Vinieron y se fueron unas cuantas hermanas para decirme que guardase silencio, que dejase de hacer escándalo, que aquello era el castigo por mis pecados carnales. Intenté ser valiente, pero el dolor me lo impidió. Grité llamando a mi madre, a mi padre, a ti. Pero no vino nadie.

Se detuvo y dejó el bolígrafo y el papel a un lado, después hundió la cabeza entre las manos. Era muy doloroso recordar: tirada en suelo, sola en la oscuridad, con un silencio sepulcral en la casa. Había comenzado a perder la razón con cada oleada de dolor, y recordó ver los zapatos de su padre apareciendo en el suelo frente a ella. Estaban tan lustrosos que podía verse el rostro reflejado en ellos. Miró hacia arriba y él le sonrió.

—Papá, ayúdeme.

—Cariño, lo estás haciendo muy bien. Estoy muy orgulloso de ti.

Se había quitado el sombrero, acuclillándose a su lado.

—Voy a morir. No puedo soportar el dolor.

—Sí, sí puedes. Y piensa en qué tendrás cuando acabe.

La golpeó otra oleada de dolor y se estiró hacia él.

—Por favor, cuide de mi bebé si algo me sucediese.

Él la cogió de la mano.

—Sé valiente, Ivy. Siempre cuidaré de ti. De las dos.

Apartó el recuerdo de su mente y se pinchó los dedos con el bolígrafo. Tenía que concentrarse en terminar la carta antes de que regresase la hermana Faith.

Ya creía estar a punto de morir cuando llegó el doctor Jacobson. Le rogué que salvase a mi bebé, por eso me abrió; me cortó tanto que creí que me serraba en dos. Después oí el llanto de la pequeña; allí estaba. Nuestro bebé. Le pregunté al doctor Jacobson si había visto a mi madre. Le rogué que me llevase a casa. Pero no me habló; se limitó a dejarme allí, sola, con Rose. Espero que le haya hablado de ella a mi madre.

Me cosieron después de que se fuese el doctor Jacobson. Eso fue más doloroso incluso que el propio parto. La monja que me puso los puntos era torpe y vieja, y sus gafas de leer no hacían más que caer de su nariz. Hace días que no puedo caminar, pero las hermanas me han dicho que debo volver pronto al trabajo para pagar mi manutención. He escrito a mi madre y al tío Frank preguntándoles si pueden pagar las 100 £ que debo por mi estancia aquí, pero no me han contestado. Me han dicho que la estancia media es de tres años. Voy a volverme loca si tengo que quedarme aquí todo ese tiempo.

Han puesto la guardería al lado de la enfermería, y puedo oír a los bebés llorando día y noche. Al parecer, eso forma parte del castigo. Estoy perdiendo la razón al pensar que puedo estar oyendo llorar a Rose y que no soy capaz de llegar hasta ella.

Tengo leche, pero no nos dejan alimentar a nuestros bebés según ha dispuesto la Naturaleza. En su lugar, les dan leche artificial. Supongo que es para romper el vínculo entre la madre y el hijo. Me han dado pastillas para que deje de producir leche, pero su efecto no es lo bastante rápido. Por la noche se escurre y me duele mucho. La hermana se pone hecha una furia cuando ve mis sábanas húmedas. Está harta de verme en la enfermería, harta de mis lágrimas. Harta de mi escándalo.

Echo mucho de menos a mi bebé. No puedo soportar la idea de que venga alguien para llevársela de aquí. Ella tiene que estar conmigo, con nosotros.

Por favor, amor mío, ven y recógenos para que por fin podamos ser una familia. Por favor, ven rápido, antes de que adopten a Rose y la perdamos para siempre.

Con todo mi amor.

Tu Ivy.

Al escribir esa última palabra oyó la llave entrando en la cerradura y se apresuró a guardar la carta en el sobre que Patricia le había traído. Era la hermana Faith con un cuenco de sopa aguada en una mano y un panecillo en la otra.

—Aquí tienes.

—Gracias, hermana —dijo Ivy, cogiendo agradecida el cuenco caliente.

—Tendremos que poner esas sábanas a remojo o no se limpiarán nunca —respondió la hermana Faith sin ser descortés.

—Siento mucho las molestias, hermana —le dijo Ivy—. Lo haré ahora.

Y se dispuso a dejar el cuenco.

—Yo lo haré; tú necesitas descansar. La madre Carlin vendrá a buscarte por la mañana y tendrás que volver al trabajo.

—Gracias —dijo Ivy, y comenzó a ingerir, hambrienta, su magra cena.

CAPÍTULO DIECISIETE

Con el corazón lleno de pena, Sam detuvo el coche junto al piso de Ben. Todavía recordaba el día que lo encontraron; habían recorrido incontables antros, con ella en avanzado estado de gestación, hasta que les mostraron aquel lugar y, de inmediato, se enamoraron de él. La casa requería una mano de pintura y ciertos arreglillos, pero tenía un pequeño jardín y un salón con chimenea. Se mudaron allí el día posterior a su boda; Ben intentó llevarla en brazos a través del umbral, pero estaba embarazada de ocho meses y él acabó haciéndose daño en la espalda.

Quedó tumbado en el sofá mientras ella, su abultado vientre y el abuelo se ocupaban de la mayor parte de la decoración. Nana les hizo cojines y el abuelo les dio piezas de su tienda de antigüedades; y así, poco a poco, ese sitio se convirtió en su hogar. Había adorado aquel piso y los recuerdos edificados en él: los tres en el baño, los primeros pasos de Emma. Haciendo un rápido salto en el tiempo, Sam se vio a sí misma —en la vorágine de una discusión— proponiendo mudarse una temporada con Emma para darse algo de espacio. Se quedó estupefacta cuando él aceptó.

Ahora lo contemplaba a través de la ventana, deambulando arriba y abajo, recogiendo juguetes de Emma con un trapo de cocina al hombro. Mientras lo observaba, el hombre hundió los hombros y apretó la mandíbula; la había visto y golpeaba la esfera de su reloj de pulsera con el dedo. Ese fin de semana no le tocaba tener a la niña, pero no le quedaba más remedio, pues Sam estaba trabajando y Emma se encontraba mal; era evidente que a él le enfurecía la situación.

Sam cerró el coche y se dirigió a la puerta principal. Ya había soportado un rapapolvo de Murray y haría todo lo posible por mostrarse razonable si Ben empezaba como siempre. Mientras subía por el camino, volvieron a su memoria retazos de la conversación con Murray. La había estado castigando desde que nació Emma.

Ella había regresado a su puesto de trabajo tan pronto como fue humanamente posible, pero ya no podía cubrir tantos turnos de noche como solía o dejarlo todo y salir a seguir una pista durante su fin de semana libre. Como venganza, él le había ido dejando los posos del barril. Por esa razón, por el momento se estaba guardando la trama de Cannon para sí. Murray no le pagaba lo suficiente y no merecía una historia tan buena como aquella. Iba a cambiar de barco apenas tuviese la menor oportunidad, y esa sí sería una venganza por derecho propio.

Se estiró y tocó el timbre del piso.

—Hola, ¿cómo te va? —saludó, cuando por fin Ben abrió la puerta.

—Hola —murmuró con los dientes apretados, sin mirarla a los ojos—. Llegas tarde.

—Lo siento, te aseguro que he intentado salir antes. ¿Cómo está Emma? —Le hablaba a la nuca de Ben, pues él ya caminaba aprisa pasillo abajo. Echaba mucho de menos al Ben de los viejos tiempos, el que le servía un vaso de vino y le preparaba un baño de espuma tras una dura jornada de trabajo. Y no a este Ben, que probablemente la ahogaría en la bañera.

—Bien. Tiene buen aspecto, pero no ha comido nada; así que ahora estaba intentando que comiese algo —comenzó a recoger el abrigo y el bolso del sofá donde Sam los había dejado. Los asuntos del hogar nunca fueron su fuerte, pero desde que ella se fue él se ocupaba de recalcar cada una de sus faltas, como para mostrarle lo mucho mejor que estaba sin ella.

—Quizá pueda ayudar —dijo Sam.

—Lo dudo, se está portando mal porque estás tú.

Volvió a sentarse a la mesa y Emma, de inmediato, se estiró intentando llegar a su madre. Ben intentó meterle en la boca un trozo de brócoli. De pronto Emma lo cogió y lo arrojó al otro lado de la sala.

—Emma, ¡eso está muy feo! —gritó Ben.

Sam se colocó junto a la silla de Emma y se acuclilló a su lado.

—Hola, cariño.

Emma se inclinó y rodeó el cuello de su madre con los brazos, cayendo de la silla sobre su regazo y bajando después, riéndose.

—¡Gracias! —espetó Ben.

—¿Qué?

—Tiene que comer algo. Tiene que alimentarse bien. Y no va a levantarse de la mesa hasta que se haya tomado la verdura.

—Vaya, lo siento. Solo estaba saludando a mi hija.

—Bueno, sí, pero no creo que vuelva a sentarse a la mesa. Intento establecer cierta rutina y tú me estás socavando.

—Bien, vale, ¿quieres que nos vayamos ya?

Sam comenzó a recoger trozos de brócoli de la alfombra.

—¿Iros? Pero si está en medio de la comida… Bah, déjalo. —dijo Ben, irritado.

Sam se irguió.

—Bueno, ya veo que tienes ganas de bronca. Será mejor que nos vayamos.

—Eso es, tú vete y déjame arreglar este lío. Qué poético.

—¡Ben! Siento que hayas tenido que quedarte con Emma, pero no tuve otra opción. Nana está agotada y yo no puedo cogerme un día libre por las buenas.

—Ya estamos. Pobre de mí, no puedo controlar la montaña rusa en la que se ha convertido mi vida. Todo el mundo aprieta, lo siento; no es culpa mía.

Intentó meter otra cucharada de comida en la boca de Emma. A Sam se le pusieron los nervios de punta; Emma ya era lo bastante mayor para comer sola.

—Eso no es justo —siseó—. Fue idea tuya que trabajase yo y te quedases tú en casa con Emma. Te dije que sería difícil.

—Bueno, sí, pensé que se te ablandaría el corazón cuando naciese. La mayoría de las madres no pueden soportar separarse un día de sus hijos, y no hablemos de cinco días a la semana, a veces seis.

Ben crispó el rostro cuando Emma le apartó la mano.

Las lágrimas escocían en los ojos de Sam.

—Ahora la veo mil veces más que tú porque se supone que te pasas los días buscando trabajo.

—Sí, bueno, la verdad es que tengo dos entrevistas concertadas para mañana que debería preparar, pero como tengo que ocuparme de Emma, ¡seguro que he perdido la oportunidad!

—No podemos seguir cargando a Nana. Esperaba un ascenso y así poder pagarnos una cuidadora, pero es difícil cuando tu jefe es un imbécil.

—¡Si consigo un trabajo, entonces podremos permitirnos una cuidadora!

—Eso estaría genial —dijo Sam intentando calmar la situación—, sé que te estás esforzando. No sabía nada de esas entrevistas; ¿para qué son?

Ben lanzó una risa sarcástica.

—¿Y a ti qué te importa?

—Pues la verdad es que me importa mucho. Creo que es fantástico que por fin empiecen a pasar cosas, pero si vas a trabajar la jornada completa puede que tengamos que trazar un plan.

—Un plan para tenerme controlado, quieres decir.

—¡Quiero pipí! —gritó Emma.

Ben exhaló un fuerte suspiro y se agachó donde Emma estaba sentada en el suelo, junto a Sam.

—¡Que me lleve mamá! —chilló Emma—. No quiero ir con papá. Papá es un gilipuertas.

Ben fulminó a Sam con la mirada.

—Ya veo que estás siendo muy elogiosa cuando hablas a mis espaldas.

—Yo no digo esas palabras con ella delante. Y nunca le diría eso de ti. Probablemente lo haya aprendido de ti, de las lindezas que sueltas cuando la llevas en el coche. ¿Y qué demonios quieres decir con eso de que quiero mantenerte controlado?

Ben cogió unas toallitas para limpiar el rostro de Emma.

—Yo solo digo que Nana no estará aquí para siempre, y que uno de los dos tendrá que poder quedarse con Emma si la cuidadora se pone mala o si tienes que trabajar hasta tarde y no regresas a casa a tiempo. Podría conseguir un trabajo, pero nunca haré carrera. No tienes idea de cuántos turnos tuyos tengo que cubrir. El poder que ese trabajo tiene sobre ti es alucinante.

—¡Quiero pipí! —gritó Emma.

—Eso no es así, simple y llanamente. ¡No puedo creer que hayas dicho algo semejante!

A Sam se le llenaron los ojos de lágrimas cuando Ben levantó a Emma y esta le hizo pipí en una pierna.

—¡Fantástico! —bramó—. Ya tienes cuatro años, Emma, pronto vas a empezar la escuela. ¡No puedes seguir teniendo accidentes!

Mientras le quitaba a Emma la ropa mojada, por las mejillas de la niña se derramaron gruesas lágrimas; la pequeña miró a Sam y estiró sus manos hacia ella. «Este momento lo voy a recordar toda la vida», pensó. Lo recordaría como el momento en que tocaron fondo.

Se acercó a su hija y le revolvió el cabello, susurrándole con suavidad hasta calmarla. Una vez la hubo cambiado de ropa, Ben la levantó y se la dio a Sam.

—Aquí la tienes, ya te la puedes llevar. Necesito una cerveza. —Salió de la habitación dando grandes zancadas antes de gritarle—: ¡Y Nana o tú tendréis que venir mañana si se pone enferma, no puedo cancelar esas entrevistas! Ya sabes dónde está la puerta.

Mientras Emma se arrullaba contra ella, Sam se quedó mirando el sofá en el que Ben y ella habían pasado tantas noches acurrucados juntos, con su hija durmiendo en el moisés colocado a sus pies.

Después, tras un portazo tan fuerte que hizo vibrar las paredes del salón, y por primera vez desde que ella y Ben se conocieran, no sintió absolutamente nada.

CAPÍTULO DIECIOCHO

A pesar de tener el corazón desbocado, Kitty se sentía abrumada por el agotamiento. Le escocían los ojos, pero cerrarlos no logró detener la avalancha de pensamientos que bullían en su cabeza. Quería irse a la cama temprano debido a la noche de insomnio que siguió a su fiesta, pero aquella mañana, después de la sesión con Richard, cualquier pequeño ruido la despertaba sobresaltada. Al intentar dar una cabezada, el tic-tac de su reloj de mesa era un recordatorio constante de la cantidad de sueño que estaba dilapidando. Emitió un fuerte suspiro y, resignándose a pasar otra noche en vela, se incorporó y encendió la lámpara de noche.

Echó un vistazo por el dormitorio; sus ojos se movían rápido de las placas del suelo de roble a los muebles de época y selectas litografías procedentes de galerías ubicadas por todo el mundo. Nunca pudo concretar qué le gustaba, a pesar de haber invertido meses trabajando con un diseñador de interiores, y si llegaba a conseguirlo lo rechazaba casi de inmediato deseando haber escogido algo diferente. El resultado fue una casa de exposición, tan impersonal que a ella le parecía que bien podría corresponderse con alguna de las muchas habitaciones de hotel que había ocupado a lo largo de su vida.

Se había mudado de casa en numerosas ocasiones, intentando desesperadamente encontrar un sitio que pudiese percibir como su hogar; entonces, mientras contemplaba la habitación, le pareció que eso fue algo que siempre la evadió.

Apartó la ropa de cama, metió los pies en unas pantuflas, atravesó el lustroso suelo y abrió unas pesadas cortinas que revelaron una vista de Londres con el Támesis fluyendo allá abajo. Mientras observaba el reflejo de las luces de los coches en el agua, sintió un enorme cansancio y un rato después se sentó hundiéndose en la butaca de terciopelo situada al lado de la ventana.

Con la luz a su espalda, el reflejo de su imagen volvió a ella enmarcado por el oscuro cielo nocturno y no tardó en sentir que los párpados le pesaban. Empezaba a dormirse cuando oyó ruidos, jadeos. Alguien corría.

Un túnel negro. Corría hacia un haz de luz que veía al final, con sus pies chapoteando en el agua del suelo. Jadeaba en medio de la oscuridad, se sentía abrumada por la necesidad de huir. Mientras corría se miraba las manos, que tenía cubiertas de tierra. Apretujaba algo. Abrió la palma y una llave tintineó en el suelo frente a ella. ¡Vuelve aquí! La voz tras ella era fuerte, el miedo agobiante. Recogió la llave y fue hacia la luz. Entonces se escuchaban pasos a la carrera yendo tras ella, chapoteando en el suelo cada vez más rápido. ¡Detente, jovencita! Podía sentir a la mujer ganando terreno. Llegó a unos escalones coronados por una puerta, con las manos frías trasteó hasta meter la llave en la cerradura e intentó abrirla desesperadamente. Empleó las dos manos para hacerla girar, empujó con toda su fuerza y por fin obtuvo su recompensa; la hoja se abrió y salió a la noche. Se volvió, dio un portazo y cerró con llave.

¡Abre la puerta! Gritaba la mujer; golpeaba tan fuerte que la puerta vibraba.

La fría noche invernal la rodeó, paralizándola con su enormidad. El terror la espoleó y corrió hacia el edificio de piedra erigido a lo lejos, iluminado por la luz de la luna. Sentía las piernas como si fuesen de plomo y el suelo irregular y helado. Chocó con lápidas, tropezó con una cruz de piedra que le hizo perder el equilibrio y caer. Se levantó; oía la voz de la mujer gritando lejos, a su espalda.

Por fin llegó a la seguridad del edificio anexo, y su respiración fue la única compañía que tuvo en medio de la gélida noche. La puerta de entrada colgaba de sus goznes, la abrió con cuidado. Se inclinó intentando recuperar la respiración y miró a su alrededor en busca de un lugar donde esconderse. Había agujeros en las paredes por donde se colaba la luz de la luna, y sus ojos se fijaron en un viejo arado tirado sobre una pila de ladrillos. Corrió hacia él, empujándolo con toda su fuerza hasta empezar a moverlo. El apero cayó junto a ella con un fuerte golpe y entonces oyó voces airadas gritando a lo lejos, yendo hacia ella. ¡Elvira! ¡Elvira!

De pronto Kitty se despertó boqueando, intentando respirar. Tardó un momento en saber dónde se encontraba. Ahí estaba otra vez ese sueño. Las palabras de Richard retumbaron en su cabeza: «Los sueños son asuntos sin resolver que el cerebro intenta procesar mientras duermes [...] ¿Crees que la llave aún puede estar allí? ¿Es eso lo que crees que te está diciendo tu sueño?».

«Un día más; un día más y St. Margaret habrá desaparecido para siempre», pensó Kitty. Después jamás estaría segura de si podría haber descubierto la verdad.

Se levantó, corrió hacia el armario y se puso a sacar ropa, frenética.

El recorrido hasta la puerta de entrada se le antojó largo, pero su vigor crecía con cada paso, sintiendo un pequeño rayo de esperanza en sus entrañas. Encontró una linterna, se calzó unas botas y se puso un chubasquero. Después salió del apartamento y bajo en ascensor a la calle.

Salió al exterior, el gélido aire azotó su rostro y esbozó una ligera sonrisa. Era una noche oscura y fría, pero al internarse en las sombras de los plátanos alineados a lo largo de Victoria Embankment, la Elvira de ocho años que recordaba corrió por delante de ella, animándola a cada paso.

Paró un taxi mientras caminaba.

—¿Podría llevarme al pueblo de Preston, al norte de Brighton, por favor?

—Caray, señora, eso va a costarle unas doscientas del ala —respondió el conductor inclinándose hacia la ventanilla.

—Bien. Entonces tendremos que parar para sacar algo de efectivo.

Abrió la puerta y se acomodó en el asiento.

CAPÍTULO DIECINUEVE

—Es que ya estoy harta de tragar tanta mierda de Murray y de Ben, Nana.

—Pues no tragues. —Nana dejó a un lado el crucigrama y miró a Sam.

—¿Y qué remedio me queda? Si mando a Ben al cuerno, Emma perderá a su padre; y si le digo a Murray que se vaya a la mierda, yo perderé el trabajo.

—Ben jamás desaparecerá de la vida de Emma. Y, bueno, en cuanto a ese Murray, ¿tan mala sería la situación?

Sam estaba sentada en la mecedora de su abuela, con Emma acurrucada en su regazo.

—Nana, esta niña está ardiendo, ¿crees que se encuentra bien? —sintió las lágrimas saltándole a los ojos.

Nana se levantó de la silla y palpó la espalda de Emma.

—Parece como si tuviese algo de fiebre, cielo, pero le tomé la temperatura y está bien. Está luchando con el virus. Dentro de un par de días estará fresca como una lechuga.

—Mañana no la admitirán en la guardería si está enferma, y Ben tiene esas entrevistas.

—Yo puedo quedarme con ella, no me importa —sonrió Nana, con cariño.

—No, Nana, no es justo. Le pediré que venga a recogerla en cuanto termine con sus entrevistas. Esta noche no tengo fuerzas para mantener otra discusión. Siento como si todo se hubiese precipitado al mudarme, y ya no sé si hay vuelta atrás. —Sam comenzó a llorar, secándose las lágrimas con rabia mientras Emma rebullía y se abrazaba a ella con más fuerza.

—No podéis volver atrás, aunque sí podéis ir hacia delante si estáis dispuestos a trabajar la relación —dijo Nana—. Sé que Ben lo está intentando, aunque la verdad es que no creo que cumpla del todo con su parte del acuerdo. No me parece justo que te haga sentir tan culpable.

—No lo sé, creo que puede estar pasando un periodo depresivo. Echo de menos al Ben de antes; el de ahora lo pone muy difícil para que nos llevemos bien. Siento como si hubiese sido yo la que rompió la familia, pero fue él quien hizo que así fuese.

—Te recuperarás. Dentro de unos años te habrás estabilizado y con un poco de trabajo tendrás la sartén por el mango. Lo que pasa es que ahora estás en la etapa más difícil, construyendo tu carrera mientras cuidas de una niña pequeña.

—Precisamente por eso. Para entonces me habré perdido su infancia. Jamás podré recuperar ese tiempo. —Sam retorció con suavidad los rizos de Emma sujetándolos entre los dedos y besó su cálida mejilla hasta que la pequeña la apartó.

—Te sentirías fatal si pasases todo el día en casa con ella. Tiene a Ben, me tiene a mí y le encanta la guardería. Pronto irá a la escuela. De momento estás a su lado tanto tiempo como puedes. Es una niña muy afortunada y bien cuidada. Te necesitará mucho más cuando crezca, y si dejases el trabajo que amas para sentirte total y absolutamente miserable, ¿qué clase de ejemplo sería eso para ella?

—Ya, pero es que trabajo muchas horas. No veo a Emma, Ben me odia y mi jefe no me respeta. Ya estoy cansada de matarme y seguir siendo una decepción para todos.

—No creo que tu jefe no te respete. Creo que eres tú quien no lo respeta. Y yo tampoco lo haría, parece un poco zoquete.

Sam miró a su abuela. La amaba, amaba todo de ella, cada centímetro de esa piel suya que olía a agua de rosas, cada sonrisa que esbozaba cuando sabía que, en realidad, le dolía la cadera. También sabía que las cartas de Ivy la estaban afectando, pues a su abuela le hubiese encantado conocer a su propia madre.

—Siento mucho que esas cartas te estén disgustando, Nana. Te hacen pensar en tu madre, ¿verdad? ¿Has intentado encontrarla? —preguntó con voz suave.

—No te preocupes por mí, tesoro —dijo Nana, concentrándose en contar casillas.

—Pero no siempre estuviste bien con tus padres adoptivos, ¿verdad? Quiero decir, a ellos no les hizo mucha gracia que te quedases embarazada de mamá, ¿no?

—Sí, para ellos fue un trago difícil, pero siempre hicieron aquello que les pareció lo mejor. Y, además, dudo que yo fuese la más dócil de las hijas.

—Pero, ¿no piensas en ella, en tu verdadera madre?

Sam la observó, esperando que ella la mirase.

—A veces, pero es probable que ya lleve mucho tiempo muerta —dijo Nana en voz baja.

—Eso no lo sabes. Solo tienes sesenta años; quizá esté viva. Yo podría ayudarte a buscarla.

Nana se concentró en su crucigrama, tarareando con suavidad para estimular su concentración, como acostumbraba. Era un sonido muy familiar, con el que Sam se había quedado dormida tantas veces.

—Sammy, hay algo que tú no sabes —dijo al final—, algo de lo que tengo que hablarte.

—Pues claro, Nana. ¿De qué se trata? —respondió inclinándose hacia delante; al hacerlo, Emma emitió un sollozo—. Dame un momento para acostar a Emma, después hablamos, ¿vale?

Nana asintió y posó el periódico en su regazo; tenía los ojos arrasados de lágrimas. De pronto Sam se sintió avergonzada por someterla a tanta presión.

Entró en el dormitorio que compartía con Emma y la colocó en su camita. En cuanto la posó, Emma comenzó a llorar de nuevo.

—¡Chist! —le dijo Sam, comprobando la temperatura de su frente—. No pasa nada, cariño.

Regresó al salón.

—Perdona, Nana, ¿tenemos aspirinas infantiles por ahí? Creo que debería darle una a ver si se le baja la fiebre.

—Voy a ver —dijo Nana, levantándose de la silla.

Sam la observó yendo hasta la cocina.

—Siento mucho eso que dije sobre encontrar a tu madre —comentó—. Lo que haces es cosa tuya. Es que no puedo sacarme esas cartas de la cabeza. En ese lugar ocurrió algo realmente malo. Lo sé, puedo sentirlo.

Nana se detuvo a la puerta.

—Entonces tienes la responsabilidad de averiguar qué fue.

—¿Cómo? —preguntó Sam lanzando un fuerte suspiro.

—Demostrándolo. No he invertido todo ese dinero en tu educación para hacer de ti una de esas que abandonan.

—Desapareció entrando en la cocina, y Sam oyó el traqueteo de las puertas de la alacena.

—Nana, fui a una escuela pública —rio.

—Vale, ¡pero tuve tres empleos y pagué mis impuestos! Recuerda qué decía siempre el abuelo: «Si crees que eres demasiado poco para suponer una diferencia, intenta dormir con un mosquito en la habitación». —Nana regresó con las aspirinas infantiles, sonriéndole al dárselas.

—Gracias, Nana. Voy a darle un par de ellas y después ya podremos hablar.

—Está bien, cielo, tú concéntrate en Emma.

—Bueno, no tardaré en dormirla. Quiero saber qué es lo que te inquieta.

—Solo quería hablarte del abuelo, pero no hay prisa. Me estoy portando como una tonta —Nana fue hacia su habitación—. Creo que, si estáis bien, debería ir a la cama. Despiértame si me necesitas. Hay una última carta de Ivy, la pondré en tu libreta junto a las demás.

—Vale, Nana, gracias, le echaré un vistazo lo antes posible.

En cuanto Emma hubo tomado las aspirinas y se quedó dormida en su camita, Sam se apresuró a guardar su ordenador portátil y la libreta en el bolso y salió a la calle, débilmente iluminada. Su frío Nova necesitó tres intentos antes de que por fin el motor tosiese poniéndose en marcha, pero la calefacción no empezó a soltar algo de aire caliente hasta llegar al asilo Gracewell.

Consultó su reloj: las once menos cuarto; faltaba un cuarto de hora para que Gemma comenzase su turno. Apagó las luces para no llamar la atención, dejando el motor y la poco eficaz calefacción en marcha. Para ella no era nada nuevo ir a una casa a hacer entrevistas, por supuesto, pero se sentía incómoda merodeando frente a una propiedad sin el consentimiento de su jefe. Su reunión con Murray la había puesto nerviosa en un momento de su vida en que la confianza en sí misma se encontraba bajo mínimos debido a las constantes peleas con Ben y su sentimiento de culpa respecto a Emma. A pesar de toda esa bronca, tenía la impresión de que Murray la respaldaba, de que existía una especie de entendimiento entre ellos, un respeto mutuo. Era evidente que no. Pero no quería preocuparse ni despotricar por los defectos de su jefe, aunque le dolía.

Tan imbuida estaba en sus pensamientos que no levantó la mirada y vio a Gemma hasta que la muchacha pasó rebasando el coche. El pánico le hizo sentir un nudo en el estómago. Tenía que abordar a la enfermera antes de que entrase; pero si se lanzaba hacia ella, la pobre chica podría sufrir un infarto. Bajó la ventanilla a toda prisa y la saludó con la mano como si fuesen viejas amigas que llevan tiempo sin verse.

—¡Gemma! ¡Gemma! Soy yo, Sam. La del otro día.

La muchacha se detuvo y se volvió hacia ella, al principio incapaz de saber quién gritaba su nombre en la oscuridad. Sam salió del coche.

—Lo siento, no pretendía asustarte. ¿Cómo estás? Mira, me preguntaba si podríamos hablar un momento.

—Pues la verdad es que no. Mi turno empieza dentro de diez minutos y tengo que cambiarme de ropa.

Sam pensó que la chica tenía un aspecto pálido, cansado y carente de la animada actitud que mostrase antes. Tiraba irritada de los mechones de pelo de su coleta, colocándolos tras las orejas.

—Te vi en el funeral del padre Benjamin —le dijo Sam con voz suave—. Parecías muy disgustada. No sabía que lo conocías.

—Por favor, vete. No pueden verme hablando contigo. Tuve un montón de problemas cuando te colaste en la habitación de la hermana Mary Francis. Casi pierdo el empleo. —Gemma la fulminó con la mirada—. Mi responsable quería llamar a la policía, pero la hermana la convenció para que no lo hiciera.

—Lo siento mucho, de verdad, pero tenía que hablar con ella.

A Sam le sorprendió el estallido de Gemma.

—Bueno, ¡pues se enfadó muchísimo! —espetó—. Padece del corazón. Le resulta duro hablar de la madre Carlin; todavía la echa de menos —metió la mano en el bolso en busca de su teléfono, que había empezado a sonar—. Es mi compañera, preguntándose dónde estoy. Tengo que irme.

—¿Sabes quién era esa mujer que se presentó en medio del funeral? —preguntó Sam.

—No, no lo sé. Vamos a ver, ¿tú quién eres? ¿Qué coño quieres? —espetó Gemma.

—Soy reportera —confesó Sam—. La hermana Mary Francis estuvo implicada en algo que pudo haberle pasado a la madre Carlin y pretendo averiguar qué fue.

—Ay, Dios. Déjame en paz. —Gemma se volvió y comenzó a subir por el sendero.

—Gemma, creo que hay algo que no me cuentas. Sería una pena tener que informar de mis sospechas a la policía.

La chica se detuvo en seco. El corazón le martillaba a Sam dentro del pecho como si toda su vida dependiese de ese momento.

—Si me dices qué es lo que te altera, te prometo que no saldrá de aquí —le dijo en voz baja, sintiendo una oleada de culpa y alivio cuando Gemma se volvió con lágrimas en los ojos.

—Ahora no puedo hablar contigo, voy a entrar tarde a trabajar. Mi compañera me espera para comenzar el turno.

—¿No puedes concederme solo unos minutos? —imploró Sam, ansiosa porque Gemma cambiase de idea si la perdía de vista—. Envíale un mensaje diciéndole que el autobús se retrasa o algo así. Si hablamos ahora ya no te molestaré nunca más.

—¿Lo prometes? —preguntó Gemma, secándose una lágrima.

—Sí —Sam sonrió—. ¿Quieres que nos metamos en mi coche? Aquí fuera hace un frío que pela.

En cuanto Gemma cerró de un portazo la puerta del copiloto, empezó a llorar a lágrima viva. Sam esperó paciente, observando cómo se consumían unos segundos preciosos mientras la muchacha sollozaba sobre su teléfono al enviar el mensaje, limpiándose los mocos con la manga al terminar.

—Tómate tu tiempo —le dijo Sam, tendiéndole un pañuelo de papel.

Gemma se sonó con fuerza.

—He tenido muchos problemas desde tu visita. He tenido que pasar dos veces por el departamento de dirección.

—De verdad que lo siento, Gemma. Nunca me habría colado si no hubiese sido importante.

—Bueno, sea lo que sea eso que dijiste, molestó mucho a la hermana Mary Francis. No ha dejado de hablar de la madre Carlin desde entonces. Por aquí siempre se ha hablado mucho de la madre Carlin. Para mí es como si la conociese, aunque no la haya visto nunca.

—¿Qué quieres decir?

—La verdad es que no debería contarte nada de esto —respondió Gemma, estrujando el pañuelo dentro del puño.

—No vas a tener problemas. Nunca revelo mis fuentes… Eso es más importante que mi trabajo.

Gemma se quedó un momento mirando a Sam y después tomó una profunda respiración.

—La madre Carlin estuvo aquí antes de que yo empezase a trabajar, y al parecer era algo problemática. Muy taimada y manipuladora. Hizo que despidiesen a alguien de la plantilla y era un mal bicho, según tengo entendido.

—Continúa —apremió Sam, subiendo la calefacción.

—Amy, una amiga de mi madre, la que me consiguió este trabajo, me dijo que la plantilla siempre estaba haciendo guasa sobre cómo hacer para animarla. Una mañana, Amy entró en la habitación de la madre Carlin y descubrió que había muerto por la noche, tras sufrir un ataque al corazón. No es que eso sea una rareza en Gracewell; el problema es que también encontraron media galleta de marihuana en un plato, junto a la cama. Amy supo enseguida que era eso porque las hacía ella. La cosa es que mucha gente sabía del asunto, pues la directora había oído a Amy decir que las tenía en el bolso y se las confiscó. Al parecer, después se reunió con toda la plantilla para tratar el tema de llevar drogas al lugar de trabajo y casi pierde el empleo. Hubo incluso un escrito en la sala de los trabajadores. Las galletas de marihuana tenían que estar en el despacho de la directora y alguien debió de coger una y dársela a la madre Carlin. El problema, según creo, es que también tenían ácido y eso las hacía muy fuertes.

—¿Cómo dices? —preguntó Sam, boquiabierta.

—Amy jura que no se la dio, y yo estoy segura que quien quiera que fuese pensó que sería una broma inofensiva; pero la madre Carlin tenía el corazón delicado y eso lo remató. Por suerte, fue Amy quien la encontró, así que se llevó la otra mitad de la galleta antes de que llegase la ambulancia. Esperó el desastre, pero no pasó nada. Supongo que los forenses no buscan trazas de marihuana en el organismo de monjas de setenta y cinco años. Amy no se lo dijo a nadie más que a mí. Todo esto pasó hace más de diez años, y creo que lo hizo porque necesitaba aliviarse. —Gemma comenzó a llorar de nuevo—. La hermana Mary Francis me dijo que esa noche escuchó a la madre Carlin gritarle a Satanás, pero como solía tener pesadillas no llamó a la encargada de noche. Dice que no se lo perdonará nunca. Nada de eso tuvo que ver conmigo, pero incluso yo me siento culpable por eso que sucedió y que nadie ha esclarecido. ¿Por qué querría nadie lastimar a la madre Carlin?

—Eso es lo que intento averiguar —dijo Sam—. ¿Y estás segura de que no sabes nada de esa mujer que asistió al funeral del padre Benjamin?

—Solo que un par de monjas parecían muy nerviosas por el incidente. Después del funeral se ofreció un refrigerio en Gracewell y las oí hablar.

—¿Y qué decían? —preguntó Sam, inclinándose hacia delante.

—Creo que ya he dicho lo suficiente —Gemma abrió la puerta del coche—. Dijiste que me dejarías en paz; lo prometiste.

—Y lo haré. Por favor, Gemma, solo dime qué dijeron. De verdad, es muy importante.

—Pues dijeron que fue algo bueno que se destruyesen los registros, que ya era hora de pasar página. —Gemma salió del coche, pero entonces se detuvo y se volvió para mirar al interior con una mano apoyada sobre el techo—. Y quizá tú debas seguir ese consejo.

Sam observó a Gemma alejándose por el sendero helado y entrando en Gracewell. Sacó su libreta y escribió el nombre de la madre Carlin bajo el del padre Benjamin y George Cannon.

CAPÍTULO VEINTE

SÁBADO, 12 DE AGOSTO DE 2006

La madre Carlin se sentó a los pies de la cama, con sus manos rígidas e inflamadas unidas en rezo sobre su Biblia. Como acostumbraba a suceder en su cada vez más frágil estado, se sentía físicamente exhausta a pesar del hecho de haber pasado una larga jornada sin hacer nada en absoluto. «Esto de hacerse viejo tiene poco de bueno», reflexionó mientras se persignaba y dejaba su rosario y la Biblia sobre la mesita de noche. Todo lo que cabía esperar eran dolencias crónicas y enfermedades continuas acompañadas por el disgusto de perder uno a uno a todos sus coetáneos. No podía recordar cuándo fue la última vez que se despertó sin achaques ni molestias y con una perspectiva optimista frente al nuevo día.

Se estiró para coger su andador y volvió su frágil cuerpo para colocarse en él. Todavía temblaba tras la visita al hospital el día anterior. La conclusión del joven y brusco especialista, tras darle golpes y pinchazos, fue que su corazón estaba agotándose y habría de ponerle un marcapasos tan pronto como se recuperase del episodio de bronquitis que estaba sufriendo. Como sus ataques de tos eran tan violentos que a veces creía que las costillas iban reventar saliéndole del pecho, no creía que eso fuese a suceder en un futuro próximo. En efecto, cuando la noche anterior la sacaron de su silla de ruedas para meterla en la cama, se sintió tan cansada que no podía imaginarse capaz de tener energía para volver a despertar.

El calor exterior era sofocante, pero una suave brisa proporcionaba cierto alivio. La Biblia estaba abierta sobre la mesita de noche, sus hojas descoloridas se agitaban como las alas de una mariposa atrapada. Al final se asentaron en la primera página, donde todavía era visible el sello de St. Margaret. Al cerrar los ojos sintió como si retrocediese en el tiempo.

Estaba en pie, en su oficina, podía oler el barniz del suelo de caoba y oír la lluvia tamborileando en el ventanuco mientras hablaba a las recién llegadas. Las chicas estaban formadas en línea frente a ella, uniformadas con los monos marrones y sus abultados vientres sobresaliendo.

—La misa es a las seis en punto —les decía—. A continuación se os servirá el desayuno y después trabajaréis en la lavandería hasta las ocho. No se tolerará ningún tipo de conversación; el demonio habita en las lenguas ociosas. —Las muchachas siempre permanecían con la cabeza baja mientras ella pasaba las cuentas del rosario entre sus dedos, deambulando frente a ellas—. Es un pecado grave ese que habéis cometido, pero las pecadoras pueden regresar al seno de nuestro Señor Jesucristo a través de la fuerza de la oración y el trabajo duro.

Consultó el reloj de su mesita de noche y suspiró. La encargada de noche trabajaba bastante duro según los baremos modernos, pero tendía a la distracción. La madre Carlin le había pedido leche caliente hacía rato; al no haber cenado sufría unos dolorosos sonidos intestinales. Había llamado dos veces, sin resultado, y el timbre tampoco obtuvo respuesta.

Cogió su andador, temblando de ira, y empezó a caminar hacia sus pantuflas, colocadas a los pies de la cama. Vivir en Gracewell era cómodo, pero la atención al detalle por parte de la dirección del asilo no era como la de St. Margaret cuando ella llevaba el timón. Para ella, o para el padre Benjamin, hubiese sido inconcebible que no les hiciesen caso, sobre todo a una hora tan avanzada. Si había algo que requiriesen cada noche, ese algo se llevaría hasta su puerta con puntualidad; y si ese algo estaba fuera de la rutina habitual, un toque de la campana que comunicaba con la cocina hubiese bastado para hacer que la hermana de guardia se presentase para atenderlos en cuestión de minutos.

Las jóvenes de hoy eran anárquicas e irresponsables porque no había consecuencias por sus actos. «Vengo de otro mundo», reflexionó la madre Carlin; de uno donde el castigo (y la amenaza del mismo) formaba parte de la vida cotidiana. En el Hogar, un acto de desobediencia era contestado con una paliza y todas las noches rezaban al Señor rogándole que les perdonase sus pecados. Aunque tus padres no supiesen que habías sido mala, Dios siempre te veía; en realidad sabía cuántos pelos tenías en la cabeza. Le hacía hervir la sangre pensar que la iglesia, otrora reverenciada por encima de todas las cosas, ya no fuese más que un lugar pintoresco donde celebrar actos navideños, bodas y bautizos. Había leído los artículos del periódico acerca de los hogares para madres solteras, oído la preocupación en los susurros de los visitantes que intentaban encontrar a sus familiares. Sabía qué pensaba la gente de ella y no les prestaba atención.

El Señor la había escogido para purificar a las almas perdidas y hacerlas dignas de presentarse ante Él, Padre

Misericordioso, a las puertas del Cielo y se les permitiese el paso. Tenía una misión que cumplir, y cuando a la hora de su muerte se reuniese con el Señor, sabía que Él se apiadaría de su alma.

—¡Amy! —llamó, abriendo la puerta de su dormitorio para salir al pasillo. El esfuerzo la hizo toser repetidamente y aguardó uno o dos minutos, tan falta de respiración que pensó que le fallarían las piernas. Pero el hambre acuciaba, y al echar un vistazo al fondo del pasillo vio que había luz en la cocina. Sus pantuflas se adherían a la alfombra bajo sus pies mientras ella intentaba levantarlos lo suficiente para avanzar.

—¿Quiere que le traiga algo, madre? —preguntó una suave voz femenina, y la madre Carlin alzó la mirada para ver la silueta de una mujer al fondo del pasillo, inclinada sobre una aspiradora.

—Quería un poco de leche caliente pero Amy ha desaparecido, como siempre. —La luz era mortecina y no podía ver con claridad el rostro de la mujer.

—Por supuesto. Vuelva a su habitación. Calentaré algo de leche y se la llevaré de inmediato —dijo la mujer agachándose para recoger el cable de la aspiradora.

—Gracias. ¿Sabes cuál es mi habitación?

—Sí, madre, lo sé.

Cinco minutos después, estaba en el cuarto de baño cuando alguien abrió la puerta y colocó una bandeja con leche caliente y una galleta casera sobre la mesita de noche. La monja dio las gracias en voz alta a la mujer, pero no obtuvo respuesta... un cambio refrescante respecto a toda aquella cháchara y promesas vacías a las que se había acostumbrado. Metió sus doloridos miembros en la cama, bebió la leche y comió voraz la mitad de la galleta, dejando el resto para más tarde. Estaba bien querer comer algo, para variar; a menudo le rugían las tripas, pero siempre faltaba el deseo de comer.

No tardó en sentir los párpados pesados, los ojos le picaron al comenzar una duermevela. Apagó la luz de la lamparilla y empezó a dormitar. Poco después, el tic-tac del reloj la desveló como un mosquito zumbando muy cerca del oído. Fue haciéndose más ruidoso y pronto se volvió insoportable. Pasado un rato, los tintineos fueron alargándose hasta fundirse, sonando como un largo y profundo silbido. Intentó volverse, alejarse, pero sentía el torso y los brazos pesados como el plomo. No podía ni levantar una mano para rascarse la punta de la nariz.

Preocupada, se incorporó moviendo despacio la cabeza para consultar el reloj. Le parecía que habían pasado horas, pero fueron solo minutos. Mientras miraba la esfera, sus manos comenzaron a fundirse ante sus ojos, convirtiéndose en dos gruesos coágulos de sangre que goteaban despacio en un pequeño tubo que siguió con la mirada hasta llegar a su brazo. Parpadeó repetidamente mientras lo miraba. El tubo acababa en una gruesa aguja insertada en su antebrazo y sujeta con una tira de esparadrapo.

—Esto debería poner todo en marcha —dijo la hermana Mary Francis, en ese instante junto a su cama.

—Hermana, en nombre de Dios, ¿qué está haciendo? —preguntó la madre Carlin.

—¿Cómo dices? —espetó la hermana Mary Francis.

—Quíteme esta cosa del brazo, ¡ahora! —dijo la madre Carlin.

—El bebé tiene que salir ya, jovencita, y está claro que no va a hacerlo solo. Esto hará que comiencen las contracciones.

—¿Qué bebé? —preguntó la madre Carlin.

—Vaya, querida, entramos en estado de negación, ¿eh? ¿Acaso no flirteaste con el muchacho y dejaste que te pusiese las manos encima? ¿No cometiste el pecado de la carne? —respondió la hermana Mary Francis.

La madre Carlin llevó su mirada de la hermana Mary Francis a su vientre, que era tan grande que no podía verse los pies. Vestía un mono marrón, y al intentar levantarse de la cama descubrió que estaba paralizada del cuello para abajo.

—Hermana, soy yo, la madre Carlin. No puedo moverme. ¡Ayúdeme! —Una oleada de dolor le atravesó el vientre, y ella lo sujetó chillando de agónico dolor.

—Bien, está haciendo efecto. Regresaré dentro de un par de horas para ver cómo estás.

—No me deje sola, hermana.

Otra oleada de intenso dolor la atravesó mientras observaba a la hermana Mary Francis abandonando la habitación. Miró al gotero. Pequeños insectos negros parecidos a serpientes nadaban dando vueltas por el líquido, y chilló al verlos dirigiéndose a su brazo.

Se miró el vientre en cuyo interior el bebé se agitaba con tanta violencia que podía ver sus miembros sobresaliendo a través de su mono. Otra oleada de dolor fue seguida de un chorro de líquido que se derramó por el suelo. Miró hacia abajo y vio sangre alrededor de la cama.

—Lo estás haciendo muy bien. Parece que ya llega el bebé.

La madre Carlin miró hacia los pies de la cama, donde se encontraban dos jovencitas vestidas con monos marrones.

—¿Dónde está la hermana Mary Francis? —preguntó.

—Está ocupada. Nos ha dicho que te ayudemos —dijo

una de las muchachas, colocando las piernas de la monja en los estribos.

La madre Carlin profirió un chillido de dolor al sufrir otra oleada.

—Deja de gritar. —La otra joven, con la piel pálida y sucia, y el cabello rapado con trasquilones, se acercó a ella—. ¿Crees que todo el mundo quiere que los despiertes con tus voces? Si sufres es porque lo mereces, pues tal es la voluntad del Señor y así debes aceptarlo.

—Apártate de mí —dijo la madre Carlin mientras emitía otro agónico grito.

—¡Ya veo la cabeza! —dijo la otra joven, apareciendo entre sus piernas con una brillante sonrisa—. Empuja, empuja ahora.

La madre Carlin empujó con fuerza, jadeando y gruñendo en voz alta. Pocos segundos después, el llanto de un bebé retumbó en la sala.

—¡Es un niño! —anunció la muchacha, radiante. La madre Carlin las observaba horrorizada arrullando al bebé, después envolverlo en una manta y acercárselo.

—Es muy guapo, míralo —dijo la primera joven.

El niño estaba cubierto de sangre. Su piel era completamente traslúcida, de modo que la madre Carlin podía ver cada vena de su rostro y el corazón latiendo en su pecho. Tenía unos cuernos que nacían a ambos lados de la frente y lloraba con fuerza, mostrando dientes afilados como navajas.

—¡Apartadlo de mí! —chilló.

—Ay, pobre —dijo una de las chicas—. Todavía sangra. ¿No tendríamos que avisar al médico?

La madre Carlin miró al suelo. El charco de sangre estaba extendiéndose y ya casi cubría toda la alfombra.

—No, le pondré unos puntos. Eso debería detener la hemorragia.

La joven rebuscó en su bolsillo, sacó una aguja mugrienta y una hebra de hilo de entre un puñado de caramelos pegajosos y un pañuelo y arrastró una silla hasta colocarla entre las piernas de la madre Carlin.

—¡No me toques con esa aguja! —gritó la madre Carlin cuando la joven comenzó a coserla. Sollozó, apretando la almohada con fuerza mientras se retorcía de dolor—. Por favor, para, no lo soporto.

—Menudo escándalo estás montando —dijo la joven. Silbaba mientras trabajaba. La madre Carlin observaba, gimiendo de dolor cada vez que la aguja la apuñalaba entrando y saliendo de su carne.

—¿Estás preparada para que nos lo llevemos?

La otra chica cogió el bebé y abrió la puerta del cuarto de baño, donde una joven pareja muy bien vestida aguardaba ansiosa.

—Ay, Geoffrey, es guapísimo —le dijo la mujer a su esposo.

La joven le tendió el bebé mientras la madre Carlin miraba con sus piernas todavía sujetas a los estribos y lágrimas corriendo por su rostro.

La sangre del suelo se había convertido en un mar de lava roja. Podía sentir su calor, la oía sisear y burbujear. Saltaban pedazos de magma, prendiendo la ropa de cama. Poco a poco la lava crecía: estaba rodeada y su cama comenzaba a hundirse más y más mientras se incineraba la parte inferior. Quitó las piernas de los estribos, rodó a un lado y empezó a rezar con las llamas danzando a su alrededor.

—Aunque ande en el valle de sombra de muerte, no temeré mal alguno, porque Tú estarás conmigo; tu vara y tu cayado me infundirán aliento.

Miró desesperada hacia la puerta y tuvo la sensación de que esta se alejaba cada vez más, hasta parecer la entrada de una ratonera. Flotaba en el mar, en un mar en llamas del que emergían manos infantiles que se clavaban en ella y la arrastraban con ellos.

La cama se hundió aún más, hasta convertirse en una balsa a la que se aferró para salvar la vida. Riendo, los niños comenzaron a agitarla como si fuese un juego inofensivo. Intentó quitar sus dedos, pero eran demasiados y al final ya no pudo sujetarse más. Tomó una respiración al sumergirse en la lava, pateando frenética para mantenerse en la superficie mientras el intenso calor la tragaba.

Un rayo de dolor indescriptible subió por su brazo impidiéndole sujetarse a lo que quedaba de la cama. Intentó chillar, pero las manos de los niños cubrieron su rostro y su boca, hundiéndola.

CAPÍTULO VEINTIUNO

DOMINGO, 5 DE FEBRERO DE 2017

Kitty apretó en la mano las llaves de su casa mientras el taxi aceleraba por la autopista. Los afilados dientes de metal se clavaban en su palma, otorgándole un punto de concentración entre la ansiedad que la abrumaba. No tenía idea de qué la esperaba al llegar. No había regresado al edificio anexo desde aquella noche; la cobarde que vivía en ella se lo había impedido, y además no parecía haber ningún motivo para volver. El padre Benjamin le había dicho a su padre que su hermana estaba muerta y enterrada. Pero ya no estaba tan segura.

Al llegar a Brighton, el miedo y la duda crecieron en ella hasta hacer que su cuerpo pareciese paralizado. Los recuerdos regresaron como una riada al pensar en aquella noche. La búsqueda del edificio en la más completa oscuridad. La casa iba a ser demolida pasado mañana; estaría cercada con una valla y habría un guardia de seguridad patrullando. De pronto, las posibilidades de poder acercarse al edificio le parecieron nulas, pero aun así continuó observando la carretera sin hacer que el conductor se detuviese, sin decirle que diese la vuelta. Aquella iba a ser su única oportunidad; tenía que intentarlo.

Al calmar su respiración, recuperó su coraje. Deseó que pudiesen ir más rápido, pues así todo acabaría antes.

Consultó su reloj, eran poco más de las once. Pudo ver que el taxista la miró un par de veces por el espejo retrovisor, supo que la reconocía, que probablemente les hablaría a sus amigos de aquella extraña carrera nocturna con la paisana de los cotilleos. Pero de pronto descubrió que no le importaba. Samantha Harper parecía estar ganándole la partida y pronto saldría a la luz su vínculo con St. Margaret. Había ocultado la verdad durante mucho tiempo, ¿por qué? ¿A quién protegía? Quizá *quería* que todo saliese a la luz; ¿por qué, si no, habría asistido a algo tan expuesto al público como el análisis forense del padre Benjamin? Ahora, antes de que arrasasen el solar, todo lo que tenía que averiguar era si había cometido un error al no regresar al edificio anejo. Si había alguna señal de su hermana en St. Margaret, tenía que saberlo.

Mientras superaban curvas a lo largo de carreteras comarcales, el taxista le habló.

—¿Ya sabe a dónde vamos cuando lleguemos a Preston, señora?

—Al otro lado del pueblo —respondió Kitty, moviendo la cabeza de un lado a otro para relajar la rigidez de su cuello—. A una casa victoriana, grande; se llama St. Margaret. Va a ser demolida, así que tendrá que buscar un solar en construcción.

—¿Es ese?

Los ojos de Kitty siguieron las luces delanteras del coche cuando el conductor señaló al horizonte. Lloviznaba y las escobillas ya siseaban recorriendo el parabrisas cuando la oscura silueta de St. Margaret apareció. El hombre detuvo el coche a la puerta, las nubes grises se abrieron y la luna derramó su luz sobre la imponente mansión neogótica que durante tanto tiempo había dominado sus recuerdos.

Ahora que ya estaba allí, todo se le antojaba muy distinto a la imagen dominante plasmada en su mente; como si fuese una niña ya crecida visitando a un padre autoritario en sus últimos días.

—¿Cuánto le debo? —preguntó, rebuscando en su bolso, mirando al taxímetro.

—¿Está segura de que es este el sitio? —El taxista parecía dubitativo.

Kitty miró en su cartera y sacó un fajo de billetes de veinte libras esterlinas.

—Sí, está bien.

—¿Va a encontrarse con alguien? —preguntó, frunciendo el ceño al mirar a la casa.

—Sí —respondió Kitty en voz baja—. Voy a encontrarme con alguien en el edificio anejo que hay en la parte de atrás.

—¿Quiere que la acerque hasta allí?

—Bien. Es muy amable por su parte.

Kitty volvió a recostarse mientras recorrían el sendero lleno de baches junto a la casa. El coche saltaba, arrojándola de un lado a otro. Las ventanas rotas de la casa los observaban pasar desde lo alto. Pronto el taxi se habría ido y ella quedaría sola en medio de ninguna parte, bajo la lluvia, completamente vulnerable. Cerró los ojos e intentó calmar la respiración estirando su mano para acariciar los dedos de su hermana sentada en el asiento junto a ella.

—¿Qué hay de pasar por ahí? —preguntó el conductor, deteniendo el coche con un chirrido de frenos que cortó la noche—. Parece que hay una abertura en la valla. Y mire allá, se ven unas luces al otro lado del cementerio.

Kitty abrió los ojos. Pudo ver, iluminada por la luz de los faros, una enorme valla alrededor del perímetro de St. Margaret y un pequeño agujero abierto, probablemente, por los críos. Justo más allá se extendían filas y filas de lápidas cubiertas de hiedra.

—Me las arreglaré, ya he estado aquí.

—Quisiera llevarla de regreso. No me siento tranquilo dejándola aquí —dijo el conductor—. Tendré que ir a por algo de comer, pero después volveré para recogerla.

—Gracias —dijo Kitty, sintiéndose muy aliviada porque el hombre hubiese pensado en ella—. Se lo agradezco.

El conductor apretó el botón para desbloquear la puerta y Kitty salió a la noche. Se ajustó el jersey y recogió el chubasquero contra ella antes de acercarse a la valla y rebasarla. Hubo de trastear con los botones de su linterna antes de lograr que brotase un débil rayo de luz. Después, intentando calmar los nervios, cerró los ojos y evocó el rostro de su hermana, con su recuerdo borroso tras todos aquellos años.

El taxi traqueteaba bajando por el sendero y ella se aventuró en el lugar sin hacer caso de las dolorosas punzadas de ansia que sentía en sus entrañas. El brumoso cementerio parecía haber cobrado vida, con los sonidos de la noche llenando la oscuridad más allá de la luz de su linterna. El suelo susurraba a sus pies, las criaturas nocturnas huían, las hojas crujieron sobre ella cuando pájaros y ardillas corrieron a lugar seguro. Kitty alumbró las lápidas con su linterna; mármol pulido y adornado con amorosos mensajes dedicados a las Hermanas de la Misericordia fallecidas durante su servicio en St. Margaret. Una reconfortante visión de la muerte: idas, pero no olvidadas. Aceleró el paso tanto como pudo sobre el irregular suelo del cementerio, abriéndose paso entre el laberinto de lápidas.

Se había excavado cada una de las tumbas y los cuerpos enterrados en ellas transportados a otro lugar, donde se les volvió a dar sepultura; los hoyos fueron rellenados con piedra y arena. Kitty caminó entre ellos, preguntándose a qué distancia de donde se encontraba en ese momento habría sido enterrada su hermana. Si la habían matado, el informe de la excavación le había revelado que no le dedicaron un entierro adecuado, ¿en qué lugar de ese infierno helado estaban ocultos sus restos? Si no la habían matado, si estaba viva... ¿Kitty estaba bien de la cabeza al creer que aún podría estar viva después de todos esos años?

Siguió caminando, tropezando unas cuantas veces a medida que el terreno se hacía más accidentado. Las lápidas eran más y más pequeñas a medida que se internaba en el cementerio, reduciéndose hasta no ser más que mojones de piedra grabados solo con nombres y fechas. *Sarah Johnson, enero 1928 - abril 1950.* «Solo veintidós años al morir», pensó Kitty cuando su pie se enredó en una madeja de espinos. Posó la linterna en el suelo para liberarse. *Emma Lockwood, julio 1942 - diciembre 1961* rezaba la inscripción de una cruz rota tirada en el suelo. Diecinueve. Todavía una niña. Muchos de los montículos del solar no tenían ningún tipo de lápida, solo pequeñas cruces de madera con sus afilados bordes desgastados por el paso del tiempo. *Clara Lockwood, neonata, diciembre de 1961,* se leía en una pequeña losa de piedra gris justo frente a ella. *Catherine Henderson, febrero de 1942 - julio de 1957.* Kitty intentó mantenerse concentrada en llegar a su destino, pero empezó a zumbarle la cabeza al pensar en esa chica de quince años, con un cuerpo que aún no estaba preparado para dar a luz, probablemente muerta entre dolores agónicos en la enfermería de St. Margaret.

Avanzaba hacia la luz situada en un extremo del cementerio cuando de pronto un perro ladró, haciendo que diese un salto e intentase calmarse mientras la noche giraba a su alrededor. Se sentó sobre una roca grande, tomó grandes bocanadas de aire helado y metió las manos en los bolsillos para detener su entumecimiento. La linterna quedó allí donde había caído. *Clara Jones*, *Penny Frost*, *Nancy Webb*. No había epitafios ni poesías para aquellas desdichadas almas.

Aumentaron los sonidos a su alrededor, como voces susurrando entre los árboles. Hundió la cabeza entre las manos y entonces oyó un golpe sordo. En su mente destelló la imagen de una joven madre y su bebé arrojados al interior de un ataúd barato, dejado después en el suelo de cualquier manera. Se tapó los oídos, pero aun así oía los jadeos y gruñidos de un cansado sepulturero volviendo a rellenar el hoyo con paladas de tierra. Aquella era una parte del cementerio que nadie visitaba. Se sintió enferma al pensar en todas aquellas desgraciadas almas yaciendo en tumbas improvisadas, amontonadas unas sobre otras, sin recibir ninguna atención de parte de las familias que las abandonaron a las puertas.

El perro ladró de nuevo y eso la hizo regresar súbitamente a la realidad; levantó su mirada y vio sombras moviéndose entre los árboles. Poco a poco comenzó a crecer en ella la sensación de ser observada. Si Elvira estuviese allí, esperaría a que Kitty se acercase más para poder tocarla sin que nadie más lo advirtiese. Tenía que levantarse, seguir moviéndose. Cuanto más terreno cubriese, más posibilidades tendría de encontrar a su hermana.

Recogió su linterna con un gruñido y se obligó a dejar la roca, retomando la marcha mientras el perro volvía a ladrar. Intentó quitarse de la cabeza la idea del animal apareciendo de pronto frente a ella, derribándola, atacándola, desgarrando su piel helada.

Tropezó y se agarró a la valla perimetral de acero en busca de apoyo; el impacto hizo que el metal retumbase en el silencio de la noche. Caminó siguiéndola, usándola como guía, pasando sus entumecidos dedos por el alambre hasta que sus piernas estuvieron tan cansadas que se negaron a sostenerla más tiempo. El perro se había callado y la luz del extremo había desaparecido por completo. Si daba media vuelta y seguía la valla regresaría al cementerio y a la seguridad del taxi. ¿Y luego qué? ¿A casa? ¿A más desesperación? Prefería seguir caminando y morir allí mismo antes que regresar, tras haberle fallado a su hermana otra vez.

—¡Hola! —dijo con voz trémula a causa del frío. Continuó caminando apoyándose en la valla, tan helada que ya no sentía en su cuerpo los golpes y rasguños de los incontables espinos que la rodeaban.

De pronto dio un trompicón en un bache y cayó, sintiendo ardientes explosiones de intenso dolor en las piernas. Gritó, giró sobre su espalda y se quedó allí, incapaz de moverse, mirando a la luna, esperando a que remitiese el dolor.

Entre el zumbido de sus oídos pudo distinguir el sonido de pasos yendo en su dirección, al principio suave y después más fuerte, haciendo crujir al terreno helado hasta detenerse junto ella. Elvira se acuclilló a su lado, extendiendo una mano para acariciarle el cabello.

—Mira —le dijo, levantando su delgado brazo cubierto por un mono marrón—. Allí.

Apenas a seis metros de distancia se hallaba el edificio adjunto, que Kitty reconoció de inmediato como el visto en sus sueños. Se obligó a ponerse a gatas y luego, despacio, se levantó y emprendió su lento caminar en su dirección.

CAPÍTULO VEINTIDÓS

DOMINGO, 5 DE FEBRERO DE 2017

—¿Vienes o qué? —preguntó una voz masculina al teléfono.

Sam todavía estaba sentada en el coche frente a Gracewell, abrumada por la tentación de abandonar para siempre el asunto de St. Margaret. Se le antojaba demasiado difícil. Las presiones de los distintos frentes hacían que le doliese cuerpo y mente.

—¿Quién eres? —preguntó, sacando del bolso una botella de agua.

—Me encanta. Soy Andy.

Andy. ¿Quién demonios era Andy?

—El del solar en construcción.

—Ah, mierda, Andy. Lo siento —dijo Sam, consultando el reloj—. Se suponía que habíamos quedado a las diez, ¿no? Ha sido un día muy largo. —Lanzó un vistazo a su reflejo en el espejo retrovisor y suspiró.

—'Tonces vas a necesitar ese trago.

Al llegar, Andy estaba sentado en la esquina de *pub* Wetherspoon que había escogido como rincón para ambos. Comenzó a dolerle la cabeza en el momento en que puso un pie sobre la alfombra azul, pero al menos allí no existía la posibilidad de toparse con alguno de los horriblemente modernos amigos de Ben. Lo último que necesitaba era que Ben pensase que tenía una aventura.

—¿*To* bien? —preguntó Andy, sin levantarse cuando ella llegó a su mesa.

—Sí, bien, gracias. ¿Y tú? —Sam se sentó con torpeza en un taburete a su lado.

—Tirando. —Tragó el resto de su pinta.

—¿Otra? —invitó ella, buscando la cartera en su bolso.

—Venga, una *pinta'Stella*.

De pronto, allí, en el bar, echó tanto de menos a Ben que sintió como si le hubiesen dado un puñetazo en el estómago. Al entrar en el *pub* recordó su primera cita con él, que había sido en un bar de cócteles en la calle Clapham High, explorando la carta de combinados, hasta que el encargado estuvo a punto de sacarlos a empujones a la calle. Ben llevaba una camisa nueva, todavía con la etiqueta, y se había levantado de un salto en cuanto ella entró, dándose un golpe en la cabeza contra una viga que casi le hizo perder el conocimiento. Sam se apresuró a pedir en la barra una bolsa con hielo, después de lo cual pasaron las siguientes cuatro horas charlando y toqueteándose hasta que los demás clientes acabaron sus nachos y se fueron. Desde ese momento, Sam no quiso a nadie más. Amó a Ben más de lo que había amado a nadie, pero entonces ya habían sido tan despreciables uno con otro y se habían arrojado tanta bilis y vitriolo que no le parecía que hubiese esperanza para ellos. «Por eso se rompen las parejas», pensó mientras pagaba. Por eso se habían alejado. Estar con alguien que había visto lo peor de ti y después lo había empleado en tu contra te destruye el alma.

—¡Sam! —saludó a su espalda una voz conocida, y por un instante el corazón le dio un vuelco, aterrada por la posibilidad de que fuese Ben. Entonces se volvió y vio a

Fred sujetando una pinta de cerveza mientras le dedicaba una amplia sonrisa.

—Ah, hola, Fred. ¿Qué tal te va? —dijo Sam echando un vistazo al grupo de gente tras él, todos hablando alborotados con jarras de cerveza en la mano.

—Muy bien, sí, estamos de celebración —respondió Fred, volviéndose hacia sus amigos y haciendo el gesto de que acabasen sus pintas.

—¿Sí? —dijo Sam lanzando un vistazo hacia Andy—. ¿Y qué celebráis?

—Pues que acabo de quedar tercero en el Campeonato Británico de Escalada en Rocódromo —anunció Fred orgulloso, arrastrando las palabras.

—Eso es fantástico, Fred. Muy bueno.

—¿Quieres unirte? —invitó, mirándola.

—Gracias, pero será mejor que no. Estoy con un contacto. Ya nos veremos.

Al volverse para dirigirse al lugar donde la esperaba Andy, sintió los ojos de Fred fijos en ella.

—¡Salud! —dijo Andy con una sonrisa extraña cuando Sam posó la pinta sobre la mesa y tomó asiento frente a él. Era un hombre corpulento, de la clase de tipo que sueles ver por la autopista montado en una Harley-Davidson. Sus manos envolvían la jarra de cerveza como si fuese un vaso de chupito, y la cazadora de cuero colgada en el respaldo de su silla casi llegaba al suelo. Olía a sudor y tabaco, y al hablar se inclinaba acercándose un poco demasiado.

—Bien, ¿y cómo te ha ido el día? —Sam bebió un sorbo de su *Diet Coke*.

—La misma mierda de siempre. ¿Y tú?

—Sí, siempre igual —respondió, pensando lo contrario. Amaba su trabajo, por esa razón lo hacía. Había tenido otros donde se pasaba la jornada mirando al reloj, sintiendo como si la vida se escurriese entre sus dedos. No pensaba volver a experimentarlo.

—*Tonces*, ¿qué haces? —preguntó Andy levantando la voz para hacerse oír sobre la atronadora música del local.

—Ahora no mucho. Tengo una hija pequeña y de momento estamos viviendo con la abuela; le hacemos compañía.

—Ah, sí, tu abuelo murió, ¿*verdá*?

—Eso es, —Entre ellos se hizo un silencio incómodo. Andy bebió un enorme trago de cerveza. Sam siempre se burlaba de Ben por tardar una hora en beber una pinta. De pronto quiso llorar. ¿Qué estaba haciendo allí? Tenía que ir casa. Ya.

—*Tonces*, ¿encontraste *la* monja esa que buscabas?

Sam posó su vaso.

—Sí, la encontré. Gracias por tu ayuda.

—Nada. Estaré *encantao* cuando tiren el sitio ese y por fin pueda pirar. Estoy harto de que *to's* estén controlándome.

Sonó su móvil, lo cogió, miró el número y cortó la llamada.

—Que te den.

—¿Cómo?

—*Na'* que *pa'* cuando vuelva tendré una tocadura de huevos en el contestador. —Sacó un mechero *Zippo* y comenzó a jugar con él, abriéndolo y cerrándolo—. ¿Te lío un cigarro?

—No, ahora no, gracias. Entonces, ¿cuándo tenían que haber demolido St. Margaret?

—Hace cuatro meses. El parón les ha *costao* casi un millón del ala. —Sacó un paquete de tabaco del bolsillo.

—¡Jesús! ¿Y todo eso por la investigación forense?

—Sí, tardaron un rato porque el cura ese estaba en las cloacas cuando murió. —Andy comenzó a tomar pizcas de picadura y a colocarlas en un papel.

—¿Qué hacía ahí abajo? —preguntó Sam, advirtiendo que Fred la observaba desde el otro extremo del local.

Andy hizo una pausa y se encogió de hombros.

—Son conejeras. La casa esa me da *calafríos*, y es un imán *pa'* muertos de hambre y vagabundos. Es imposible tenerlos a raya. Uno de esos vagabundos estuvo viviendo meses en el edificio anejo. Yo no hacía más que echarlo y él no hacía más que volver. —Acabó la jarra.

—¿Otra pinta? Creo que te debo dos, si mal no recuerdo.

—Pues venga. A mí solo me espera una *Portakabin* de mierda. —La miró de un modo que la hizo sentir incómoda.

Regresó de la barra con una pinta y un chupito de whisky. Estaba comenzando a pensar que su charla con Andy podría llevarla a alguna parte.

—Aquí tienes.

—¡Salud!

Apuró el whisky sin apartar la mirada de ella.

—¿Así que también tú has sentido como si hubiese fantasmas en ese lugar?

Andy rio sin ganas.

—Vamos a decirlo así: es un alivio meterse en el cementerio después de estar en la casa esa.

—¿Pero por qué crees que estaba ahí en las cloacas? —preguntó Sam, tirando su cabello rojo hacia atrás para recogérselo en un nudo.

—El martes ya no importará *na* —respondió Andy, cogiendo su pinta—. Cuanto antes entierren el sitio ese en cemento, mejor. —Miró al vaso de Sam—. ¿No vas a tomar un trago como Dios manda?

—Pues claro —respondió Sam echando un vistazo a las llaves sobre la mesa—. Un vino blanco, por favor.

El hombre recogió su cartera y se dirigió a la barra. En cuanto volvió la espalda, Sam cogió el llavero y desplegó las llaves sobre la mesa. Solo había tres: una era de coche y otra parecía de un candado, así que la tercera tenía que ser la de la *Portakabin*. La sacó de inmediato. La dejaría en el suelo frente a la puerta de la caseta en cuanto terminase; con un poco de suerte, el tipo creería que se le había caído. Levantó la mirada y lo vio regresando de la barra; deslizó las llaves bajo su bolso.

—Aquí tienes —dijo, derramando la mitad del contenido sobre la mesa—. ¡Hala! Perdona.

—No te preocupes —Sam dio un trago de algo parecido al ácido de batería. Lo necesitaría para reunir valor. Esperaba que el perro estuviese atado, si no estaba apañada.

—¿*Tonces* a tu novio le da igual que salgas con *desconocíos*? —Andy puso sus manos sobre las de ella.

Sam tuvo que recurrir a toda su fuerza de voluntad para no apartarlas de un tirón.

—Ojos que no ven, corazón que no siente.

—¿Así que me vas a dar un beso? —Acabó su pinta y se volvió hacia ella.

—Claro. Solo que antes tengo que salir un rato para hacer algo. ¿Te veo dentro de media hora? —Forzó una sonrisa.

—¿Qué? ¿Por qué? —gruñó Andy.

—Tengo que pasar por casa y recoger algo para mañana. No sé adónde nos llevará la noche, pero a primera hora podré ir directamente al trabajo si tengo mis cosas. —Apretó la llave en su puño al levantarse.

—¡Ah, bueno, pues claro! —Su humor volvió a mejorar—. ¿Te veo junto al embarcadero?

—Perfecto —respondió Sam.

CAPÍTULO VEINTITRÉS

Kitty tropezaba dando tumbos mientras sus entumecidos pies se esforzaban por ejecutar sus órdenes. Cuando por fin logró llegar al edificio de ladrillo rojo, apenas tuvo fuerzas para abrir la astillada puerta de establo que oscilaba en sus goznes. Después de tres intentos pudo separarla lo suficiente para colarse y caer dentro, derrumbándose sobre un montón de hojas apilado en la entrada.

Se sentó inmóvil, examinando con la mirada el espacio a su alrededor, iluminado por la luz de luna que entraba por los agujeros abiertos en el enladrillado. Las paredes se habían resquebrajado y derrumbado y la mayor parte del tejado había caído, dejando pedazos de madera rota sobre el suelo de piedra.

Era tal como lo recordaba, con el viejo arado tirado en una esquina.

Había otra puerta ligeramente entreabierta en la parte trasera del edificio, revelando un cuarto con la pintura verde de las paredes descascarillada. Kitty se levantó y cruzó el espacio arrastrando los pies en esa dirección. Al apoyar la mano en la puerta para abrirla una enorme rata marrón salió de entre los escombros y entró en la sala frente a ella. La observó escabulléndose alrededor del borde del servicio para acabar desapareciendo bajo la cama. La habitación era cochambrosa, con negras manchas de moho subiendo por las paredes y el hedor de aguas residuales atestando el aire.

Por el suelo había latas de comida y un paquete de galletas abierto. Alguien había estado allí. Alguien había vivido en aquella habitación y lo había hecho hasta hacía poco tiempo. Se acercó a la cama, pasó los dedos sobre la manta antes de levantarla e inhalar su olor. Después fue hasta el lavabo y abrió uno de los grifos, haciendo que escupiese un chorro de agua.

—Hola —susurró—. ¿Hay alguien aquí?

Tenía razón. Su hermana había pasado todo aquel tiempo en St. Margaret, y allí era donde iba a encontrarla. Asimilar todo aquello era demasiado. La sala comenzó a dar vueltas, se inclinó sobre el lavabo, metió las manos bajo el agua y se salpicó la cara.

Al erguirse vio a Elvira reflejada en el espejo tras ella, ya mayor, como Kitty, y llevaba el cabello gris apartado de su rostro pálido y delgado.

—¿Has olvidado lo que te dije? —le preguntó. Sus ojos eran negros.

Se acercó a la pared y tiró de un ladrillo suelto. Tras él había una pesada llave de hierro. Se la tendió a Kitty.

—Quema la casa y libéralos.

Kitty se acercó a su hermana, pero entonces se oyó un golpe al otro lado de la sala; giró sobre sus talones y vio a un hombre de barba larga y ropa raída, con un montón de leña a sus pies.

—¿Quién coño eres? ¡Fuera de aquí! —gritó.

Kitty miró a su alrededor en busca de Elvira, pero ya se había ido.

—¡Vuelve! —llamó. Las lágrimas le picaban en los ojos—. Mi hermana, ¿dónde ha ido mi hermana?

—¡Largo! Esta es mi casa. ¡Fuera! —Cuando el vagabundo se abalanzó contra ella, Kitty lanzó un chillido y echó a correr.

CAPÍTULO VEINTICUATRO

Tras explorar el perímetro de la casa, y por fin encontrar un hueco en la valla del cementerio, Sam avanzó a trompicones por el solar, gélido y oscuro como boca de lobo, con la sensación de estar siendo observada por todos los fantasmas de St. Margaret. Al acercarse a la *Portakabin* se sintió aliviada porque ni Andy ni su perro estuviesen a la vista; y a pesar de que era un lugar agobiante, con aquellas ventanas cerradas y un fuerte hedor a humedad, estaba encantada por la sensación de seguridad que le proporcionaba encontrarse en su interior. Sam tanteó en la oscuridad en busca del interruptor de la luz, sintiendo tensión en el pecho cuando la falta de aire alteró sus nervios. Al final encontró el pulsador de plástico y lo apretó, inundando de luz la triste habitación.

Se encontró con un panorama desagradable, pero ninguna sorpresa. En un extremo había una cama individual, deshecha, con un mar de revistas pornográficas y latas de cerveza vacías esparcidas por el suelo. En un rincón se veía un fregadero mugriento, un tubo de pasta de dientes rezumando su contenido y sobre él una sucia estantería con varios frascos de loción de afeitar y desodorante. Al otro lado de la estancia había un pequeño sofá de cuero gris y una televisión. En el centro había una mesita de café cubierta por un desbarajuste de cajas de *pizza* y comida para llevar.

Unos visillos roñosos colgaban tapando la ventana. Sam los apartó para comprobar que no se veía señal de luces de coche, después encendió la lámpara situada junto al sofá y apagó la deslumbrante luz del techo antes de comenzar el registro de la sala.

Al final encontró lo que buscaba: un archivador de oficina. El cajón superior parecía estar repleto de material de mercadotecnia, folletos donde se veían las mansiones de-construcción-inmediata en todo su satinado esplendor, así como libretas, notas escritas en tarjetas adhesivas y bolígrafos grabados con la marca corporativa de *Slade Homes*. El segundo cajón, como el primero, contenía poco de interés: una guía de las Páginas Amarillas, dos números de la revista *Top Gear* y varios paquetes de cigarrillos vacíos. Al estirarse para abrir el último cajón, comenzó a sentirse un poco asustada. Había pasado casi una hora desde que abandonase el *pub* Wetherspoon y Andy pronto comenzaría a perder la paciencia. Si en aquella habitación no había nada útil, sería mejor que saliese de allí antes de que el hombre regresara y se diese cuenta de que le faltaba la llave.

Sabía que en alguna parte debía de existir una referencia al padre Benjamin y a lo que le habría acontecido. Tenía que encontrar documentos, un archivo con papeles. Al abrir el cajón inferior, supo que había hallado algo; su corazón dio un vuelco. Estaba lleno de carpetas. Los primeros dos tercios eran, en su mayoría, facturas, comprobantes de pagos y un contrato. Abrió la carpeta correspondiente a la letra «S» y extrajo un fajo de papeles con el membrete de *Slade Homes*. Echó un rápido vistazo por la ventana para asegurarse de que no había moros en la costa, se acomodó al borde del sofá y comenzó a leer.

El archivo comenzaba con una serie de advertencias del jefe de obra encargado del proyecto a Andy acerca de su horario. Según las condiciones del contrato, afirmaba la empresa, tenía que estar en el solar todas las noches, de nueve de la tarde a nueve de la mañana, cuando llegaban los primeros trabajadores. Desde luego, no era el más diligente de los empleados, pues desvalijaron dos retroexcavadoras JCB y al llegar la policía Andy no se encontraba por ninguna parte. En otra ocasión, robaron varios sacos de cemento y le descontaron el importe de su sueldo. También había una referencia al mencionado vagabundo; sin duda era una molestia pero, según la copia de la respuesta de Andy, una molestia que se quedaba en el edificio anejo y jamás se acercaba a St. Margaret.

La última carta del archivo concernía al padre Benjamin.

Aunque la muerte del padre Benjamin sucediese hace muchos años, el 31 de diciembre de 1999, el alcantarillado subterráneo y los túneles adyacentes siguen siendo accesibles en la actualidad, por lo cual debemos ser extremadamente vigilantes para evitar que vuelva a suceder algún otro trágico accidente antes de la fecha de demolición: el martes, 7 de febrero de 2017. Si encuentra a cualquier persona en las proximidades del solar, o en el mismo solar, tiene instrucciones de detenerla y llamar de inmediato la policía.

El alcantarillado subterráneo y los túneles adyacentes. El recuerdo de la conversación con Andy en el *pub* destelló en su mente. ¿Qué había dicho? «Son conejeras. La casa esa me da *calafríos*».

Volvió a mirar el archivo. El artículo del *Times*, el que llamase la atención por primera vez, estaba estrujado entre los documentos.

Los restos de un anciano de 74 años de edad, asfixiado por los gases del alcantarillado, han sido hallados en una mansión situada en Sussex Oriental cuya fecha de demolición ya ha sido concretada. El hombre, un sacerdote retirado que ejerció su servicio en Preston, Sussex Oriental, quedó atrapado en los túneles después de haber entrado sin autorización en el terreno de la propiedad, según ha concluido la investigación forense.

El padre Benjamin (nacido Benjamin Cook, Brighton, 1926) fue el párroco de la localidad durante treinta años.

El padre Benjamin desapareció el día de Nochevieja de 1999, pero sus restos no fueron hallados hasta el día 30 de septiembre de 2016. La causa de la muerte fue la hipoxia provocada por la exposición prolongada a una alta concentración de ácido sulfhídrico, según ha dictaminado el forense del Tribunal de Sussex el pasado martes.

La investigación acerca de la muerte del sacerdote retirado fue llevada a cabo por el médico forense Dr. Brian Farrell. Los detectives encargados del caso no consideran la posibilidad de que haya terceras personas implicadas. Slade Homes ha hecho público un mensaje expresando sus más profundas condolencias.

No había más archivos de interés, y justo cuando pensaba que debería irse antes de que llegase Andy, Sam descubrió un teléfono fijo sobre el armario y advirtió que la luz roja del contestador automático estaba parpadeando. Comprobó de nuevo que no hubiese moros en la costa, se acercó al aparato y pulsó el botón.

—*Andy, soy Phil, ¡contesta al teléfono! ¿Dónde cojones andas? Parece que no pillas lo que nos jugamos aquí. Nos queda un día. Hemos superado una investigación de narices y no queremos que el acuerdo se vaya al traste porque alguien más se quede encerrado en esos túneles.*

¿Encerrado? En el artículo no se mencionaba ese detalle. De pronto los oídos de Sam identificaron el débil sonido del motor de un coche a lo lejos; y para gran horror suyo, vio unas luces delanteras dirigiéndose despacio hacia la caseta. Se levantó de un brinco, volvió poner el archivo en el cajón, apagó la lámpara y se agachó, observando sin resuello cómo se acercaba una camioneta azul. Lanzaba desesperados vistazos a su alrededor buscando una ruta de escape cuando oyó al vehículo deteniéndose fuera y una sacudida del motor al apagarse al mismo tiempo que las luces. La caseta quedó sumida en la oscuridad.

No había puerta trasera ni lugar donde esconderse en aquella pequeña estancia. Además, tenía un perro terrible que la atacaría si salía corriendo, y sin duda él llamaría a la policía. Perdería su trabajo. Lo perdería todo. Al escuchar pasos acercándose, decidió que solo tenía una oportunidad. Se quitó la blusa y saltó a la cama apestosa solo con el sujetador.

La puerta de la caseta se abrió y se encendió la luz del techo.

—Hola, guapísimo —saludó ella, intentando ocultar el pánico en su voz.

—¿Qué coño *tás* haciendo aquí? —preguntó Andy.

—Quería darte una sorpresa —A Sam le temblaba todo el cuerpo.

—¿Me cogiste la llave?

—Sí. No te importa, ¿verdad? —Intentó sonreír.

—Sí, joder, sí me importa. —Se acercó dando grandes pasos, atravesándola con la mirada.

—Lo siento. Pensaba que te gustaría que estuviésemos solos —esbozó una sonrisa tranquilizadora—. Vamos a tomar un trago y relajarnos, ¿vale?

Saltó de la cama y se acercó al frigorífico con Andy observándola en silencio. Estaba vacío, a no ser por un trozo de queso mohoso y una botella de leche con posos.

—Se te ha acabado todo. ¿Por qué no voy a buscar algo para beber? —dijo, recogiendo su blusa.

—¿Y por qué no me dices de qué coño vas?

—Quería darte una sorpresa. Pensé que te gustaría. Está claro que me equivoqué. —Se apresuró a vestirse la blusa. Le temblaban visiblemente las manos cuando se acercó a la puerta.

—No me gusta la gente que se cuela en mi propiedad —dijo, colocándose frente a ella para impedir su salida.

—No me colé. Por favor, déjame pasar. —El corazón martillaba tan fuerte en sus oídos que estaba empezando a dolerle la cabeza. Solo podía pensar en Emma, durmiendo segura en su cama mientras ella intentaba suicidarse. «Soy una maldita gilipuertas», pensó.

—*Ti'és* suerte de que sea un caballero. —Se apartó despacio y Sam se lanzó hacia la puerta. Bajaba las escaleras dando trompicones cuando el perro de Andy, que había regresado con su dueño, comenzó a ladrarle. Se internó en la oscuridad con el convencimiento de que Andy la observaba buscando cualquier excusa para soltar la correa de aquel terrible animal. Volvió la vista atrás y lo vio a la puerta de la *Portakabin*, sujetando al perro por el collar mientras se debatía intentando salir en su persecución.

Su pánico crecía con cada paso que daba sin llegar al agujero de la valla. Podía notar el ácido láctico formándose en sus piernas mientras corría de un lado a otro del perímetro. Agitaba la valla de alambre, renegaba entre dientes e intentaba desesperadamente contener las lágrimas. Tenía que volver sobre sus pasos, ese era el único modo de regresar al coche. Tenía que intentarlo y mantenerse en calma, pero el perro ladrando a lo lejos le provocaba náuseas de ansiedad.

Dio media vuelta y corrió a lo largo de la valla, pero tropezó con algo que sobresalía del suelo y cayó dándose un buen golpe. Quedó un momento tendida en el suelo, sujetándose la rodilla, dando boqueadas de dolor. Podía sentir la humedad de la sangre, pero estaba tan oscuro que no veía la palma de su mano frente a ella. Supuso que había tropezado con la raíz de un árbol, pero al sacar el teléfono de su bolso para comprobar el alcance de la lesión, la luz de la pantalla iluminó algo en el suelo, bajo ella. Se inclinó en su dirección sin hacer caso del dolor de la rodilla. Era un asa de metal, como la que había en el suelo del despacho de la madre superiora, sobresaliendo entre hierbajos y espinos.

Comenzó a limpiar la maleza alrededor del objeto, gimiendo en la oscuridad cada vez que una espina se clavaba en sus dedos. Después de limpiar lo que pudo, descubrió que la argolla de metal estaba unida a una chapa de hierro colado. Se irguió, quejándose por el dolor de la rodilla, e intentó abrirla de un tirón, pero no se movió. Tenía una cerradura y estaba cerrada con llave.

La luz de la luna se coló entre las nubes y Sam miró hacia la casa. Sus ventanas vacías parecían cientos de ojos observándola. Los mismos ojos que debían de haber observado al padre Benjamin aquella noche. ¿Qué había dicho el hombre al dejar el mensaje en el contestador? Sonaba como si alguien hubiese encerrado deliberadamente al sacerdote en los túneles. ¿Esa trampilla conducía a ellos?

De pronto oyó al perro ladrar de nuevo, esta vez más cerca y aproximándose. Sam echó a correr. El dolor de la rodilla era atroz, pero lo bloqueó. En cualquier momento iba a aparecer ese perro para clavarle los dientes en una pierna o en un brazo. Andy habría tenido tiempo para pensar; quizá para darse cuenta de que había estado husmeando en el armario de los ficheros y escuchado el mensaje grabado en el contestador. Probablemente llamaría a la policía y todo habría terminado.

Recuperó el paso, intentando dominar su terror. Por favor, por favor, suplicaba a la gélida e implacable noche.

De pronto descubrió una luz al otro lado de la valla y comenzó a correr hacia ella. Al acercarse vio que se trataba de las luces de un coche bajando por el sendero. Para alivio suyo, las luces iluminaron el agujero de la valla y por él se obligó a pasar. El perro lanzó otro ladrido; ya no podía estar a más de seis o siete metros. Se dio cuenta de que el coche era un taxi negro, y cuando comenzó a detenerse, Sam golpeó la ventanilla del copiloto. El hombre sentado en el interior la miró pasmado y después, poco a poco, abrió una ventanilla.

—¿*Ta* bien, señorita?

—No. Me persigue un perro. ¡Déjeme entrar, por favor! ¡Rápido!

El conductor quitó los seguros, ella accionó la manija y entró de un salto. Cerró con un portazo mientras el perro ladraba furioso, corriendo alrededor del coche.

—Jesús, María y José. Me ha dado un susto de muerte —dijo el hombre.

—Gracias a Dios que estaba usted aquí —dijo Sam, intentando recobrar el aliento.

Se quedaron sentados, mirándose, y entonces Andy apareció en la valla y comenzó a gritar, llamando al perro.

—Caray, este sitio me recuerda a Piccadilly —dijo el conductor mientras el perro se retiraba y Andy le ponía la correa, antes de internarse en la oscuridad.

—¿Qué está haciendo aquí? —preguntó Sam cuando pudo hacerlo.

—He venido a recoger a mi pasajera —respondió el taxista, consultando el reloj—. Ya hará una hora que se fue. La traje desde Londres; aunque no me pareció bien dejarla sola ahí fuera. —Sacó una taza de poliestireno de una bolsa de comida para llevar—. Hablando del rey de Roma…

Sam levantó la mirada y vio a Kitty Cannon trastabillando en dirección a la valla. Antes de llegar, le fallaron las piernas y cayó.

Sam abrió la puerta, salió, atravesó el agujero de la valla y corrió hacia el lugar donde yacía Kitty. Se arrodilló a su lado y escuchó su respiración, luego se quitó el abrigo y la cubrió con él.

—¿Ivy? —preguntó Kitty con voz débil.

—¡Necesitamos una ambulancia! —gritó Sam al conductor.

—No, por favor, basta con que me lleven a casa —dijo Kitty antes de comenzar a llorar.

CAPÍTULO VEINTICINCO

VIERNES, 31 DE DICIEMBRE DE 1999

El padre Benjamin se detuvo un instante en el vestíbulo, intentando recuperar el resuello después de atravesar aprisa el terreno de St. Margaret en la oscuridad. Al no atreverse a encender la linterna, pues temía ser visto por algún transeúnte entrometido, había tropeado un par de veces y a duras penas pudo evitar caer.

Comenzaba el atardecer cuando vio la nota dejada bajo su puerta, en Gracewell. En el comedor se había celebrado una merienda de Nochevieja, después de la cual tomó el ascensor y recorrió el pasillo hasta llegar a su habitación. La vio apenas entró. Curioso, pero en absoluto inquieto, la recogió y se acercó a la silla junto a la ventana para abrirla.

En cuanto sacó la hoja de papel blanco del sobre llegaron las preocupaciones. Dos líneas, sin firmar, escritas con una caligrafía desconocida.

Reúnase conmigo en la sala de planchado de St. Margaret hoy, a medianoche, para hablar de esos registros que ha destruido. Si no acude, iré a la policía. Venga solo.

Pasó la mayor parte de la tarde sentado en su dormitorio viendo la televisión con la mente en otra parte. Intentó hablarle a Amy acerca de la nota cuando pasó por su cuarto para atenderlo, pero no le salieron las palabras. ¿Por dónde iba a comenzar?

A las once en punto ya sabía que estaba demasiado nervioso para dormir. Sería mejor que saliera y se encontrase con quien quiera que fuese para ver qué quería, en vez de quedarse en la cama preocupándose. No estaba lejos, bastaría con seguir Preston Lane. Todavía tenía sus llaves para entrar en la vieja casa. Nadie sabría nunca que había salido. Y así se vistió con su jersey de lana más cálido, guardó la nota en el bolsillo de sus pantalones de pana y se escabulló del asilo veinte minutos antes de medianoche.

Entonces, en la seguridad de la casa, encendió la linterna. Resultaba inquietante regresar a ese lugar después de tantos años. Llegó a un lugar conocido y desconocido al mismo tiempo. La amplia escalera de la entrada era tal como la recordaba, pero en vez de brillar, pulida, parecía apagada y estaba cubierta por los cristales rotos y el escombro caído del alto techo. Tierra y mugre tapaban las baldosas blancas y negras que resplandeciesen en tiempos de la madre Carlin. La mayoría de las ventanas que rebasó al recorrer el pasillo en dirección a la lavandería estaban rotas, con los marcos desvencijados, astillados, y la pintura colgaba descascarillada como si fuesen garras. El edificio olía a madera podrida. Llegó a la puerta de la lavandería e iluminó el interior con su linterna. Lo que en otro tiempo fuese una gran sala atestada de vapor y muchachas con los vientres hinchados, era entonces una cáscara vacía, con escombro esparcido por el suelo y escurridores rotos.

Continuó pasillo abajo y su linterna iluminó su reflejo en la única ventana que no estaba rota. Su rostro redondeado se veía pálido y cubierto por una barba incipiente, y los mechones grises de su cabeza sobresalían formando una maraña de pelo. Siempre caminaba inclinado hacia delante, encogido debido a un constante dolor de espalda. «Visto de perfil parece que no tengo cuello», pensó mientras sus ojos grises le devolvían la mirada a través de unas gafas baratas. En aquellos tiempos salía cada mañana bien afeitado y encontraba su ropa perfectamente planchada y ordenada en su cama; pero entonces su uniforme se reducía solo a un jersey gris de lana demasiado grande y unos pantalones anchos de pana. «Me he convertido en una ruina, igual que esta casa», pensó, alejándose de la ventana.

Exhaló un fuerte suspiro recordando St. Margaret en sus días de esplendor. Con las amables aportaciones de la congregación y un importante préstamo bancario, se las había arreglado para comprar un antiguo internado sacado a subasta; y menos de seis meses después la casa abrió sus puertas. Durante tres décadas lograron hacer dinero suficiente para mantener la propiedad del edificio y guardar algo para el futuro.

Pero, al parecer, no lo suficiente para garantizar que él y las Hermanas de la Misericordia disfrutasen de un retiro confortable. Al final, recibieron una oferta de *Slade Homes* en el momento oportuno. La casa se declaró en ruinas y la presión del Concejo por conocer el paradero de los registros llegó a su culmen. Había una corriente de acusaciones que lo ponía muy incómodo; le preocupaba que las Hermanas y él no fuesen tratados con el debido respeto.

Se detuvo y escuchó por si acaso pudiese detectar a alguien moviéndose por la zona inferior. Silencio. Quizá no había llegado, quien quiera que fuese; quizá solo pretendía incomodarlo y no pensaba presentarse. Solo un puñado de gente sabía de los registros, y no tenía idea de por qué lo habían citado allí en vez de ir directamente a Gracewell para discutir el asunto. Regresar a la casa lo hizo sentir mucho más incómodo de lo que había pensado. Fue una decisión difícil aceptar la venta, pero al mismo tiempo se alegró cuando se hubo concretado... Siempre y cuando *Slade Homes* cumpliese su parte del trato, construyendo dentro del perímetro acordado y sellando los túneles, condiciones que había insistido en dejar por escrito.

Al llegar al final de los largos pasillos se encontró frente a una puerta cerrada con un candado. Sacó una llave de latón; en la etiqueta asignada se leía «Escalera posterior» y, con ayuda de la linterna, introdujo la llave en la cerradura. Abrió la puerta e iluminó la oscura escalera que descendía bajo él.

—¡Hola! ¿Hay alguien aquí? —gritó. No hubo respuesta.

Suspiró para sí al pensar en el dolor de espalda que iba a sufrir. Los tacones de sus zapatos repicaban sobre los fríos escalones de piedra y sus manos cansadas sujetaban la barandilla. En medio del silencio del edificio abandonado, creyó oír el taconeo de la madre Carlin llevando a un mortinato escaleras abajo, a través de la sala de planchado hasta llegar a los túneles. Había habido tantas muertes. Los partos eran frecuentes y a menudo iban mal. Resultaba imposible dedicar a cada recién nacido muerto un funeral adecuado; no tenían ni tiempo ni dinero.

Al final de la escalera, el padre Benjamin se encontró con otra pesada puerta de roble y de nuevo buscó entre sus llaves, iluminándolas con la linterna hasta encontrar la que ponía «Sala de planchado». Y entonces se le cayó la linterna; la tapa se soltó y las pilas se esparcieron por el polvoriento suelo.

Sin linterna, en las entrañas de la casa en medio de la noche, ni siquiera podía ver su mano frente a la cara. Se arrodilló y palpó el suelo, jadeando, resollando, sintiéndose cada vez más mareado y desorientado. Intentaba mantener la compostura mientras los ratones correteaban a su alrededor. Al final encontró una pila, después la otra.

—Condenado armatoste —murmuró, colocando las pilas al derecho y al revés hasta que por fin logró que la linterna iluminase. En ese momento, la puerta en el pico de las escaleras se cerró con un golpe.

Estaba seguro de haberla cerrado. Iluminó las escaleras con la linterna, derramando luz en la negrura, pero no pudo ver nada.

—Hola —masculló en la oscuridad—. ¿Quién anda ahí?

Se concentró de nuevo en su tarea, empleó el picaporte para levantarse y profirió un largo gemido que retumbó en las escaleras de piedra a su espalda. Temblando por el esfuerzo, hizo una pausa para recuperar fuerzas e insertar la llave en la cerradura. Le llevó varios intentos hasta lograr, por fin, girar la llave.

Estaba claro, no se habían sacado todas las prensas de planchado de la sala. Era más pequeña de lo que la recordaba, al atravesarla sus pies hicieron rechinar trozos de los cristales rotos de dos ventanas enrejadas. El techo bajo daba sensación de claustrofobia, y en las profundidades del edificio la humedad permeaba las paredes y el hedor a moho era insoportable. Dos veces tropezó con los agudos bordes de las prensas. El suelo estaba negro por la acumulación de la mugre y el polvo que se adherían a sus pies al avanzar arrastrándolos por la sala. El periplo había hecho que le doliesen las piernas, exhalaba fuertes bocanadas que retumbaban en la habitación y era presa de una ansiedad hasta entonces desconocida. Allí, entre la penumbra, casi podía ver a las jóvenes mirándolo entre nubes de vapor mientras trabajaban, secándose el sudor de sus frentes con las mangas de sus vestimentas.

Consultó el reloj: medianoche. Recorrió la sala con la luz de la linterna, pero allí no había nadie esperándolo. Era un engaño, una broma morbosa de alguien que en ese momento probablemente estuviese en casa, caliente y a salvo junto a la chimenea, brindando por el comienzo de un nuevo milenio.

—¿Dónde está? —gritó una última vez. Silencio.

Ya daba media vuelta para salir cuando oyó un ruido. Era débil, como un lejano tintineo de metal contra metal. Avanzó despacio, iluminando con la linterna en dirección al sonido.

Entonces se detuvo en seco. La puerta que llevaba a los túneles estaba abierta. Se acercó: sin duda oía a alguien andando por allí abajo. Sonaba como si estuviesen golpeando metal con un martillo. Pero lo único que podía ser era la puerta que llevaba a la fosa séptica, y eso era imposible. *Slade* le había asegurado que los túneles abiertos más allá del perímetro del solar serían bloqueados y rellenados en cuanto se firmase el contrato.

Presa de una oleada de pánico, arrastró los pies caminando hacia la puerta abierta. Tenía que saber si la constructora había faltado a su palabra. Hacía años que un contratista, al que pagó personalmente, había rellenado la fosa con escombro y arena, pero el túnel que llevaba a ese lugar ya debería estar sellado con cemento.

El padre Benjamin se situó en el pico de las escaleras de piedra que llevaban al túnel y a la fosa séptica. En otro tiempo el lugar se limpiaba con regularidad y estaba iluminado, pero ahora las paredes mostraban un color verde oscuro y parecían cubiertas por una apestosa capa de mugre. Goteaba agua del techo, su eco resonaba como el tintineo de campanillas. Intentó no hacer caso del creciente pánico que le producía estar en un espacio tan oscuro y angosto. El hedor que llenaba el aire, una fuerte mezcla olor a moho y huevos podridos, le provocaba náuseas. Posó un pie al borde del escalón superior, empleando la pared como guía, y comenzó a descender con cuidado, sabiendo que si caía nadie lo encontraría antes de la mañana, si es que lo encontraba alguien. Contaba a medida que avanzaba... Uno, dos, tres... como si advirtiese de su llegada a cualquier cosa que estuviese allí abajo.

El hedor a podrido comenzó a tener el efecto de un ácido, quemándole el borde de la nariz. El aire estancado a su alrededor hacía casi imposible respirar; no tardó en sentirse desorientado en la oscuridad al llegar al fondo de la escalera y comenzar a recorrer el túnel hacia la fosa séptica.

El agua de las goteras había convertido el túnel en una zanja. El ardiente dolor de su nariz comenzó a extenderse a sus ojos y garganta. Se dijo que le hacía falta un minuto más; un minuto más para tener la prueba que necesitaba y poder regresar a casa y acostarse. Obligó a sus pesadas piernas a continuar avanzando; la quemazón iba acompañada entonces por una creciente presión en el pecho. Intentaba mantener la linterna firme en su mano cuando oyó algo a su espalda, algo que parecía una de esas bolsas de papel marrón arrastrada por el viento. Se detuvo y dio media vuelta, alumbrando con la linterna en dirección al sonido, pero solo vio un espacio vacío. Continuó su camino, ya desesperado por llegar a la fosa, y el crujido pasó a ser un susurro. Primero una voz, después dos y luego un incomprensible intercambio de siseos. Se detuvo varias veces para volverse, escuchando solo su pesada respiración al no recibir sus llamadas respuesta alguna.

—¿Qué está haciendo? —susurró una voz clara a su oído. El padre Benjamin dio un respingo y apuntó con la linterna en esa dirección, pero una vez más solo vio a su alrededor un túnel negro.

Una sensación de ahogo lo sofocó. Ya debía de estar cerca.

—¿Dónde está? ¿Dónde está? —masculló, sintiendo frente a él la pared de piedra levantada al final del muro. Sufría un punzante dolor de cabeza; el túnel parecía estrecharse, cerrarse a su alrededor mientras agua pestilente goteaba en su cabeza.

—Creo que busca la fosa —dijo otra voz, esta un poco más profunda. El padre Benjamín se detuvo, luego continuó. Comenzó a toser con violencia y se dijo que se debía al efecto del olor y los gases. Se dobló dando arcadas. «Párate; para ya, por favor», rogó a su cuerpo. Dentro de aquel túnel lleno de aire y agua estancada no era capaz de meter suficiente aire en los pulmones para detener el mareo que lo abrumaba.

Por fin remitió su ataque de tos, pero sus piernas carecían de fuerza y tuvo que apoyarse contra la pared para mantenerse en pie.

—Son los gases de la fosa —dijo la primera voz. El padre Benjamin levantó la vista y vio a dos jóvenes vestidas con monos marrones en pie frente a él. Una mostraba un feo moratón en un ojo; ambas tenían la cabeza rapada y estaban blancas como fantasmas.

—Son malos —dijo la otra muchacha—. Una vez pasé la noche encerrada aquí. Vomité tantas veces que me sangró la nariz. Era incesante, ¿recuerdas? La madre Carlin estaba muy enfadada…

—Sí, lo recuerdo muy bien. Pobre Martha, fuiste muy valiente —dijo la primera joven. Se abrazaron.

El padre Benjamin se irguió tan recto como le permitió su espalda, trastabillando hasta alcanzar por fin el final del túnel. Se detuvo, agachándose, palpando la pared como si fuese el rostro de un viejo amigo. Lo había logrado. Boqueó tomando respiración y sintió una oleada de náuseas subiendo desde el estómago. Se inclinó hacia delante y comenzó a vomitar. Sufrió arcadas una y otra vez, incapaz de recobrar el aliento entre una y otra. Al final el mareo remitió y apoyó la cabeza contra el muro, jadeante.

¿Por qué continuaban saliendo efluvios de la fosa? Hacía meses que se había rellenado…

Luchaba por ponerse en pie cuando un fuerte golpe retumbó dentro del túnel.

—¿Qué fue eso? —preguntó una de las muchachas.

Cuando el padre Benjamin levantó la mirada, descubrió que la pareja original se había transformado en un grupo de ocho o diez personas. Se habían desplegado formando un semicírculo a su alrededor.

—Creo que fue la puerta del túnel —dijo otra—. Espero que tenga una llave.

El padre Benjamin rebuscó en el bolsillo: estaba vacío; las llaves habían desaparecido. Debieron de caer al suelo cuando se mareó. Se acuclilló despacio, palpó el suelo a su alrededor y su mano fue a posarse sobre un montón de vómito caliente.

—Ay, pobre, creo que las ha perdido —dijo una tercera, reprimiendo una sonrisa.

El acto de respirar comenzó a ser doloroso para el padre Benjamin a media que la sensación de presión cobraba intensidad en su pecho. De nuevo comenzó a toser, le lloraron los ojos. Se resquebrajaron sus labios y su lengua quedó cubierta por una especie de gruesa capa de pelo seco. Un dolor en la cabeza, súbito y punzante como una puñalada, lo tiró al suelo dejándolo jadeante en busca de aliento.

—Al corro de la patata, comeremos ensalada, como comen los señores, naranjitas y limones. ¡Achupé! ¡Achupé! Sentadita me quedé.

El sacerdote yacía sobre el húmedo suelo, su piel se enfriaba cada vez más, su pulso se aceleraba y ellas reían y bailaban al corro a su alrededor. Intentó moverse, pero cualquier esfuerzo hacía que resollase dando bocanadas débiles y temblorosas mientras sentía en el pecho una presión cada vez más y más fuerte. De nuevo empezó a toser, y esa tos fue tan dolorosa como si dentro tuviese cristales rotos.

—Ay, Jesús, perdona y olvida quién he sido —mascullaba sin cesar. Cada vez que intentaba moverse, las muchachas lo empujaban manteniéndolo en el suelo y continuaban cantando.

—Al corro de la patata, comeremos ensalada, como comen los señores, naranjitas y limones. ¡Achupé! ¡Achupé! Sentadita me quedé.

—¡Ayudadme! —dijo el padre Benjamin, sintiendo que se apoderaba de él la sensación de estar cayendo al vacío. Apenas podía ver, le fallaba la vista y la luz de su linterna estaba debilitándose.

—Ruegue por sus pecados, padre —dijo una de las jóvenes, y después todas dieron la vuelta y se fueron.

El padre Benjamín se arrastró de rodillas por el maloliente pasillo. Todo había cesado: la tos, el mareo y el dolor de cabeza. Al final atravesó la sala de plancha, llegó a la puerta trasera y se irguió sobre sus rodillas. Le picaban tanto los ojos que apenas podía ver, pero logró encontrar el picaporte y lo empujó. La puerta estaba cerrada con llave.

Profirió un grito mientras empujaba y movía la manilla con toda la poca fuerza que le quedaba.

Sintió los párpados pesados; al final se tumbó y los cerró. Ya no podía moverse. Solo quería dormir; nada más. Dormir hasta que todo hubiese terminado y se encontrase a las puertas del Cielo con el Señor. Tal como le había dicho la joven, comenzó a rezar:

Perdona mis faltas, Señor, perdona mis pecados; los pecados de mi juventud; los de mi edad adulta; los de mi alma; los de mi carne; mis pecados de acción u omisión; los que recuerdo y los que no; los que durante tanto tiempo he guardado en secreto y que ahora están vedados a mi memoria.

Me arrepiento sinceramente de todos mis pecados, mortales y veniales, de todas las faltas cometidas desde mi infancia hasta hoy. Bien sé que mis faltas han sido ofensivas a Tu corazón misericordioso, Oh, Salvador; libérame de los lazos del Mal con la más amarga pasión del Redentor.

Ay, mi Señor Jesús, perdona y no tengas en cuenta lo que he sido.

Amen.

CAPÍTULO VEINTISÉIS

LUNES, 6 DE FEBRERO DE 2017

Kitty dormía derrumbada sobre el hombro de Sam mientras el taxi zigzagueaba entre el tráfico de regreso a Londres. Sam consultó su reloj de pulsera: eran las cinco de la mañana. Nana y Emma aún deberían de estar durmiendo a pierna suelta; a las seis llamaría para comprobar si estaba todo bien. Sentía ansiedad por encontrarse lejos de Emma, pero no podía dejar que el taxi se llevase a Kitty Cannon después de haberla encontrado en el solar de St. Margaret. Una oleada de nerviosismo la inundó al bajar la mirada y ver el rostro que durante décadas fuese el invitado semanal de casi todos los salones del país. Había estado en lo cierto desde el principio: Kitty Cannon tenía un vínculo con St. Margaret, y ella estaba decidida a descubrirlo.

—¿Está segura de que no deberíamos llevarla al hospital? —preguntó el conductor.

Sam tomó el pulso de Kitty, que era firme, y después envolvió las heladas manos de la mujer entre las suyas.

—No. Creo que se encuentra bien. Su pulso es bueno, pero está helada de frío. ¿Podría subir un poco el climatizador, por favor?

Cogió el abrigo de Kitty, la cubrió con él y al hacerlo el teléfono móvil de la presentadora cayó del bolsillo al suelo del taxi.

—Maldita sea —dijo Sam al intentar, y no lograr, recuperar el teléfono por temor a despertarla.

El cabello largo, despeinado y gris de Kitty le recordaba a una bruja buena. Tenía rasgos finos y hermosos, boca estrecha y nariz de botón. Su piel era blanca como la porcelana. Parecía completamente distinta al personaje de la pantalla: más joven y vulnerable, casi con aire infantil.

El teléfono de Kitty destelló una nota de aviso. Sam la miró: *Richard Stone mediodía*. Arrastró el teléfono hacia ella con el pie, lo recogió y lo puso en el bolsillo de Kitty.

—¿Sabe dónde vive? —preguntó al conductor.

—No, la recogí en Embankment, así que allí vuelvo.

Sam oyó una débil señal de aviso en su móvil. Era un mensaje de Nana; le preguntaba dónde estaba y le decía que Emma iba mejorando. Sam contestó de inmediato pidiéndole que llevase a la niña a casa de Ben después de desayunar, y asegurándole que la llamaría en cuanto pudiese. Acarició el cabello de Kitty mientras avanzaban por la orilla del río. Era una tortura tenerla tan cerca y no poder hablar con ella. Pero de algo estaba segura: Kitty la había llamado Ivy. De alguna manera, había conocido a aquella pobre chica.

—Aquí es donde la recogí —dijo el conductor, deteniéndose a un lado de la calle.

—Kitty —llamó Sam con suavidad—. Necesitamos saber dónde vives para poder llevarte a casa.

Poco a poco, Kitty abrió los ojos y la miró. Entonces se incorporó, apartándose de un salto, estiró su abrigo y se recogió el cabello como si intentase salvar la cara.

—¿Hemos regresado a Londres? —preguntó.

—Sí, querías que te llevásemos a casa; pero no sabemos dónde es.

—Gracias por traerme. Siento mucho todo lo sucedido —dijo Kitty.

—No te preocupes —contestó Sam, sonriendo—. Aunque creo que vas a tener que pagar una buena factura de taxi.

Kitty se quedó mirándola sin devolverle la sonrisa.

—¿Quién eres?

Sam vaciló un instante.

—Me llamo Samantha, soy reportera en la *Southern News*.

—Ay, no —dijo Kitty—. ¿Cuál es vuestro problema? ¿Acaso me seguís día y noche?

—Kitty, por favor, si me pudieras conceder un minuto para explicarte… —comenzó a decir Sam.

—No, no puedo. —Después, dirigiéndose al conductor, levantó la voz para ser oída a través del cristal de la mampara de seguridad—: Por favor, ¿puede sacar a esta joven de mi taxi?

—Caramba, me empiezo a sentir como el Jeremy Kyle ese de la tele —dijo el hombre, abriendo su puerta.

—Sé de tus vínculos con St. Margaret. Creo que es posible que nacieses allí —le dijo Sam.

Las lágrimas se agolparon en los ojos de Kitty, y esperó a recobrar la compostura antes de hablar.

—Eso es un asunto personal que no te concierne. Como publiquéis algo al respecto, os pondré una querella.

Sam rebuscaba frenética en su bolso cuando el conductor abrió la puerta.

—Salga, señorita.

—Por favor, mira esto, he leído cartas enviadas por alguien llamada Ivy hablando de St. Margaret. Creo que debes de haberla conocido, pues me llamaste Ivy cuando te encontré allí fuera. —Sam le mostró las cartas que Nana había atado con un lazo de terciopelo rojo, pero Kitty no las recogió.

—Aléjate de mí —le dijo con voz fría.

—Todas las personas mencionadas en estas cartas tienen algo que ver con St. Margaret, como la madre Carlin o el padre Benjamin, y están muertas. Y estoy bastante segura de que sus muertes no fueron accidentales —abogó Sam.

El taxista la cogió del brazo.

—Vamos, no quiero meter a la policía en esto.

—¡Quíteme las manos de encima! —chilló Sam, apartándose.

—¡Sal de aquí! —gritó Kitty.

—Bien —dijo Sam—. Me voy. Sé que estuviste allí cuando murió tu padre. Tuvo que ser horroroso para ti ver algo así siendo una niña. Nunca tuve intención de molestarte, y lo siento mucho. Solo quería llegar a la verdad y pensé que tú también.

—Un momento, ¿cómo has dicho? —preguntó Kitty mientras Sam salía del taxi.

—Que lo siento —respondió Sam en voz baja—, y lo siento de verdad. No sé, han sido estas cartas, me han removido algo.

—No, antes, sobre eso de que yo estaba allí cuando murió mi padre —dijo Kitty inclinándose hacia la puerta.

—Hablé con alguien que vivía en la carretera donde murió tu padre y me dijo que un testigo vio a una niña vestida con un abrigo rojo. Pensaron que estabas en el coche con tu padre cuando se produjo el choque.

—¿Y ahora qué pasa? ¿Se va o no? —preguntó el conductor, alzando las manos.

—No era yo —dijo Kitty—. La primera noticia que

tuve del accidente de mi padre fue cuando me despertó la policía.

—Bien, entonces, ¿quién era? —preguntó Sam.

Kitty se tapó la boca con la mano.

—Ay, Santo Dios.

—¿Qué pasa? —dijo Sam, inclinándose hacia ella.

Kitty sacó un fajo de billetes de su bolso, se los tendió al conductor, salió del taxi y cogió a Sam por el brazo.

—Será mejor que vengas a mi apartamento —le dijo—. Tenemos que hablar.

CAPÍTULO VEINTISIETE

MARTES, 5 DE MARZO DE 1957

Ivy yacía en la oscuridad, con la mirada fija en las vigas del techo, escuchando el silencioso llanto de la chica acostada en la cama contigua. En el dormitorio hacía un frío horrible. Todas yacían de lado, enrolladas como ovillos intentando mantener el calor corporal. La ventana cerrada junto a la cama de Ivy no tenía cortinas, y la luna derramaba un rayo de luz sobre la pobre muchacha a su lado. Era muy joven, tanto que parecía como si todavía debiese ir en la escuela. Al llegar estaba gordita como un cachorro y sus mejillas tenían color, pero ahora sus clavículas se marcaban bajo el mono y una piel pálida rodeaba sus ojos asustados, y de ellos entonces brotaban lágrimas.

Ivy le echó unos catorce años. Rumores extendidos entre susurros decían que su embarazo fue consecuencia de abusos sufridos en casa por parte de su padre. Ivy creyó que había entendido mal a Patricia la primera vez que se lo dijo. ¿El propio padre de la niña la había embarazado y después abandonado en aquel infierno en la Tierra? Al menos, Rose había sido concebida con amor; aunque el amor solo fuese por parte de Ivy, como estaba comenzando a temer. La chica había dado a luz solo dos días antes y allí estaba, de vuelta a su rasposa y fría cama, sola en el mundo, su bebé arrebatado. La campana sonaría al amanecer y se esperaba de ella que cumpliese una larga y dura jornada de trabajo en la lavandería.

Ivy oyó el sonido de pasos en el pasillo; cuando dejó de oírlos, se destapó y salió de la cama. La chica la miró cuando Ivy se arrodilló a su lado

—Duele —susurró, con el rostro manchado de lágrimas.

—Lo sé, pero no durará mucho —le dijo Ivy con voz suave—. Es por la leche. Tendrás que soportar el dolor unos días y después desaparecerá. Te lo prometo.

La muchacha temblaba incontroladamente. Ivy metió una mano bajo la ropa de cama. La sábana estaba empapada y no cabía duda de que la chica tenía fiebre. Volvió a mirar hacia la puerta y se quitó el mono pasándolo por la cabeza.

—Toma, ponte este y dame el tuyo.

La joven se incorporó despacio, haciendo un gesto de dolor al intentar quitarse la ropa.

—No puedo levantar los brazos.

—Vamos a ver —dijo Ivy inclinándose para ayudarla. Al quitarle la rasposa vestimenta de la espalda, una vívida imagen destelló en su mente: ella de pequeña, la luz de su cálido y acogedor dormitorio difuminándose a medida que avanzaba la tarde. Su madre poniéndole el camisón para, de pronto, detenerse y hacerle cosquillas cuando Ivy tenía los brazos alzados y la cara tapada. Se mordió el labio con fuerza al reprimir las lágrimas y apartar el recuerdo.

—Vas a estar bien —le aseguró, estirándose para cambiar la manta de su cama por la de la chica antes de ayudarla a acostarse de nuevo.

—Gracias. ¿Por qué te raparon la cabeza? —preguntó la chica, intentando ponerse cómoda.

—Porque me rebelé. No quieren que lo hagas. Mañana miraré qué te toca. Si la hermana te pone a manejar maquinaria pesada, cambiaremos los puestos. Si puedo, intentaré que te manden a la cocina —Sabía que no podía arreglar nada de eso, pero quería calmar a la muchacha para que pudiese descansar.

—¿Dónde está mi niña? —preguntó la chica en voz baja cuando Ivy se volvió para meterse en la cama.

Ivy se detuvo y pensó en Rose, probablemente llorando en ese mismo instante sin que nadie la consolase. Miró a la muchacha.

—Está a salvo en la guardería. Ahora tienes que descansar. La campana sonará antes de lo que crees.

Ivy se tumbó en la oscuridad, con la manta empapada de sudor de la chica a los pies, abrazándose para intentar mantener el calor. Pensar en Rose sola en la guardería no la dejaba dormir. Cada día desde que volviese a trabajar en la lavandería sufría la tortura de pasar frente a la sala de los recién nacidos. El sonido del llanto de los bebés era ensordecedor. De vez en cuando veía a Patricia correr de una cuna a otra, donde las criaturas yacían boca arriba y bien envueltas en pañales. En aquella enorme sala blanca había un total de cuarenta cunas. La guardería era un sitio frío y falto de color, nada que ver con el lugar donde había imaginado que su bebé pasaría los primeros meses de vida. Una habitación llena de mantas suaves, con una confortable mecedora en un rincón donde sentarse y acunarla. Cada vez que pasaba por allí, tenía que recurrir a toda su fuerza de voluntad para no aporrear la puerta y pedirle a Patricia que le diese a Rose. Sabía que era inútil; lo único que recibiría sería una paliza, y probablemente también encontrarían un castigo para Rose, quizá no dándole una de sus tomas. A pesar de todo, le rogó a Patricia que le dijese en qué cuna estaba su niña.

—No puedo. Me matarán —le susurró su amiga cuando una de las hermanas las fulminó con la mirada.

Por fin, ocultas un instante en el estruendo de la sala de plancha, Patricia le dijo que la cuna de Rose era la situada al otro extremo de la sala, cerca de la cocina. Le había hablado del intenso frío en la guardería. De cómo se formaba hielo en el interior de las ventanas y de los bebés chillando sin cesar mientras ella se esforzaba por cambiar sus pañales con los dedos helados. Después de darles la toma, tenía que devolverlos a la cuna. Si no terminaban el biberón a tiempo, los dejaban en la cuna de todos modos; aun hambrientos. Muchos lloraban sin parar hasta la siguiente toma, aunque otros habían dejado de hacerlo, conscientes ya en sus pequeños corazones de que nadie acudiría.

Ivy se acurrucó más, hasta formar una bola. Su espalda y muslos aún mostraban todos los tonos de morado de la paliza que le propinase la madre Carlin, pero era el dolor por estar separada de Rose lo que a veces le cortaba la respiración. Se sentaba a cenar, jugando con el repollo del plato. Las noches eran más largas que los días; en el silencio del dormitorio escuchaba el llanto de Rose en su mente. Lo único que le impedía perder la cabeza era la idea de que Alistair aún pudiese ir a buscarlas, aunque incluso ahí comenzaba a crecer la duda y los sueños que tenía despierta ya empezaban a desvanecerse. Pensó en él continuando con su vida tal como la llevase antes, mientras Rose y ella no experimentaban más que dolor y sufrimiento. ¿Recibía las cartas? ¿No le importaba nada en absoluto? ¿Por qué se había esforzado tanto por convencerla de su amor por ella para abandonarla después?

Los sucesos acontecidos en las dos últimas jornadas la habían cambiado para siempre. Si él supiese qué pasaba, seguramente iría a buscarlas. Temblando de frío, buscó bajo su almohada y su temblorosa mano se cerró alrededor del bolígrafo. Mientras pudiese oír el llanto de Rose al pasar por la mañana en dirección a la lavandería, sabría que la niña aún estaba en St. Margaret. Tenía que luchar mientras hubiese esperanza, pero se agotaba el tiempo.

Amor mío:

Me estoy volviendo loca.

Hoy me llamaron de la lavandería para ir al despacho de la madre Carlin; el padre Benjamin también se encontraba allí. La madre Carlin estaba en un rincón, con una sonrisa fija en la cara y el padre Benjamin estaba sentado tras el escritorio. También estaba una mujer que no conocía. El padre Benjamin me pidió que me sentase y entonces sentí un miedo atroz, como nunca había sentido. Me dijo que aquella mujer era la señora Cannon, y que trabajaba para la Sociedad de Adopción de St. Margaret. Me senté mirando al suelo, pues no quería que él viese mis lágrimas mientras me decía las mismas palabras que debía de haberle dicho a tantas otras: «He hablado con tus padres, y nos parece que lo mejor para la niña es que la des en adopción. El padre no la quiere y, por tanto, estaría sometida al ridículo durante el resto de su vida. ¿Harás que pase la vida siendo rechazada por la sociedad y por sus iguales, pagando por los pecados carnales que tú has cometido? No tienes modo de mantenerla; ambas acabaríais en la calle».

Entre lágrimas intenté decirle que lo sentía, y le rogué que no se llevase a mi bebé. La madre Carlin me espetó que no interrumpiese. El padre Benjamin volvió a preguntarme si quería que la niña pagase por mis pecados. Me destruyó, apagó mi alma; me dijo que no tenía nada que ofrecerle, que mis padres no me apoyarían y que sin mí ella dispondría de mejores oportunidades en la vida. Crecería en un buen hogar católico, con unos padres amorosos. Les dije que la quería conmigo, que era mi hija. Les rogué.

El padre Benjamin se puso en pie y la señora vino a sentarse junto a mí. Me cogió de la mano y me pidió que la llamase Helena. Me dijo que debía firmar los papeles de adopción para Rose, pues era un bebé hermoso y no tendrían problema en encontrarle una familia encantadora. Le rogué que se pusiese en contacto contigo, le dije tu nombre, pero la madre Carlin me dijo que ya habían hablado contigo y que ya estabas al corriente del nacimiento bebé; y que el asunto no te interesaba. Sonrió al decirlo: una sonrisa que nunca olvidaré. La señora Cannon me puso un bolígrafo en la mano y dijo que estaba haciendo lo mejor para Rose.

Les dije que jamás firmaría. La madre Carlin me golpeó tan fuerte que un furor hasta entonces desconocido se apoderó de mí y le dije que se fuese a la mierda. Entonces el padre Benjamin y Helena abandonaron la sala. La hora siguiente la pasé con la madre Carlin sentada a mi lado con unas tijeras. Cortó la última parte de mí de la que aún me sentía orgullosa, mi largo cabello rojo, y al cortar cada mechón se aseguraba de acercar el filo a mi cráneo lo suficiente para hacer que regueros de sangre corriesen por mi rostro. Se alzó frente a mí y me dijo que, si por ella fuse, yo nunca volvería a poner un pie fuera de St. Margaret. Que las zorritas como yo siempre acababan volviéndose a meter en líos, y que recomendaría a mis padres que me internasen en un manicomio si no firmaba los papeles.

Al terminar me flageló con un cinturón, después abrió una trampilla en el suelo y me empujó metiéndome en un agujero abierto debajo. Chillé y rogué que me dejase salir, pero cerró la puerta sobre mí y echó el pestillo. Me quedé allí, encerrada en la más completa oscuridad, y pude oír el taconeo de sus zapatos sobre el suelo antes de apagar la luz y salir del despacho cerrándolo con llave.

Allí me dejó catorce horas, sin comida ni agua, en un espacio tan angosto que no podía mover una mano para rascarme la nariz. Nunca había dejado de imaginar cómo sería ser enterrada viva; lo primero que me sucedió fue un brutal ataque de puro pavor. Empecé a chillar y patear, empujando frenética el suelo sobre mí hasta que comprendí que estaba muy bien sujeto. Mi respiración se aceleró y se hizo más superficial, hasta el punto en que aspiraba y exhalaba el aire tan rápido que me sentí mareada, con mi mente dando vueltas en un espacio en el que no me podía mover. Cuanto más pánico sentía, menos aire tenía para respirar. Aire caliente y viciado que olía a abrillantador de suelo y tierra húmeda. Solo al obligarme a pensar en Rose conseguí recuperar cierta clase de compostura. Al recordar sus deditos, su nariz de botón, sus ojos azules y su cabello rojo fui capaz de calmarme. Respiré despacio, inhalando y exhalando hasta que, de alguna manera, pasaron las horas.

Fue la noche más larga de mi vida y no tengo idea de cómo pude superarla. Algo dentro de mí murió esa noche, y por primera vez desde que naciese Rose no pude oír su llanto.

Por la mañana, al regresar la madre Carlin me preguntó si me gustaría firmar los papeles o si prefería continuar donde estaba un día más. Le dije que no firmaría nada y ella cerró de nuevo la trampilla sin pensarlo un instante.

Por la noche, cuando regresó, yo ya no podía respirar. Tenía una sed horrorosa y un hambre atroz. Me sangraban las uñas por arañar la tapa de mi ataúd durante horas.

Al abrir la trampilla me dijo que si no firmaba dejarían de alimentar a Rose y que sería culpa mía. Firmé los papeles y le prometí a mi hija, en silencio, que algún día la iba a encontrar. Un día hallaría el modo de huir y mostrarle cuánto la quiero.

No puedo continuar viviendo en este infierno si me quitan a Rose. No sé la razón por la que no me haces caso (no nos haces caso) y ya no me importa qué piensas de mí. Pero tienes una tarea que cumplir, y esa es sacarnos de esta prisión pues, en parte, fuiste tú quien nos metió aquí. Y ahora tú eres nuestra única salida.

Con todo mi amor eterno.

Siempre tuya.

Ivy

Ivy empujó el bolígrafo y la cuartilla bajo la almohada y escuchó el pesado sonido de la respiración de la muchacha a su lado. Por fin se había dormido.

Pensó en la delgada chica de ojos oscuros que se había presentado en la lavandería aquella misma jornada. Se había horrorizado ante su visión. Había visto llegar a niñas de solo trece años de edad pero esa, con su mono casi arrastrándose por el suelo, no podía tener más de seis o siete.

Allí y en ese momento tomó una decisión: si tenía que quedarse en ese lugar, incapaz de ayudar a Rose, entonces haría todo lo posible para proteger a aquella pobre niña. Desafiaría a las hermanas haciendo lo que más detestaban: lograr que alguien con el corazón roto se sintiese amado.

Ivy se durmió a la salida del sol. Soñó que estaba sentada sobre los hombros de su padre, con sus manos sujetándole los pies mientras ella observaba desde lo alto sus largas zancadas. Era feliz; sonreía a todos los que se cruzaban con ellos sintiéndose invencible en lo alto de su torre mientras la brisa marina soplaba entre su largo cabello rojo.

CAPÍTULO VEINTIOCHO

MIÉRCOLES, 3 DE ABRIL DE 1957

Ivy levantó la vista de la prensa para planchar sábanas. La pequeña que había visto unas semanas antes se encontraba a la puerta. Ivy la observó todo el tiempo, allí en pie sobre una banqueta, frente a unos fregaderos a los que apenas llegaba. Pensó que no tendría más de siete años; sus rasgos eran menudos y frágiles, tenía el cabello negro y mate y su piel amarillenta parecía no haber visto nunca el sol. Pasados unos días, desapareció. Ivy no tenía idea de adónde podría haber ido; muchas noches rezó para que fuese a un hogar feliz, hasta que la pequeña reapareció semanas después con un aspecto aún más pálido del que mostrase antes.

En ese momento la pequeña contemplaba la sala con los ojos muy abiertos y sus manos enlazadas con fuerza frente a ella. El mono marrón que vestía colgaba sobre sus huesudos miembros como la cubierta de una tienda de campaña; bajo él solo se veían sus delgados tobillos y los pies calzados con sandalias.

Ivy observó a la hermana Faith y la madre Carlin hablando entre ellas, pero bajó la mirada de inmediato cuando señalaron en su dirección. Se mantuvo ocupada, sacando de la prensa las pesadas y calentísimas sábanas con la ayuda de Patricia, estirándolas primero y doblándolas después, dejándolas preparadas para ser llevadas a la sala de secado. Sintió cómo se tensó su cuerpo cuando la madre Carlin llegó a su lado; consciente de que estaba siendo observada con ojo crítico, sus dedos comenzaron a moverse con torpeza realizando su tarea mientras las prensas siseaban y chasqueaban a su alrededor como serpientes.

—Mary. —Sintió el hálito de la madre Carlin en el cuello.

—Diga, madre —contestó, dejando lo que estaba haciendo.

—Pon a esta niña a trabajar. Puede llevar las sábanas al secadero, así ni tú ni las demás tendréis que interrumpir vuestra labor aquí. Y al final de cada jornada también puede bajar a la sala de planchado y separar la colada. Pídele a la hermana Andrews que te lleve.

—Sí, madre —dijo Ivy, advirtiendo cómo la pequeña se alejaba instintivamente de la madre Carlin y se acercaba a ella.

—Lleva al demonio dentro —afirmó la madre Carlin con una expresión en el rostro como si estuviese mascando algo amargo—. Si no eres capaz de manejarla, encontraré a alguien que lo haga. Venga, ponte a trabajar —espetó a la pequeña, que asintió temerosa.

Ivy sabía del esfuerzo que realizaba Patricia, y eso la apenaba profundamente. En cuanto la madre Carlin se alejó, dio media vuelta para sujetar la enorme sábana antes de que cayese al suelo, lo cual hubiese sido motivo para que ambas recibiesen una paliza. Jadeó cuando el algodón hirviendo se pegó a su piel, quemándola y haciendo que chillase.

La pequeña la miró, estirándose para ayudarla a apartar la sábana del brazo. Ivy asintió agradeciéndoselo y una tímida sonrisa afloró en la comisura de los labios de la niña.

La pequeña observaba con atención cómo Ivy y Patricia doblaban las sábanas húmedas y las añadían a la pila colocada sobre las mesas de caballete frente a ellas. Ivy miró a la hermana Faith, que zurcía sentada, y después a la niña. A pesar de la evidente dejadez que sufría, era bonita, tenía largas pestañas y sus ojos castaños sostenían una mirada que de vez en cuando parecía como si se ausentase unos minutos. Despedía una sensación de intensidad, se mantenía erguida, con la espalda recta y la cabeza alta mientras observaba cada movimiento de Ivy como si su vida dependiese de ellos.

Ivy intentaba concentrarse, pero la asaltaban preguntas acerca de por qué estaba allí aquella niña. ¿Era hija de una de las embarazadas o había llegado hasta allí tras vagar por las calles? Tenía la piel sucia, roña bajo las uñas y la mugre se plegaba entre las rugosidades de sus codos. Sus brazos descarnados estaban cubiertos de moratones y en la parte superior destacaban vendajes amarillentos bajo la ropa, manchados con pequeñas gotas de sangre seca. Le recordaban a las cáscaras de huevo de gorrión que a veces su padre encontraba en el nido situado en su roble.

La cabeza de Ivy le daba vueltas a la responsabilidad que le acababan de dar. El trabajo en la lavandería ya era una labor bastante dura para una mujer de veinte años, no hablemos de qué suponía para una niña pequeña. La jornada comenzaba a las seis de la mañana y concluía a las ocho de la tarde, con solo dos breves periodos de descanso para dar cuenta de unas comidas tan magras que les dejaban el vientre rugiendo con más furia que antes de comer. La muchacha más joven de la que tenía noticia de estar trabajando allí tenía catorce años y pasaba la mayoría de las jornadas luchando con los pesados levantamientos, el calor intenso y la incesante repetición de una labor agotadora. No podía imaginar cómo iba a apañárselas aquella frágil criatura.

Estiró una mano, presionó el botón para cerrar la prensa y Patricia y ella comenzaron a cargar las sábanas en el carro junto a ellas. Intentaba idear un modo de hacer la tarea más manejable para la pequeña. Le resultaría casi imposible empujar el carro a través de la lavandería y a lo largo del pasillo hasta llegar a la sala de secado sin chocar con nada o tirar la carga. El carro era viejo, pesaba mucho debido a la cantidad de sábanas, las ruedas no funcionaban bien, se atascaban, y el mango era áspero y estaba astillado. Al final del largo pasillo cada una de aquellas sábanas empapadas tendrían que ser extendidas con cuidado en el tendedero y después toda la plataforma se elevaría hasta el techo. Ivy bajó la mirada hacia la delgada criatura sabiendo que sería duro, pero que podría funcionar si era lo bastante precisa.

Comenzó a tirar del carro, haciéndole un gesto a la niña para que la siguiese, lo que la pequeña hizo con entusiasmo. Mientras el aparato retumbaba chirriando a lo largo de la fila de fregaderos alineados en las paredes de la sala, y de las docenas de muchachas situadas frente a ellos en silencio, la pequeña observaba con atención, tomando nota mental de todo lo que hacía Ivy para corregir el curso del aparato y mantener su movimiento recto. Al llegar a la puerta, la hermana Faith se volvió hacia la hermana Andrews y le tendió un manojo de llaves.

—¡Apúrate! —ladró la hermana Andrews mientras Ivy empujaba el picaporte y sacaba el pesado carro al pasillo.

Repitió el movimiento para asegurarse de que la pequeña lo había entendido. Había un truco. Ambas sabían que solo tendría una oportunidad para aprender a hacerlo bien o sería castigada. La niña parecía leer los pensamientos de Ivy. Observa con atención, rogaron los ojos de Ivy, y la niña así lo hizo, asintiendo para hacer saber que entendía.

La hermana Andrews avanzó frente a ellas pasillo abajo en dirección al secadero, abrió la puerta con una pesada llave de hierro y se quedó en la entrada. El desvencijado carro rodó sobre las baldosas blancas y negras emitiendo un ruido sordo, con sus ruedas oxidadas chirriando con fuerza bajo el peso. Caminaban en silencio, Ivy se movía rápido pero con cuidado, para asegurarse de que el aparato no chocase contra la pared. Al llegar a la sala de secado volvió a indicar el modo en que giraba el carro, apartándose y cediéndole el mango a la niña para que pudiese realizar un intento. Al principio a Ivy le había costado unas cuantas tentativas lograrlo, pero la niña lo consiguió a la segunda; ella sola, empleando ambas manos, culminó la tarea de pasarlo por el umbral para entrar en la húmeda atmósfera de la sala. En cuanto entraron, la hermana Andrews regresó al pasillo y cerró dando un portazo, dejándolas dentro.

Ivy levantó la mirada. Cientos de sábanas colgaban de la docena de tendederos sujetos al techo, como fantasmas sobre una escoba, se dirigió aprisa hacia una de las esquinas de la sala donde estaba el último tendedero vacío. Desató la cuerda que lo hacía descender, lo bajó tan rápido como pudo y después sacó la primera sábana del montón colocado en el carrito. Solas por primera vez, se acuclilló y habló a la pequeña:

—Tienen que quedar estiradas o se formarán unas arrugas que ni las prensas de planchado podrán quitar. Y deberás trabajar rápido —le dijo, estirando la sábana en el tendedero—. Doblamos sábanas suficientes para cargar un carro en un momento, y necesitaremos que regreses a tiempo para traerlas aquí.

La pequeña asintió sin decir nada, pero ayudó a Ivy al comenzar a sacar del carro el resto de sábanas húmedas una a una, colgándolas en los barrotes de madera y estirándolas. Ivy la observó trabajar. Las manos de la niña se movían rápido, y se fijaba en Ivy para asegurarse de que lo estaba haciendo bien. Varias veces abrió la boca para hacerle alguna de las muchas preguntas que la inquietaban, pero siempre se detuvo, pues no quería causarle ninguna molestia. Al final, se decidió por plantear una inofensiva.

—¿Cómo te llamas? —preguntó con una sonrisa amable.

—Elvira —contestó en voz baja.

—Encantada de conocerte, Elvira. Yo soy Ivy, pero será mejor que me llames Mary, que es el nombre que me ha puesto la madre Carlin. A ver, mira, volveré contigo a esta sala al final de cada jornada y recogeremos todas estas sábanas de los tendederos, después las envuelves y las echas por la rampa de la sala de plancha. —Ivy señaló una pequeña trampilla en la pared.

La pequeña asintió de nuevo e Ivy comenzó a tirar del desvencijado carro hacia la estrecha entrada que llevaba al pasillo.

—¿Cuántos años tienes, Elvira? —preguntó.

Antes de que pudiese responder, la cerradura emitió un chasquido y la puerta se abrió de súbito. El leve color que Elvira tenía en las mejillas desapareció.

—En nombre de Dios, ¿qué crees que estás haciendo? —dijo la hermana Andrews con sus redondos mofletes encendidos de ira—. ¿Voy a tener que contarle a la madre Carlin que estáis perdiendo el tiempo de cháchara mientras las demás tienen trabajo que hacer?

—No, hermana. Perdone, hermana —dijo Ivy, tirando del carro con Elvira ocultándose tras ella como un ratón asustado—. La madre Carlin quería que la niña viese la sala de plancha para que supiese dónde ir al final de la jornada —añadió.

La hermana Andrews exhaló un suspiro y las fulminó con la mirada, después giró sobre sus talones y comenzó a andar hacia el final del corredor, donde las aguardaba una oscura escalera. Encendió una débil luz y comenzó su descenso; los tacones de sus botas repicaban sobre los escalones a medida que bajaba.

Ivy miró hacia atrás, indicando a Elvira que se sujetase con fuerza a la barandilla. Al acercarse al final de la escalera, la hermana Andrews sacó su manojo de llaves y abrió una pesada puerta de roble. Ivy lanzó un vistazo instintivo a la mano de Elvira para guiarla entre las prensas de planchado de aquella tenebrosa, cálida y asfixiante sala. En cada prensa, del tamaño de una mesa de salón, había una chica ataviada con el mono marrón. Todas tenían el rostro enrojecido y se movían con tanta presteza como les permitían sus abultados vientres, tirando arriba y abajo de las prensas al rojo vivo sobre las sábanas dispuestas debajo. La hermana Andrews se detuvo junto a una enorme rampa de acero y se volvió hacia la niña.

—Esta rampa llega desde la sala de secado. Al final de cada jornada, cuando suene la campana, te colocarás aquí para recoger las sábanas secas y colocarlas en la cesta. —Señaló un enorme cesto de mimbre con ruedas dispuesto al otro lado de la sala—. Divide las sábanas en grupos iguales para que las muchachas las encuentren preparadas por la mañana. No tengo que decirte lo que pasará si no se hace bien la tarea, ¿verdad, pequeña?

—No, hermana —susurró Elvira con una voz apenas audible en medio del estruendo.

—Después deja el carro junto a la puerta —le dijo Ivy.

—¿Cuál de ellas? —preguntó Elvira mirando primero a la pequeña puerta situada al final de la sala y después a otra más grande abierta en el extremo opuesto.

—Hablarás solo cuando te pregunten —espetó la hermana Andrews, dándole un manotazo a un lado de la cabeza—. En esa negra de ahí. No dejes que tu ignorante cerebro se preocupe por la otra. No nos equivocamos al meterte en el dormitorio de las mongolas, ¿verdad? Responde, cría. —Se acercó más a ella, y Elvira se encogió de miedo.

—No, hermana —respondió, retorciéndose los dedos con tanta fuerza que perdieron el color.

Ivy echó un vistazo hacia la pequeña puerta que, según apuntaban los rumores, llevaba a los túneles abiertos bajo la casa. Nunca había visto a nadie entrar o salir de esa puerta, y Patricia decía que debería evitar por todos los medios averiguar qué había más allá. Decía que había oído hablar de un túnel que llevaba a la fosa séptica y al cementerio, y que olía a muerte.

Elvira trabajó diligente y metódicamente el resto de la jornada, ejecutando su tarea tal como Ivy le había enseñado. Ivy esperaba que la pequeña se cansase, comenzase a retrasarse, a quejase de las ampollas en sus manos o el dolor de sus hombros. Pero nunca se oyeron quejas y al final de la semana parecía haber conseguido llevar a cabo aquella tremenda labor. Ivy la ayudaba cuando las hermanas no miraban, y más que sentirse resentida, hacerlo le ayudaba a concentrarse en algo que no fuese ella misma.

La niña era callada y cuidadosa con sus respuestas, pero poco a poco, sonsacándole información con suavidad durante los escasos minutos de los que disfrutaban al final de cada jornada en el secadero, Ivy supo que Elvira tenía seis años, que pronto cumpliría siete y que dormía en una habitación del ático. Supo que había pasado sus primeros seis años de vida adoptada, pero que la habían devuelto a St. Margaret porque «hice algo malo». No pensaba decir qué era eso que hizo, e Ivy anduvo con tiento, ensayando mentalmente las preguntas que con tanta desesperación deseaba hacerle antes de formulárselas en voz alta. Era evidente la existencia de una línea invisible que Elvira temía cruzar. Al preguntarle por los vendajes manchados de sangre en sus brazos, si había otros niños con ella en el ático o si tenía comida suficiente, las manos de Elvira comenzaban a temblar y se encerraba en el silencio.

Tras varias tentativas por llegar a la verdad, con Elvira intentando contener las lágrimas, Ivy abandonó y comenzaron a hablar de otras cosas. Cosas que las sacaban de St. Margaret y las devolvían al mundo que con tanta desesperación añoraban. Cuánto deseaban salir a campo abierto en pleno verano, extender una manta sobre la suave hierba y sentarse al sol comiendo sus platos preferidos. Pan con queso, gruesos trozos de empanada de cerdo, bollitos con mermelada y crujientes manzanas rojas.

Entonces, una mañana, Elvira no se presentó a la puerta de la lavandería.

Ivy pasó el día en estado de pánico, rezando para que hubiese sido enviada a un nuevo y cariñoso hogar, pero temiendo que se tratase de una razón más siniestra. Rogó a Patricia que averiguase si Elvira se encontraba en la enfermería, pero no estaba allí.

Como en el pasado, la pequeña se fue un mes e Ivy no pensó en mucho más. Era como si hubiese imaginado la existencia de la niña, presa de su dolor por Rose, y que también ella había acabado desapareciendo de su vida.

Entonces, regresó de modo tan repentino como había desaparecido.

Había estado muy enferma, le dijo a Ivy en voz baja en la sala de secado; siempre estaba esperando a que viniesen los médicos y les pusiesen inyecciones.

—Todos teníamos que cuidar unos de otros —añadió.

—¿Qué quieres decir con «todos»? —preguntó Ivy, acariciando el cabello de Elvira.

—Todos los niños del ático.

CAPÍTULO VEINTINUEVE

En cuanto llegaron al apartamento de Kitty, Sam llamó a Nana para preguntar por Emma, que todavía estaba pachucha pero iba mejorando.

—¿Ha pasado algo, Nana? Pareces molesta —le dijo.

—Estoy bien, cariño, solo un poco cansada —Nana hablaba en voz baja.

—Voy a llamar diciendo que estoy enferma, así que no tardaré en estar ahí contigo, ¿vale? —aseguró con voz cariñosa.

—No quiero que hagas nada de eso, cielo —respondió Nana—. Puedes meterte en problemas. Ben dijo que vendría a la hora de comer, más o menos.

—No pasa nada, Nana. Pareces deshecha; me preocupas. Aún me queda un buen trecho en tren y después tendré que ir a recoger mi coche, pero regresaré tan pronto como pueda, con un poco de suerte a eso de las once. Emma está enferma y tengo que estar ahí.

—Bueno, no te preocupes por nosotras. Te quiero.

—Yo también te quiero, Nana. Te veré pronto.

—¿Has tenido oportunidad de leer la última carta de Ivy? —preguntó Nana cuando Sam estaba a punto de cortar la llamada. La voz de Nana se había quebrado al preguntar; parecía que la historia de Ivy le estaba afectando tanto como a ella. Habían pasado muchas cosas desde que se la diese la tarde antes y no había tenido oportunidad de leerla.

Tras finalizar la llamada, Sam rebuscó en su bolso y sacó el pequeño paquete con las cartas de Ivy, desató el lazo de terciopelo rojo y abrió la última. La leyó rápido, consciente de que Kitty estaba a punto de volver. Era tan desgarradora como las demás y mencionaba a una dama llamada señora Helena Cannon, que había negociado adopciones en St. Margaret. El corazón de Sam se detuvo un instante al leer el nombre. Cannon. ¿Podría ser la madre de Kitty? Una rápida búsqueda en Google le confirmó que, en efecto, la madre de Kitty se llamaba Helena y que había sufrido una muerte inesperada y repentina mientras recibía un tratamiento de diálisis en el hospital.

—¿Todo bien? —preguntó Kitty tras ella, ofreciéndole una taza de té. Sam le sonrió mientras volvía a guardar las cartas y el móvil en su bolso.

—Sí, gracias. Gracias por el té —dijo Sam, recorriendo la habitación con la mirada. Era un apartamento grande y moderno, con ventanales que iban del suelo al techo y vistas al Támesis. La sala se hacía acogedora con sus pesadas cortinas, enormes alfombras y lámparas de luz cálida dispuestas por todos lados. Un lienzo enmarcado colgaba en la pared sobre un escritorio situado en la esquina. Rezaba: *Y aun los cabellos de vuestra cabeza están todos contados. No temáis pues.*

De pronto Sam sintió un ligero mareo. No recordaba cuándo había comido por última vez y le pesaban los párpados. Miró a su alrededor en busca de un lugar donde apoyarse. Todos los objetos del apartamento estaban tan prístinos y bien ordenados que le parecía encontrarse en un escaparate, temiendo sentarse en alguno de aquellos muebles inmaculados, no fuese que dejase alguna marca.

—Siéntate, Samantha —le dijo Kitty, señalando un lugar en el sofá junto a ella—. Pareces un poco pálida. Relájate y ponte cómoda, estás en tu casa.

—Gracias —dijo Sam. Estuvieron sentadas un momento, en silencio, mientras Sam intentaba calmarse. No podía comprender por qué se sentía tan mal estando relajada. *Ponte cómoda, estás en tu casa.* Pero una casa, un hogar, estaba lleno de parafernalia, fotografías y recuerdos. Se había sentado en cientos de salones, entrevistando a gente, escuchando sus historias, y en ningún lugar se había sentido así. Aunque todo guardaba una coherencia perfecta, no había nada personal a la vista. Miró buscando una fotografía de Kitty con sus familiares o amigos y no encontró ninguna. Todo era bonito, incluyendo la propia Kitty, pero no había nada en la sala que indicase algo personal. No tenía sentido buscar allí rastro alguno de Helena Cannon.

—¿Era tu abuela con la que hablabas por teléfono? —Kitty la miraba con fijeza.

—Sí —respondió Sam, sorbiendo su té. Pensó que tampoco era extraño que se sintiese rara: estaba sentada en el apartamento de Kitty Cannon después de haber pasado la noche en vela buscando pistas sobre una historia que su jefe le había dicho que no siguiese—. Mi hija y yo vivimos en su casa. Es muy buena con nosotras. Sin ella estaría perdida.

—Parecéis muy unidas. ¿Tu madre también vive con vosotras? —Sam bajó la mirada sin estar segura de qué contestar—. Lo siento, no pretendía entrometerme en tus cosas —añadió Kitty.

—No, está bien —respondió Sam, sintiendo lo contrario. No quería hablar de Nana, o pensar en Emma y en lo lejos que se encontraba de ellas. Del acogedor, feliz, abarrotado y desordenado hogar de Nana—. La verdad es que es justo que quieras saber de mí; yo, desde luego, me he estado entrometiendo mucho en *tu* vida estos dos últimos días.

Kitty sonrió. Sus dientes mostraban una blancura y alineación perfectos. Sam intentó no quedarse mirándola, pero en su aspecto había algo tan perfecto que parecía imposible. Sabía que Kitty debería superar ya lo sesenta años, y era algo mayor que Nana, pero al contrario que su abuela, apenas tenía arrugas y su piel estaba tersa como el trasero de Emma. Sus uñas estaban limpias y su bello rostro perfectamente maquillado. Sam sintió el impulso de estirar un brazo y tocarla solo para comprobar que no era un holograma.

Envolvió la taza con sus manos, buscando calor.

—Mi madre murió cuando yo tenía doce años. Era alcohólica. No sabía de la existencia de mi abuela antes de eso; no mantenían ningún contacto. Mi historia familiar es, como mínimo, bastante pintoresca. Creo que esas cartas nos han afectado a las dos profundamente.

—¿Puedo verlas, las cartas? —dijo Kitty.

Por alguna razón desconocida, de pronto Sam quiso protegerlas y dudó antes de rebuscar en su bolso y sacarlas.

—Fueron escritas por una mujer llamada Ivy, que tuvo una hija en St. Margaret y hubo de entregarla a la fuerza. Supongo que darían que pensar a cualquiera; pero también supongo que a Nana más aún, pues fue adoptada y nunca conoció a su madre biológica.

—Yo creo que un bebé apartado de su madre es un suceso que puede afectar a una familia durante generaciones —dijo Kitty, tomando las cartas de manos de Sam—. Parecen muy antiguas, ¿dónde las conseguiste?

—Mi abuelo era anticuario; Nana las encontró entre sus papeles después de su fallecimiento... Probablemente estaban en uno de esos viejos escritorios que compraba. —Sam hizo una pausa—. Creo que quizás haya encontrado a un pariente de Ivy, pero no sé dónde localizarlo.

—¿Ah, sí? —Kitty la miró, apartando los ojos de la carta.

—Sí, asistí al funeral del padre Benjamin y allí estaba una señora muy anciana. Estoy segura de haberla visto antes en alguna parte. Colocó esta fotografía sobre el féretro del padre Benjamin —Sam rebuscó en su bolso y sacó una foto de Ivy que tendió a Kitty.

Las manos de Kitty comenzaron a temblar al contemplar la fotografía. Se quedó con la mirada fija, traspuesta.

—¿Estás bien? —preguntó Sam, sorprendida por la reacción de Kitty. Bajó la vista hacia la imagen en blanco y negro de Ivy, después la dirigió hacia Kitty—. ¿La reconoces?

Kitty negó despacio.

—No, en absoluto. Es solo... me parece que esta noche pasada me está pasando factura —Kitty fue a posar su taza, pero calculó mal y la tiró derramando el contenido sobre un cojín.

—Mierda —dijo Sam, mirando a su alrededor en busca de algo para limpiarlo.

—¿Me perdonas un segundo? —dijo Kitty, dejando la foto y saliendo de la habitación con el cojín.

—Claro. ¿Estás bien? —le preguntó Sam mientras salía, pero no obtuvo respuesta.

Sam sacó su móvil del bolso y marcó un número. Tras unos tonos de llamada, Fred descolgó.

—Fred, soy yo, ¿cómo te va?

—Bien. Ayer se me olvidó decirte que una tal Jane Connors llamó preguntando por tu dirección; dijo que quería escribirte.

—¿Jane Connors? ¿Como la Jane Connors con la que tengo una exclusiva el sábado?

—Eso es, la que vive al lado de la bruja. Pero, ¿cómo va todo por ahí? —preguntó Fred mientras Sam garabateaba el nombre de la señora Connors en su libreta.

—Va bien, aunque no he pegado ojo en esta especie de Día D que estoy pasando. Mañana por la mañana caerá St. Margaret y todavía queda una montaña de cosas por hacer. Creo que luego voy a llamar diciendo que estoy enferma, algo que a Murray le va a encantar.

Sam pasó las hojas de su libreta. Desde que leyese la última carta había un nombre que le rondaba por la cabeza, uno que Ivy había mencionado en varias ocasiones: el doctor Jacobson. La había remitido al padre Benjamin cuando quedó embarazada y asistió al parto de Ivy en St. Margaret.

—Fred, podrías hacerme un favor y mirar a ver qué puedes sacar de un tal doctor Jacobson y también de una mujer llamada Helena Cannon —preguntó, bajando la voz—. Creo que son naturales de Preston —Sam levantó la mirada cuando Kitty regresó a la habitación.

—Claro —respondió Fred—. Ah, ¿recuerdas a ese futbolista del que me pediste una investigación? La única persona que ha jugado en el Brighton y sufrió una muerte repentina fue un tipo llamado Alistair Henderson. Pero fue un ataque de asma, así que no sé si eso puede considerarse sospechoso —Sam pudo oír las teclas de su compañero repicando al fondo.

—Interesante. Gracias —dijo, garabateando *Alistair Henderson* en su libreta.

—Hay más —apuntó Fred—. Kitty Cannon estaba comprometida con él cuando murió.

—¿Cómo? —Sam miró a Kitty, que deambulaba por la habitación abriendo las cortinas, encendiendo las lámparas y mirando de vez en cuando a Sam. Había algo en su modo de actuar que la ponía nerviosa. No parecía una mujer de sesenta y tantos años que hubiese pasado la noche en pie merodeando por las ruinas de un solar en construcción. Parecía calmada, compuesta y absolutamente tranquila.

—Sí, marzo de 1969, así que ella tendría, ¿cuánto, dieciocho o diecinueve años? Quizá eso explique por qué nunca se casó ni tuvo hijos. Podrías preguntárselo la próxima vez que la veas —dijo Fred, riendo para sí.

—Lo haré —aseguró Sam—. Gracias, Fred. Llámame si averiguas algo acerca de esos nombres que te he dado. —Finalizó la llamada y miró a Kitty, que había vuelto a sentarse en el sofá—. Kitty, ¿puedo preguntarte algo?

—Por supuesto.

—¿Sabes si tu madre… Hummm… trabajó alguna vez en St. Margaret? —preguntó, nerviosa.

Kitty apartó la mirada y comenzó a juguetear con las borlas de una manta colocada a su lado.

—Sí, trabajó allí, pero Helena Cannon no fue mi madre biológica.

Sam tuvo que recurrir a toda su capacidad de autocontrol para no mostrar reacción alguna frente a la declaración de Kitty. Lo que hizo fue guardar un silencio absoluto, temiendo hablar o moverse, no fuese que Kitty decidiese no continuar. Pensó que la mujer parecía muy entera: se movía con gracia, estaba sentada con la espalda recta y parecía meditar qué quería decir antes de hacerlo. El resultado era que cuando hablaba, uno se sentía obligado a escucharla.

—Tengo una hermana gemela —dijo Kitty—. Se llamaba Elvira. Creo que mi padre tuvo una aventura y que la mujer, quien quiera que fuese, nos dio a luz en St. Margaret y probablemente murió durante el parto, aunque no hay registros que lo demuestren. Le dijeron a mi padre que Elvira tenía un daño cerebral, pero no es verdad. La adoptó una familia, aunque tras seis años la devolvieron a St. Margaret donde, según sé, vivió una existencia verdaderamente miserable.

Kitty se quedó sentada, quieta, al borde del sofá. Sam se obligó a respirar.

—Por supuesto, yo no sabía nada de todo eso. Crecí como hija única, en Sussex, bastante feliz, la mayor parte del tiempo con mi padre cuidando de mí pues Helena, la mujer que creía mi madre, estaba hospitalizada, muy enferma debido a una dolencia renal.

Sam miró su libreta, desesperada por cogerla pero temerosa de que en cualquier momento Kitty pudiese quedarse en silencio.

—Entonces, un domingo de febrero, era 1959 y yo tenía ocho años de edad, fui a la iglesia de Preston, que está a una media milla de St. Margaret. Fui sola, pues mi padre estaba con Helena en el hospital. Yo, como digo, me encontraba fuera de la iglesia cuando vi a una niña pequeña escondida tras una lápida, haciéndome señales. Miré a mi alrededor, sin estar muy segura de qué hacer, hasta que al final me acerqué a ella. —Kitty hizo una pausa—. Era igual que yo pero más delgada, y estaba sucia; por lo demás, era como mirarse en un espejo.

—Dios mío —dijo Sam, incapaz de contenerse—. Esto es increíble. ¿Qué hiciste?

Kitty negó con la cabeza.

—La pobre había pasado el día a la intemperie, esperando por mí, y estaba muerta de frío. Resultaba evidente que estaba aterrada, me susurró que teníamos que ocultarnos y me llevó de la mano a un edificio anexo a la casa. Vestía un mono marrón, mugriento, y unas sandalias de esas que te dejan los dedos al aire; aquel día había nevado. Le di mi abrigo y le rogué que fuese conmigo a buscar a mi padre, pero se negó. Es difícil describir en qué estado se encontraba; había huido de St. Margaret y estaba paralizada de terror.

Kitty se detuvo un instante.

—Me quedé con ella en ese edificio durante un par de horas o algo así, hasta que oscureció. Le dije que iría en busca de mi padre, de nuestro padre, y que él la llevaría a casa con nosotros, pero se puso histérica hablando de más gente que había salido en su busca. Me dijo que si la encontraban la devolverían a St. Margaret y la matarían.

—Ay, pobre niña —dijo Sam—. ¿De veras es posible devolver a un niño una vez adoptado?

Kitty guardó silencio un instante, con el rostro hierático, indescifrable.

—En aquellos tiempos desde luego que sí. Recuerdo que después de todo eso, al regresar del hospital, el padre Benjamin fue a casa para hablar con mi padre. Me senté en las escaleras, esforzándome por escuchar qué decía acerca de la pareja que había adoptado a Elvira; al parecer habían tenido un bebé y ella intentó herirlo.

—¿Entonces cogieron y la devolvieron? Qué gente más maja —dijo Sam, sacudiendo la cabeza.

—Le pregunté a Elvira acerca de eso —continuó Kitty—. Me parece que me dijo que la devolvieron porque había hecho algo malo. Pero yo solo tenía ocho años, así que ya te puedes imaginar cómo todo eso suponía una situación abrumadora que me sobrepasaba. Al final le dije que me iría en busca de ayuda y volvería a recogerla. Me rogó que no marchase e intentó retenerme, pero le dije que todo iría bien. Y entonces eché a correr en la oscuridad —Kitty se levantó y se dirigió a la ventana, cruzó los brazos y miró al exterior.

—¿Y encontraste a tu padre? —Sam se removió ligeramente, tenía las piernas rígidas debido al largo tiempo inmóvil.

Kitty negó con la cabeza.

—Solo recuerdo correr, con mi aliento formando una niebla helada y el corazón martillando. Es difícil describir el frío que hacía, bien entrada la noche y en febrero. Además, estaba sin abrigo, pues se lo había dado a mi hermana. Me encontraba en medio de la campiña. Hasta aquella noche no supe qué significaba la expresión «oscuro como boca de lobo»; no podía ver nada. Me hizo prometer que no gritaría, pero yo estaba desesperada. Oía animales escabulléndose entre la maleza. La luna estaba oculta tras una nube. Me enfriaba muy rápido. Corrí a través de unos prados con la esperanza de llegar a una carretera, aunque ahora sé que en realidad estaba internándome más y más en los Sussex Downs. Solo pensaba en que tenía que volver por Elvira o moriría.

—Ay, pobre de ti, y pobre Elvira. —Sam sacudió la cabeza—. Es muy triste.

—No recuerdo qué pasó exactamente, pero por allí había una zanja, caí y me partí un tobillo. Sentía un dolor agónico, era incapaz de moverme, incapaz de salir de ahí. Allí pasé la noche, sola, llorando; cuando salió el sol yo ya sufría hipotermia. Aunque no recuerdo pensar en mí; solo recuerdo ver el rostro de mi hermana y el sentimiento de haberla decepcionado.

—Pero no la decepcionaste; hiciste todo lo que estuvo en tu mano. —Sam se acercó a Kitty y pensó en posar una mano sobre su espalda, pero se contuvo.

Kitty se volvió y la miró.

—Tres días después me desperté en el hospital. Estuve a punto de morir. Por supuesto, me sentía muy disgustada, y preguntaba por Elvira. Mi padre me dijo que había muerto. Me dijo que no tenía ni idea de que de nuevo estaba en St. Margaret, que creía que la habían adoptado. Nunca admitió que Helena no fuese mi madre biológica.

—¿No hay un registro de Elvira? Oí decir a una de las hermanas de St. Margaret que sus archivos fueron destruidos, pero no sabía a qué documentos se refería —dijo Sam mientras Kitty regresaba al sofá y volvía a sentarse.

Kitty negó con la cabeza.

—Se trata de las partidas de nacimiento y actas de defunción que St. Margaret debería haber entregado al Ayuntamiento. No existía ningún registro donde figurase Elvira. La mayoría de los archivos pertenecientes a esa época fueron destruidos por una inundación, o eso dijeron. Intenté encontrarla, pero no había ni rastro. Había desaparecido. Nunca la lloré, Samantha; ni una sola vez. Es como si jamás llegase a creer que murió, y ahora me parece que puedo estar en lo cierto.

Sam abrió los ojos como platos y se inclinó hacia ella.

—Perdona, ¿crees que tu hermana está viva?

—Sí, esa niña que estaba en el lugar donde ocurrió el accidente en el que murió mi padre. Creo que era Elvira.

—¿Pero qué te hace pensar que no murió? —preguntó Sam.

—El padre Benjamin le dijo a mi padre que estaba enterrada en el cementerio de St. Margaret pero, según el informe de la excavación, no había rastro de su cuerpo —dijo Kitty, colocando el cojín en la espalda de Sam—. No había vuelto a St. Margaret desde aquel día. Creí que me ayudaría a saber qué podría haber sido de mi hermana. A sentirme más cerca de ella. Es absurdo, lo sé, pero la dejé viva; quizá alguien la encontró.

—¿Quién? —preguntó Sam.

—No lo sé. A lo mejor la persona que escribió estas cartas —respondió Kitty, mirándolas—. Tú misma dijiste que esas personas que Ivy cita, esas implicadas en St. Margaret, murieron en extrañas circunstancias. Estoy bastante segura de que gente como la madre Carlin y el padre Benjamin fueron los responsables de que Elvira se encontrase en el estado en el que estaba.

Sam observó el rostro de Kitty. Era la viva imagen de la serenidad a pesar de la desgarradora naturaleza de aquella conversación. Sintió cómo se debatía entre el deseo por continuar y el incómodo sentimiento causado por la falta de emoción mostrada por Kitty. Las palabras que decía tenían sentido, pero allí faltaba algo. De algún modo parecían ensayadas, como una burda obra de teatro representada en la plaza de un pueblo.

—¿Puedo hacerte una pregunta personal? —dijo Sam.

—Pues claro —respondió Kitty.

—¿Sabes cómo murió Alistair Henderson, tu novio?

—Sí, tuvo un ataque de asma —Kitty frunció el ceño.

—¿Y hubo algo extraño en las circunstancias? —Sam observó el rostro de Kitty. Como solía, no revelaba nada.

—¿Qué quieres decir? —preguntó Kitty, con un repentino tono de urgencia en la voz.

—Las cartas de Ivy están dirigidas al padre de su hija; un futbolista del Brighton. Puede ser otra pieza del puzle relacionada contigo —replicó Sam.

Kitty hizo una pausa. De pronto se encontraba en otro lugar, tensando los hombros y la mandíbula al retrotraerse a un tiempo que debía de haber sido doloroso. Nunca se había casado, y tampoco tuvo hijos, por lo tanto no cabía duda de que Alistair había sido el amor de su vida.

—Cierto, como respuesta a tu pregunta diré que sí sucedió algo extraño —dijo, al fin—. Se lo conté a la policía, pero no hicieron caso. El día de su muerte pensaba ir a recogerlo después del partido, pero recibí una llamada diciéndome que se había ido con otra mujer. Así que no fui y él murió mientras me esperaba. Nunca me lo perdonaré —añadió, con la voz ya más tranquila.

—¿Quién fue quien te llamó? —Sam volvió a revisar su libreta.

—No sé, no me lo dijo, pero era una mujer —Kitty la miró—. Nunca se me había ocurrido pensarlo hasta ahora, aunque supongo que podría haber sido Elvira.

—Dijiste que habías conocido a Elvira en 1959. Estas cartas están fechadas en la época en la que Elvira estaba en St. Margaret. Quizá Ivy la conociese. Ay, Señor, quisiera recordar dónde he visto antes a esa mujer —dijo Sam en voz baja.

—¿La mujer que estaba en el funeral del padre Benjamin? —preguntó Kitty—. ¿Qué aspecto tenía? ¿Había algo que te llamase especialmente la atención? Has dicho que era muy anciana. ¿Tenía problemas para caminar?

—Sí, utilizaba un andador. —Sam pensó de nuevo en la conversación con Fred, y de pronto todo comenzó a tener sentido. «La que vive al lado de la bruja», había dicho. La mujer que la miraba con fijeza mientras recorría el sendero hasta la puerta de la señora Connors: esa era quien había puesto la fotografía de Ivy sobre el féretro del padre Benjamin.

—¡Eso es! Ahora lo recuerdo —Se levantó de un salto—. Tengo que hablar con ella.

—¿Vas a ir ahora? —preguntó Kitty, levantándose también.

—Ay, Dios, no puedo. Tengo que ir a casa para ver a Emma y a Nana —respondió Sam, recogiendo sus cosas.

—¿Esa señora vive en Sussex? —Kitty la siguió yendo al recibidor.

—Sí —dijo Sam calzándose las botas con Kitty en pie junto a ella.

—Bueno, puedes desviarte un poco de camino a casa y dejarle una nota. No te llevará mucho tiempo. No nos queda mucho hasta que empiecen a demoler St. Margaret, y si esa mujer sabe algo, tenemos que averiguarlo hoy. —Kitty se situó frente a la puerta; de pronto sus rasgos se habían endurecido; Sam miró sus manos, que tamborileaban en las piernas, ansiosas.

—¿Quieres venir conmigo? El viaje sería más rápido si condujeses tú —propuso Sam, esperanzada.

—Lo siento, Samantha, no sería muy sensato por mi parte que me pusiera a conducir. He pasado la noche en pie y realmente necesito ir a dormir. Sería un peligro para ambas.

—De acuerdo. Te llamaré en cuanto haya hablado con ella. ¡Quizá sepa si Elvira está viva!

Kitty sonreía saludándola con la mano mientras el taxi de Sam desaparecía calle abajo. Después recogió una bolsa de viaje del suelo del recibidor, salió del apartamento y cerró la puerta a su espalda.

CAPÍTULO TREINTA

Alistair Henderson se tambaleaba al salir del campo en un momento en que la luz primaveral comenzaba a declinar.

Se habían salvado por los pelos, pues quedaban diez minutos de juego y el Brighton empataba a cero el partido de ida amistoso contra el Fulham. Los segundos pasaban a un ritmo alarmante, y entonces Alistair por fin pudo tomarse un respiro para observar con atención al defensa del Fulham. Estaba sin aliento; había dejado su inhalador Ventolin en el vestuario, oculto en su bolsa para no llamar la atención.

El entrenador había expresado cierta preocupación por la calidad de su juego durante las pasadas jornadas de liga, y Alistair no pensaba facilitarle una excusa para sentarlo en el banquillo solo porque su asma se estuviese agravando. El Brighton FC lo había fichado cuando tenía veinte años; ya llevaba trece años en la plantilla y era evidente que sus días de gloria habían pasado. La temporada había sido especialmente mala para él, y si no lograba un resultado pronto, corría grave peligro de ser sustituido.

Faltaban dos minutos para el pitido final cuando aprovechó el breve instante en el que la defensa del Fulham bajo la guardia y marcó. Todos sus compañeros de equipo se echaron sobre él, y su respiración se volvió tan trabajosa que le flaquearon las piernas. Miró a las gradas, donde cientos de hinchas agitaban bufandas azules coreando su nombre; los vítores resonaban en sus oídos. Observó lo rostros frente a él; no la veía, pero era reconfortante saber que Kitty estaba allí.

Cuando el árbitro concluyó el partido y los jugadores se retiraron, se golpeó el pecho con un puño. Hacía frío y las gradas se vaciaron muy rápido, pues todo el mundo estaba ansioso por refugiarse al calor de un *pub*. Se situó al borde del campo buscando a Kitty con la mirada. Normalmente ya se habría presentado, apoyada en la puerta del túnel de vestuarios, con los brazos cruzados y el largo cabello negro enmarcando su hermoso rostro.

—Hay algo de lo que tenemos que hablar —le había dicho ella la última vez que la vio. La chica cogió su mano y entrelazó sus dedos con los suyos—. Nos vemos después del partido en Fulham y nos vamos a un hotel de la ciudad.

—¿Vienes? —preguntó Stan, devolviéndolo al presente.

—No, gracias, Kitty llegará de un momento a otro —respondió Alistair, sin resuello.

—¿Al, estás bien?

Alistair asintió. Lo último que deseaba era subir al autobús del equipo y sufrir un ataque de asma frente a los demás jugadores. Tener a todos revolucionados a su alrededor mientras él daba bocanadas intentando respirar, apoyándolo de frente para después hablar a su espalda de su futuro lugar en el equipo. Había marcado, fue el héroe del encuentro y necesitaba seguir siéndolo a toda costa.

Cuando los últimos hinchas se internaron cantando en la brumosa noche, las puertas del autobús se cerraron con un siseo tras los jugadores y Alistair se apresuró para llegar cuanto antes al vestuario, ansioso por inhalar el tan necesitado salbutamol y aliviar la tensión en su pecho. La sala estaba llena de vapor; los jugadores del Fulham se duchaban silenciosos y alicaídos intentando superar la decepción de la derrota. Cuerpos cubiertos con toallas deambulaban de un lado a otro, y el contraste del calor en la sala con el gélido ocaso del exterior intensificó su desorientación mientras buscaba su bolsa.

—¿Alguien ha visto una bolsa azul? Estaba aquí colgada —preguntó tan alto como le permitió su respiración. Un par de jugadores miraron por la sala, pero no dijeron nada. Sabía que no era el tipo más querido del vestuario, pues fue quien marcó el gol que concedió la victoria al equipo rival. Tenía que salir antes de desmayarse por el calor. Todo comenzaba a parecerse a un mal sueño.

Había pasado la tarde sintiendo un agobiante malestar, atento a la fría niebla que se estaba formando sobre los South Downs. No había nada peor para su asma que el frío, y los comentarios en los programas de radio acerca de que el campo del Fulham estaba helado y no era posible jugar le concedió la vana esperanza de que se cancelase el partido. Esperanza que al llegar al campo resultó falsa. Al entrar en el vestuario ya se estaba creando el típico ambiente previo a un partido y tuvo que resignarse. Había llamado por teléfono a Kitty solo para asegurarse de que iría, pero su compañera de piso le dijo que ya había salido. Inhaló varias tomas escondido en el servicio y después colgó su bolsa cerca de la entrada.

La temperatura se había desplomado a lo largo de la tarde, así que cuando los equipos saltaron al campo la hierba crujía bajo sus pies y su cálida respiración pendía sobre él como una nube oscura. A la media hora de juego comprendió que empeoraba. Sentía el creciente anquilosamiento de su cuerpo pidiéndole que parase; su incapacidad para recuperar el aliento y el dolor punzante de los músculos del cuello tensándose alrededor de la garganta como un nudo corredizo.

Abandonar no era una opción. Dos reservas estaban situados en la banda, observando y esperando, ofreciendo sus servicios, con sus cuerpos calientes y en buena forma hambrientos de carreras, entradas y esplendor; ansiosos de ser elegidos y tras el encuentro acodarse luego en la barra del *pub* más concurrido de la ciudad mientras chicas atractivas competían por su atención.

—Es una pena —dirían sus compañeros de equipo—. Alistair es bueno, pero ya hace tiempo que su juego no es lo que era.

—Es por el asma —diría uno, dando el golpe de gracia—. Juega bien, ¿pero de qué le sirve si no puede respirar?

¿Y qué le esperaba si perdía la titularidad en el equipo? Un enorme montón de deudas, una casa cuya hipoteca no se podría permitir y un coche que sería requisado por los alguaciles junto a cualquier otra cosa de valor. Se declararía en bancarrota, probablemente iría a prisión, y sin duda perdería al amor de su vida.

No. No tenía otra opción sino seguir jugando, luchar y marcar, como había hecho. Dos minutos antes del final, después de empujarse hasta el punto de casi llegar a vomitar por el esfuerzo. A partir de ese momento, con los compañeros de equipo corriendo hacia él y su entrenador gritando su aprobación, había aspirado agujas de aire a través de su nariz para llenar sus contraídos pulmones y empezado a contar los segundos que restaban para coger la pequeña bombona metálica oculta en el fondo de su bolsa. La bolsa que dejase colgada en los ganchos cerca de la entrada. La bolsa que había desaparecido.

—¡Maldita sea! —gritó a una sala que se vaciaba aprisa, tosiendo sin cesar envuelto en una atmósfera caliente, mirando cada gancho, registrando cada taquilla. Su cartera también estaba en la bolsa; no disponía de efectivo, no tenía modo de salir de allí. Kitty tenía que presentarse cuanto antes.

Alguien apagó una luz, y después otra. Si no pedía ayuda pronto se vería en apuros, pero sabía que si lo hacía y entonces llegaba Kitty se arrepentiría de haber mostrado su debilidad. Comenzó a dirigirse hacia el aparcamiento, intentando mantener la calma sin conseguirlo, tomando respiraciones superficiales y tratando de pensar con claridad. Se iban los últimos jugadores, subiéndose a sus coches, haciendo que las ruedas chirriasen sobre la misma gravilla que crujía bajo sus pies.

—Buen partido, Alistair —dijo uno de ellos—. Espero que haya terminado tu mala racha.

Alistar sonrió frente al insulto disfrazado de halago. Observó al coche dirigiéndose hacia la carretera general, con sus luces fundiéndose a lo lejos en el flujo del tráfico. Decidió que Kitty se retrasaba, nada más. Ella estaba de camino; no había señales que indicasen algo distinto. Iría a la entrada a esperarla. Siempre podía parar otro coche si las cosas se ponían realmente mal; para mantener aquel episodio en secreto, era mejor recurrir a un desconocido que a un jugador del Fulham.

—Mantén la calma… Mantén la calma —murmuraba para sí mientras intentaba contener el pánico que lo invadía.

Según avanzaba por el campo iluminado que llevaba a la carretera general, las luces iban apagándose de una en una. Con cada paso se internaba más en la oscuridad. El recuerdo de su primer ataque llegó a él como una riada. Pudo verse con catorce años, en la cancha, empujándose hasta el límite durante las pruebas para ingresar en el equipo juvenil del Brighton. A media prueba comprendió que no podía recuperar el aliento. Sus piernas se debilitaron tanto como su respiración y se desplomó sobre el césped mientras los demás chicos se agrupaban a su alrededor hasta que, al final, perdió la consciencia.

El doctor Jacobson le había dicho a su padre que probablemente no llegaría a jugar como futbolista profesional. Jamás olvidaría la expresión plasmada en el rostro de su padre, con el color desapareciendo de sus mejillas a ojos vista ante una historia que volvía a repetirse. Desde el primer momento supo cuán importante era para él conseguirlo y cómo, llegado el caso, preferiría morir persiguiendo su sueño que vivir una vida mediocre, una vida de monotonía y aburrimiento como la que su padre se había resignado a llevar.

Mientras se tambaleaba en un frío feroz, sintiendo como si intentase respirar bajo el agua, los focos de los coches circulando por la carretera general más allá de las puertas empezaron a interconectarse. No había mucho tráfico, pero al pasar un vehículo la luz parecía permanecer tras él, de modo que era como si el siguiente tomase el relevo cedido por el anterior.

—Ayuda, por favor —siseaba Alistair sin resuello, avanzando a trompicones. Cada segundo rezaba por oír el crujido de un coche frenando, por sentir los brazos de Kitty a su alrededor, ayudándole a entrar en el vehículo para llevarlo a toda prisa al hospital. Confortándolo, salvándolo como había estado haciendo desde el instante en que se conocieron.

Ella fue la única a la que le habló de Ivy. Trece años habían pasado desde que la dejase embarazada, y no se lo había dicho a nadie durante todo ese tiempo, excepto al padre Benjamin. Era 1956 y estaba a punto de fichar por el Brighton FC. Había amado a Ivy, pero era joven y estaba en la cresta de la mayor ola de su vida. Su padre le había advertido en varias ocasiones que las muchachas sonrientes y bonitas se convertían en esposas malhumoradas y refunfuñonas que le harían abandonar sus sueños. Así que al confesar sus pecados en la iglesia y recibir la oferta de una solución por parte del padre Benjamin, él la aceptó.

Pero Ivy no tenía intención de dejarlo. Habían compartido unos cuantos momentos muy buenos y llegó a gustarle, pero nunca le prometió nada. La muchacha le había escrito durante meses después de haber tenido el bebé; unas cartas llenas de tales fantasías que dejó de abrirlas. Lo ponía furioso que cargase sobre él semejante presión; estaba claro que la chica había perdido la razón y que él había tenido suerte por escabullirse. No era la clase de mujer con la que deseaba casarse, y no tardó en comprender que hizo lo correcto al sentir así. Ella no tenía clase, no sabía guardar la compostura ni tenía autocontrol. El embarazo había sido un error; ¿por qué no podía aceptarlo y seguir adelante, como las demás chicas de St. Margaret? Las cartas se hicieron tan inquietantes que comenzó a temer qué pasaría si saliese de allí, y así decidió contarle sus preocupaciones al padre Benjamin. No podía tener a una jovencita difamándolo frente a su entrenador y la prensa. El padre Benjamin y él estuvieron de acuerdo: a cambio de una generosa contribución, St. Margaret encontraría el modo de retener a Ivy durante una temporada.

Alistair ya podía ver la carretera, a poco menos de medio metro. Un fortísimo ataque de tos desgarró su garganta; no podía parar, no podía recuperar el aliento.

Respira con fuerza. *Respira*. Se hundió en un banco situado en la entrada, colocó su cabeza entre las rodillas y logró tomar unas respiraciones superficiales. Necesitaba salir de aquella niebla helada; sentía como si tuviese fuego en los pulmones.

La desorientación comenzó a apoderarse de él. Intentó ponerse en pie, pero las piernas cedieron bajo su peso y cayó, golpeándose la cabeza con el banco y perdiendo el poco aire que pudiese tener en el cuerpo. Yació sobre el suelo, de espalda, indefenso como un escarabajo incapaz de voltearse, arañando los metros cúbicos de aire a su alrededor, incapaz de inhalar una sola respiración.

—¡Levántate, Al! ¡Vamos a llegar tarde!

Poco a poco abrió los ojos y miró hacia arriba. Sobre él estaba Ivy, con sus rizos pelirrojos sujetos con flores muertas y un gran rayo de luz cruzando su rostro, que estaba cubierto por manchas de mugre.

—¿Ivy? —se esforzó por decir.

—El oficio comenzará en un momento; todos están esperando. ¿Qué haces tirado en el suelo, tonto? ¡Vas a ensuciarte el traje! —Cuando ella se inclinó hacia delante para cogerlo de la mano, él vio el vientre de la muchacha tensando su blanco vestido de seda, tanto que las costuras se habían abierto en esa parte. Llevaba las uñas llenas de tierra y no tenía zapatos que cubriesen sus ennegrecidos pies.

—No puedo moverme —susurró.

—¿Qué quieres decir? —dijo Ivy, con los ojos llenos de lágrimas—. El padre Benjamin aguarda para casarnos, ¡tenemos que irnos!

Otra chica se presentó tras ellos. Iba vestida de dama de honor, ataviada con un vestido azul claro cubierto de barro y grasa, y en sus brazos llevaba a un pequeño bebé que lloraba cubierto solo con un pañal sucio.

—¿Qué pasa, Ivy? —preguntó ella.

—Alistair dice que no vendrá conmigo —respondió Ivy, secándose las lágrimas con el dorso de su mugrienta mano.

El bebé comenzó a llorar con más fuerza y determinación.

—¡Levántate! —gritó la chica—. A Ivy le romperás el corazón.

Alistair miró hacia la cabina telefónica situada algo más allá, carretera abajo. Si continuaba arrastrándose podría ser capaz de llegar.

—¿Adónde vas? —preguntó la chica.

Echó la cabeza hacia atrás: se encontraba sobre él, airada y decidida. A él ya no le quedaban fueras para moverse, no más aire para respirar; no tenía escapatoria. Las lágrimas comenzaron a brotar de sus ojos.

—Debería darte vergüenza. —Se había colocado a horcajadas sobre él, cubriéndole la nariz y la boca con las manos. Al principio luchó, clavándole las uñas en los brazos, intentando quitársela de encima, pero no era rival para ella.

—Nunca te ha preocupado Ivy. No te importa nadie más que tú —dijo la joven, propinándole una fuerte bofetada.

Sin aire, sin fuerza, sin lucha. Miró a Ivy acunando al bebé que había tomado de brazos de su amiga, cantándole una canción, haciéndolo reír.

—Al corro de la patata, comeremos ensalada, como comen los señores, naranjitas y limones…

Quítamela de encima. Ayúdame. AYÚDAME. Alistair se debatió intentando patear, pero allí yacían sus piernas inmóviles, como si estuviesen atrapadas bajo un árbol caído. La chica mantenía su concentración, presionando su nariz y boca con más y más fuerza hasta que un dolor abrasador comenzó a radiar de su pecho subiendo por el cuello y llegar al cerebro, donde explotó una y otra vez como un fuego de artificio. Poco a poco la oscuridad empezó a presentarse en forma de túnel, envolviendo su campo de visión, estrechándose cada vez más. Dando vueltas y vueltas alrededor, como el corro de la patata…

La risa del bebé se difuminaba y los esfuerzos de Alistair por respirar resultaban fútiles, como si estuviese bajo el agua. Sintió como si no pesase, hundiéndose cada vez más, y echó la cabeza hacia atrás para tragar unas últimas y tristes burbujas de aire antes de desaparecer para siempre.

Fue entonces cuando el rostro de Kitty apareció flotando en su campo de visión.

Fijó los ojos en su rostro mientras se deslizaba flotando hacia las profundidades, más y más abajo hasta que una luz brillante atravesó de pronto la negrura y llenó el túnel.

La voz de la chica chillaba su nombre.

—Alistair. ¡ALISTAIR!

Kitty, ¿eres tú?

Intentó abrir los ojos, pero se había hundido con demasiada profundidad; era demasiado tarde. Estaba cansado, tan, tan cansado.

Déjame dormir. Por favor, solo déjame dormir.

CAPÍTULO TREINTA Y UNO

LUNES, 6 DE FEBRERO DE 2017

Tras dos horas de viaje en tren de regreso a Sussex, Sam recogió su coche y condujo hasta la casa de Jane Connors, como había hecho menos de cuarenta y ocho horas antes, cuando el mundo le parecía un lugar muy distinto.

Sacó su libreta y esta se abrió por la página con la lista de nombres: padre Benjamin, George Cannon, madre Carlin, Alistair Henderson.

Sintió un nudo en el estómago al tomar una profunda respiración y sacar las cartas de Ivy del bolso, sujetándolas como si fuesen la llave a un mundo secreto frente al que se sentía desesperada y aterrada por entrar. Después salió del coche y caminó hasta la entrada de la casa contigua, la casa donde la anciana la había mirado con tanta intensidad que la había incomodado. La placa de madera en la entrada decía *Rose Cottage*, pero las pérgolas sobre su cabeza estaban desnudas. Caminó despacio, precavida por los helados adoquines del pavimento, con paso inestable a causa de la falta de sueño.

Llamó al timbre al llegar a la puerta, le temblaba todo el cuerpo. Esperó, intentando ceñir aún más su abrigo alrededor de la cintura. Y esperó. Su arrojo comenzaba a desvanecerse poco a poco y de pronto se sintió muy mal preparada para enfrentarse a quien quiera que estuviese al otro lado de la puerta. Llamó de nuevo al timbre, retrocedió un paso para mirar la casa de arriba abajo, y en ese momento la cortina de la sala frontal se movió.

Pasó a una página en blanco de la libreta.

A la atención de la dama que dejó la fotografía de Ivy sobre el féretro del padre Benjamin.

No nos conocemos, pero siento como si la conociera. Tengo en mi poder unas cartas que me parecen escritas por la misma Ivy retratada en la fotografía, por eso estoy tan ansiosa por reunirme con usted y averiguarlo.

Estoy segura de que usted, como yo, cree que la cantidad de dolor y las injusticias que Ivy soportó en vida no deben ser obviadas ni olvidadas.

Me encantaría hablar con usted. Soy periodista y creo que el público tiene derecho a conocer el caso de St. Margaret, pero respeto su necesidad de privacidad. Como puede confirmarle su vecina, la señora Connors, me adaptaré a su ritmo y no publicaré nada con lo que usted no esté de acuerdo.

Ivy estaría muy orgullosa si usted contactase conmigo; ella habría deseado que los demás supiesen qué pasaba, y creo que usted también.

Por favor, se lo pido por Ivy, llámeme hoy mismo. Como creo que ya debe saber, no nos queda mucho tiempo antes de que su historia sea enterrada para siempre cuando mañana St. Margaret sea derruida.

Samantha Harper

Garabateó su número de móvil al pie, dobló la hoja y la introdujo por la rendija para el correo. Regresó por el sendero consciente de estar siendo vigilada, con la certeza de que apenas se metiese en el coche la anciana se inclinaría sobre el felpudo y recogería la nota.

Encendió el motor y se quedó mirando al teléfono, deseando que sonase. Los sucesos de las dos jornadas pasadas retumbaron en medio de aquel inquietante silencio. A pesar de que el tiempo se agotaba a una velocidad alarmante, aún no estaba segura de su próximo movimiento. La conversación con Kitty Cannon le parecía un sueño. Si Elvira había existido, Ivy lo sabría.

Volvió a mirar las cartas, deseando sacar a Ivy de las hojas. ¿La anciana de cabello gris que vivía en la casa de campo era la propia Ivy? La cabeza le daba vueltas por el cansancio y su preocupación por Emma y Nana. Y Ben... Cuánto lo echaba de menos. Pensaba hacerlo mejor; estaban pasando un mal momento, pero tenían que intentarlo con más empeño por el bien de Emma.

Sabía que estaba huyendo de todo aquello, pero no sabía cómo evitarlo. Si solo pudiese hablar con la anciana y deshacer ese embrollo, podría encontrar cierta paz en su vida.

Se sobresaltó con el sonido de la llamada telefónica. Miró la pantalla.

—Hola, Fred —su voz no pudo ocultar la decepción.

—Escucha, Murray está en pie de guerra. Quiere saber dónde estás.

—Te dije que le dijeses que estaba enferma —dijo Sam, asustada.

—No, dijiste que llamarías más tarde diciendo que estabas enferma.

—Mierda. ¿No podrías decirle que tengo migraña y no podré ir? No tengo ánimo suficiente para hablar con él. —

Se miró en el espejo y comenzó a pasar sus dedos entre el pelo en un intento de arreglarlo.

—Tu voz suena horrible. ¿Estás bien? —preguntó Fred en voz baja.

—La verdad es que no —dijo Sam, frotando para quitarse el rímel bajo los ojos.

—Mira, he hecho algunas de esas averiguaciones que me pediste, y según el informe forense publicado en el *Sussex Times*, Helena Cannon llevaba tiempo ingresada en la unidad nefrológica del Hospital de Brighton debido a un fallo renal agudo. En algún momento de la madrugada del 3 de julio de 1968, la aguja de su fístula se desprendió y murió desangrada.

—¿Cómo sucedió? ¿Quién estaba de guardia esa noche?

Sam oía a Fred tecleando.

—Una enfermera llamada Carol Allen. Declaró durante la investigación que en ese momento Helena Cannon estaba pasando una noche de diálisis. Al parecer, pasaba largos periodos de tiempo en la máquina, pues estaba en los últimos estadios del fallo renal. La enfermera Allen afirmó que durante su último recorrido Helena dormía plácidamente y todo estaba en orden.

—¿Qué hay del doctor Jacobson?

—Murió en 1976; ahogado en la piscina de su casa. No debería ser complicado seguir su rastro, durante años ha sido médico de cabecera en Preston, pero la verdad es que no puedo continuar con esto, Sam. Me estoy jugando el puesto.

Sam suspiró.

—Por favor, Fred, ¿no habría una manera de que pudieses pasar por la casa del doctor Jacobson y hablar con su esposa? De verdad, tengo que ir a casa y ver a Emma.

—Veré qué puedo hacer, aunque no te prometo nada —dijo Fred.

—Gracias, gracias. Te compensaré.

Sam tiró el teléfono sobre el asiento, donde estaban amontonadas las cartas de Ivy, y volvió a mirar a la casa. Retrocedió en su libreta hasta la página con la lista de nombres y añadió dos más: Helena Cannon y doctor Jacobson. Seis personas citadas en las cartas de Ivy y las seis fallecidas de muerte inesperada; todas excepto George Cannon.

Sam sintió que alguien la miraba y levantó la vista. Allí, en el umbral, estaba la anciana que había visto en el funeral del padre Benjamin el día anterior. Y le hacía señales para que entrase.

CAPÍTULO TREINTA Y DOS

LUNES, 20 DE MAYO DE 1957

Ivy yacía inmóvil en su cama del dormitorio mientras la campana doblaba llamando a la oración. Las chicas se apresuraban a su alrededor yendo y viniendo del cuarto de baño, poniéndose los vestidos directamente sobre el camisón, alisando sus camas para luego ponerse firmes al terminar, a la espera de la entrada de la hermana Mary Francis.

—Mary, tienes que levantarte. La hermana llegará en cualquier momento —le dijo la chica que dormía en la cama contigua a la suya, agitándola con suavidad.

Ivy no había dormido durante toda la noche, bañada en sudor, con los ojos abiertos como platos. Ni siquiera creía haber inhalado una bocanada de aire desde que dos días antes había visto, con sus propios ojos, a una joven pareja llevarse a Rose.

Aquella fue una jornada particularmente dura en la lavandería; la pasó tirando de sábanas a través del escurridor durante horas, sufriendo fuertes quemaduras. Elvira había vuelto a desaparecer y no tenía idea de dónde estaba. Se sentía desesperada sin su único consuelo, su único escape. Llevaba semanas sin poder retener ningún alimento, y a pesar de que en St. Margaret no había espejos, pasar las manos por sus clavículas y costillas, de noche, en su cama, le decía todo lo que necesitaba saber de su demacrado cuerpo.

La hermana Mary Francis había pasado la mañana observándola con atención, y a pesar de no estar segura del porqué, sabía que algo iba mal. Después de comer llegó la hermana Faith y las dos monjas comenzaron a conversar, lanzando miradas alternativamente hacia Ivy mientras hablaban. Intentó leer sus labios, pero había comenzado a salir vapor de la secadora y no se apartó a tiempo.

Lanzó un chillido; no lo pudo evitar. La intensa bocanada de calor había acertado justo en el lugar donde se quemase apenas unas horas antes. Miró nerviosa a las hermanas temiendo que una se abalanzase contra ella formando un escándalo por su estallido. Pero ni siquiera la miraron, hasta que por fin concluyeron la conversación y la hermana Faith hizo un gesto de asentimiento a la hermana Mary Francis, miró a Ivy por última vez y salió.

Al salir del comedor y pasar frente a la guardería, lo sintió. El llanto de Rose no se escuchaba mezclado con los demás. Sintió una oleada de puro pavor y se detuvo en seco a la puerta de la sala, haciendo que las otras chicas, avanzando en fila de a uno, chocasen contra ella.

—Por todos los santos, Mary, ¿qué crees que estás haciendo? —inquirió la hermana Mary Francis, siseando entre dientes.

—¿Dónde está? ¿Dónde está Rose? No la veo —Ivy miraba frenética a través del cristal de la puerta de la guardería.

—Se va a un hogar mejor del que tú nunca podrás proporcionarle. Y abandona ya esa actitud insolente.

Entonces se liberó de ella y corrió hacia el dormitorio subiendo las escaleras de dos en dos, con las voces de la hermana Mary Francis retumbando abajo, ordenándole que regresase. Ivy, presa del terror, corrió a toda velocidad hacia la ventana de la sala y miró.

Un bonito coche negro estaba parado frente a la entrada principal y junto a su puerta abierta se encontraba la madre Carlin, sosteniendo a un bebé envuelto en una mantilla rosa. La mantilla de Rose, la que Ivy había tejido con sus manos. Una mujer ataviada con un vestido de verano color crema y zapatos negros se inclinaba para sentarse en el lado del copiloto, ayudada por un hombre vestido con un traje gris.

Ivy comenzó a golpear el cristal, gritando a pleno pulmón mientras la madre Carlin entregaba a Rose a aquella mujer. El hombre cerró la puerta del coche y estrechó la mano de la madre Carlin; después levantó la mirada hacia la ventana donde estaba Ivy justo cuando la hermana Mary Francis la apartaba del vano. No fue capaz de recordar mucho de lo sucedido a continuación, aparte de sentir como si fuese a volverse loca de pesar. Más tarde Patricia le diría que, con la ayuda de la hermana Mary Francis, la madre Carlin la había arrastrado por las escaleras hasta su oficina.

—Levántate, Mary. —La hermana Faith se alzaba sobre ella, que yacía en la cama con la vista clavada en el techo.

Sabía que si no se ponía en marcha, de nuevo sería llevada a la oficina de la madre Carlin. Y si el castigo que se le imponía, fuese cual fuese, no la hacía entrar en razón, le habían dicho que la madre Carlin no vacilaría en enviarla al manicomio.

—Sal de la cama ahora mismo o desearás no haber nacido.

Mientras los zapatos de la hermana Faith taconeaban hacia la puerta y su voz pedía ayuda, Ivy cerró los ojos y pensó en la carta que había escrito a su amor la noche antes.

Alistair,

Rose se ha ido.

La vi marchar con sus padres adoptivos y sentí una pena que llegó a lo más profundo de mi alma.

No puedo dejar de llorar, a pesar del temor que tengo porque me envíen a un manicomio si no me domino. No puedo comer, así que mis miembros no tienen fuerza y a menudo me quemo con las máquinas de la lavandería. Casi me alegro por el dolor físico, pues es un momento de alivio para mi angustia mental.

En el pasado siempre había pensado en mí como en alguien fuerte. Nada podía conmigo; incluso tras la muerte de mi padre encontré un modo de superar la tristeza… pues tenía mi libertad. Podía dar un paseo o contemplar las estrellas e imaginar que me miraba desde el Cielo. Pero desde mi llegada a este lugar no se me ha permitido salir de estos muros, y cada día que pasa el ambiente aquí me parece más sofocante.

Desde aquella noche en la oficina de la madre Carlin sufro unos ataques que no me permiten respirar y tengo que acurrucarme como una bola hasta que pasa. Es imposible dormir. Paso las noches en vela, mi mente bulle con pensamientos sobre cómo y dónde está Rose, a dónde la habrán llevado y si estará a salvo y feliz. Todavía puedo oler su piel, todavía puedo recordarla moviéndose dentro de mí. Siento un vacío en el lugar que ella solía ocupar, como un agujero negro que día tras día succionase vida de mí.

Si por un instante caigo dormida, sueño contigo y con Rose. Contigo llevando a Rose sobre los hombros mientras ella come un helado y nosotros paseamos por el embarcadero. En mi rostro puedo sentir la sal del aire y una sensación de pura felicidad en mis entrañas. Después me despierto, comprendo dónde estoy y vuelvo a perder la cabeza. Ya no puedo recuperar ningún sentimiento de gozo; es como si hubiese un muro invisible entre quien soy ahora y quien fui. Me digo cada día que soy Ivy, que tuve un largo cabello rojo y que fui amada, pero también cada día se debilita más y más esa voz en mi interior. Echo de menos mi escuela, mis amigos y mi vida. Te echo de menos a ti, Alistair; ¿por qué no vienes a buscarme? Pronto no quedará nada de la Ivy que conociste. Tienen a mi bebé... ¿por qué deben llevarse todo lo demás... mi futuro, mis sueños, mi amor? ¿Por qué no me dejan ir? ¿No he sufrido lo suficiente?

Las demás chicas me ven llorar y no hacen nada para intentar consolarme, pues hablar está prohibido y serían castigadas sin misericordia. A veces observo los rostros de las monjas, crispados por el odio mientras golpean a una muchacha escuálida y desvalida, y pienso en cuán infelices deben ser para comportarse de ese modo. Realmente siento lástima por ellas. Ellas son tan víctimas como nosotras; cuánta amargura tienen que soportar. Las monjas son el rostro de esta institución, pero no fueron ellas quienes nos metieron aquí. Fueron nuestros amantes, padres, médicos, sacerdotes y todos aquellos que se supone deberían cuidar de nosotras quienes nos abandonaron aquí. Si no nos hubiesen dado la espalda, las camas de St. Margaret estarían vacías.

Ya no me importa si me mandan a un manicomio. ¿Qué podría haber peor que este infierno en vida? Trabajo en la lavandería desde el momento en que me arrancan del sueño hasta que ya no puedo mantenerme en pie. Aún tendré que pasar años así hasta pagar mi deuda.

Sueño con huir, pero nos vigilan allá donde vamos. El único momento en que no nos vigilan es en el dormitorio, durante la noche, pero la ventana está a cuarenta pies de altura. Si no hubiese sido por Rose, por la idea de que algún día nos reuniremos, la habría abierto y saltado.

No puedo morir sin decirle que la quiero y que deseo desesperadamente tenerla conmigo. Por favor, si algún día la encuentras, muéstrale estas cartas. Quiero que sepa cuánto la quise, cómo pasaba cada instante añorando abrazarla. Dile que no tuve más opción que dejarla. Dile que luché por ella.

Ya sé que no me amas. ¿Cómo ibas a amarme si dejas que me pudra aquí aun después de haber leído estas cartas? Te odio por lo que nos has hecho. Llegará el día en que te arrepientas.

Ivy

CAPÍTULO TREINTA Y TRES

LUNES, 6 DE FEBRERO DE 2017

Sam calmó su respiración y por segunda vez recorrió el sendero empedrado de *Rose Cottage*. Intentó relajarse y se concentró en hacer que la anciana dama se sintiese cómoda. Sam no pudo observarla bien dos días antes, la primera vez que la vio bajo la lluvia. Entonces, bajo la fuerte luz del sol, podría ver con claridad su edad; el resplandor le mostraba su piel, su cuerpo y el modo en que se sostenía, encorvada sobre su andador como si temiese caer. Sam había hecho un cálculo mental: si Ivy había dado a luz a Rose en 1957, entonces su madre *debía* tener casi cien años.

—Hola, ¿ha recibido mi mensaje? —preguntó Sam, sonriendo.

—Sí —respondió la mujer, con una débil sonrisa formándose en las comisuras de sus labios—. Usted debe de ser Samantha.

—Lo soy —dijo, con una brillante sonrisa—. Encantada de conocerla.

La mujer apoyaba sus delgados brazos sobre el andador, con sus gafas colgando de una cadena alrededor del cuello.

—Soy la señora Jenkins. ¿Quiere entrar?

—Pues la verdad es que sí, gracias —aceptó Sam.

La señora Jenkins arrastró su andador para franquear la entrada a Sam. La periodista intentó ayudarla.

—Puedo yo sola —dijo la anciana dama—. Querida, ¿podría cerrar la puerta, por favor? Y le agradecería si fuese tan amable de descalzarse. Me cuesta mucho mantener la casa limpia.

—No hay problema —dijo Sam, quitándose sus zapatos de tacón y dejándolos en la entrada.

—¿Le apetecería tomar una taza de té? —preguntó la señora Jenkins, avanzando por el pasillo.

—Sí, gracias —Sam miró a su alrededor, observando las lucecitas colocadas entre cuadros de los Downs, fotografías en blanco y negro y un espejo enmarcado con madera de deriva que reflejó su imagen e hizo que apartase la mirada.

—Por favor, siéntese —dijo la señora Jenkins en cuanto entraron en una acogedora cocina rústica con una mesa de madera en el centro.

Sam cogió una silla y se sentó.

—Gracias, señora Jenkins. Mis amigos me llaman Sam.

—Entonces tendrás que llamarme Maude —la anciana dama prendió la tetera—. Así que eres reportera.

—Sí, por suerte o por desgracia —respondió Sam, sintiéndose aliviada al mirar a Maude y ver que había regresado su sonrisa.

—Tengo tu nota —dijo Maude—. ¿Has traído las cartas?

Sam las sacó de su bolso.

—A juzgar por lo que pone, Ivy tuvo que ser una persona muy especial.

Maude se acomodó en una silla junto a Sam.

—Lo era. No hay día en que no piense en ella. —Miró las cartas y pasó las páginas despacio—. La echo mucho de menos.

Estiró un brazo y acarició el cabello de Sam. La periodista dio un ligero respingo, pero se las arregló para sonreír.

—Entonces, ¿Ivy era tu hija? —preguntó con voz suave.

—Por supuesto —respondió Maude.

—Maude, ¿puedo preguntarte algo? Es obvio que las cartas tratan el asunto pero, desde tu punto de vista, ¿puedo saber por qué Ivy terminó en St. Margaret?

Maude exhaló un suspiro.

—La dejó embarazada un chico de la localidad, a quien ella amaba mucho. El padre de Ivy murió en la guerra y creo que él le hubiese permitido tener el bebé con nosotros, pero yo me había casado con su hermano Frank, tío de Ivy, y este era un hombre muy estricto. El doctor Jacobson, nuestro médico de cabecera, propuso St. Margaret como un lugar seguro donde Ivy podría tener a su bebé y darlo en adopción; propuesta que el padre de Ivy vio como una solución válida.

—¿Ese era Alistair Henderson? —preguntó Sam, consultando su libreta.

—Así se llamaba. Al final me destrozaron. Nunca me perdoné por no haber luchado con más ahínco; eso destruyó nuestras vidas. —Los ojos de Maude se dirigieron a la ventana—. Creo que después de tener al bebé, Ivy sufrió una terrible depresión. El padre Benjamin me convenció de que ella tenía que quedarse y ser tratada en St. Margaret. Solía escribirle y entregaba las cartas en la puerta pero, por mucho que rogué, las hermanas nunca me permitieron verla y al final tuve que aceptarlo.

—¿Ser tratada en St. Margaret? ¿De qué? —preguntó Sam, garabateando notas en su libreta.

—Nos dijeron que Ivy sufría episodios psicóticos. Yo fui semana tras semana pidiendo verla, pero la madre Carlin decía que no le parecía conveniente y que eso podría desestabilizar a Ivy aún más. Sentí como si fuese culpa mía que ella estuviese allí.

Maude hizo una pausa momentánea y después miró a Sam.

—Ahora ni te lo imaginas, pero entonces la Iglesia Católica tenía una fuerte influencia sobre la comunidad. Yo era una mujer adulta, pero ni se me ocurrió discutir con una monja. Creo que si mi esposo me hubiese apoyado, habría ido hasta allá y entrado, pero Frank... —le tembló la voz—. Desde el principio, todo esto le pareció un asunto agotador. Todo resultaba muy incómodo, St. Margaret suponía una buena opción en aquella época y no teníamos una sola razón para no confiar en esa institución.

Sam apartó la vista de sus notas.

—¿Y por qué ibas a hacerlo? No sé qué otra cosa podrías hacer.

Maude sacudió la cabeza, recordando la situación.

—Ivy pasó más de dos años en St. Margaret. Siempre me he odiado por eso. Al final sufrí una terrible depresión, y la causa última parecía ser el problema con Ivy. Le dije a Frank que iba a buscar asesoría legal para recuperarla, y que lo abandonaría si no me ayudaba. Ya empezaba a hacerse a la idea cuando recibimos la carta.

—¿La carta? —Sam pensó que Maude parecía muy cansada, como si realizar un solo movimiento supusiera un enorme esfuerzo que requería todo su vigor.

—Mira en el fondo de esa alacena, jovencita. Hazlo por mí. Ahí dentro encontrarás una caja —Sam miró hacia donde le indicaba. Abrió la puerta de la alacena, sacó una caja de zapatos y la colocó sobre la mesa frente a Maude, que empezó a rebuscar en su contenido.

—Ah, aquí está. —Le pasó un sobre a Sam. Había adquirido un oscuro color crema durante los cincuenta años pasados desde la fecha del matasellos. Sam extrajo con cuidado una hoja de papel mecanografiada, con el membrete de St. Margaret en la cabecera, y comenzó a leer.

20 de febrero de 1959

Estimados señores Jenkins:

Les escribo en nombre de toda la comunidad del Hogar St. Margaret para Madres Solteras, en Preston. Con gran pesar les comunicamos que su hija, Ivy Jenkins, se suicidó el pasado viernes, día 13 de febrero. Como saben, la señorita Jenkins llevaba cierto tiempo sufriendo episodios psicóticos y nosotras, preocupadas por ayudarla, recomendamos su traslado al Hospital Psiquiátrico de Brighton. Por desgracia, falleció antes de que lográsemos obtener su admisión.

Nos ocuparemos de realizar las gestiones oportunas para darle sepultura aquí, en St. Margaret, el próximo viernes. Si desean asistir al sepelio, esa jornada se les permitirá el ingreso al cementerio.

Reciban nuestras más profundas condolencias.

Madre Carlin

Madre superiora de St. Margaret.

—Tanto empeño puse en verla —dijo Maude, con sus ojos maquillados con rímel rosa arrasados de lágrimas—. Ella fue mi única hija, Samantha. Se suponía que iba a protegerla y dejé que unas desconocidas me lo impidiesen. ¿Por qué? ¿Dónde están todas esas ahora? Pues viviendo felices sus vidas mientras mi niña está muerta.

Sam miró la lista anotada en su libreta. Quería decirle a Maude que se equivocaba, que la razón por la cual se encontraba allí distaba mucho de la idea de disfrutar de vidas felices, pues todos los citados habían sufrido muertes horribles y prematuras.

Con manos temblorosas, Maude sacó otra carta de la caja y se la tendió a Sam. A la joven le pareció que la carta había sido despedazada, por cualquiera que fuese la razón, y después recompuesta con celofán. Sam comenzó a leerla; estaba mecanografiada con una máquina de escribir antigua y dirigida al departamento de admisión del Hospital Psiquiátrico de Brighton.

El motivo de la presente es la solicitud de admisión inmediata de la señorita Ivy Jenkins bajo el derecho otorgado por el Acta de Salud Mental. He examinado a la citada paciente a petición de la madre Carlin y el padre Benjamin, en St. Margaret el día 12 de febrero de 1959, pues estaban profundamente preocupados por la seguridad de la señorita Jenkins y la de otras jóvenes internadas en la institución.

El aspecto de la señorita Jenkins era deplorable y presentaba una preocupante pérdida de peso debido al hecho de que se ha negado a comer. Además, ha estado animando a otras jóvenes a hacer lo mismo. Presenta un trastorno maníaco y un comportamiento autolesivo con tendencias suicidas. Muestra una estructura de pensamiento psicótico y puede observarse una severa psicopatología. La señorita Jenkins admite sufrir cierto trastorno de ansiedad y depresión que pueden haber sido causados por la entrega en adopción de su bebé, pero que ha empeorado hasta convertirse en un problema serio.

Mi opinión profesional es que debe ser ingresada

en el Hospital Psiquiátrico de Brighton en un plazo inferior a cuarenta y ocho horas, donde permanecerá internada durante una temporada para que pueda descansar y recuperarse hasta que deje de ser un peligro para ella misma y para los demás.

Atentamente.

Richard Stone

Maude sacó una Biblia de la caja y jugueteó con ella entre las manos.

—Pregunté si sería posible saber dónde estaba el bebé de Ivy, pero la madre Carlin se limitó a sonreír. Jamás lo olvidaré. Dijo que Ivy había firmado un contrato comprometiéndose a no intentar conocer el paradero del bebé y me dio esto.

Le tendió una hoja de papel. Sam la tomó, la examinó y leyó una de las líneas en voz alta:

—Por la presente renuncio a cualquier derecho sobre mi citada hija, Rose Jenkins.

La firma de Ivy figuraba al pie, y junto a ella la de Helena Cannon, de la Sociedad de Adopción de St. Margaret.

Los ojos de Sam se posaron en un bolígrafo con un logo casi borrado situado al fondo de la caja.

—¿Qué es esto? —preguntó, sacándolo—. Mercer Pharmaceuticals.

—Estaba en el lomo de la Biblia de Ivy —explicó Maude.

Sam cogió su teléfono.

—Maude, por favor, ¿puedo pasar al baño?

—Por supuesto, cariño, está al fondo del pasillo, a la izquierda.

Cerró con pestillo la puerta del servicio y tecleó de inmediato Mercer Pharmaceuticals en el buscador de Google. No salió nada concreto, así que continuó indagando, pasando por artículos de Wikipedia hasta llegar a una referencia a Mercer. La habían absorbido en los años setenta, pasándose a llamar Cranium. Al teclear ese nombre, encontró una página web: *Cranium Pharmaceuticals, casi 100 años buscando soluciones en el mundo farmacéutico*.

Le costó entender algo de toda aquella jerga médica. Exploró las secciones de la página sin estar segura de qué estaba buscando. Cuando estaba a punto de abandonar, un enlace titulado *Fundadores* llamó su atención. Pinchó en él.

Cranium, antes conocida como Mercer Pharmaceuticals, fue fundada por los primos Charles James y Philip Stone en 1919. Su propósito: encontrar una solución médica para el gran problema que supone el Trastorno por Estrés Postraumático (entonces conocido como Neurosis de Guerra) para cientos de veteranos de la I Guerra Mundial. Sus avances en el mundo del tratamiento farmacológico para trastornos mentales cambiaron la industria. El descubrimiento más notable de James y Stone fue la trimethaline, un sedante que ayudó a aliviar los síntomas debilitantes experimentados por quienes estuvieron en las trincheras.

Gracias a su innovadora investigación realizada a mediados de los años cincuenta, James y Stone descubrieron la existencia de una amplia demanda de tranquilizantes, sobre todo entre las amas de casa. En 1959, Mercer introdujo el cocynaranol en el mercado. El fármaco, capaz de reducir los síntomas de la ansiedad crónica, la depresión y los episodios obsesivos, hizo que Philip Stone ganase el Premio

Nobel de Medicina poco antes de su fallecimiento, en 1968, y colocase a Mercer Pharmaceuticals en el mercado internacional. Poco después, Mercer llamó la atención de Carl Hermolin, doctor en medicina de Cranium, quien en 1970 pagó una suma no revelada al único fundador vivo, Charles James, para hacerse cargo de la empresa.

Philip Stone. ¿La carta que pedía el ingreso de Ivy en un hospital psiquiátrico no había sido escrita por un tal Richard Stone? Por otra parte, Sam estaba segura de que ese nombre apareció en la pantalla del teléfono de Kitty durante el trayecto en coche. Stone era un apellido bastante corriente, pero había algo en todo aquello que no parecía una coincidencia.

De nuevo tecleó en Google *Richard Stone* y *Mercer Pharmaceuticals* y esperó los resultados de búsqueda. No hubo nada, a excepción de un artículo publicado en una página web llamada *Psychology Today*. Se trataba de una entrevista donde Richard Stone, un psiquiatra de prestigio, mencionaba el desencuentro que había tenido con su padre, Philip Stone, en los años sesenta. El artículo no entraba en detalles, pero sí recogía que ambos doctores no habían vuelto a hablar hasta poco antes del fallecimiento del mayor.

Sam sintió una oleada de pánico y marcó el número de Kitty, pero la llamada fue desviada directamente al buzón de voz.

—Kitty, soy Sam. Estoy con la madre de Ivy. Quizá sea una coincidencia, pero creo que esta mañana tienes una cita con un hombre llamado Richard Stone. Me preguntaba si es el mismo Richard Stone cuyo padre fundó una empresa llamada Mercer Pharmaceuticals. Quizá exista un vínculo entre él y St. Margaret, aunque no tengo ni idea de cuál pueda ser. Estoy un poco preocupada por ti; por favor, llámame en cuanto puedas.

CAPÍTULO TREINTA Y CUATRO

Richard Stone terminó su desayuno, como todas las mañanas, bebiendo de un trago un enorme vaso lleno de zumo de naranja; y después se metió en el cuarto de baño. Su baño matutino estaba preparado, se quitó la bata, se introdujo en la bañera de agua humeante y exhaló un gruñido de placer. Su capricho favorito consistía en dejar el grifo un poco abierto, de modo que el agua se mantuviese muy caliente y estuviese constantemente envuelto en vapor.

Richard se recostó, escuchando el silencio mientras la habitación se transformaba en una sauna. Intentó relajarse, pero su mente regresaba una y otra vez a la sesión que mantuviese con Kitty la jornada anterior. Los testimonios relativos a St. Margaret habían supuesto una fuerte impresión y le habían devuelto unos recuerdos que con tanto empeño intentaba olvidar. No deseaba en absoluto volver a pasar por todo aquello en la sesión programada con ella para esa misma jornada. Su pesar le estaba pasando una enorme factura y no sabía si tendría la fortaleza que Kitty requería de él. Vería cómo iba a ir la sesión y quizá incluso pudiesen discutir la posibilidad de remitirla a otro doctor. Su hijo James tenía razón: era hora de retirarse por completo.

Intentó relajarse, pero le zumbaba la cabeza y la espalda le dolía terriblemente. En su juventud habría habido una razón para que su cuerpo se sintiese tan machacado: una caída en bicicleta o una pelea con su hermano. Pero entonces se trataba solo de los cotidianos achaques de la senectud. Cerró los ojos mientras el agua condensada en el espejo empañado comenzaba a gotear sobre el lavabo, retumbando en la habitación con un repiqueteo agudo.

Mientras escuchaba el suave siseo del agua corriendo despacio por el grifo abierto, sintió cómo poco a poco se le erizaba el cabello y cómo esa sensación descendía lentamente por su espalda. Cambió de postura dentro de la bañera y recolocó la almohada en un intento por sentirse cómodo. El aceite de baño, que por norma general lo relajaba al instante, le irritaba la piel como el picor que produce una manta de lana en un cálido día estival. Intentaba hacer caso omiso de los incómodos pensamientos que afloraban en el fondo de su mente, pero poco a poco tomó conciencia de la sensación de náusea creciendo en su estómago.

Volvió a abrir los ojos, despacio, recorrió la sala con la mirada e intentó averiguar qué le hacía sentir tan incómodo. La habitación estaba tan llena de vapor que ni siquiera podía ver los dedos de sus pies al otro lado de la bañera, y el habitual ruido del ventilador del extractor zumbaba con una extraña lejanía. La comprensión de que estaba sintiéndose desorientado hizo que se incorporase y tomase unas cuantas respiraciones profundas. Sintió una abrumadora necesidad de salir y dejar pasar aquel sentimiento tan raro. Quizá fuese demasiado mayor para regodearse en humeantes baños calientes; quizá ese fuese otro de los placeres de la vida que le quedaban y al que debería renunciar.

Al incorporarse en el agua y reflexionar acerca de la

posibilidad de salir, llamaron al timbre de la puerta. ¿Quién podría ser? Eran las nueve de la mañana; Kitty no tenía cita hasta el mediodía. Tras unos instantes, se sobresaltó al oír una voz de mujer en la entrada. ¿Habían venido su hijo y su nuera a darle una visita sorpresa? No, no cabía esa posibilidad; hubiesen llamado antes.

Intentaba convencerse de que debía de haber imaginado la voz cuando oyó un portazo que lo hizo saltar.

Colocó las manos a los lados de la bañera para ayudarse a levantarse, pero no tenía fuerza en los brazos y cayó hacia atrás en el agua.

—James, ¿eres tú?

Entonces, alarmado, intentó de nuevo salir de la bañera, pero los bordes resbaladizos hicieron que perdiese el agarre, causando que en esta ocasión cayese al agua dándose un golpe violento. El mundo se volvió borroso al sumergirse y su aterrada respiración resonaba con fuerza en sus oídos. Dejó escapar un chillido bajo la superficie, tragando agua, lo cual le hizo toser frenéticamente hasta conseguir incorporarse de nuevo.

—¡James! —logró farfullar una vez recuperado el aliento—. ¡James! ¡Ayúdame!

Mientras se descolgaba a un lado de la bañera, vomitando agua y dando bocanadas intentando tomar aire, un par de pies sucios y ensangrentados aparecieron en la estera de baño junto a él. Levantó la mirada, despacio. Una niña de apenas ocho años se alzaba a su lado. Le habían rapado la cabeza de mala manera, de modo que mechones de pelo se destacaban sobre el cuero cabelludo como los continentes en un mapa. Tenía el cuello tan hinchado que la cabeza se inclinaba hacia atrás y su piel ardía de fiebre.

Estaba mugrienta, el sudor de su frente dejaba rastros en la suciedad de su rostro.

—No me encuentro bien —dijo ella mientras se abrazaba su tembloroso cuerpo. Richard pudo ver que tenía una lesión en medio del brazo. La rascaba, y bajo sus uñas se desprendían trozos de piel—. Me duele la garganta —añadió con la voz rota, colocando una mano en su hinchado cuello, frotándolo.

Richard apenas soportaba mirarla. No dijo nada, demasiado aterrado para hablar. La niña se inclinó hacia delante; su aliento olía rancio, la sangre de su herida goteaba en el agua del baño.

—La madre Carlin se enfada mucho cuando lloro, pero me duele tanto que no puedo parar. Tienes que ayudarme, por favor. —Despacio, se estiró para coger la mano de Richard; él la apartó.

—No, por favor —dijo.

La niña no le hizo caso y tiró de su brazo, haciendo que de nuevo él perdiese su agarre en el borde de la bañera. Se sujetó con la otra mano, agarrándose como si colgase al borde de un precipicio.

La niña lo miraba desde arriba y entonces oyó girar el picaporte de la puerta del baño; y después el chirrido de las bisagras. Unos pasos repiquetearon sobre las baldosas del suelo y forzó la vista, intentando ver quién caminaba hacia él entre el vapor.

—Hola —saludó—. James, ¿eres tú?

No hubo respuesta.

—Por el amor de Dios, ayúdame. ¡No me puedo mover!

Sus manos comenzaron a temblar con violencia, y cuando su último jirón de fuerza lo abandonó, cayó de espalda al agua. Dejó de agitarse e intentó calmarse en un intento por mantener la cabeza por encima de la superficie.

Despacio, empleando el dedo gordo del pie, logró sacar la alcachofa de la ducha de su horquilla. El aparato se hundió en la bañera con un golpe. Lo sujetó en el fondo y lo colocó bajo las nalgas para ayudarse a mantener la nariz y la boca sobre la superficie del agua. Después quitó el tapón dando un fuerte tirón de la cadena.

Comenzó a contar: uno, dos, tres. Respira. Mantén la calma, no entres en pánico, puedes mantenerte así hasta que se vacíe de agua y recuperes fuerzas. No vas a morir aquí. Pero al fijar la mirada en el techo, de nuevo sintió la presencia de la niña vestida con el mono junto a la bañera. Poco a poco volvió la cabeza hacia ella.

Ya no estaba sola. Junto a ella se encontraba Kitty Cannon.

Su largo cabello gris estaba sujeto hacia atrás, tenía la cabeza inclinada, con la barbilla cerca del pecho. Sus ojos castaños estaban fijos en él y permanecía en pie, observándolo en silencio durante varios segundos. Sujetaba una caja que posó despacio sobre el suelo del baño.

—Kitty, gracias a Dios. Ayúdame. —Entonces sentía su mente envuelta en una especie de neblina; los sonidos llegaban amortiguados y al volver la cabeza se sintió abrumado por la náusea.

Kitty no decía nada; en vez de hablar, comenzó a sacar objetos de la caja. Los tacones repicaron en las baldosas de porcelana al salir y regresar con otra caja, repitiendo el proceso mientras la niña pequeña la observaba en silencio, sonriendo. Richard torció el cuello y miró por encima del borde de la bañera. Sobre el suelo estaban esparcidos unos cuantos archivos, unos con fotografías adjuntas y otros no.

Al concluir, había tantos que los papeles cubrían el suelo por completo.

—¿Kitty? ¿Qué haces? Por el amor de Dios, Kitty, ¡sácame de aquí!

—Me llamo Elvira —dijo con voz tranquila, estirando una mano hacia él.

Richard la tomó con un movimiento instintivo, pensando que iba a ayudarlo, pero entonces profirió un chillido cuando ella le hundió un cuchillo de cocina en la muñeca causándole un profundo corte a lo largo de la cara interna del antebrazo. La sangre brotó por la herida abierta. Tanta era que apenas un minuto después el agua de la bañera estaba roja. Intentó apartarse desesperadamente, encontrar algo de fuerza en su cuerpo, pero no le quedaba ninguna.

—Veo que el cocynaranol está surtiendo efecto —le dijo, mientras la muñeca lanzaba chillidos de dolor agónico—. Recuerdas esa droga, ¿verdad, Richard? Yo sí, desde luego; nos provocó unos horrorosos efectos secundarios cuando tu padre y tú la probasteis en nosotros. Me sorprendió lo fácil que fue conseguirla al enviar una simple carta con tu membrete a *Cranium Pharmaceuticals*. Al parecer, tu firma aún tiene mucho peso ahí.

Él la observó aterrado mientras ella se desplazaba hasta el otro lado de la bañera y alzaba de nuevo el cuchillo. Su mente se aceleró. Elvira. Esa era la hermana de Kitty, Elvira. Fue Kitty quien murió aquella noche, y la mujer que en ese momento estaba en su casa había formado parte de las pruebas farmacéuticas que su padre realizase en St. Margaret.

—¡Eras una de las niñas! —dijo, profiriendo otro grito cuando ella clavó la aguzada hoja en su otra muñeca. El dolor fue insoportable; como ser marcado con un hierro candente—. Kitty, por favor, no lo hagas. Yo me aparté de mi padre a causa de esos experimentos; estuve cuarenta años sin hablar con él por lo que hizo.

—¿Tú no hiciste nada malo? —preguntó Kitty—. ¿Estás seguro de eso? ¿No propusiste el traslado de Ivy Jenkins a un hospital psiquiátrico porque te lo pidió tu padre? ¿Porque les preocupaba su amistad con una niña de ocho años llamada Elvira? Una niña pequeña, inocente, que le había contado cómo ella y otros chiquillos de St. Margaret habían sido empleados en las pruebas que tu padre hacía con esas drogas…

Richard cerró los ojos y recordó aquella jornada, el día de la reunión a la que su padre le había ordenado asistir.

Allí estaban para decidir el sino de Ivy Jenkins. Sentados alrededor de una mesa redonda en la sacristía de la iglesia de Preston se encontraban el padre Benjamin, la madre Carlin, el doctor Jacobson y Helena Cannon. Llegó tarde, pues se había perdido. Mientras atravesaba la iglesia dirigiéndose a la pequeña y atestada sala, vio al padre Benjamin acompañando hasta la salida a un joven rubio de ojos azules. Más tarde supo que se llamaba Alistair Henderson y que era el progenitor del bebé de Ivy.

El sacerdote realizó las presentaciones y procedió a dirigir la reunión.

—Gracias a todos por venir —dijo despacio, con confianza, como si estuviese celebrando un servicio religioso—. Como saben, tenemos unos cuantos pequeños en St. Margaret que por diversas razones, muchas de ellas relacionadas con problemas durante el parto, no son adecuados para la adopción. En vez de echarlos a la calle, hemos pensado en aprovechar la oportunidad ofrecida por

Mercer Pharmaceuticals, la cual nos permite continuar nuestras buenas obras en el seno de este Hogar.

Richard sintió cómo se le caldeaba la cabeza ante el crudo recuerdo de la terrible situación en St. Margaret. Supo entonces que su padre estaba empleando a los niños de la institución para acelerar la consecución de la nueva droga, cuya aprobación médica estaba tan ansioso por obtener. Richard manifestó su desacuerdo en cuanto supo del proyecto; pero no había vuelto a hablar del asunto desde entonces, limitándose a hacer todo lo posible por mantenerse al margen.

En un momento dado, el padre Benjamin se había dirigido a él diciéndole:

—No obstante, ha surgido un problema y necesito de toda su ayuda y discreción al respecto. Ivy Jenkins, una de las muchachas que tenemos aquí, ha entablado amistad con una de las niñas que forma parte del grupo experimental, y creemos que puede estar al tanto de lo que sucede. Obviamente, ella no lo reconoce; pero, no obstante, debe abandonar St. Margaret de inmediato, pues el trabajo que está llevando a cabo la empresa de su padre podría irse al traste si se corriese la voz.

Richard no dijo nada, sintiéndose avergonzado por ser el representante de la compañía de su padre en ese proyecto.

—Y ha salido a la luz un segundo asunto —continuó diciendo el padre Benjamin—, y es que el padre de la hija de Ivy, Alistair Henderson, ha recibido cierto número de cartas remitidas por ella, donde describe una situación preocupante y, obviamente, de naturaleza fantástica; y que hoy mismo me ha traído. El señor Henderson tiene una prometedora carrera deportiva y está muy preocupado porque Ivy pueda complicarle la vida. Él estaría dispuesto a ayudarnos con el coste de mantenerla con nosotros durante los próximos años.

Al final habló el doctor Jacobson.

—¿Los próximos años? ¿Cómo van a arreglarlo?

Tenía los brazos cruzados, a la defensiva, y el cuerpo tan vuelto fuera del círculo como le era posible, como alejándose de la conversación.

El padre Benjamin no hizo caso de sus palabras y continuó dirigiéndose a Richard.

—Doctor Stone, tengo entendido que hace poco ha obtenido su licencia para ejercer la psiquiatría.

Richard no contestó; resultaba bastante obvio adónde se dirigía la conversación. Supo de inmediato por qué su padre lo había enviado a esa reunión. Para castigarlo por hablar en contra de los experimentos frente a sus colegas. Para recordarle quién estaba al mando.

—Al parecer, su padre cree que usted podría ser capaz de ayudarnos y arreglar nuestro problema con Ivy Jenkins. Desde que tuvo al bebé, ha estado experimentando episodios violentos y sufrido alucinaciones; ha hecho huelgas de hambre. Y se me ocurre que quizá no sea muy seguro para ella, ni para el conjunto de la comunidad, que abandone St. Margaret en este momento.

—La verdad es que no veo la necesidad de que asista a esta reunión —espetó el doctor Jacobson, y en ese instante la madre Carlin, que hasta entonces no había dicho nada, se volvió hacia él.

—Creemos que es importante que todos seamos conscientes de la situación respecto a Ivy Jenkins, doctor Jacobson. Todos tenemos que estar implicados en esta decisión. No entiendo por qué debería usted disfrutar de los buenos dividendos que le pagamos por derivar a estas muchachas y, al mismo tiempo, permitirse pensar que no está al tanto de nuestra toma de decisiones. Dios todo lo ve. Y aun los cabellos de vuestra cabeza están todos contados. Si desea acabar con esto, volver a cobrar su salario como doctor de cabecera, manteniendo esa enorme casa a la que usted y su familia acaban de mudarse... Por favor, háganoslo saber.

La monja no había apartado su mirada ni un instante durante su breve disertación, mientras el rostro del doctor Jacobson iba pasando por todas las tonalidades del rojo. A pesar de resultar bastante evidente qué quería decir, hubo de guardar silencio hasta que la mujer terminó; después se levantó y salió hecho una furia.

El padre Benjamin también se había levantado y se acercó a Richard.

—Aquí están las cartas que me ha dado Alistair Henderson. Haga el favor de estudiarlas, aunque confío en que llegará a la misma conclusión que yo. Y es que Ivy Jenkins está desequilibrada y que por ahora estaría mucho mejor internada en una institución psiquiátrica. Obviamente, el importante trabajo que estamos realizando llegará a su conclusión natural, y una vez terminadas las pruebas podremos revisar su situación.

Richard dirigió su mirada hacia los cinco sobres que el padre Benjamin había posado en la mesa, frente a él.

—¿Cuándo desea que sea evaluada?

—Ahora. Es obvio que queríamos que hablase con usted, así que le hemos dicho que habría de pasar un reconocimiento médico, pues iba a ser enviada a casa.

—¿Eso no es una crueldad más que innecesaria? —dijo, incapaz de contenerse.

—Su padre ya ha anulado sus compromisos para el día de hoy, doctor. Creo que lo mejor sería, una vez encuentre que hay fundamentos para internarla, que la traslademos de inmediato. ¿Estamos de acuerdo? —El padre Benjamin extendió entonces una mano hacia la puerta, y con ese simple gesto quedó sellado el destino de Ivy Jenkins.

Despacio, Richard bajó la mirada hacia su frágil cuerpo metido en la bañera vacía; temblaba de frío y pavor.

—Kitty, por favor, por entonces yo era joven y estúpido. Llama a una ambulancia para que me recoja, te lo ruego, y después podremos hablar de todo esto.

—Estoy harta de hablar contigo, Richard. Te di una oportunidad. En realidad te he dado más oportunidades que a ningún otro. No te lo tomes a mal, sé que la psiquiatría ha sido el trabajo de tu vida, pero debo decirte que no eres ninguna lumbrera. Me has recibido durante... ¿Cuántos meses? Y no lo viste venir, ¿verdad?

Al observar el rostro de la mujer y el sudor goteando desde su frente, la luz de la habitación comenzó a debilitarse.

—Te hablé de la noche que murió mi padre, ¿no? —dijo—. ¿No intuiste que tenía mucho más que contar?

Poco a poco se formó un contorno negro alrededor de la mujer que sostenía el cuchillo ensangrentado mientras revisaba su obra.

—No quería que sufriese un accidente; no tenía intención de que muriese. Desperté de una pesadilla, soñando con Kitty. Me obsesionaba. Ya no podía resistirlo más; decidí que tenía que decirle la verdad. Que era su amada Kitty la enterrada en St. Margaret; que yo era una impostora.

La mujer se secó las perlas de sudor de su frente con el dorso de una mano enguantada.

—Salí a la ventisca para coger un autobús al hospital, desesperada por decirle la verdad a él y a Helena, a los dos, sin importar cuáles fuesen las consecuencias. Pero no había ningún autobús para el hospital, así que continué caminando. De sobra conocía el camino, casi todos los días habíamos ido a visitarla. Me abrí paso entre la nieve durante una hora.

»De pronto apareció su coche. Dio un volantazo para evitar atropellarme y pasó patinando por la carretera a tal velocidad que cuando llegué a su lado supe de inmediato que estaba muerto. Había visto mucha muerte en St. Margaret; sabía que había fallecido.

»No sé cuánto tiempo estuve allí, pero me sobresaltó la llegada de un hombre, así que corrí hasta casa. Esperé a que se presentase la policía para arrestarme y devolverme a St. Margaret. Pero cuando por fin llegaron, me dijeron que había sucedido un terrible accidente. No sabían que había estado allí, que yo lo provoqué. Después de superar la impresión, y comprender que no iba a pasarme nada por haber sido responsable de la muerte de mi padre, lo vi todo desde una nueva perspectiva y me pareció una situación bastante inspiradora.

Hubo un estrépito súbito cuando el cuchillo cayó sobre el suelo del baño y después, con un chasquido, se cerró la puerta de la habitación.

—No me dejes, por favor —dijo Richard con voz débil, rogando por obtener un poco de consuelo en su último momento.

Pero no apareció ninguna luz cegadora, y poco a poco se extendió la negrura. Más solo que nunca, yació en el gélido y vacío cuarto de baño contemplando cómo su sangre se iba por el desagüe. Pronto acabará todo, se dijo a sí mismo, comenzando a llorar. Echaba de menos a su esposa; rezó para que acudiese a buscarlo.

—Lo siento —dijo una y otra vez mientras lo invadía la negrura—, Evelyn.

CAPÍTULO TREINTA Y CINCO

Ivy se despertó sobresaltada por el sonido de un llanto infantil. No pensaba quedarse dormida, pero el agotamiento había acabado apoderándose de ella y se maldijo por ser tan idiota. Ya antes había oído llorar a los niños en muchas ocasiones, y Elvira le había hablado de las inyecciones que los ponían tan malos que todos los pequeños encerrados en el ático debían de cuidar unos de otros. Pero hasta esa noche había sido absolutamente incapaz de hacer algo para ayudarlos.

Se incorporó y miró por la sala, buscando cualquier señal de movimiento en las otras camas. Todas las muchachas dormían, el único ruido procedía de los murmullos que acompañaban a las pesadillas sufridas por todas.

Aún no podía creer que se iba a casa. Todo había sucedido tan de repente... La madre Carlin se había acercado a ella durante el desayuno y dicho que su madre vendría a buscarla al día siguiente. Todas las muchachas tenían una cita con el médico antes de abandonar la institución; era el procedimiento rutinario y debía ofrecer su absoluta cooperación.

Era un hombre joven. «Es casi tan joven como yo», pensó. Tenía un suave cabello castaño, vestía una elegante chaqueta azul y su acento denotaba una crianza privilegiada. Había sido amable con ella, preguntándole cómo se sentía respecto a su bebé y su estadía en St. Margaret. No obstante, sabía que era mejor no confiar en él y filtró poca información. Mientras el doctor tomaba notas, ella aseveró que estaba agradecida por el tiempo pasado en la institución, que se sentía muy feliz porque Rose hubiese ido a un buen hogar, lleno de cariño, y que estaba deseosa por dejar todo aquello atrás de una vez para siempre. Él comentó algo acerca de su peso y sacó a relucir el asunto de la huelga de hambre, pero Ivy contestó que solo se trataba de un desesperado ataque de morriña y cómo, obviamente, la madre Carlin y el padre Benjamin lo habían advertido y decidido, muy amablemente, dejarla ir. Él sonrió frente a las respuestas de la muchacha, asintiendo con suavidad mientras la punta de su bolígrafo rascaba la hoja de papel colocada sobre el escritorio situado entre ellos.

Ivy se destapó y sintió el frío subiendo por sus piernas y bajando por la espalda. Temblando, sacó la manta de la cama, se envolvió con ella y comenzó a atravesar la sala andando de puntillas; los crujidos de las placas de madera del piso cortaban el silencio. Sabía que la hermana Faith estaría de guardia al otro lado de la puerta, dormitando en su mecedora como hacía noche tras noche. Nunca había intentado burlar su vigilancia; nunca había creído que sus posibilidades de éxito fuesen lo bastante elevadas. Pero entonces se iba y sabía que no le quedaba otra opción. Tenía que hablar con Elvira. No dispondría de otra oportunidad.

Se acercó a la puerta casi sin atreverse a respirar y observó el picaporte de metal. Sabía que haría ruido y que, cuando lo hiciese, la hermana Faith se despertaría; a pesar de todo, observó cómo su mano temblorosa se extendía hacia él. La cerradura se abrió con un chasquido, tomó una profunda respiración, tirando de la pesada puerta de roble hacia ella, y su pecho comenzó a dolerle por los fuertes martillazos del corazón.

En el silencioso pasillo fuera del dormitorio se encontraba una mecedora vacía, moviéndose con suavidad como si su ocupante acabara de levantarse; a su lado había una manta de tartán tirada en el suelo de cualquier manera. Ivy se quedó mirándola, paralizada por la duda. Los pelos de su nuca se erizaron al oír de pronto el sonido de agua corriendo en el lavabo situado junto a ella. Lanzó un vistazo hacia el corredor abierto a su izquierda, al final del cual había una puerta. Una puerta que llevaba, ella lo sabía, al ático y al dormitorio de Elvira.

El corazón le dio una sacudida al apresurarse a cerrar la puerta del dormitorio a su espalda y echar a correr, silenciosos sus pies desnudos al golpear las brillantes placas del suelo. Aceleró dirigiéndose a la oscuridad del fondo del pasillo, pudo oír cómo se levantaba el pestillo del cuarto de baño y el sonido de pasos, y el fuerte estornudo que dio la hermana al coger el picaporte y hacerlo girar la atravesó como una descarga eléctrica.

Se situó en la escalera que llevaba al ático y tiró de la puerta despacio, tras ella, hasta que por fin emitió un leve chasquido. Esperó intentando recuperar el resuello, y cuando estuvo segura de que la hermana Faith no iba a acercarse por allí, comenzó a subir salvando de dos en dos los escalones de la abrupta escalera que llevaba al ático.

Desde el fondo del dormitorio de Elvira, observando las filas de catres alineados a ambos lados de aquella estrecha sala sin ventanas, derramó las lágrimas que durante tanto tiempo no se había permitido verter. En cada catre había dos pequeños, de entre uno y siete años de edad, con los tobillos atados a los barrotes de los pies del camastro. La mayoría dormía sobre colchones mugrientos, con el pulgar metido en la boca como único consuelo. Pero algunos yacían despiertos, con los ojos abiertos, fijos bajo la luz de la luna, balanceándose adelante y atrás como animales enjaulados. Algunos niños tenían la piel oscura y el cabello largo, negro y enmarañado; sabía de otros con síndrome de Down; y de otros cuya discapacidad física era tan severa que jamás salían de sus catres.

En una esquina de la habitación sobresalía de la pared un roñoso lavabo de cerámica y bajo él, tirada en el suelo, una única pastilla de jabón.

—¿Ivy? —La vocecita de Elvira era muy peculiar, e Ivy se volvió para ver a la hermosa niñita de la que se había enamorada nada más verla—. ¿Qué haces aquí?

Ivy corrió hacia ella, consciente de que se le acababa el tiempo. Elvira tenía el cabello enredado y la cara sucia; su colchón apestaba a orina. Ivy deseaba desesperadamente cogerla en ese momento y lugar y llevársela de aquel sitio dejado de la mano de Dios.

—Elvirita, escúchame. No podré quedarme mucho; he venido a decirte que me voy.

—¿Cuándo? —Las lágrimas brotaron de inmediato de los ojos de la niña—. No me dejes, por favor.

—No pasa nada, Elvirita. Volveré a buscarte. Mañana mismo iré a la policía para decirles qué os está pasando a ti y a los demás niños en este lugar, y luego te sacaremos y te llevaré a casa para que vivas conmigo —le dijo, atrayéndola hacia sí y estrechándola con fuerza contra su pecho.

—¿Para vivir contigo? —Los ojos de la pequeña brillaron al levantarse hacia ella, e Ivy se sintió tan triste por

Elvira y por la vida que había llevado hasta ese momento que la emoción le causó un dolor físico en su seno.

—Sí. ¿Te gustaría? —le preguntó, todavía abrazando a Elvira con fuerza.

—Me gustaría más que nada en el mundo.

—Entonces no se hable más. Pero escúchame, Elvirita, no debes decir de esto una palabra a nadie. ¿Has entendido? Mañana va a venir mi madre a buscarme, y después volveré.

Elvira asintió.

—¿Vendrás antes de que vuelvan los médicos?

—Sí, te lo prometo. Tenía que venir para decirte que no te preocupes. Sé que te habrías molestado al saber que me iba, y no podía hacerte eso. Ya has pasado lo tuyo. —Ivy la apartó cogiéndola de las manos.

Elvira comenzó a llorar, y las lágrimas formaron regueros en la negra mugre de su rostro.

—Te pasará algo antes de que regreses. Te pasará algo malo porque *yo soy* mala.

—Elvira, mírame. Las cosas no son así. No eres mala, eres un ángel. Nada de lo que las hermanas dicen de ti es cierto. Escúchame, Dios sabe la verdad, pues todo lo ve, y ha visto todo lo malo que te han hecho y sabe cómo has sufrido. Sabe que eres buena de pies a cabeza. El capítulo doce del Evangelio de san Lucas dice en su versículo siete: «Y aun los cabellos de vuestra cabeza están todos contados». No temas. —Sujetó el rostro de Elvira entre sus manos.

La pequeña se había puesto a sollozar, con su cuerpo temblando al perder el control de sus emociones.

—No soy un ángel. Dijeron que le hice algo malo a su bebé, que intenté hundirlo en la bañera. Pero solo estábamos jugando y resbaló.

—Elvira, tú eras un bebé. No mereces esto. No eres tú la

razón por la cual estás aquí, son ellos. *Ellos* son los malos, no tú. Y yo voy a sacarte de aquí.

—No me dejes —dijo Elvira, aferrándose a Ivy con tanta fuerza que le clavó las uñas en la piel.

—Elvira, para, por favor —dijo Ivy, echando un ansioso vistazo a los demás niños, que comenzaban a revolverse en los catres—. Elvirita, por favor, deja de llorar. Tienes que confiar en mí, cariño.

Abrazó a la pequeña hasta que su llanto comenzó a remitir y, al final, se detuvo.

—Tengo que irme ya. Te veré en la lavandería por la mañana, pero no tienes que decir nada, ¿entendido? Elvirita, prométemelo.

—Te lo prometo.

—Te quiero, Elvira —susurró Ivy.

—¿Me quieres? —preguntó Elvira, secándose las lágrimas.

—Sí, te quiero. Y ahora ve a dormir, mañana va a ser un día muy largo. —Ivy sonrió y le lanzó un besito a la pequeña antes de dirigirse en silencio hacia el fondo del dormitorio. Unos ojos abiertos como platos la seguían, los de unos niños demasiado asustados para hacer un ruido. Quería cogerlos a todos y llevárselos, pero no podía hacerlo. Al menos no hasta el día siguiente.

Lo único que necesitaba entonces era el archivo de Rose. No había manera de que pudiese ir al piso de abajo y entrar en la oficina de la madre Carlin sin ser vista. Tenía que hallar el modo de salir durante el desayuno y aprovechar la ocasión.

Al llegar al fondo de la escalera pudo oír los ronquidos de la hermana Faith al otro lado de la puerta pero, aun así, su cuerpo tembló de pavor al pasar frente a ella en el pasillo, a escasos centímetros de la monja. Pudo ver cómo se retorcía su labio superior, sintió incluso el calor de su respiración en la mano, y en cuanto la rebasó se escabulló regresando a la seguridad de su lecho.

Con la mirada fija en el oscuro techo de madera, su cerebro comenzó a trazar un plan. La adrenalina corría por sus venas; no había manera de que pudiese dormir. En su corazón sentía unos aleteos que no había sentido desde hacía muchos meses, una emoción que ya casi no podía recordar. Pero comprendió qué era lo que sentía cuando el sol comenzó su lento amanecer.

Esperanza.

CAPÍTULO TREINTA Y SEIS

LUNES, 6 DE FEBRERO DE 2017

—¿Va todo bien, querida? —preguntó Maude al otro lado de la puerta.

—Sí, gracias, estoy bien —contestó Sam, tirando de la cadena primero y abriendo el grifo después. Salió al pasillo y entonces llamó su atención un tapiz enmarcado que no había advertido al pasar.

Maude siguió su mirada.

—Lo hizo Ivy cuando tenía catorce años. ¿No es precioso? Intentó enseñarme a hacerlo, pero era muy difícil. Tenía una paciencia infinita dando la catequesis a los niños.

Sam estudió el hermoso tejido bordado a mano con las palabras: *Y aun los cabellos de vuestra cabeza están todos contados. No temáis pues.*

—Solía repetirlo continuamente. «No te preocupes, mamá; Dios ve todo lo que haces y sabe lo buena que eres». Y acostumbraba a mirar a su tío Frank y susurrar: «Y también sabe que él no es bueno».

Sam esbozó una ligera sonrisa y cogió a Maude de la mano. Su piel era fina como el papel. Sam podía sentir la infelicidad radiando de ella; parecía como si cualquier parte de la anciana, incluyendo su corazón, pudiese partirse por la mitad en cualquier momento.

—Te pareces mucho a ella —dijo Maude, observando a Sam con atención.

—¿A quién? —preguntó Sam.

—A Ivy —respondió Maude, señalando una fotografía colgada en la pared—. Ahí debía de tener unos diecisiete años.

Sam se fijó. Con su larga melena roja, Ivy era el vivo retrato de sí misma.

—La primera vez que te vi, fue como si hubiese visto un fantasma —comentó Maude.

Sam comenzó a sentirse incómoda. ¿Qué intentaba decirle la anciana? Sam, estudiando su rostro amable y confiado en busca de pistas, intentó descifrar las palabras de Maude en su cerebro, falto de sueño.

—Tengo que decir que me sentí un poco decepcionada cuando te vi aparecer sola por el sendero —dijo Maude—. Hubiese preferido que tu presencia significase que Rose me había perdonado.

—¿Qué quieres decir? —preguntó Sam, comenzando a sentir el pánico creciendo en su interior sin saber muy bien por qué—. ¿Qué Rose?

Maude soltó una carcajada algo nerviosa.

—Me refiero a tu abuela, por supuesto.

—¿Nana? Ella no tiene nada que ver con todo esto. Encontró las cartas entre los papeles de mi abuelo, tras su muerte. Era anticuario y a menudo hallaba cartas y documentos personales en los muebles que vendía. —Sam oía brotar sus propias palabras, deseando con desesperación que fuesen ciertas, pero sabiendo que no lo eran.

—Ya… Pero la verdad es que yo se las di a tu abuela en persona, hace ya casi cincuenta años —apuntó Maude con una expresión de absoluto desconcierto en su rostro—. Cuando vino a verme con su amiga.

Las palabras quedaron suspendidas en el aire. Sam no podía digerirlas.

—¿Estuvo aquí Annabel Creed, mi abuela? ¿Hace cincuenta años?

—Sí, cuando ella tenía doce. Creía que por eso estabas aquí. Pensaba que te había entregado las cartas y explicado lo sucedido entre nosotras.

De pronto Sam se sintió muy mareada y se sentó en el suelo, colocando la cabeza entre sus manos.

—¿Cómo las conseguiste?

—Llegaron por correo pocos días después de la muerte de Ivy —respondió Maude, alzando la mirada hacia la foto de su hija—. Me rompieron el corazón. No tenía ni idea de por dónde tuvo que pasar. Me presenté con ellas en St. Margaret, pero la madre Carlin me dijo que lo escrito por Ivy era consecuencia de la psicosis que sufría. Entonces fue cuando me entregó la carta de un psiquiatra confirmando que Ivy no se encontraba en sus cabales y que aquellos escritos eran pura fantasía.

—Pero Nana nunca me dijo que te conocía —dijo Sam—. No lo entiendo. ¿Estás segura de que era ella? ¿Annabel Creed?

—Annabel Rose Creed, sí. Es la hija de Ivy, Samantha. Ella es la Rose que Ivy cita en las cartas.

Sam dio media vuelta y corrió al cuarto de baño, vomitando en el retrete. Después se levantó despacio, ayudándose del lavabo para mantener el equilibrio. Se echó agua en el rostro y se miró al espejo antes de regresar al pasillo.

—Lo siento mucho, Samantha, creía que sabías todo

eso. Me alegré tanto esta mañana, al leer tu nota… Pensaba que tu abuela por fin me había perdonado.

—¿Perdonarte? ¿Perdonarte qué? —preguntó Sam, con la mirada fija de nuevo en el retrato de Ivy.

—Fue su amiga quien llevó el peso de la conversación aquel día… Era un poco mayor que Annabel —dijo Maude—. Annabel se limitó a sentarse muy quieta. Acababan de cambiar las leyes de adopción, y los niños adoptados tenían derecho a contactar con sus padres biológicos. El Ayuntamiento me escribió para informarme de que Annabel deseaba conocerme. Arreglaron una cita.

Sam escuchó, negando con la cabeza. No podía admitirlo, no podía concebir que Nana supiese quién era su abuela; quién había sido su madre. ¿Por qué nunca le había hablado de todo eso? ¿Por qué?

—¿Y qué dijo esa amiga de mi abuela? —preguntó Sam.

—Aquello fue terrible. Me sentía abrumada por la idea de conocer a Annabel Rose, y conté los minutos que pasaron hasta verla por primera vez. Era muy bonita, la viva imagen de Ivy, y tuve que obligarme a dejar de acariciar a esa pobre niña cuando me permitió darle un abrazo.

»No quería haberle dado entonces las cartas, pues eran muy desagradables, pero al sacar la caja con las cosas de Ivy para mostrarle una foto, su amiga las encontró y fue a sentarse en una esquina para leerlas mientras yo charlaba con Annabel. Aquella media hora fue maravillosa. Era una chica encantadora; me recordaba tanto a Ivy… Pero entonces su amiga terminó de leer las cartas y se enfureció. Se puso a gritar diciendo que debería darme vergüenza no haber rescatado a Ivy, que su muerte era culpa mía. Que fue como si la hubiese matado con mis propias manos.

—Ay, Dios mío, eso es horroroso. Lo siento mucho,

Maude. —La mujer parecía muy pálida y Sam creyó que se podría desmayar. Cogió una silla al otro lado del pasillo para que se sentase la anciana.

—Gracias —dijo Maude cuando Sam la ayudó a tomar asiento—. Fue ella la que rasgó la carta de Richard Stone, y después me la tiró a la cara; era presa de una ira horrible. Me dijo que aquella carta no era más que una sarta de mentiras, que Ivy no estaba loca. Recomponerla con celofán fue una tontería por mi parte. Pero tenía tan pocas cosas para recordar a Ivy que me aferraba a un clavo ardiendo.

Sam sujetó las manos de Maude entre las suyas.

—¿Quién era? Me refiero a esa amiga —preguntó.

—Se llamaba Kitty. Lo recuerdo porque años después la vi en televisión. No podía creerlo —contestó Maude, secando un reguero de lágrimas con el dorso de la mano—. Me dijo que no volviese a ponerme en contacto con Annabel, que me mataría si lo hacía. —Sam le tendió un pañuelo a la anciana.

—Jesús, María y José —susurró Sam, sacudiendo la cabeza—. Kitty me llamó Ivy cuando me vio por primera vez, en St. Margaret. Después lo negó, pero al mostrarle una foto de Ivy se mostró visiblemente molesta.

—¿Conoces a Kitty? —preguntó Maude, estrujando el pañuelo entre las manos.

—La conocí hoy —respondió Sam en voz baja, ensimismada.

—El día que estuvo aquí, con Rose, hablaba de Ivy como si la hubiese conocido. ¿Cómo es posible? —murmuró Maude.

—Ella no —dijo Sam, despacio—, pero su hermana gemela sí.

—¿Su hermana gemela? —preguntó la anciana.

—Kitty me dijo esta mañana que ella y Elvira, su hermana gemela, habían nacido en St. Margaret, hijas de la amante de su padre, que falleció durante el parto. Kitty se crio con su padre, pero Elvira fue dada en adopción a una pareja que la devolvió a St. Margaret. Estuvo allí al mismo tiempo que Ivy.

Sam volvió a levantar la mirada hacia la fotografía de Ivy, y después hacia su propio reflejo en el antiguo espejo colgado en la pared.

—Creo que si me llamó Ivy fue porque me reconoció igual que hubiese hecho con una vieja amiga. Estaba desorientada y creo que había perdido la conciencia de sí; no sabía lo que decía.

—¿La conciencia de sí? —dijo Maude—. ¿Qué quieres decir?

—Pues que Kitty no pudo haber conocido a Ivy, pero Elvira sí. —El tapiz colgado en la pared volvió a llamar la atención de Sam—. Kitty tiene uno de esos tapices en su apartamento. Creo que Ivy le enseñó ese versículo cuando estuvieron juntas en St. Margaret. —Su atención regresó a Maude.

—¿Cuando Ivy y Kitty estuvieron juntas en St. Margaret? Creía que habías dicho Elvira —señaló Maude.

—Mientras estuve con Kitty, me habló del día que conoció a Elvira. Tenían ocho años; Elvira se había escapado de St. Margaret y se las había apañado para encontrar a Kitty. Se escondieron en ese edificio anejo a St. Margaret, y al caer la noche Kitty dijo que iría en busca de ayuda. Pero cayó y se despertó tres días después en el hospital, con su padre junto a ella diciéndole que Elvira estaba muerta.

—Eso sí que es horroroso. Pobre chiquilla —dijo Maude, con los ojos arrasados de lágrimas.

—¿Y si fue Kitty la que murió esa noche? —aventuró Sam—. ¿Y si Elvira suplantó su identidad, temiendo que la devolviesen a St. Margaret?

—No entiendo lo que dices. ¿Cómo iba a llegar y suplantar a su hermana?... Es imposible. —Los ojos azules de Maude mostraron preocupación.

—¿Lo es? —dijo Sam—. Eran gemelas.

—Pero hubiesen tenido un aspecto diferente, ¿no? —Maude se inclinó hacia ella—. Elvira vivía en St. Margaret, donde la tenían descuidada, mientras Kitty procedía de un hogar lleno de amor. El cabello, las uñas y los dientes de Elvira estarían mugrientos y sería mucho más delgada que Kitty, ¿no?

—No necesariamente. Kitty dijo que se despertó en el hospital tres días después de conocer a Elvira. Dijo que pasó la noche en una zanja. Es decir, cuando la llevaron al hospital estaría cubierta de barro y, en cualquier caso, la habrían limpiado.

—Pero el padre y la madre lo hubiesen sabido; una madre siempre sabe —apuntó Maude, con la mirada fija en Sam.

—Su madre biológica estaba muerta. Y si te refieres a Helena Cannon, por entonces se encontraba ingresada en el hospital, muy enferma; y George estaría distraído y agotado. —Sam hizo una pausa—. Es posible que Elvira, sabiendo que Kitty había muerto, ocupase el puesto de su hermana y pasase su vida vengándose por lo que le habían hecho.

—¿Vengándose? ¿Qué quieres decir? —Maude la miraba confusa.

—Todos los personajes mencionados en las cartas de Ivy están muertos. Y creo que Elvira los mató.

—Madre del Amor Hermoso —dijo Maude, tomándose un momento para digerirlo—. Bueno, todos excepto Rose.

Sam se quedó mirando a Maude aterrada, con los ojos abiertos como platos.

—Ay, Dios mío. Nana…

—¿Qué pasa? —preguntó la anciana—. ¿Qué sucede?

Sam corrió a la puerta de entrada, cogiendo su bolso y calzándose mientras gritaba a Maude:

—¡Llama a la policía! Diles que una anciana ha sido atacada en el apartamento 117 de Whitehawk Estate.

CAPÍTULO TREINTA Y SIETE

A Fred no le costó mucho encontrar la casa victoriana a la que lo había dirigido la empleada de Correos. No tenía mucha esperanza de que la familia Jacobson aún viviese allí, por eso su corazón dio un vuelco cuando una atractiva anciana vestida con un cárdigan rosa de cachemira se presentó en la entrada. Colocó sus gafas sobre su perfectamente peinada cabellera y lo observó con atención.

—¿Señora Jacobson? —preguntó Fred con una cálida sonrisa. Había leído en el obituario del doctor Jacobson que había fallecido en 1976, y que él y su esposa llevaban casados veinte años, así que la señora Jacobson debía de rondar los ochenta. «Pero aún cuida mucho su aspecto, y está muy bien para su edad», pensó Fred.

—Sí, ¿qué desea? —replicó, nerviosa.

—No sé si me recuerda. Viví por la zona cuando era pequeño. Soy Fred Cartwright; su esposo fue el médico de cabecera de mi familia durante años —mintió; le remordía la conciencia, pero continuó por Sam.

La mujer frunció el ceño, intentando comprender qué quería su inesperado visitante.

—Mi padre siempre hablaba muy bien de él. Creo que le envió una carta cuando falleció su esposo. Se disgustó mucho —dijo Fred.

—Ya veo. ¿Y en qué puedo ayudarle? —contestó la dama.

Fred hizo una pausa.

—Me gustaría hacerle un par de preguntas acerca de su marido, si tiene tiempo.

—Bueno, no sé, estaba a punto de ver el capítulo de *Casualty* del sábado pasado —dijo la mujer, mirando por encima del hombro.

—Sentí mucho saber de la muerte del doctor Jacobson. Usted y sus hijas deben de echarlo terriblemente de menos... Según creo recordar, mi padre me dijo que se llamaban Sarah y Jane, ¿recuerdo bien? —Fred había aprendido los nombres en los recortes que había investigado.

—Gracias. Sí, recuerda bien.

—No voy a tardar más de cinco minutos. ¿Le parece si hablamos aquí fuera, en el banco?

—Ay, no. Hace un frío horrible. Perdone, pero yo ya soy una anciana y me pongo un poco nerviosa. Siempre es bonito hablar de Edward... Entre, por favor. —La siguió al interior—. ¿Le apetece una taza de té?

—Gracias, señora Jacobson —dijo Fred, asintiendo.

—Llámame Sally. Por favor, entra y siéntate mientras preparo una tetera.

Lo llevó a una sala de estar de buen tamaño repleta de textiles para el hogar, retratos de familia y flores. La habitación se veía inmaculada, sin un cojín descolocado y, evidentemente, aquella enorme casa acababa de ser decorada. No era posible que una anciana tan delicada como la señora Jacobson pudiese ocuparse de una vivienda de semejante tamaño. Resultaba obvio que Edward Jacobson se había asegurado de que su esposa estuviese bien atendida mucho tiempo después de que la muerte los separase.

Mientras la señora Jacobson se afanaba en la cocina,

Fred estudió la selección de fotografías colocada en una lustrosa mesa antigua. Cogió un retrato donde se veía al doctor Jacobson pasando su brazo alrededor de un *spaniel* acastañado como la miel.

—Todos adorábamos a esa perra —dijo la señora Jacobson, presentándose a su espalda con una bandeja de té con pastas—. Creo que lloré más con la muerte de Honey que con la de Edward. Esa perrita fue una maravillosa compañía después de que él nos dejase. Perderla fue la gota que colmó el vaso.

—Me lo imagino. ¿Cómo están Sarah y Jane? —preguntó Fred.

—Jesús... Ya son tan mayores que casi no puedo creerlo. Sarah es médico, como su padre, y Jane es arquitecto —dijo, colocando el contenido de la bandeja en la mesa—. Procuran venir a verme tanto como pueden, pero andan muy ocupadas. Ya sabes cómo están las cosas.

Fred sonrió.

—Debes de estar muy orgullosa de ellas.

—Sí, aunque me apena que Edward no pudiese ver adónde han llegado. —Sally le ofreció una taza de té—. Entonces, Fred, ¿a qué te dedicas?

Fred sonrió.

—Bueno, Sally, la verdad es que soy historiador y estoy tratando de indagar acerca de un lugar llamado St. Margaret, en Preston. No sé si has oído hablar de él... —Tomó una pasta del plato que se le ofrecía y la posó en el platillo de su taza.

—Pues claro, es el hogar para madres solteras. Lleva años en ruinas, pero creo que no tardarán en demolerlo.

—Sí, es cierto —dijo Fred, haciendo una pausa para encontrar las palabras adecuadas—. Me preguntaba si usted sabía de algún trato que su esposo pudiese haber tenido con St. Margaret. —Observó el rostro de la señora Jacobson esperando algún gesto a la defensiva, pero no hubo ninguno.

—Bueno, sí, acogían a muchachas solteras, embarazadas, ¿verdad? De vez en cuando Edward pasaba por allí para ayudar en partos complicados, pero no le gustaba mucho hablar de ello.

Fred asintió.

—Lo típico de él habría sido eso, querer ayudar —dijo el periodista, tomando un trago de té.

La anciana se recostó sobre el mullido cojín del sofá mientras sorbía de su taza de porcelana de ceniza de hueso. Fred compuso la escena de inmediato: Sally cubierta con sábanas de seda, sin apenas removerse cuando la puerta se cerraba con un chasquido y el doctor Jacobson entrando sigiloso, con las manos ensangrentadas tras haber luchado por salvar la vida de alguna desgraciada joven. Ella se habría despertado para levantar la cabeza mientras el doctor aún se encontraba junto a la puerta y le susurraba:

—Solo vengo a darme un baño, cariño. Dormiré en el cuarto de invitados para no molestarte.

Un gato persa apareció en la ventana francesa y ambos dieron un respingo.

—¿Qué haces ahí, Jess? —dijo Sally, levantándose para dejarlo entrar.

—Tienes un jardín precioso —dijo Fred, mirando más allá de la ventana francesa mientras Sally se apresuraba a cerrarla y a ceñir el cárdigan a su cuerpo—. No debe resultarte fácil ocuparte de una casa de este tamaño tú sola.

—Bueno, tengo la fortuna de poder permitirme algo de ayuda. Las niñas siguen queriendo que me vaya, pero no puedo. Está muy bien que crean saber qué es lo mejor, pero no sé si será muy bueno para mí que me mude a otro lugar. ¿Vivir sola y dejar atrás a Edward? Lo decepcionaría. —Posó la taza sobre la mesa—. ¿Sabes? Murió aquí.

—No lo sabía. Lo siento. Eso debe de ser muy duro. —Aguardó a que la anciana continuase, pero la mujer se había quedado ensimismada—. ¿Estaba enfermo?

—No, nada de eso. Se ahogó en la piscina de casa. Todavía no sabemos muy bien cómo sucedió, pero el caso es que se quedó atrapado bajo la cubierta. La autopsia reveló que tenía un hombro dislocado. Creemos que Honey se había colado debajo y él cayó al intentar sacarla.

—Terrible. ¿Estabas aquí cuando sucedió? —preguntó Fred.

—No, había salido para hacer las compras navideñas. Pinché, así que estuve un buen rato fuera... —La voz de Sally fue apagándose mientras jugueteaba con las manos sobre el regazo—. Habíamos comprado la cubierta de piscina más resistente del mercado para que las niñas no cayeran; lo hubiese sostenido, pero se había golpeado la cabeza al caer, así que estaba inconsciente cuando se deslizó al agua.

—Eso es espantoso. ¿Intervino la policía? —dijo Fred, observando el rostro de Sally con atención.

—Sí, intervinieron. Yo les dije una y otra vez que algo no encajaba. Honey detestaba el recinto de la piscina; le tenía miedo al agua; jamás habría ido por allí. Y Edward rompió un panel de cristal para entrar... Sus huellas estaban en la piedra que empleó para hacerlo. Pero él sabía dónde estaban las llaves, ¿por qué iba a entrar así en la caseta de su propia piscina? Aunque tampoco me extraña que la policía no me prestase atención. Me encontraba muy mal tras su fallecimiento, tuve que permanecer sedada durante varios días. No pude asistir a la investigación forense. Supe que el veredicto fue muerte accidental. ¿Por qué no? Nadie tenía ningún motivo para lastimar a Edward.

—No —convino Fred, mirando la fotografía del doctor Jacobson flanqueado por sus hijas.

—Jamás me perdonaré no haber estado aquí.

—Lo siento mucho, Sally —dijo Fred—. Siempre fue muy amable con nuestra familia. La verdad es que a veces la vida no es justa.

Sally se secó una lágrima con el dorso de la mano.

—Sé que es egoísta por mi parte, pasamos juntos veinte años increíblemente felices, pero de vez en cuando aún veo a mis amigas paseando en bicicleta con sus esposos y me dan ganas de gritar: «¡No sabéis lo afortunadas que sois por tener a alguien con quien enfadaros!».

Fred esperó a que continuase, triste porque estuviese tan sola que llegase a compartir todo eso con un desconocido.

—Quiso ir de compras conmigo, pero le puse algún tipo de excusa. Llevarlo de compras era un estorbo, ya sabes. Si hubiese tenido más paciencia con él, ahora estaría aquí conmigo.

—Como mi padre suele decir: «Todos somos culpables del bien que no hemos hecho» —apuntó Fred.

Sally levantó la mirada y sonrió con los ojos aún arrasados de lágrimas.

—Lo siento, estoy segura de que no has venido hasta aquí para oírme hablar sobre Edward. Dime, ¿en qué puedo ayudarte?

—Bueno, me preguntaba si todavía conservas algo del papeleo del doctor Jacobson. Creo que podría tener información acerca de alguna de las muchachas que ayudó a salvar en St. Margaret, así podría entrevistarlas. Sería como rendirle un hermoso tributo que incluiría en mi tesis.

—Ay, no estoy segura —respondió Sally, frunciendo de pronto el ceño—. La verdad es que nunca he tenido el valor de revisar sus papeles con rigor. Solo he pretendido dejarlo todo tal cual estaba.

—Lo entiendo perfectamente —dijo Fred, haciendo una pausa de efecto—. Quizá si pudieses, aunque solo fuese, mirar a ver si hay algún archivo dedicado a St. Margaret... Puedes pensarlo y hablarlo con tus hijas; yo volveré cuando te sientas cómoda. No hay prisa.

Poco a poco, Sally asimiló la propuesta.

—Bien, me parece razonable. Pero debo decirte que no creo que haya mucho. Fue algo raro; justo antes de morir estaba clasificando cuatro o cinco cajas de archivos que esa misma semana le había entregado el padre Benjamin. Supongo que tendrían que ver con St. Margaret.

Sally recordó aquella jornada a mediados de diciembre de 1976, una semana antes de la muerte de Edward, cuando el padre Benjamin se había presentado a la puerta.

—Hola, Sally, ¿está Edward en casa? —había preguntado, en la entrada, con su cachava en la mano.

—Ah, sí. ¿Le está esperando, padre? —Sabía que no, pues en realidad estaba deseando pasar una tarde tranquila en casa. Pero, por supuesto, no podía cerrarle la puerta al padre Benjamin.

—En nombre de Dios, ¿qué quiere este hombre? ¿No podías haberle dicho que estaba enfermo o algo así? —le había espetado Edward con una mirada alarmada en sus cansados ojos cuando ella fue a buscarlo.

El tono de su esposo la había tomado un poco por sorpresa.

—Pero ahora ya no se lo puedo decir, Edward, ya es demasiado tarde…

—Ay, vaya por Dios. Bien, pues será mejor que lo hagas pasar —siseó, resoplando entre jadeos mientras apartaba los papeles del escritorio.

Tras acompañar al padre Benjamin al despacho de Edward, la mujer se quedó en el rellano, nerviosa, escuchando las voces que se alzaban en el interior.

—Bien, pues no se me ocurre qué quiere que haga ahora al respecto, padre —había dicho Edward—. A su debido tiempo le advertí de la conveniencia de llevar un registro adecuado de esos pobres niños, que Dios tenga en su seno.

—Nosotros procuramos cobijo y alimento para esas criaturas; no teníamos otro modo de pagar por los rechazados. Me ofende esa superioridad moral que está adoptando en este asunto, Edward. Siempre ha sabido qué sucede y, sin embargo, continúa percibiendo unos beneficios extremadamente buenos gracias a las muchachas que nos envía.

—Enviaba, padre, enviaba. No he vuelto a mandar una chica allí desde hace casi seis años.

Sally oyó al padre Benjamin riéndose al escucharlo; una risa áspera y hueca que le revolvió el estómago.

—Creo que usted ya jugó una parte antes, doctor. No quiero ser mordaz, pero tengo registros en mi coche, registros que el concejo municipal tiene potestad legal para ver. Si me niego, seré imputado por desacato en caso de ir a juicio.

—Debería haber pensado en todo eso antes de gastar todo el dinero que les dio Mercer Pharmaceuticals.

—Escúcheme, Edward Jacobson. —El padre Benjamin había rugido tan fuerte que Sally retrocedió escaleras abajo—. Si tengo que responder a cualquier pregunta relacionada con eso, lo hundiré conmigo. Usted y solo usted es capaz de revisar estos archivos y encontrar las razones que expliquen lo que pone en sus páginas. Tenemos una semana, le sugiero que comience esta misma noche.

Sally oyó la puerta del despacho abriéndose y se apresuró a meterse en la cocina mientras el sacerdote bajaba las escaleras y salía dejando la puerta de entrada abierta de par en par. Lo observó abrir la puerta del maletero de su coche, sacar de él cuatro o cinco grandes cajas archivadoras y arrastrarlas después hasta la casa, dejándolas en el recibidor. No dijo nada cuando sorprendió a Sally mirándolo con fijeza; se limitó a dar media vuelta y a cerrar con un portazo.

Entonces Fred la miró, con los oídos muy atentos.

—Bueno, si eran archivos de St. Margaret, sería muy interesante verlos —dijo, intentando ocultar su ansia.

—No sé exactamente qué hizo con ellos. Nunca volví a verlos; y en su despacho no están, desde luego. Hasta el día de hoy no sé dónde fueron a parar. ¿Te importa esperar aquí mientras me acerco al despacho y miro a ver si encuentro algo útil? —preguntó Sally con una alegre sonrisa.

Fred asintió. En cuanto oyó pasos en el piso de arriba, miró sus manos temblorosas, se acercó al mueble-bar, se sirvió un chupito de whisky y lo bebió de un trago. Pocos minutos después oyó la voz de Sally; era evidente que tenía una llamada. «Alguien la ha llamado o ha comenzado a preocuparse y es ella la que está llamando», pensó.

—Bueno, eso me parece. ¡Yo qué sé, cariño! —decía, con el tono de voz ligeramente elevado por el nerviosismo. Regresó a la sala con el teléfono junto al oído.

—Me temo que se te acabó la suerte —le dijo a Fred, con un cambio radical en su tono y su amigable lenguaje corporal—. No existen tales archivos y mi hija, que vive en el pueblo de al lado, va a llegar en cualquier momento. Creo que sería una buena idea que te fueses ahora mismo.

—Por supuesto —dijo Fred, intentando disimular su pánico—. Gracias por el té. ¿Podría ir un momento al baño antes de marchar? Tengo que conducir un buen trecho hasta llegar a Londres.

Sally frunció los labios. Resultaba obvio que se había asustado después de consultar con su hija.

—Sí, está bien. Allí, adelante, a la izquierda.

Fred recorrió el pasillo lanzando un vistazo de pasada a las demás habitaciones. Cuando ya iba a cerrar la puerta del cuarto de baño, reparó en una puerta abierta en el descansillo de la escalera, frente a él. No dudó. Comprobó que no hubiese moros en la costa, cerró la puerta del servicio y subió las escaleras silencioso hasta al final entrar en un estudio grande, amueblado con un escritorio de caoba, una silla de cuero y dos armarios archivadores, uno de los cuales tenía un manojo de llaves en su cerradura.

Sabía que no dispondría de mucho tiempo antes de ser descubierto, así que giró la llave con premura y sacó de un tirón la primera fila de archivos colgados en sus guías. No encontró nada en la «S» de St. Margaret; miró en la «M» y solo halló un archivo titulado «Mercer Pharmaceuticals». Lo extrajo. La carpeta contenía una sola hoja de papel que parecía ser un contrato redactado en un folio con membrete en cuya cabecera se leía: *Privado y confidencial*. Había dos firmas al pie, la del doctor Jacobson y la de Philip Stone, entonces presidente de Mercer Pharmaceuticals. Fred continuó buscando y en la letra «P» encontró un abultado archivo con el nombre del padre Benjamin en la portada. Lo sacó y lo abrió con manos temblorosas.

Los primeros documentos trataban del historial médico del padre Benjamin (unas cuantas referencias a dolencias leves), pero tras ellos se hallaban los registros de unos cuarenta partos asistidos por el doctor Jacobson, la mayoría de los cuales parecían haber terminado con el alumbramiento de un mortinato y todos tuvieron lugar en St. Margaret.

Desesperado, pues quería darle a los documentos la atención que merecían, sintió los martillazos de su corazón recordándole que no podía permitirse el lujo del tiempo. Examinó a toda prisa tantos como pudo, hasta llegar a un pequeño archivo situado al fondo y sujeto con un endeble clip para papel. Según las garabateadas notas del doctor Jacobson, al parecer había asistido a niños de edades tan cortas como cuatro o cinco años por fiebre, dolor en el cuello, rigidez, espasmos, vómitos, estados de languidez y convulsiones. ¿Quiénes eran esos niños? Por lo que a él concernía, St. Margaret había sido un hogar para madres solteras donde los bebés allí nacidos eran entregados en adopción.

La voz de Sally Jacobson subió retumbando por las escaleras.

—¡Fred!

Fred se golpeó una rodilla contra el escritorio al correr hacia la salida, donde vio a la mujer abajo, llamando con los nudillos a la puerta del baño.

Con las manos temblando sacó la carta del archivo de *Mercer*, la dobló por la mitad y se la guardó en la parte trasera de los pantalones. Después cerró el archivo principal y lo colocó en el mueble de oficina tan rápido como pudo. Comprobó que todo estaba tal como lo había encontrado y se escabulló saliendo del despacho y bajando las escaleras a la carrera.

—Muchas gracias, Sally, ha sido un placer conocerte —dijo animadamente mientras se dirigía a la puerta frontal.

—¿Qué estabas haciendo ahí arriba? —preguntó ella, con el rostro enrojecido de ira.

—Usando el servicio —contestó rápidamente Fred, desesperado entonces por escapar—. Adiós, Sally, dale recuerdos a tus hijas —giró el picaporte de la entrada principal, con gran alivio al comprobar que no estaba bloqueado, salió y recorrió raudo el camino de entrada hasta la carretera.

Sacó el teléfono en cuanto se halló a salvo en su coche. Estaba a punto de llamar a Sam para ponerla al corriente de su charla con Sally Jacobson cuando lo rebasó un *Jaguar* negro. Al volante iba una mujer de largo cabello gris. Fred la reconoció de inmediato, pero tardó unos segundos en asimilar quién era: Kitty Cannon. Sabía por los recortes de prensa leídos acerca del accidente de George Cannon que estaba aparcado en Preston Road, la carretera que llevaba a St. Margaret.

Fred hizo girar el coche en redondo y comenzó a seguirla.

Mientras se alejaba, observó por el espejo retrovisor que Sally lo contemplaba con rostro pétreo desde la entrada principal, con la puerta abierta.

CAPÍTULO TREINTA Y OCHO

SÁBADO, 18 DE DICIEMBRE DE 1976

El doctor Edward Jacobson se despertó sobresaltado al oír el sonido del timbre.

Por un instante permaneció inmóvil, sentado en la oscuridad, intentando orientarse mientras la luz exterior encendida por el visitante brillaba sobre el mar de cajas archivadoras que cubrían el suelo. El reloj de mesa en su escritorio le indicaba que eran más de las seis. Sally no había comentado nada de una visita, ¿quién se presentaría sin avisar?

Se estremeció. Hacía frío en la habitación. La condensación había cubierto la ventana mientras dormía pero, por alguna razón, no se había encendido la calefacción. No tenía idea de a qué hora se había dormido o por qué su esposa no lo había despertado. Contuvo la respiración y escuchó intentando oírla por casa, pero el hogar estaba en completo silencio.

Pum, pum, pum. Quien quiera que fuese, había dejado de emplear el timbre y estaba llamando con la aldaba. No parecía que fuese a cesar; tendría que bajar y atender a la puerta. Reclinó su rígido cuerpo hacia delante, se levantó de la silla y al hacerlo dejó salir un gemido de malestar. Le dolía el cuello por haber dormido en una mala postura y sus articulaciones parecían bloqueadas después de haber permanecido sentado durante tanto tiempo. Se acercó a la ventana y miró hacia abajo, en dirección a la fila de gorros con pompones y hojas de papel con canciones aguardando frente a la puerta principal. Cantores de villancicos. Podía oírlos hablar entre ellos.

—Las luces no están encendidas… Sally dijo que estaría aquí… Prueba por última vez.

Uno de ellos retrocedió para mirar hacia la ventana y Edward se apartó de su vista. No quería salir a la entrada en medio de aquel frío cortante para escuchar al coro local trinando frente a él. Ya bastante aguantaba en la iglesia.

¡Pum! Un último intento antes de que el crujido de la gravilla helada anunciase la marcha del grupo.

Emitió un fuerte suspiro y levantó sus lentes para frotarse los ojos. Había sido una semana agotadora. Una epidemia de gripe invernal desatada en el pueblo había supuesto jornadas de trabajo de dieciséis horas en la enfermería, después de las cuales debía recibir en casa cada noche los mensajes cada vez más apremiantes del padre Benjamin. Los primeros días se las apañó para evitarlo, pero cuando el sacerdote decidió llamar en plena noche, Edward cogió el teléfono por si acaso fuese una de sus hijas.

—*Espero que se las esté arreglando con esos archivos que le dejé la semana pasada.* —Su voz era cortante.

—Sí, hago lo que puedo, pero podría ir a prisión por falsedad documental. Su lectura es, como mínimo, desgarradora.

El padre Benjamin emitió un fuerte suspiro.

—*Bueno, confiemos en que consiga hacer de ellos algo más digerible para que todos podamos dormir más tranquilos en nuestros lechos* —dijo con tono amenazador.

—Padre, a su debido tiempo le advertí acerca de estos

registros; le dije que podrían ser causa de investigación en un futuro. —Edward sintió una tirantez en el pecho causada por la ansiedad.

—*Por entonces la parroquia no tenía obligación de mostrar ningún documento* —le espetó el padre Benjamin—. *No podíamos prever un cambio en las leyes de adopción que permitiese a esas mujeres tener acceso a esos archivos... Así que ahora tiene que proporcionar unas explicaciones más digeribles de lo sucedido con esos niños.*

—¿Cómo? —Recordaba el contenido de algunos de los descoloridos certificados de defunción que el padre Benjamin había descargado del coche—. ¿Cómo puede esperar que dibuje un escenario más amable de... episodios psicóticos, convulsiones y negligencias continuas?

—*No lo sé, Edward, usted los redactó* —había replicado el sacerdote—. *Destruya los peores y presente explicaciones plausibles para el resto. Lo ha hecho muy bien fuera de St. Margaret, así que le sugiero que encuentre el modo para que los demás también podamos salir. Como le he dicho, si algo de esto llega a saberse, me ocuparé de que su complicidad no quede en el anonimato.*

Edward no pudo dormir después de que el padre Benjamin le colgase el teléfono. Quiso desesperadamente despertar a su esposa y compartir con ella sus preocupaciones, pero cualquier mención a St. Margaret se encontraba siempre con un silencio desaprobador. A pesar del hecho de que el dinero entregado por el padre Benjamin a cambio de la recomendación de muchachas solteras embarazadas servía para pagar la educación de sus hijas, la cuota del asilo de su suegra y su enorme y confortable hogar, Sally había preferido no mancillar su limpia conciencia pensando en ese lugar.

De pronto, el tenue gañido de un perro lo devolvió al presente, y entonces Edward observó que la cama de Honey estaba vacía. No se le ocurría adónde podría haber ido su inseparable compañera; no recordaba una ocasión en que la perrita no hubiese subido a verlo tras la cena. Quizá Sally la había sacado para ir a ver a una amiga en el pueblo. Pero ya la habría oído regresar de su compra navideña; los acostumbrados sonidos del tintineo de llaves, cajones cerrándose y la perra ladrando pidiendo su cena lo habrían despertado. Incluso aunque Sally aún estuviese molesta por la visita del padre Benjamin, le habría dicho adónde iba. Quizá le había pasado algo, a ella o a alguna de las niñas, y había abandonado la casa presa del pánico.

—¡Sally! —llamó recorriendo el pasillo en dirección a las escaleras—. ¿Dónde estás?

Llegó al recibidor después de descender las escaleras agarrotado. Sintió un frío incómodo al caminar descalzo a través del suelo de baldosa de la cocina, mascullando para sí. ¿Dónde se habían metido, en nombre del Cielo? Al llegar a la puerta trasera oyó al perro gañendo de nuevo. En respuesta, giró la cabeza. ¿Qué pasa, Honey?

La preocupación comenzó a dar paso al enfado que bullía en su interior. Se sentó en una silla de la cocina y se caló sus botas de goma en sus pies desnudos. Quizá su esposa había caído en alguna parte del jardín y Honey intentaba llamar su atención. Abrió el armario del recibidor y rebuscó entre un montón de abrigos para sacar su chaqueta impermeable, tirando en el proceso un cesto lleno de paraguas que repiquetearon sobre el suelo. Después abrió violentamente la puerta trasera, boqueando ante el impacto del gélido viento, y se aventuró en el jardín.

La gravilla bajo sus pies crujió y rechinó, y el sonido de

los cantores de villancicos entonando sus cánticos por el vecindario pasó flotando sobre él.

—¡Honey! —gritó, dirigiéndose a la valla. La luz del sol invernal había desaparecido por completo, así como la pintoresca blancura de la mañana, y Edward se encontró inmerso en la negrura. El suelo bajo sus pies se había convertido en un turbio barrizal y oscuras nubes amenazaban con descargar más nieve. Continuó avanzando, valiéndose de la valla para mantener el equilibrio entre la rocalla, los arrayanes y las coníferas. Al rebasar los rosales, se pinchó una mano con las espinas de un grueso tallo.

—¡Sally! ¿Estás ahí? —gritó, parpadeando de dolor al sentir un cálido reguero de sangre recorriendo el dorso de su mano—. ¡Honey!

El entumecimiento de sus pies comenzó a subir por las piernas, dificultando por momentos la tarea de caminar sobre el terreno desigual. Trastabillaba casi a cada paso; gritó y silbó llamando a Honey hasta llegar a su querido roble. Se detuvo un instante para descansar sobre él, y al hacerlo espantó a una lechuza blanca posada en sus ramas, que emitió un largo y áspero chillido. Edward estiró el cuello para mirar entre las ramas desnudas como garras cubiertas de nieve y vio un par de ojos negros parpadeando, observándolo desde lo alto. Se quedaron mirándose un momento y después la lechuza emitió otro punzante chillido antes de salir volando, dejando caer un puñado de nieve desde su atalaya. El ruido hizo respingar a Edward; retrocedió un paso para evitar la nieve que caía sobre él y su pie tropezó con una raíz. Una vez perdió el equilibrio le resultó imposible recuperarlo. Manoteó en el aire, pero sus pies estaban helados y tardaron en responder; al caer puso una mano por delante para amortiguar un poco el impacto.

En cuanto la palma tocó el suelo, un dolor punzante subió por su brazo hasta llegar al hombro. Profirió un berrido y rodó a un lado sujetándose la extremidad, tomando boqueadas de aire intentando dominar el dolor. Se había dislocado un hombro cuando era adolescente y su instinto le indicó que había vuelto a suceder. Rebuscó bajo la chaqueta y palpó el hombro: la articulación redonda había salido de su glena y sobresalía en el brazo.

No osó moverse: el dolor sería demasiado fuerte para soportarlo si lo hacía. Pero estaba empapado hasta los huesos por rodar en el suelo, la nieve se había colado por el cuello de su abrigo y ya bajaba por su espalda. Tiritaba por el frío y la impresión del golpe. Tenía que levantarse o moriría de hipotermia en cuestión de minutos.

—¡Hola! ¿Hay alguien ahí? —llamó dando voces. Sabía que estaba solo, que los cantores de villancicos se habían ido hacía rato, pero pensar que nadie acudiría en su ayuda suponía una idea insoportable.

Yació en el frío un minuto más, jadeando de dolor. Tenía que moverse; no podía quedarse allí. Intentó ordenar sus pensamientos y calmarse. No le quedaba otra opción: habría de hacer caso omiso del dolor y levantarse. No estaba lejos de la casa: había vuelto la luz del porche y podía verla desde el lugar donde yacía. Si fuese capaz de llegar hasta allá, entonces podría llamar a una ambulancia.

Era un maldito imbécil. Estaba cansado y enfadado por la semana pasada; no debería haber salido. Honey no pudo haber dado ese gañido. Debía de haber sido otro perro, o incluso fruto de su imaginación. La perrita no estaba ahí fuera; nadie estaba ahí fuera. Buscarían a su esposa cuando lo ingresasen en el hospital. Honey y ella estarían juntas por ahí, en alguna parte. Él solo tenía que ponerse en pie ayudándose de las raíces y regresar a casa de inmediato.

De pronto, al rodar sobre sí mismo con los dientes apretados, oyó por las cercanías el característico sonido de Honey quejándose. El pánico se apoderó de él. Después de todo, estaba en lo cierto. La perrita se encontraba allí fuera, atrapada en alguna parte en medio del frío. Tanteó a su alrededor en busca de una raíz lo bastante grande para ayudarse a ponerse en pie. Nada. Se arrastró por el aguanieve sirviéndose de sus talones, agarrando cualquier cosa en la oscuridad hasta encontrar la gruesa raíz con la que había tropezado. Emitió un gemido, se colocó sobre ella sujetándola con sus manos heladas y se impulsó para erguirse sobre una rodilla, después sobre la otra y, al final, logró ponerse en pie.

Le llevó un instante equilibrarse, y después, intentando no caer en la fuerte tentación de entrar en casa, se dirigió hacia el origen del gemido de Honey. No podía dejarla ahí fuera; no era capaz. Podría morir helada. Se sujetó el brazo, y mareado de dolor comenzó a gritar su nombre de nuevo, desesperado porque ella le indicase dónde se encontraba. Su mirada se fijó en el cobertizo de la piscina. Caminó tan rápido como le permitieron sus temblorosas piernas hasta llegar al sitio y colocar las manos para ver a través de la empañada ventana. Por un momento no hubo nada (el jardín había quedado completamente en silencio) hasta que por fin oyó un suave gañido procedente del interior.

—¡Honey!

Corrió hacia la puerta. El dolor del hombro se extendió por su brazo con tanta violencia que sus ojos se llenaron de lágrimas. Pero la imagen de su amada *spaniel* sufriendo lo espoleó.

—Resiste, Honey, cielo. Ya voy.

Empujó con fuerza bajando el picaporte, pero la puerta permaneció cerrada a cal y canto. Frustrado, la sacudió y la pateó frenético, pero estaba cerrada con llave. Y las llaves estaban en casa; y le llevaría una eternidad ir y volver en aquel estado. Honey emitió otro débil gañido y él golpeó la puerta con la mano sana. Si la perrita estaba en la piscina podría ahogarse. Buscó a su alrededor algo que pudiese servirle de ayuda y cogió una piedra. Alzó el brazo tanto como pudo y la arrojó contra la puerta, haciendo añicos uno de los paneles de cristal; después pasó una mano por el afilado hueco y se estiró para abrir el pestillo. *Clic.* Entró en la cálida sala.

—¡Honey! Honey, ¿estás aquí? —gritó mientras encendía la luz y deambulaba alrededor de la piscina con sus incómodas botas, sujetándose el brazo herido.

Un gañido de pánico sonó bajo la cubierta de la piscina, y Edward vio algo moviéndose.

—Resiste, Honey, ya estoy aquí. —Se tambaleó hacia ella, resbalando dos veces por el camino. Podía ver sus zarpas mojadas arañando con desesperación el borde de la piscina. La cubierta estaba sujeta y muy tensa, y tuvo que esforzarse para soltarla y apartarla solo con un brazo. Al final, una pequeña y empapada carita marrón apareció ante él; los ojos del perro estaban desorbitados por el terror. El hombre emitió un chillido ahogado.

—¡Honey! ¿Qué demonios haces ahí dentro?

Era evidente que el perro se encontraba exhausto, pero continuó arañando el borde de la piscina mientras Edward se inclinaba para sacarla.

Fue entonces cuando oyó pasos a su espalda, pero antes de que siquiera pudiese volver la cabeza recibió un empujón tan fuerte que no tuvo la menor oportunidad de mantener el equilibrio y cayó a la piscina.

El agua llenó sus ojos, oídos y boca al hundirse. Con solo la ayuda de un brazo, regresar a la superficie dando golpes de talón suponía un esfuerzo tremendo; cada movimiento parecía la punta de un cuchillo hurgando en su hombro. Cuando por fin llegó a la superficie, tosiendo medio ahogado, se sujetó al borde mirando a su alrededor en busca de quien lo había empujado. Frente a sus ojos, a ras de suelo, aparecieron unos pies calzados con botas planas, de cuero negro, y empapadas de agua, pero al levantar su mirada la cubierta de la piscina ya descendía sobre su cabeza; aunque intentó empujar para levantarla, no pudo, ya no le quedaban fuerzas.

—No... Por favor —farfulló—. Para, ¿qué estás haciendo?

Intentó continuar dando golpes de talón, pero el dolor de su brazo hacía de cada movimiento una tortura, y tras la caída ya no le quedaba energía. Honey aún estaba en el agua, a su lado, arañándole el brazo malo, y pronto el pánico comenzó a apoderarse de él mientras intentaba mantener la cabeza por encima de la superficie. Además la cubierta continuaba presionando, y entonces ya solo quedaba abierta una esquina. Intentó agarrar el borde de la piscina con sus entumecidos dedos.

—Resiste, Honey —dijo—. Saldremos de esta. Tú resiste. —Vomitó agua mientras Honey escalaba hasta su hombro dislocado, arañándolo para después caer deslizándose por el brazo. Jamás en su vida había sentido semejante dolor.

De pronto una mano se metió en el agua, sacó a la aterrada *spaniel* y después, con un último movimiento, el último rincón de la cubierta se cerró sobre la cabeza de Edward.

Comenzó a golpear el vinilo. Ya no podía dominar el pánico y comenzó a sollozar descontroladamente. Faltaba una semana para Navidad; la imagen de sus niñas corriendo escaleras abajo la mañana del día de Navidad ocupó su mente. Pero esa Navidad y todas las demás quedarían arruinadas para su esposa e hijas. Gritó sus nombres, exclamando el de Sally con toda la fuerza que le quedaba, arañando la cubierta de la piscina hasta que sus dedos comenzaron a sangrar tiñendo el agua de rojo.

Se deslizaba hacia el fondo y al principio intentó luchar para impedirlo: arriba y abajo, hundirse y nadar, hundirse y nadar. Hundirse. Hundirse y nadar. Hundirse... Contén la respiración, lucha por tus hijas; lucha.

No les hagas esto, contén la respiración, vuelve por aire.

Húndete.

Húndete.

Sus pulmones comenzaron a llenarse de agua y el más puro terror lo obligó a salir a la superficie, y de nuevo se encontraba con la gruesa e impenetrable cubierta mientras rezaba y rezaba para que Sally regresase pronto y lo encontrara.

Y entonces se fue la luz.

Lo envolvió un terror como jamás había experimentado en su vida. Pasarían horas, incluso días antes de que alguien supiese que estaba allí. Al final encontrarían su hinchado cadáver flotando en el agua.

Su mente se lanzó a los archivos dispersos en el suelo de su despacho. Eso sería lo que Sally iba a encontrar en cuanto llegase a casa y fuese a buscarlo. Lo llamaría, después subiría al despacho y encontraría cajas y más cajas repletas de actas de defunción. La última que había leído quedó impresa para siempre en su memoria: *24 años de edad, dos días de parto. Parto de nalgas, episiotomía. Hemorragia. Madre fallecida. Dos gemelas le sobrevivieron.*

Al hundirse de nuevo en el agua pudo oír la voz de la madre Carlin diciendo:

—Su dolor es parte del castigo, doctor. Si no sufren, no aprenden. Lo llamaremos si necesitamos de sus servicios.

Había intentado ayudar. No fue culpa suya; no hubo nada que pudiera haber hecho. Al tomar sus últimas bocanadas de aire, el doctor Jacobson escuchó a su adorado *spaniel* rascando en la puerta del cobertizo. Luchó unos segundos más, tosiendo con fuerza el nombre de Sally, cuando su canción de bodas comenzó a resonar una y otra vez en su cabeza... *Dream a little dream of me.*

CAPÍTULO TREINTA Y NUEVE

LUNES, 6 DE FEBRERO DE 2017

Kitty Cannon observó los carteles de «Fuera de servicio» en los ascensores de Whitehawk Estate, y luego estiró el cuello para mirar el décimo piso.

Al comenzar a subir por la escalera interior, recordó la primera vez que posó sus ojos sobre Annabel, en la Escuela de Bachillerato de Brighton. Era el primer día del trimestre otoñal de su último año de bachillerato cuando oyó jaleo en el patio; y miró. Un grupo de novatos formaban un círculo, pero no sabía alrededor de qué o de quién. Normalmente no le habría importado, pero había algo en la intensidad del acontecimiento que le llamó la atención.

Los escarnios resonaban con demasiada fuerza, algo inusual, y el grupo era demasiado grande, algo aún más extraño.

Así que saltó desde el muro sobre el que estaba sentada y caminó despacio hacia la ruidosa escena. Al acercarse, se hizo inteligible un cántico: *«Pelo panocha, pelo panocha, vuelve a la huerta que estás pocha»*.

Unos cuantos lanzaron un vistazo a su alrededor y dejaron de hacer lo que estaban haciendo cuando Kitty se acercó. La mayoría de las chicas del último año no hubiesen hecho nada para detener a nadie, ni hubiesen prestado atención, pero la de Kitty era una presencia particularmente imponente: alta, con el cabello muy liso y negro como el ala de un cuervo, piel mediterránea y unos ojos castaños que fulminaban la escena desarrollada frente a ellos.

Una novata estaba en el centro del círculo, encogida, hecha un ovillo, cubriéndose la cabeza con las manos como si ya hubiese abandonado la idea de escapar e intentase protegerse lo mejor posible frente a cualquier cosa que pudiese pasarle a continuación. La verdad es que su cabello era un espectáculo digno de ver: largo, rizado y de fiero color rojo. La mayoría de los integrantes del circulo callaron de uno en uno cuando Kitty se alzó entre ellos, excepto un chico con cara de malo, uñas sucias, pantalones raídos y demasiado cargado por la adrenalina generada durante la persecución de la presa para reparar en su presencia. De pronto echó una pierna hacia atrás, como disponiéndose a patearla igual que a un balón de fútbol. Cuando comenzó el impulso hacia delante, Kitty se acercó a él y lo empujó con fuerza.

El chico no la vio venir, perdió el equilibrio y no tuvo tiempo para protegerse con las manos. Justo antes de golpear el suelo, se las arregló para colocar una mano entre su cuerpo y el hormigón y todo su peso cayó sobre su muñeca, provocando un ruido que sonó como un extraño crujido. El grupo quedó en completo silencio, todo el ambiente cambió con aquel solo gesto: el cazador cazado. Entonces el niño lanzó a Kitty una mirada llena de perplejidad y comenzó a chillar.

Kitty no le hizo caso, caminó hasta la víctima y extendió su mano para levantarla. Cuando la niña de once años se estiró y la miró, a Kitty se le heló la sangre en las venas. Supo por instinto que aquella era Rose, la hija de Ivy. No podría parecerse más a su madre. Como Kitty se mantenía en silencio, la niña le sonrió con timidez, se limpió la nariz con el dorso de la mano y echó a correr en dirección a la campana que anunciaba el comienzo de las clases.

Durante las semanas siguientes, Kitty descubrió que su intuición (que esa niña pelirroja de ojos azules era la hija de Ivy) era cierta. Era adoptada, le dijo a Kitty, y no solo eso; era desgraciada. Cada día, caminando juntas a casa, Kitty daba un enorme rodeo solo para estar con ella y Annabel Rose comenzó poco a poco a revelar sus tribulaciones. Intentaba con toda su fuerza ser una buena hija, pero nunca nada era lo bastante bueno para sus padres y se sentía continuamente como un pez fuera del agua intentando pasar por el aro.

Le había recordado tanto a Ivy... Las remembranzas que entonces regresaban resultaron tan vívidas que parecía como si Ivy hubiese encontrado el modo de volver a ella. Sonreía de la misma manera que Ivy, con los ojos, y la boca siempre cerrada; jugueteaba con el cabello cuando no se sentía segura de algo; y al volver la cabeza, dejaba que sus largos tirabuzones rojos cayesen sobre sus ojos. Podría haber sido la propia Ivy.

Por supuesto, no podía compartir nada de eso con Annabel. Jamás había admitido la verdad frente a nadie, y eso la reconcomía. Lo que sí compartió fue algo que ambas sentían. La soledad y la abrumadora sensación de pesar que soportaban cada día por la gente que habían amado y nunca conocido. Kitty por su hermana gemela y Annabel por su madre biológica.

Durante las semanas y meses siguientes Kitty le mostró a Annabel un aspecto de su personalidad que no había mostrado a nadie. Al principio, despacio y con prudencia, tanteó el terreno. Suponiendo que Annabel la rechazaría, como hasta entonces había hecho todo el mundo, le contó la misma historia que le había contado a su padre: que había visto a Elvira en el cementerio; que Elvira la había llevado hasta el edificio anexo y que estaba demasiado asustada para escapar. Que Elvira había muerto porque Kitty se perdió buscando ayuda.

Annabel la escuchó, la consoló y le confesó que añoraba a la mujer que la había dado a luz. Pensaba a menudo en su madre biológica. Se moría por saber quién fue realmente y por qué había elegido darla en adopción. Y así, juntas, encontraron a Maude. Y fue entonces cuando se desencadenó todo.

Kitty tenía la intención de quedarse al margen en casa de Maude Jenkins, de estar allí apoyando a Annabel en su primer encuentro con su abuela pero, en vez de eso, se encontró temblando de ira en cuanto la anciana señora abrió la puerta.

En la caja de las cosas de Ivy había un paquete de cartas y se sentó a leerlas en un rincón, a pesar de las protestas de la anciana. Tenía recuerdos borrosos de sacar a Annabel a la calle casi a rastras, dándole las cartas de Ivy y diciéndole que las leyese. Maude debería haber rescatado a Ivy, recordaba decirle a Annabel Rose mientras la sujetaba por los hombros, y que mataría a su abuela si la volvía a ver. No recordaba haber regresado a casa aquella noche, pero al despertar por la mañana la sensación de pánico era abrumadora.

A la mañana siguiente esperó a Annabel a la puerta de la escuela, como de costumbre, pero no apareció. Durante las semanas siguientes, Kitty intentó hablar con ella, pero Annabel no le dirigía la palabra. En sus ojos había frialdad, y vacío en su sonrisa, y Kitty sintió como si hubiese vuelto a perder a Ivy.

Intentó mantenerse apartada, pero sentía como si se le partiese el corazón en dos y las pesadillas, que le habían dado un respiro desde su encuentro con Annabel, regresaron con ansias de venganza.

Un día, a las dos de la madrugada, fue a casa de Annabel y llamó a la puerta. El padre adoptivo de la niña abrió muy preocupado.

—Perdone que le despierte, señor Creed, pero tengo que ver a Annabel. —Kitty intentó sonreír al hombre para suavizar el sentimiento de contrariedad que irradiaba de él.

—Esto se está saliendo de madre. No sé por qué una chica mucho mayor que mi hija tiene tanto interés en ella, pero hace una semana que Annabel no ha dejado de llorar y sospecho que eso tiene algo que ver contigo.

—Por favor, tengo que hablar con ella y explicárselo, nada más. —Kitty tenía ganas de llorar pero se contuvo, airada.

—Lárgate de aquí. Si me entero de que vuelves a molestar a mi hija, llamaré a la policía —dijo rojo de ira, pero su piel se vio pálida al quedarse allí plantado, con sus huesudos dedos apretados en las caderas y sus estrechos tobillos sobresaliendo bajo el dobladillo del pijama de seda.

—No es hija suya —le espetó Kitty—. La robó. Y le odia por eso.

Al alejarse de la casa se volvió para mirar hacia el dormitorio de Annabel, donde la pequeña se encontraba a la ventana, tan parecida a Ivy que era como si la mujer hubiese vuelto a la vida.

Durante las semanas siguientes la sensación de rechazo empezó a hacer mella en Kitty. Sintió como si fuese a perder la razón. Las cartas la martirizaban; el deseo de dañar a los responsables de la muerte de Ivy se volvió incontrolable.

Imágenes violentas acudían una y otra vez a su mente, acompañándola día y noche como una sesión continua de cine mudo. No había palabras, solo imágenes de ella vengando la muerte de Ivy.

Las visitas a su madre en el hospital, hasta entonces parte de su rutina, comenzaron a suponer una carga insoportable y algo que temía hacer desde que la mujer había despertado. El olor de la muerte en los pasillos, las débiles sonrisas de las enfermeras, Helena yaciendo en su cama, hinchada e inútil. Estaba harta de la fealdad de todo el asunto, de los tubos, del dolor, de la interminable y perpetua muerte de la mujer última responsable de que la hubiesen abandonado en St. Margaret.

Le había hablado de Elvira en muchas ocasiones pero resultaba evidente que no sentía ningún remordimiento, a juzgar por las escuetas y breves respuestas de Helena y su modo de volver la cabeza y cambiar de tema.

Kitty estaba harta de encontrarse sujeta a una mujer que no se preocupaba por ella.

Estaba harta de esperar a que su madre muriese.

Necesitaba ser libre para poder concentrarse.

CAPÍTULO CUARENTA

MIÉRCOLES, 3 DE JULIO DE 1968

Helena Cannon volvió en sí con un sobresalto. Su pequeña habitación de hospital estaba oscura, a excepción del estrecho haz de luz que su lámpara de noche lanzaba sobre la almohada, empapada de sudor. Hacía un calor desacostumbrado en julio y la atmósfera dentro de la sala era agobiante a pesar de que ya se había puesto el sol. La densa humedad del día flotaba en el aire. Podía oír débiles llantos de bebé procedentes de la sala de maternidad pero, aparte de eso, todo lo demás estaba en silencio.

Al parecer, ya hacía tiempo que la máquina de diálisis de Helena había completado su ciclo. Los indicadores del aparato estaban inmóviles, y bajo la difuminada luz parecía un robot con los ojos fijos en ella. La enfermera de noche holgazaneaba mucho últimamente. Nunca estaba allí para desengancharla de los tubos al terminar la sesión y después sacarla de la sala en silla de ruedas. El camisón y las sábanas estaban empapados de sudor, en fuerte contraste con su boca, que tenía seca como una tormenta de arena.

Una oleada de náuseas la golpeó al volver la cabeza hacia la ventana, que permanecía firmemente cerrada a pesar de los ruegos que hacía a las enfermeras para que la abriesen. Aunque su cuerpo estaba siendo examinado, intubado, cateterizado e inyectado, al parecer sin solución de continuidad, su mente no parecía formar parte del área de interés de ninguno de los doctores que sin descanso charlaban alrededor de su cama. Intentó ser paciente, consciente de la existencia de otros más necesitados de atención que ella, pero necesitaba desesperadamente ser escuchada para evitar volverse completamente loca. Sentía, encadenada día tras día a aquella máquina batidora, que las paredes de la sala se estrechaban. No pasaría mucho tiempo hasta que los muros presionasen sus hinchadas extremidades y el techo, la tapa de su ataúd, bajara y la encerrase... *clic, clac*.

Le echó un vistazo al despertador colocado sobre la mesita de noche para averiguar cuánto tiempo había dormido, pero tenía la esfera vuelta hacia el otro lado. Era imposible alcanzarlo mientras continuase enganchada a la máquina, así como el timbre de llamada, al cual miraba con anhelo. El hormigueo en su piel y la creciente necesidad de vomitar la llevó a creer que había dormido más de la hora asignada entre tomas de presión arterial. Eso o estaba demasiado exhausta para despertar de sus cada vez más desgarradores sueños. Sueños de George, tan reales que podía tocarlo, podía olerlo. Sueños de su vida antes de todos esos dolores, citas médicas y agujas sin fin, cuando eran felices y se amaban con locura. Sueños tan vívidos que, al despertar, sentía como si otra vez hubiese vuelto a perderlo.

Mientras yacía en la cama de la sala, intentando apartar de su mente aquel renovado pesar, había visto con unos celos horribles a maridos ir y venir, recogiendo a sus esposas, felices de haber dejado atrás su única visita al hospital y de volver a estar en paz con la vida.

Quiso gritarles: «¡Deberíamos ser George y yo; nosotros deberíamos envejecer juntos!».

Ya llevaba más de siete años muerto, y le habían mentido: el tiempo no lo hacía más fácil. La única consecuencia de su paso fue que los amigos dejasen de preguntar, que dejasen de mencionar a George por miedo a que volviesen sus lágrimas. Sabía que todos esperaban que ella continuase... ¿Continuar a dónde? El tiempo no había curado nada; su pesar se había limitado a una lenta evolución para dar rienda suelta a la ira atrapada en lo más profundo de sus extrañas, como una bomba sin explosionar.

Sus ojos recorrieron la sala en busca de algo que le sirviese de ayuda para alcanzar el timbre de llamada y se detuvieron en el ventilador colocado sobre la repisa, el que le había traído Kitty para refrescarla durante las largas sesiones de diálisis. Habían sido solo unas horas, pero echaba muchísimo de menos a su hija. Si Kitty hubiese estado allí ya habría ido en busca de alguien, reprendido a las enfermeras y asegurado de que se ocupasen de devolver con mucho cuidado a su madre a la tranquilidad de su cama de sala.

Helena yacía en la habitación en penumbra, pensando en Kitty. Últimamente había estado apagada, y volvía a preguntarle por Elvira. Helena estaba muy cansada del asunto, muy harta de que la hiciese sentir mal. Le había costado una enorme capacidad de perdón permitir a George que llevase una de las gemelas de St. Margaret a casa, y se realizó la selección obvia. Elvira había sufrido problemas respiratorios desde el momento de nacer; el padre Benjamin había dicho que el bebé requería un cuidado especial que George no sería capaz de proporcionarle. Ya le resultaría bastante difícil criar a una niña él solo.

—¿Alguna vez pensaste en Elvira mientras me viste crecer? —le había preguntado Kitty aquella mañana, con la dura mirada que aparecía en sus ojos siempre que hablaba de su hermana—. Necesito saber si te importaba lo más mínimo.

La sala dio un vuelco y Helena se encontró tragando el vómito que subió por su garganta. En ese momento solo quiso que Kitty se fuese, pero ahora que se había ido estaba desesperada porque volviese.

—Enfermera —graznó. Su ingesta de líquidos se mantenía tan baja como su cuerpo podía tolerar para evitar que sus piernas y pulmones retuviesen más agua, pero la disminución diaria de la ración de agua permitida estaba dando pocos resultados, aparte de dejarle la boca tan seca que apenas podía hablar. Apenas era capaz de respirar por sí sola y sus piernas continuaban hinchándose, hasta el punto de que ya le resultaba imposible moverse y no parecían suyas, con la piel tan tensa y suave que tenía la sensación de que se abriría bajo la más leve presión.

El silencio retumbaba en los oídos de Helena y el menor movimiento provocaba que regresasen fuertes oleadas de náusea. Pronto vomitaría, no sería capaz de evitarlo, y al hacerlo su deshidratación alcanzaría un nivel muy peligroso. *Mantén la calma, no tardará en venir alguien.* Tenía sed, mucha sed: no habían vuelto a darle agua desde que bebiese aquella pequeña taza con el desayuno, y desde entonces había sudado con profusión. El picor en su piel había alcanzado una nueva cota; sentía como si los insectos que la recorrían la hubiesen agujereado hasta llegar al hueso. Por mucho que desgarrase su piel, no había manera de llegar a ellos.

De pronto, y sin previo aviso, su boca se llenó de líquido y comenzó a vomitar, emitiendo un sollozo al tiempo que derramaba el contenido de su estómago frente a ella, con el ácido quemándole la garganta.

Apenas capaz de levantar una mano para limpiarse la boca, rogó por oír a alguien en el pasillo. Pero no oyó nada; solo el corazón martillando en su pecho. Bajó la mirada hacia la gruesa aguja clavada en su brazo. No podía sacársela sin ayuda; estaba completamente atrapada.

Mientras yacía combatiendo la segunda oleada de náuseas, oyó de nuevo los débiles llantos de bebé procedentes de la planta inferior, de la sala de maternidad. A menudo los oía llorar durante la noche. Y algunas noches, los chillidos de las mujeres durante la agonía del parto llegaban a ella a través del suelo, cobrando fuerza a medida que pasaban las horas. Y después, por fin, el silencio seguido por el llanto de un recién nacido.

Para la mayoría de la gente era el más dulce de los sonidos, pero para Helena era como el chirrido de unas uñas afiladas raspando un encerado. Un recuerdo no deseado de los cientos de chicas con el rostro cetrino que habían llamado a la puerta del despacho de la madre Carlin. Jovencitas que se habían sentado en silencio observando a la monja rascar con su bolígrafo la superficie del contrato que concretaba los últimos detalles del destino de sus bebés. Después, la madre superiora les daba una charla acerca de cómo escoger lo mejor, y las más sensatas firmaban. Otras ofrecían más resistencia, pero al final todas cedían gracias al poder de persuasión de la madre Carlin.

Helena no podía imaginarse ni por asomo la agonía de entregar un hijo; el dolor por no poder tener uno propio ya era bastante atroz. Y seguían llegando muchachas, cada vez más jóvenes, pálidas y delgadas. Muchas veces había intentado dejarlo, pasarle el empleo a otra persona, pero el padre Benjamín había insistido en que continuase. Tenía gancho con las chicas, le dijo; confiaban en ella. Era una joven abogada en prácticas trabajando en un mundo de hombres y no quería que la despidiesen de su primer empleo.

De pronto oyó el ruido de una llave girando en la cerradura. No tenía idea de por qué estaba cerrada la puerta; quizá se habían olvidado de ella y era un empleado del servicio de limpieza. No importaba por qué la habían dejado allí; de momento, lo importante era que la habían encontrado. Sintió una corriente de alivio cuando la puerta se abrió y la luz del pasillo iluminó la sala por un instante. La cabecera de la cama apuntaba hacia la puerta, así que no pudo ver quién había entrado, pero podía oír a alguien moviéndose a su alrededor, tras ella.

—¡Hola! —graznó, con restos de vómito seco crujiendo en las comisuras de sus labios.

La persona no dijo una palabra. Helena escuchó sus zapatos golpeando el suelo, esperó a que se presentase y la confortara.

—¡Hola! —forzó la voz, pero solo emitió un susurro—. Contesta, por favor. ¡Ayúdame, por el amor de Dios!

Ninguna respuesta mientras la persona permaneció en algún lugar tras ella.

—¿Qué haces? No me puedo mover. Ayúdame, por favor —suplicó Helena.

Al torcer la cabeza en un intento desesperado por ver quién estaba con ella en la habitación, sintió una cálida respiración cerca del cuello y vio una mano estirándose hacia el interruptor de la luz junto a la cama y apagarla. De inmediato la habitación se hundió en la oscuridad.

Sintió un repentino tirón en la aguja colocada en su

brazo y un dolor agudo subió desde la mano. La impresión la hizo boquear, e intentó levantar su otro brazo para comprobar qué había pasado. Las lágrimas le picaron en los ojos cuando sus dedos se posaron sobre el esparadrapo roto alrededor de la aguja de su fístula, que estaba suelta.

Presa del pánico, sus dedos hinchados toquetearon con torpeza la aguja haciendo lo posible para volver a colocarla, pero solo consiguió sacarla aún más. El agónico dolor de su amoratada piel alrededor de la fístula la obligó a proferir un grito silencioso. Unos zapatos resonaron en el suelo, la puerta se abrió rápido y luego volvió a cerrarse. Helena sintió un líquido corriendo por su mano y sus hinchados dedos, formando un charco bajo su palma.

Sangre: de pronto había mucha sangre. Presionó tan fuerte como pudo en el agujero donde estuvo clavada la fístula, pues sabía que la habían colocado directamente en una arteria y que la hemorragia sería incontrolable.

El charco de sangre creció hasta comenzar a derramarse por el borde de la cama, goteando en el suelo. Helena empezó a sollozar rogando que alguien acudiese en su ayuda, aunque sabía que su apagada voz jamás sería oída al otro lado del largo pasillo. Débil y desorientada, se estiró para alcanzar el timbre de llamada, pero sus brazos se sentían tan pesados que apenas respondieron a la orden. Desesperada, empujó la lámpara de la mesita de noche, esperando que se hiciese añicos contra el suelo y el ruido llamase la atención de alguien, pero el aparato solo se inclinó a un lado, rodando hacia delante y atrás fuera de su alcance. La náusea creció en oleadas y volvió a vomitar, esta vez a un lado de la cama, incapaz de resistir más tiempo.

Pasaron unos segundos, la habitación comenzó a girar e imágenes de George destellaron en su mente. La noche de su primera cita, su vestido amarillo, el baile en la playa bajo las estrellas, el beso de la luz bajo el dulce sol estival, fundirse con él. Todavía podía oler la sal de la brisa marina.

Intentó rodar sobre sí misma, consciente de que la caída de la cama podría matarla, aunque sabedora también de que quizá el ruido hiciera que alguien acudiese corriendo. Sin embargo, sus hinchadas piernas eran demasiado pesadas: jadeó, sollozó y suplicó, pero no tardó en sentirse demasiado mareada y débil para continuar. La sala comenzó a girar fuera de control, una y otra vez, dando vueltas y vueltas de un modo que parecía nunca terminar.

—¡George, ayúdame! —gritó mientras se aferraba a sus empapadas sábanas, rogando para que estuviese esperando por ella al otro lado.

Un fuerte dolor comenzó a progresar por un lado de su cuerpo: la pierna, el brazo y después el rostro; una parálisis reptante. Después ya no pudo moverse en absoluto.

Y al cerrar los ojos, llorando amargamente, esperando por el final, rogó a Dios una y otra vez que la perdonase.

Perdóname, perdóname, Señor. Te lo ruego.

Perdona mis pecados.

CAPÍTULO CUARENTA Y UNO

Kitty caminó despacio por el pasillo cubierto de *grafitis* en dirección al piso de Annabel Rose, bajo las puertas que rebasaba salía un estruendo de televisores y llantos de bebé. Por fin llegó al número 117 y miró arriba y abajo por el pasillo antes de llamar al timbre.

No hubo respuesta. De inmediato sintió una oleada de irritación. Estiró la chaqueta, arreglándose, y tomó una respiración. Se prometió mantener la calma. No conocía la versión de Annabel, y tenía que saberla antes de perder los estribos. No había dormido, la mañana ya había sido bastante dura y tenía que mantener la compostura. Extendió un dedo y llamó de nuevo al timbre. Esta vez oyó movimiento en el interior.

—Un momento —dijo una voz conocida. Kitty unió las manos frente a ella y esperó.

Annabel tenía una sonrisa en el rostro al abrir la puerta. Casi de inmediato sus ojos mostraron una señal de reconocimiento y la expresión cambió. Kitty aguardó paciente a que comenzase la falsa bienvenida, con un pie atravesando ya el umbral por si Annabel intentase cerrarle la puerta en las narices.

—Jesús, Kitty, no sabía… Quiero decir… No esperaba verte aquí —dijo Annabel, frotando despacio sus manos en el mandil, limpiándolas de algo que parecía harina y sonrojándose profundamente—. Ha pasado mucho tiempo.

Kitty pensó que tenía un aspecto horroroso. Su piel era pálida y su enorme ropa envolvía los pedazos de grasa que sobresalían de cada pliegue de su piel. A pesar de que Kitty era seis años mayor, Annabel parecía diez años más vieja. Debía de haber engordado unos veinte kilos desde la última vez que la viese, ya hacía casi cincuenta años. Tenía el cabello graso y lo llevaba peinado hacia atrás, apartado de su rostro redondo y arrugado, y su postura resultaba extraña, como si le doliese una pierna o la cadera. Kitty la observó, hirviendo de ira, pensando en su indolente vida desperdiciada. ¿Por qué a Annabel le importaba tan poco lo sucedido a su madre? ¿Por qué había dejado que fuese Kitty quien enderezase las cosas? Sintió un nudo de ira en las entrañas, pulsando, listo para estallar.

—Bueno, ¿no vas a invitarme a entrar?

Annabel lanzó un vistazo al pasillo y después al suelo, donde el pie de Kitty rebasaba justo la línea del umbral. Kitty esperaba con las manos entrelazadas al frente. Su pecho se tensaba con el incremento del furor. La vacilante indecisión de Annabel resultaba tan irritante como siempre. Quería abofetearla. Aunque ya sospechaba que ella no se alegraría de verla, todavía brillaba la nimia llama de esperanza de que aún hubiese algo de amor a pesar de todo lo sucedido entre las dos. De que después de todo lo compartido, y de todo lo que Kitty había hecho por ella, su amistad prevalecía. Estaba claro que no.

Mientras Annabel continuaba indecisa, Kitty oyó unas voces procedentes del pasillo y avanzó un paso, de modo que se situó bajo el umbral.

—Annabel, por el amor de Dios, déjame entrar —siseó.

Nana retrocedió, cerrando los ojos por la molestia de su cadera. Kitty se deslizó dentro, y el característico aroma de *Chanel nº 5* se fijó en el fondo de la garganta de Nana, provocándole una arcada. Cerró los ojos, rogando que no se presentase Emma. Pasó renqueante frente a la habitación de la pequeña y cerró la puerta en silencio; las manos le temblaron al sujetar el picaporte.

En cuanto Kitty llegó al salón, se detuvo y examinó la estancia con una expresión de desdén en el rostro. La televisión estaba encendida, los presentadores de los programas diurnos se comportaban con su habitual estilo adulador. La chimenea de gas estaba prendida, pero hacía frío en la sala, y había periódicos, mantas y juguetes de niño esparcidos por el suelo. Nana se situó en la entrada, tras ella, en silencio, con su cerebro trabajando a toda prisa, demasiado preocupada para componer una falsa bienvenida. Tenía que sacar a Kitty de allí antes de que se despertase Emma.

—¿En qué puedo ayudarte, Kitty? —preguntó, cambiando el peso de un pie a otro. Su cadera la martirizaba sin piedad. Miró el reloj colocado sobre la repisa de la chimenea. Sam había llamado a las seis y dijo que llegaría a casa sobre las once; ya era más de mediodía. Seguramente no iba a retrasarse mucho más. Era un milagro que Emma estuviese dando una cabezada (en raras ocasiones lo hacía), pero había estado enferma y pasado buena parte de la noche en pie. *Duerme, ángel mío. Duerme.*

—Veo que has aprovechado tu potencial —comentó Kitty, lanzando un vistazo a su alrededor, observando el revoltijo de fotografías y recortes de periódico.

—Es mi hogar y me gusta así —dijo Nana—. ¿Qué quieres, Kitty? —Su voz tembló ligeramente, pero sostuvo la mirada con firmeza cuando Kitty se volvió.

Kitty sacudió la cabeza y cruzó los brazos.

—¿Por qué le has hablado de mí a tu nieta?

—No lo hice —respondió Nana, mirando el teléfono junto a su mecedora—. No he hablado una palabra de este asunto con ella. Encontró las cartas de Ivy.

—Porque las dejaste en algún lugar para que las encontrase —replicó Kitty, acercándose—. ¿Has vuelto a ver a Maude?

—No. He pasado página. Y tú deberías hacerlo también —dijo Nana, apoyándose en la silla junto a ella.

—No puedo permitirme ese lujo. Una de las dos tenía que hacer algo, y me abandonaste.

—No te abandoné, Kitty. Éramos pequeñas, crecimos separadas.

—Me diste la espalda cuando más te necesitaba. Mañana van a demoler St. Margaret; si no hubiese sido por mí, todos esos se habrían ido de rositas por lo que hicieron.

—¿Qué quieres decir, Kitty?

—Que siempre has sido una cobarde. Mataron a tu madre, mataron a mi hermana. ¿Por qué iban a morir cómodos y calentitos en su cama?

Nana comenzó a asustarse.

—Kitty, por favor, Sam regresará dentro de un rato; juntas podremos hablar de todo esto. Tienes razón, soy una cobarde. Siempre he estado demasiado asustada, pero ahora que estás aquí podemos decírselo, podemos ayudarte.

—No te importo nada. Me abandonaste igual que los demás. Te cuidé, te amé.

—También yo te quise, Kitty. Pero lo ponías muy difícil. No quería vivir mi vida llena de odio.

Nana rodeó la silla y se sentó en ella. Le faltaba el aliento, y estaba discutiendo. Miró a Kitty con lágrimas en los ojos.

—No estoy bien, Kitty, mi corazón no es fuerte.

—Tu corazón es débil porque tú eres débil.

Emma se presentó a la puerta, detrás de Kitty, y la sala comenzó a girar. Nana sintió un dolor en el brazo.

—No le hagas nada, Kitty, por favor; no le hagas daño.

—Ah, bueno, ahora te preocupas —dijo Kitty, alzándose sobre ella.

Nana estaba tirada sobre su mecedora, con el color de sus mejillas ausente por completo. Emma corrió a rodearla con sus brazos.

—Nana está cansada, nada más —dijo Kitty, sonriendo a la pequeña—. ¿Salimos y la dejamos dormir? Podemos jugar al escondite. ¿Te gustaría?

Emma asintió. Kitty la cogió de la mano y salieron juntas del apartamento, cerrando la puerta tras ellas.

CAPÍTULO CUARENTA Y DOS

LUNES, 6 DE FEBRERO DE 2017

Elvira Cannon detuvo el coche fuera de St. Margaret, apagó el motor y se volvió hacia la pequeña, sentada en el asiento de atrás.

—¿Quieres ver dónde nació Nana? —preguntó.

Emma sacó la piruleta de la boca y asintió. Elvira salió del coche y le abrió la puerta a la niña, después se acercó al maletero y sacó un bidón de gasolina y una linterna, cerró con llave y cogió a Emma de la mano.

Eran las dos de la tarde y la luz ya palidecía cuando se abrieron paso a través de un agujero en la valla. Elvira pudo ver a dos hombres charlando junto a la casa.

—¿Jugamos al escondite? —preguntó a la pequeña caminando a su lado.

Emma asintió, mirándola con sus enormes ojos azules. Tenía el cabello rubio-pelirrojo, mucho menos rojo que el de Sam o Ivy. Ivy se estaba desvaneciendo, su luz se apagaba. Pronto sería completamente olvidada. Todos lo serían.

—Contaré hasta diez y te esconderás tras una de esas grandes lápidas —susurró Elvira, observando a los dos hombres, que aún estaban inmersos en su conversación—. Uno, dos, tres…

La pequeña corrió hacia la lápida más grande, riéndose, mientras Elvira arrastraba el bidón de gasolina en busca de la trampilla que llevaba a la casa. Al final la encontró, apartó la maleza a patadas y colocó la pesada lata a su lado. Sacó la llave del bolsillo y la metió en la cerradura. Al principio se atascó, pues el hueco estaba lleno de tierra y porquería que tuvo que limpiar con los dedos. Pero al final la llave giró —*clac*— y la mujer levantó una trampilla que llevaba décadas sin ser abierta. El olor procedente del túnel abierto bajo ella le hizo retirarse a un lado. Al mirar a su espalda vio a Emma asomando la cabeza detrás de la lápida, agitando una mano para llamar su atención.

La imagen le heló la sangre; era una tarde gélida y la luz palidecía igual que aquella jornada de 1959, cuando ella llamó la atención de Kitty.

Habían pasado sesenta años y aún seguía atrapada en aquel momento. Se sentía igual de desesperada, igual de sola, igual en todo. Nada de lo que hiciese cambiaría jamás la desdicha.

CAPÍTULO CUARENTA Y TRES

DOMINGO, 15 DE FEBRERO DE 1959

Elvira Cannon se agazapó tras una lápida del cementerio de la iglesia de Preston y observó a la niña de la trenca roja que tenía la misma cara que ella.

Sabía que no tenía mucho tiempo, que la niña no tardaría a volver a marchar en el autobús y ahí moriría su oportunidad. Llevaba todo el día esperando en la nieve, después de haber pasado dos noches escondida en el edificio anexo; sabía que no iba a resistir mucho más. Ya no sentía ni los pies ni las manos y tenía tanta hambre que su vientre había dejado de pedir comida.

Con el cuerpo tiritando por el frío que atenazaba cada uno de sus miembros, esperó a que la pequeña mirase en su dirección y entonces asomó la cabeza tras la lápida y le hizo una señal.

Al principio no supo si la había visto. Se lanzó hacia su escondite, incapaz de controlar su aterrada respiración, horrorizada porque alguien además de su gemela pudiese haber reparado en ella. Entonces, entre el silencio oyó el crujido de la nieve y unas pisadas acercándose más y más hasta detenerse en un lugar junto a ella.

Su instinto fue el de agarrarla. Agarrarla y correr, rápido, al otro lado de la iglesia y a través de los campos abiertos tras ella hasta llegar al edificio anexo a St. Margaret.

Al ingresar en la relativa seguridad del interior, se detuvieron. Se quedaron mirando la una a la otra, todavía con las manos entrelazadas, jadeando e intentando recuperar el aliento.

—¿Quién eres? —le preguntó Kitty con una cariñosa sonrisa, como si ya lo supiera.

—Soy Elvira, tu hermana gemela —le había respondido, devolviéndole la sonrisa a Kitty, a pesar de que le dolía hasta el último rincón del cuerpo.

—No entiendo… —dijo Kitty—. ¿Cómo es posible?

—Nacimos en St. Margaret. Nuestro padre te llevó a casa y yo fui adoptada, pero me devolvieron. ¿Tienes algo de comer? —preguntó Elvira.

Kitty buscó en el bolsillo de su trenca roja y sacó la manzana de brillante color verde que reservaba para la vuelta en autobús.

—Toma.

—Gracias —dijo Elvira, con la mirada tan radiante como si le hubiesen ofrecido un banquete. La cogió y se sentó en el suelo para comerla, hambrienta.

Kitty observó el cuerpo de su hermana, tembloroso y cubierto de mugre. Sus pies, calados con unas sandalias abiertas, estaban blancos a causa del frío. Vestía un mono marrón y parecía como si la sangre se hubiese congelado en sus brazos.

Kitty se quitó la trenca.

—Toma, ponte esto.

Elvira terminó la manzana y cogió el abrigo, deslizando los brazos dentro de las mangas y probando los alamares.

—Es preciosa —dijo.

Kitty sintió de inmediato la falta del abrigo y estrechó los brazos contra su cuerpo. Miró por una grieta abierta en el edificio. La luz estaba desvaneciéndose; casi había oscurecido. Por primera vez, comenzó a sentirse nerviosa. El autobús ya habría salido y se iba a quedar en el campo, de noche. No le había dejado una nota a su padre; no había tenido una razón. Creyó que estaría de regreso a casa antes de que él hubiese vuelto del hospital.

—¿Mi padre sabe algo de ti? —preguntó, acurrucándose junto a Elvira, comenzando a tiritar ligeramente a causa del frío.

—No lo sé —respondió Elvira.

—Tenemos que ir a casa —dijo Kitty, levantándose y cogiendo la mano de su hermana gemela—. Es casi de noche.

—No puedo volver a salir ahí fuera. Me matarán.

Elvira apartó su mano de la de Kitty y se echó hacia atrás, como si su hermana fuese a arrastrarla al exterior en contra de su voluntad.

—¿Matarte? ¿Qué quieres decir? —Kitty se quedó en pie mirando a la hermana de cuya existencia no tenía idea sin saber qué hacer a continuación. No era capaz de asimilar todo lo sucedido; se sentía asustada y sobrepasada por los acontecimientos—. Ya sé, me iré y encontraré a mi padre y volveremos por ti —dijo, retrocediendo hacia la puerta por donde habían entrado.

—¡No! Por favor, no me dejes —rogó Elvira.

—Tengo que irme ya, antes de que se haga demasiado tarde. Mi padre se preocupará —dijo Kitty—. Todo irá bien, él te ayudará.

Elvira se incorporó poniéndose de rodillas y cogió la mano de Kitty.

—Te pasará algo malo y no volverás.

—No va a pasarme nada malo —dijo Kitty con voz temblorosa.

—Sí, pasará algo malo porque *yo soy* mala. —Entonces cayó al suelo y comenzó a llorar. Kitty se sentó a su lado y la rodeó con los brazos.

Al final, tras una o dos horas, Elvira dejó ir a Kitty. Estaba demasiado débil para seguir luchando. Le había hecho prometer que si no la encontraba allí cuando regresase con su padre, emplease la llave de los túneles del cementerio de St. Margaret para ir en su busca.

—No grites, prométeme que no gritarás.

—Lo prometo —había dicho Kitty, tan helada que no sintió sus manos cuando Elvira las cogió.

Elvira esperó toda la noche el regreso de Kitty hasta que, al final, sabiendo que algo se había torcido, abandonó el refugio del edificio y se aventuró al amanecer, ataviada con la trenca roja de su hermana.

Aún podía recordar el pavor corriendo por sus venas, la adrenalina haciendo hervir su sangre. Había corrido hacia la iglesia tan rápido como le permitieron sus congelados pies... siguiendo la dirección que Kitty habría tomado para coger el autobús de vuelta a casa y conseguir ayuda. Algo le había pasado, lo sabía. Ya habría regresado si hubiese llegado a casa.

Podía recordar el momento exacto en que lo vio: uno de los zapatos negros de charol que calzaba Kitty abandonado sobre el terreno helado. Se había quedado mirándolo, temiendo que su hermana hubiese caído, que estuviese herida en alguna parte, incapaz de moverse. Miró a su alrededor, desesperada por encontrar cualquier señal de ella, y al llevar la vista en dirección a St. Margaret vio el otro zapato de Kitty reflejando la luz del amanecer. Fue entonces cuando se le ocurrió.

No se le había pasado por la mente hasta entonces. Pero la verdad es que desde que Kitty la dejase, nadie había vuelto a llamarla gritando su nombre. Nadie había ido al edificio anejo. No había ido nadie porque creían haberla encontrado. Habían encontrado a Kitty en la noche, vagando por error hacia St. Margaret, y creyeron que era Elvira. Kitty se había perdido, había chillado pidiendo ayuda, desesperada, y ellas habían acudido a la carrera.

Elvira, sufriendo convulsiones, observó St. Margaret bajo la luz del alba. Si iba hasta allí, el padre Benjamin y la madre Carlin comprenderían su error y la matarían para mantenerla en silencio. Tenía que hacer lo que Kitty había ido a hacer. Era la única esperanza para ambas. Tenía que encontrar a su padre y regresar con él para salvar a su hermana.

Con los pies entumecidos y agrietados, se calzó los zapatos de Kitty y echó a correr. Resbaló varias veces sobre el hielo mientras intentaba llegar a la iglesia. Lo último que recordaba era ver la cruz de su tejado a través de la bruma. Apenas le quedaban unos metros, casi había llegado. Iba a conseguirlo.

Y entonces cayó.

Dos días después se despertó en el hospital, con el padre al que nunca había conocido sentado en una silla junto a ella, sosteniéndole la mano.

CAPÍTULO CUARENTA Y CUATRO

Estaban abriendo las puertas traseras de la ambulancia cuando Sam detuvo su coche junto al vehículo, en el aparcamiento del edificio de Nana. Nana estaba en una camilla con ruedas, con una máscara cubriéndole el rostro.

—Ay, Dios mío, ¡Nana! —chilló, corriendo a cogerla de la mano mientras los enfermeros la metían en la ambulancia—. ¿Qué le ha pasado? ¿Se pondrá bien?

—Ha sufrido un leve ataque cardíaco. Va a necesitar intervención quirúrgica. ¿Es usted la señora que llamó a la policía? —preguntó el enfermero mientras enganchaba la anciana a un monitor de la ambulancia.

—Soy su nieta. ¿Dónde está la niña que estaba con ella? ¿Todavía está arriba, en el apartamento? —preguntó Sam intentando no dejarse llevar por el pánico.

—No sé nada de eso, tendrá que subir a enterarse usted misma. Nosotros debemos irnos. Si no va a subir a la ambulancia, haga el favor de apartarse.

Sam saltó de la ambulancia y se lanzó hacia las escaleras, subiéndolas de dos en dos. Corrió por el pasillo hacia el apartamento que tan bien conocía, donde un agente de policía hacía guardia en la puerta.

—¡Emma! —chilló Sam, rebasándolo a toda velocidad.

—¡Un momento, señorita! —dijo el hombre, mientras dos oficiales de policía se volvían para mirarla.

—¿Dónde está? ¡Emma! —gritó Sam, corriendo de una habitación a otra—. ¿Dónde está mi hija?

—Señorita, tiene que calmarse —le dijo una mujer policía, caminando hacia ella—. ¿Quién es usted?

—Soy nieta de la mujer que vive aquí; esta mañana estaba al cargo de mi hija. Tenía que estar con ella cuando sufrió el ataque al corazón. ¿Dónde está ahora? —Sam corrió de nuevo hasta el dormitorio, mirando bajo la cama—. ¡Emma!

—De acuerdo; un momento, por favor, ¿podría decirme qué edad tiene su hija? —preguntó la mujer policía.

—Tiene cuatro años. Ay, Dios, por favor, dime que está con Ben. Por favor, Señor, por favor —dijo Sam, sacando su teléfono del bolso y marcando el número del hombre. Deambuló por la sala mientras el aparato daba señales de llamada.

—Ben, soy yo, por favor, devuélveme la llamada de inmediato. Necesito saber si tienes a Emma. Nana ha sufrido un infarto en su apartamento y Emma no está. Llámame.

—¿Hay algún vecino, alguien que pueda tener a su hija? —preguntó la agente, observando a Sam deambular por la casa.

—No, no creo. Ay, Dios —dijo Sam cuando el teléfono comenzó a sonar en su bolsillo. Contestó frenética—. ¿Ben?

—*Sam, soy Fred. Estoy en St. Margaret. Kitty está aquí, y creo que tiene a Emma. Acaban de entrar en una especie de trampilla que hay en el cementerio; voy tras ellas.*

CAPÍTULO CUARENTA Y CINCO

Fred dejó el teléfono y encendió su linterna. Se encontraba en la cima de un vuelo de escaleras de piedra que desaparecía en la oscuridad. Había levantado la trampilla con tanto cuidado como pudo, colocando sus dedos bajo la pesada hoja de hierro forjado y tirado de ella hasta dejarla caer por fin sobre la maleza que cubría el cementerio. Había esperado y escuchado con atención en busca de cualquier signo de vida además de su aterrada respiración, pero solo pudo oír el goteo del agua y el rumor de un reguero. Se inclinó hacia delante intentando adivinar hasta dónde bajaban los escalones, y entonces lo golpeó un olor pútrido y agudo que le provocó una náusea y lo hizo retroceder, trastabillando.

Al ver a Kitty pasando en coche frente a la casa del doctor Jacobson, Fred la siguió a distancia hasta la entrada del edificio. La mujer se había internado en un sendero irregular y él, bajo la mortecina luz invernal, detuvo el coche en la carretera principal, observando al otro automóvil progresando despacio junto al recinto de St. Margaret. Con el motor encendido, estuvo esperando a que saliese antes de decidirse a entrar y aparcar su vehículo tras el de la mujer.

Oscurecía aprisa, salió del coche para entrar al frío y vio un agujero en la valla, junto al lugar donde había aparcado Kitty. Al principio no vio señal de trabajadores, pero al acercarse a la casa oyó el golpe de la puerta de un coche al cerrarse y se detuvo.

—Adiós, Andy. Mañana es el último día. Nos vemos al amanecer —dijo una voz masculina.

—Nos vemos, Stan —contestó un segundo hombre, y después Fred oyó pisadas alejándose en dirección a la casa.

El motor de un coche se puso en marcha, después el silencio siguió al crujido de la grava. Fred se agachó y esperó a que el hombre que había quedado rebasase el edificio y se dirigiese hacia la *Portakabin* situada al otro lado del solar. Mañana era el último día. Ya imaginaba al equipo andando por allí mientras la bola de demolición golpeaba la casa; dándose palmadas en la espalda unos a otros cuando por fin se derrumbasen los muros externos. Los preparativos finalmente estaban dispuestos; todo estaba preparado para el día de la demolición.

Se detuvo un instante para calmar la respiración y lo aprovechó para observar la casa. Era difícil concretar sus rasgos bajo la debilitada luz, pero le pareció una visión trágica: la mansión victoriana cubierta de hiedra, que debería haber sido un hermoso hogar lleno de felicidad, reflejaba entonces el penoso propósito de su existencia rodeada de un mar de máquinas esperando a descuartizarla miembro a miembro. Sus puntiagudas torrecillas sobresaliendo en el tejado conferían a su silueta un aspecto áspero y recortado, y a Fred le recordó una criatura gigantesca, incapaz de abandonar una pelea aunque esté dando sus últimas boqueadas, como un toro agonizando en la plaza.

Entonces un perro ladró a lo lejos y Fred, al volverse

en esa dirección, vio el destello de una linterna en medio del cementerio. Se había colado por el agujero abierto en la valla, junto al lugar donde Kitty aparcó su coche, y continuó hacia el origen de la luz. La vio al borde del cementerio, y entonces reparó en que la mujer no estaba sola sino llevando a una niña de la mano, tan pequeña que no había advertido antes su presencia. Kitty había comenzado a descender los escalones cuando la niña se detuvo a la entrada. Fred la vio tirando del brazo de la pequeña. Al acercarse oyó a la niña llorar y entonces pudo echarle un buen vistazo por primera vez; luego, justo después de que ambas desapareciesen, comprendió horrorizado que esa niña era Emma, la hija de Sam.

Descendió el primer escalón, iluminando con la linterna el limo verdoso que lo cubría, guiándose con el húmedo muro de piedra antes de posar un pie en el siguiente. Se detenía de vez en cuando para escuchar en busca de alguna señal de vida, hasta que por fin llegó a la base, donde se encontró en un túnel con la altura justa para andar erguido y, a sus pies, un charco de agua estancada que desprendía un hedor rancio.

La fetidez era abrumadora, a pesar de que había dejado la trampilla abierta, y sacó un pañuelo del bolsillo para cubrirse la boca. En su otra mano sostenía la linterna al frente mientras avanzaba por un pasadizo oscuro y saturado, con el sonido de su respiración superficial como única compañía.

Cada pocos pasos se detenía y echaba la vista atrás, asustado porque alguien pudiese encontrar la trampilla y la cerrase con un golpe. La oscuridad era absoluta, los cristales empañados de sus gafas lo desorientaban aún más y su respiración comenzó a agitarse bajo la improvisada mascarilla. Empezaba a sentirse mareado. Sin tener idea de adónde se dirigía, se estiró para tocar los muros del túnel, entonces su única guía. Le pareció como si el espacio se hubiese estrechado a su alrededor.

—Joder —murmuró para sí mientras se inclinaba, tosiendo por el efecto de los gases.

Al detenerse para recuperar el aliento, un grito infantil resonó a lo largo del túnel, seguido poco después por el fuerte estampido de una puerta pesada cerrándose de golpe. Fred respingó. Era difícil calcular la distancia, pero el ruido que había escuchado procedía de la dirección opuesta a la trampilla y su fuente no podía encontrarse a más de tres o cuatro metros de distancia.

—¿Adónde vas? —le preguntó a Kitty, susurrando en la oscuridad.

El rostro de Sam destelló en su mente cuando aceleró el paso y se dirigió hacia el lugar de procedencia del chillido infantil, con el agua estancada empapando sus zapatos de gamuza.

Por fin llegó. Había un muro de ladrillo al final del túnel, y en su centro una puerta de madera con marco de metal. Su mente comenzaba a nublarse mientras tanteaba en busca del picaporte y lo giraba. La puerta se abrió con un lento y quejumbroso crujido y chocó contra un muro de humo.

CAPÍTULO CUARENTA Y SEIS

LUNES, 6 DE FEBRERO DE 2017

Sam, con los gritos del policía que intentaba alcanzarla tronando en sus oídos, atravesó corriendo el cementerio en una búsqueda desesperada de la trampilla. La policía la había llevado desde el apartamento de Nana hasta St. Margaret en un coche patrulla, con la sirena y las luces encendidas, pero al llegar se encontraron con la entrada del recinto cerrada. Sam abrió la puerta del coche y salió corriendo, siguiendo el perímetro a toda velocidad hasta encontrar el agujero de la valla.

Cuando por fin halló la trampilla abierta en el cementerio, el humo ya brotaba por el hueco abierto a sus pies.

—Ay, Dios. ¡Avise a los bomberos! —le gritó al policía, cubriéndose la boca con la bufanda y emprendiendo el descenso de los resbaladizos escalones frente a ella.

—¡Deténgase! ¡No baje ahí! —gritó el policía mientras la mujer desaparecía en la oscuridad.

Sam tosía bajo el grueso tejido de la bufanda, dando tumbos sobre el agua estancada. El túnel parecía el Infierno en la Tierra: oscuro y húmedo a pesar de la humareda creciendo a su alrededor. Apartó la bufanda del rostro.

—¡Fred! ¿Dónde estás? —gritó tan fuerte como pudo.

—¡Sam! —llegó una voz desde la negrura. Mientras

corría en su dirección imaginaba a Emma en el túnel, sola y aterrorizada sin ella.

—¡Fred! —volvió a llamar, trastabillando entre la espesa humareda—. ¡Emma!

De pronto Fred apareció a la vista, tambaleándose, tosiendo y dando arcadas.

Sam se lanzó hacia él.

—¿Dónde está Emma?

—Con Kitty. Atravesaron la puerta al final del túnel, pero ya no se puede ir por ahí; ha provocado un incendio —respondió Fred.

Sam intentó continuar, pero el muro de espeso humo negro le irritaba los ojos y la garganta. El túnel estaba completamente atestado y apenas podía ver.

—No podemos dejarla —dijo Sam, desesperada—. Podría estar atrapada en algún lugar al otro lado de esa puerta.

—Encontraremos otra entrada. Vuelve.

Sam contuvo la respiración durante el camino de vuelta, tanteando a través del túnel lleno de humo. Al llegar a la trampilla tomó grandes bocanadas de aire frío mientras Fred y ella se ayudaban mutuamente a subir los escalones. Se quedaron un rato fuera, doblados, tosiendo para expulsar el humo de sus pulmones, y después atravesaron el cementerio dando trompicones en dirección a la casa.

—¿Cómo es que Kitty se llevó a Emma? —preguntó Fred mientras corrían.

—No es Kitty, es Elvira, su gemela. Conoce a Nana, fueron juntas a la escuela; debía de estar con ellas cuando a Nana le dio ese infarto. Ese túnel lleva a la casa. Tengo que entrar ahí —dijo Sam, dando tropezones por la desesperación de llegar hasta su hija.

En cuanto tuvieron la casa a la vista, ambos se detuvieron en seco.

El piso inferior estaba en llamas. El humo salía por la puerta principal y ya se veía al resto de habitaciones siendo devorado por el fuego cuando Sam se lanzó hacia la fachada de la casa. De pronto hubo una gran explosión, y por las ventanas rotas salieron humo y pavesas. Sam profirió un grito primitivo, llegó corriendo a la puerta principal e intentó abrirla a patadas.

Fred estaba sujetándola cuando dos mujeres policía aparecieron a la carrera.

—¡Mi hija está ahí dentro! —chilló Sam—. ¡Emma!

—Por favor, señora, apártese, los bomberos no tardarán en llegar —dijo una de las agentes.

Sam no les hizo caso y corrió a un lado de la casa, frenética por encontrar algún modo de entrar. Pero el calor del fuego lo hacía imposible.

De pronto Sam chilló y Fred siguió la dirección de su horrorizada mirada. En el tejado se veía la figura de una mujer entre el humo, en pie junto al alero. Sam corrió de nuevo hacia la casa, pero las policías la atraparon, deteniéndola.

—No podemos permitirle el paso, señora.

—¡Y yo no puedo esperar a los bomberos! ¡Mi hija está ahí arriba! —Mientras Sam se debatía y daba tirones, otros dos coches de policía se situaron frente a la casa en llamas con las sirenas encendidas.

Fred miró a Kitty, situada en el tejado, y después a su coche, aparcado a menos de cien metros de allí. No tardó ni un segundo en decidirse. Se agachó para pasar por el agujero y abrió el maletero, rebuscando entre sus trastos para coger los pies de gato y una linterna frontal. Se equipó en cuestión de segundos y corrió hacia la parte trasera del edificio.

Al llegar, le echó un vistazo al muro y comprobó la textura de los ladrillos, a través de los cuales podía sentir el horno rugiendo en el interior. Dudó un instante, los chillidos de Sam llamando a Emma y la sirena de los bomberos, aún a kilómetros de distancia, atravesaban la llegada de la noche. Miró hacia lo alto, retrocediendo cinco pasos para diseñar la ruta hasta la cima de la desmoronada argamasa, tomó una profunda respiración y corrió hacia la casa para dar un buen salto. En el instante en que sus dedos se sujetaron al dintel y comenzaba a tirar con las piernas, se presentó un policía.

—¡Eh! ¡Baje usted de ahí! —El hombre corrió y sujetó a Fred por los tobillos, justo cuando lo golpeaba el calor de la ventana donde estaba colgado. Logró colocar un talón en el alféizar y se impulsó, pero el fuego del interior era catastrófico—. ¡Baje de inmediato! —volvió a gritar el policía cuando Fred encogió las piernas y se libró de su agarre.

Bien asegurado en el dintel, buscó un apoyo con su pie derecho, después encontró otro para el izquierdo y lo colocó con cuidado. Una vez sus pies estuvieron firmes, se sujetó con fuerza a la repisa y comenzó a balancearse de derecha a izquierda, arriba y abajo, cogiendo impulso para superar la ventana en diagonal y alcanzar el primer piso. Por un instante estuvo suspendido en el aire, sin nada que le impidiese caer desde los casi siete metros que lo separaban del suelo, y se agarró al borde logrando sujetarse al mismo tiempo que la gravedad comenzaba a tirar de su cuerpo. Tanteó el muro en busca de un apoyo para sus pies, los metió tanto como pudo y se quedó quieto un momento, con sus dedos helados sujetos al resbaladizo borde, mirando a su alrededor en busca de cualquier cosa que le sirviese de ayuda.

Pasó el talón por el alféizar de la ventana y se impulsó. Ya podía ver el tejado, aunque todavía le quedaban dos pisos más por escalar. El borde inmediatamente superior a él se encontraba a poco más de medio metro por encima. Se encogió tanto como pudo y tomó un par de impulsos antes de lanzarse a por él, quedando colgado otra vez antes de poder impulsarse de nuevo.

Levantó la mirada hacia el lugar donde la negra humareda ascendía al cielo. Casi había llegado, pero la siguiente ventana era en realidad un ventanuco de ático demasiado alejado de su alcance. Reparó en la farola de hierro forjado unida al muro y se estiró hacia ella, tanteando primero con su pie derecho para comprobar si era lo suficiente fuerte para soportar su peso. La estructura se mantuvo firme. Se sujetó con los pies y estiró los brazos hacia arriba buscando con sus dedos agujeros en el muro.

Se impulsó hacia arriba, prestando atención a su propia respiración, reconfortado por el sonido de la llegada de los bomberos. Apoyó un instante todo su peso en la farola, moviéndose metódico por el muro, como una araña, empleando los huecos del desvencijado enladrillado como puntos de agarre.

Cuando el ventanuco del ático apareció ante su vista, se estiró hacia él, subiéndose, mientras colocaba un pie en una de las abrazaderas de la cañería que circundaba el perímetro del edificio. Se detuvo un instante, mirando a los camiones de bomberos. Parecían juguetes de madera, con hombres alrededor de ellos tirando de mangueras, situando las escalas hacia la casa, tal como había imaginado cuando de pequeño jugaba en su mundo fantástico. Ya no podía oír a Sam, ni a nadie más; solo el aullido del viento avivando las llamas del piso inferior, creando un frenesí insuperable.

Los bomberos ya estaban lanzando agua desde todos los ángulos cuando Fred logró subirse con gran cuidado a las tejas que sobresalían sobre el dintel del ventanuco, agachado, observando el tejado. Allí, a tres metros de distancia, o algo menos, estaba Kitty dándole la espalda. Un poco más atrás, sentada, se encontraba Emma. Lloraba llamando a su madre. Kitty no le hacía caso, inclinada hacia delante, observando el jaleo desatado allá abajo.

—Han venido por ti —dijo, volviéndose a la pequeña—. Porque eres querida.

Cuando Kitty devolvió su atención hacia el otro lado, Fred aprovechó para subir al tejado, temeroso de que se desprendiese una teja e hiciese ruido. Podía ver a uno de los bomberos extendiendo una escala en su dirección, cerrando el vacío entre ellos y el suelo.

—¡Aléjese del alero! —tronó un altavoz desde abajo—. Están llevando una escala hacia usted y un miembro de la brigada irá en su ayuda.

Fred miró a su alrededor. Una torreta sobresalía al otro lado del tejado del ático, y poco a poco fue subiendo hacia ella sin apartar sus ojos de Emma, que se había acurrucado hecha un ovillo, llorando. El chirrido de una máquina retumbó y el extremo de la escala apareció junto al lugar donde estaba Kitty. Emma chilló y Kitty la agarró de un brazo empujándola en dirección a Fred, y al hacerlo desprendió una teja que se deslizó hasta caer y hacerse añicos contra el suelo.

—¡Váyase! —gritó Kitty al bombero que subía por la escala hacia ellas.

—¡Mamá! —gritó Emma.

—Por favor, deje que las ayudemos a bajar. Sabemos que no quiere causarle ningún daño a la pequeña —dijo el bombero, intentando encaramarse al tejado, junto a ellas.

—¡Aléjese o me tiro! —amenazó Kitty, arrastrando a Emma para alejarla de la escala. Emma lanzó un chillido de desesperación.

Fred se acuclilló con el corazón martillando inmisericorde en el pecho y las manos temblorosas. Intentó pensar con serenidad, frenético por saber cuál debería ser su siguiente movimiento. De pronto sufrió una apabullante oleada de angustia. ¿Y si solo sirviese para empeorarlo todo? Había sido muy arrogante al lanzarse a escalar en busca de Emma, y fue por una razón y solo una. Porque amaba a Sam. Y ahora que estaba allí, cabía la posibilidad de que cometiese un error fatal y hacer que su hija muriese asesinada.

El espeso humo continuaba saliendo. Fred podía oír el ruido de cristales rompiéndose más abajo y sentir el calor de las llamas.

—Por favor, tiene que venir conmigo. —El bombero extendió una mano—. La bajaremos a usted y a la niña de inmediato, el edificio no es estable.

—¿Dónde estaban cuando ella os necesitó? —preguntó Kitty mientras Emma chillaba, presa del pánico.

—¿Quién? —preguntó el bombero.

—Ivy. La vi saltar por la ventana de su dormitorio. Yo estaba en el descampado, me di la vuelta y la vi en el tejado. Tenía los brazos abiertos, como un pájaro. Quería volar. Yo quería estar con ella entonces. Y quiero estar con ella ahora.

—Nos ocuparemos de ambas, pero para eso tenemos que bajarlas ahora mismo. Deje que suba al tejado y las podré ayudar.

—¡No! ¡Manténgase apartado! —gritó Kitty.

Fred miró angustiado el espacio entre Emma y él. Kitty sujetaba a la niña por el brazo con firmeza. Si intentaba arrebatársela, Kitty podría tirar de ella, perder el equilibro y hacer que sufriesen una caída mortal. Podía ver otra escala intentando acercarse a la parte posterior del tejado, pero siendo rechazada por el calor.

—Deme su mano, por favor. No podré quedarme mucho más. —El bombero estiró ambas manos y Kitty retrocedió un paso más apartándose de él, pero acercándose a Fred. Tronó una explosión y el radio transmisor del bombero cobró vida con un chasquido. Cuando Kitty aflojó su agarre, Fred aprovechó la oportunidad, se puso en pie y atravesó corriendo el oscuro tejado.

—*No podemos sofocar el incendio* —dijo una voz por el aparato—. *Nos apartamos del edificio, John.*

—Aquí arriba hay una niña, no puedo dejarla... Por el amor de Dios, señora, se lo ruego, ¡deme la niña! —gritó el bombero mientras se alejaba la escala.

La escala ya se encontraba a un metro y medio de distancia cuando Fred llegó a Emma. Hubo otra explosión bajo ellos que hizo temblar el edificio hasta sus cimientos. Kitty se tambaleó, perdiendo el agarre de la niña.

—Salte, por el amor de Dios, ¡salte ya! —le gritó el bombero a Fred en cuanto lo vio.

Fred sintió la subida de adrenalina al estirar sus brazos hacia Emma que, por instinto, se lanzó hacia él. Levantó a la pequeña del tejado y, estrechándola con fuerza entre sus brazos, corrió hacia la escala.

Entonces el mundo dejó de girar por un instante, todo quedó en silencio y Fred saltó.

EPÍLOGO

Sam se removió en su asiento y se masajeó las sienes al hacer una pausa para repasar lo que acababa de escribir.

Hoy *The Times* revela la increíble historia relacionada con el nacimiento de la presentadora Kitty Cannon, fallecida el mes pasado, al parecer tras cometer suicidio, según sugieren todos los indicios.

La querida directora del programa The Cannonball, famosa por ser capaz de extraer la verdad a sus invitados, ocultaba su propio secreto, uno más explosivo de lo que cualquiera hubiese sido capaz de imaginar.

Fue bautizada como Elvira Cannon, pero suplantó la identidad de su hermana gemela. A la edad de ocho años se vio obligada a interpretar el papel de Kitty para sobrevivir.

Hoy, escribiendo en este periódico, la bisnieta de la mujer que hizo posible la supervivencia de Elvira revela una saga que abarca seis décadas y cuatro generaciones. La periodista Samantha Harper encontró en su propia familia una historia más impactante que cualquiera de las que hasta entonces le había tocado cubrir.

Hay quien podría decir que la vida de Kitty Cannon fue una maraña de mentiras. Pero he descubierto que hay mentiras necesarias. Ese es el caso de Elvira y mi abuela, ambas tan traumatizadas desde la más tierna infancia que la mentira llegó a ser su única opción.

Elvira terminó sus días en St. Margaret, igual que su hermana Kitty… La verdadera Kitty, hace sesenta años.

En ese lugar comenzó la vida de Rose, mi abuela.

Las gemelas (hijas de la amante de su padre, nacieron en el Hogar St. Margaret para madres solteras, Preston, Sussex Oriental, en 1950) recibieron un trato muy distinto desde el día que llegaron al mundo. Kitty vino fuerte y con ganas de luchar mientras Elvira tenía que esforzarse para respirar, e incluso fue dada por muerta hasta que alguien descubrió que estaba viva y la llevaron a la sala de maternidad. Con su esposa gravemente enferma e ingresada en el hospital, el padre de las niñas, George Cannon, se llevó a casa solo a la más fuerte y dejó a Elvira en manos de las crueles monjas de St. Margaret.

Mientras Kitty crecía en un hogar lleno de amor y calidez, sin conocer la identidad de su madre biológica, la trágica historia de Elvira continuó con su entrega en adopción a una joven pareja que la devolvió a St. Margaret con seis años de edad. Allí permaneció durante dos años terribles, trabajando como esclava infantil en la lavandería donde, por un giro del destino, conoció a mi bisabuela, Ivy Jenkins.

Sam hizo una pausa en la redacción del artículo y observó las cartas de Ivy, colocadas en el escritorio contiguo al suyo. Unas cartas que la habían enganchado como a una adicta, haciendo que no reparase en las señales de Nana indicándole que no todo iba tan bien. Tan desesperada estaba por huir de su trabajo y de la vida con Emma en el atestado apartamento de Nana que se encontró presa en su propia trampa, donde la búsqueda del Santo Grial de una buena historia implicaba derramar luz sobre su propia existencia. Un relato que comenzaba con el embarazo en 1956 de una chica joven e inocente y terminaba con su catastrófica vida: madre, y pronto divorciada, a la venerable edad de veinticinco años.

—¿Entonces habrá una investigación? —Después de tres llamadas sin respuesta a la Agencia Reguladora de Medicamentos y Productos Sanitarios, realizadas durante las semanas siguientes al incendio de St. Margaret, Sam contactó por fin con uno de los inspectores.

—*Tendrá que hablar con el Departamento de Prensa* —respondió el hombre con voz nerviosa.

—No soy periodista, soy pariente de una de las niñas objeto de experimentación —mintió Sam—. Solo quiero saber si va a haberla o no.

Al final logró la confirmación por parte de la oficina de prensa de Scotland Yard de que se abriría una investigación acerca de los experimentos con drogas llevados a cabo en St. Margaret.

—Pero pasarán años antes de que se llegue a ninguna clase de conclusión, y mientras tanto no podremos ni mencionar el asunto de los experimentos —dijo mirando a Miles, el editor de noticias, que estaba sentado al borde de su escritorio.

—¿Y qué hay de las muertes de todos los citados en las cartas? —preguntó, consultando la lista anotada en su libreta.

Sam pensó en las muertes de las que estaba segura eran responsabilidad de Elvira. Desde encontrarse en la escena del accidente fatal de su padre, George Cannon, durante el invierno de 1961, hasta la muerte del padre Benjamin, a quien le había tendido una trampa al llevarlo a los túneles de St. Margaret casi cincuenta años después.

—Dicen que no hay pruebas suficientes para reabrir ninguna investigación. Supongo que ha pasado demasiado tiempo.

—¿Ninguna? —Sam negó con la cabeza y Miles apartó la mirada—. ¿Y qué pasa con el psiquiatra?

Sam rebuscó entre los recortes de prensa esparcidos sobre su escritorio y levantó uno que mostraba un retrato fotográfico de Richard Stone bajo el titular *«Psiquiatra hallado muerto. Se apunta al suicidio como posible causa de su fallecimiento»*.

—Creo que Elvira perpetró su parte, pero fue muy buena borrando sus huellas…, como siempre. —Sam esbozó una débil sonrisa recordando la mañana invertida en el tribunal forense, escuchando la deposición del hijo de Richard Stone acerca de cómo la muerte de su madre había afectado tan profundamente a su padre.

—¿Sabía que Kitty Cannon era paciente de su padre? —le preguntó el investigador forense al hombre de mediana edad vestido con traje gris, camisa blanca y estrecha corbata negra. Su piel era pálida, y las ojeras resaltaban el brillo de sus ojos azules.

—No, pero sabía que tenía un paciente al que se negaba dejar de atender, a pesar de que ya estuviese bien metido en la ochentena. Mi madre siempre estaba tratando de que se retirase por completo, pero él le decía que estaba obligado a hacer todo lo que pudiese por aquella mujer. Supongo que ahora sabemos por qué —masculló James Stone al pequeño micrófono colocado frente a él.

—¿Y sabía usted algo de su implicación en los experimentos con drogas realizados en St. Margaret? —El forense fijó su mirada en él por encima de unas lentes de media luna, esperando paciente la réplica del señor Stone.

—La verdad es que no. —Tosió e hizo una breve pausa—. Sabía que había algo en su pasado de lo que no se hablaba… Y que su relación con mi abuelo lo preocupaba profundamente. Sé que no se dirigían la palabra. Mi padre solía sufrir periodos depresivos, que mi madre llamaba «sus días oscuros». Mirándolo con retrospectiva, creo que sabía qué lo perturbaba, pero nos protegía.

—Señor Stone, ¿cree que sería acertado concluir que su padre cometió suicidio? —El forense se quitó las gafas, las colocó sobre el escritorio frente a él y anotó algo en su tableta.

James Stone se aclaró la garganta antes de hablar.

—Los periódicos dice que esa mujer, esa Kitty Cannon, nació en St. Margaret. ¿Pudo haber formado parte del grupo de experimentación y que lo considerase de algún modo culpable? Quiero decir si existe algún indicio de que esa mujer estuviese presente en el momento de su muerte.

—No que nosotros sepamos, señor Stone. Tenemos sus huellas dactilares en la sala de consulta, pero eso es de esperar.

—¿Entonces, se tomó un sedante y después se abrió las

muñecas en la bañera? —preguntó James Stone con voz rota.

El forense asintió, después se puso de nuevo las gafas y consultó sus notas.

—Eso parece. Y no un sedante cualquiera: su padre escribió a Cranium Pharmaceuticals dos semanas antes de su fallecimiento pidiendo una muestra de cocynaranol para emplearla con fines científicos, de investigación. El cocynaranol fue la droga empleada en los experimentos de St. Margaret. —Volvió a levantar la mirada—. Al parecer, su implicación lo torturaba mucho más de lo que cualquiera hubiese podido suponer, y la muerte de su esposa fue demasiado para él.

—Bueno, sabemos de la existencia de una fosa común bajo ese edificio —dijo el editor de noticias, devolviéndola al presente—. Podemos decir que se abrirá una investigación por los experimentos con drogas. Tenemos la confirmación de la suplantación de identidad y de la existencia del esqueleto de una niña de ocho años en la fosa séptica, junto al de otros. ¿Es así?

Sam asintió, mordiéndose el labio inferior al pensar en lo que habría tenido que pasar la pequeña Kitty aquella noche en manos de la madre Carlin. Sus restos se habían encontrado en la fosa junto a cientos de otros que aún habrían de ser identificados con la ayuda de los registros hallados alrededor del cuerpo de Richard Stone.

—Ya de por sí es una historia increíble incluso sin las muertes —prosiguió Miles—. Queremos un artículo en primera persona relatando todo esto, así que tu abuela y tú, Sam, nos vais a contar cómo apartar a un bebé de su madre puede afectar a generaciones de mujeres.

—Sí, pero no quiero ser yo la historia; es la historia de Kitty —dijo Sam.

—Por supuesto, pero Kitty Cannon está muerta y tu abuela y tú podéis darle vida a todo esto. Representáis a cientos de mujeres que andan por ahí aún afectadas por la maldad de ese lugar. Creo que deberías abrir con la reunión de tu abuela con la madre de Ivy. Haz todo lo que puedas, Sam, lo necesito para mañana —añadió mientras Sam lo veía alejarse respondiendo a la llamada de un colega.

Sam se quedó mirando al puntero parpadeando frente a sus ojos y sintió cómo la aplastaba el peso de la responsabilidad de representar a esos centenares de mujeres que habían entregado sus bebés en St. Margaret. Mujeres de sesenta, setenta u ochenta años que cogerían su edición de *The Times* para leerla durante el desayuno, sentadas junto a sus esposos, que probablemente no sabrían nada de sus dolores y sufrimientos.

Exhaló un profundo suspiro y cogió la primera hoja del montón… La primera carta de Ivy, la que lo había comenzado todo.

12 de septiembre de 1956

Amor mío:

Me asusta no haber sabido de ti. Todos mis temores se han confirmado. Llevo tres meses de embarazo. Es demasiado tarde para que se pueda hacer nada; es voluntad de Dios que nuestro bebé nazca.

Nana: ese bebé era Nana. Todavía tenía que esforzarse por superarlo y aún se sentía furiosa con su abuela por no haberle dicho la verdad sobre esas cartas desde el principio.

Sabía que Nana no había dispuesto que ella encontrase la carta de Ivy del modo que lo hizo; fue un accidente que se durmiese leyéndola. Pero mentirle después sobre el descubrimiento de una segunda carta y luego una tercera; no advertir a Sam de que se estaba tirando de cabeza a un cataclismo que afectaría profundamente a las dos... eso era difícil de aceptar. Después de todo, era su abuela. Sam sabría que le hubiese resultado terriblemente difícil encontrar las palabras para explicarlo, pero debería haberlo intentado, por el bien de ella y de Emma.

—¿Por qué diantre no me dan el alta? —Nana aún pasó ingresada varios días después del incendio—. Me encuentro bien y andan cortos de camas.

—Nana, has sufrido un infarto —dijo Sam en voz baja.

—Uno leve —la espetó Nana—. Y me dará otro si tengo que comer un bocado más de esta asquerosa comida de hospital.

—Lo siento, pero realmente necesito entender qué pasó con las cartas de Ivy. —Sam miró a Nana, que aún mantenía la vista fija en la comida sin probar—. ¿Por qué todo esto? ¿Por qué no me lo contaste y ya está?

—¿Contártelo *y ya está*? —Nana le lanzó una mirada desconocida para ella—. ¿Qué parte? ¿Las cartas? ¿Kitty carcomiéndome? Ni siquiera hablé con Abuelo de esto. Me fue imposible encontrar las palabras una vez comenzó a rodar todo esto. Sabía que harías demasiadas preguntas.

—Pero es que tenía derecho a saberlo. —Sam sintió que le temblaba la voz; nunca había reñido con Nana. Otra cosa hermosa infectada por la toxicidad de St. Margaret.

—Por supuesto que sí, y lo siento mucho. No había leído esas cartas desde hacía treinta años. Solo las saqué porque era mi cumpleaños, quería recordar a la mujer que me trajo al mundo y llorar un poco. Y, por primera vez, Abuelo no estaba ahí para hacer preguntas.

—Pero yo sí —dijo con calma.

—No estaba preparada para que las encontrases o para que reaccionases como lo hiciste… ¡Enfermera! —Nana llamó a la agotada mujer al otro lado de la sala, que no la había oído al pasar en medio del ajetreo.

—No es justo que intentes culparme, Nana. Me mentiste… nunca lo habías hecho. —Sam se secó una lágrima con el dorso de la mano.

—No intento culparte, pero esas cartas hacen que me ponga mala. El modo en que reaccionaste frente a ellas… fue desbordante; eras como un tiburón hambriento. Cielo, ¿puedes llamar a la enfermera? Tengo que ir a casa, ni puedo dormir con este barullo ni puedo comer; este lugar me está enfermando. —Nana intentaba acomodar las almohadas bajo su cabeza, mulléndolas entre fuertes suspiros.

—Sí, Nana. ¿Todavía quieres ver a Maude? Creo que podría traerla mañana.

—Bueno, para entonces ya tendré el alta, Dios mediante, así que mejor si va al piso.

—Entonces, quieres verla, ¿no? —dijo Sam con voz amable—. Después de todo, es tu abuela biológica.

—Por todos los santos, pues claro; pero yo no le debo nada a esa mujer. —Nana colocó su revista de crucigramas en el regazo y la abrió como señal del término de la conversación.

Sam se levantó y fue en busca de la enfermera, dándole vueltas a la cabeza, preocupada por todo lo que aún no sabía de su abuela. De sus vidas antes de conocerse. De la hija de Nana también dada en adopción, madre adolescente y después muerta por el alcohol. Del dolor por saberse adoptada y descubrir que su madre biológica había sufrido inimaginables tribulaciones antes de acabar con su vida. Apenas podía asimilarlo todo.

Tomó una profunda respiración, regresó a las cartas que habían prendido una llama en su interior e intentó ordenar sus ideas.

Las cartas de mi bisabuela hablaban de un mundo de desamor y de un trabajo extenuante, inimaginable para cualquier mujer e intolerable para una embarazada de ocho meses.

En diciembre de 1956 escribió: «Las monjas son algo más que crueles. Nos pegan con varas o con cualquier cosa que tengan a mano por faltas como charlar. Una muchacha sufrió unas quemaduras tan graves con las planchas al rojo vivo de las sábanas que le salieron ampollas en el brazo y ahora las tiene infectadas. Pero en ese momento la hermana Mary Francis se limitó a acercarse a ella y mirarla mal por perder el tiempo. Solo se nos permitía hablar para recitar nuestras oraciones o para decir «sí, hermana». Hay rezos antes del desayuno, misa después de desayunar y más rezos antes de acostarnos. Y después una negrura vacía hasta que la campana al final del dormitorio vuelve a despertarnos a las seis de la mañana. Vivimos a toque de campana; no hay relojes, calendarios, espejos o sentido del tiempo. Nadie me dice qué pasará cuando tenga al bebé, pero sé que aquí hay niños porque los oigo llorar por la noche.».

Tras el aterrador nacimiento de su bebé, la hija de Ivy (mi abuela) fue arrebatada de sus brazos en contra de su voluntad. Ivy entró poco a poco en una espiral de tristeza que la llevó al oscuro hoyo de una depresión que la impedía dormir, o comer. Su única alegría fue conocer a una niña llamada Elvira.

—A ver, cuénteme otra vez por qué allanó St. Margaret en dos ocasiones diferentes. —Sam exhaló un suspiro al volver a pensar en el detective que había puesto a ella y a Fred bajo custodia después del incendio. Lo recordó recostado en su silla, con los brazos cruzados sobre su protuberante barriga. Había tratado de responder sus preguntas, había intentado mantener la calma y colaborar, pero la acosaba una infancia pasada en comisarías de policía en compañía de su madre.

—Ya se lo he dicho, mi abuela me dio unas cartas escritas por una chica que tuvo una hija en St. Margaret.

El policía no había mostrado mucho interés en las cartas de Ivy o en el hecho de que cada persona mencionada en ellas estuviese muerta. Su obsesión empezaba y terminaba con acusar a Fred de escalar uno de los muros de St. Margaret mientras ellos estaban plantados en el suelo sin hacer nada. A pesar de haber salvado la vida de Emma, lo interrogaron sin descanso acerca de si había tomado parte en la perpetración del incendio y, sobre todo y antes de nada, acerca de por qué estaba allí.

—Sí, eso es lo que no para de decir —convino el policía, mirando al reloj de pared—, pero eso no le da derecho a entrar en una propiedad privada.

Cuando dejaron a Fred y a ella en libertad tras una amonestación, ya entendía por qué Elvira había matado a toda aquella gente. Sabía que si no lo hacía, jamás llegarían a pagar realmente por lo que habían perpetrado; habrían muerto pacíficamente en sus cálidos lechos, con sus conciencias tranquilas. Y lo consiguió siendo paciente.

Si descubrieron los cuerpos de los niños, fue gracias al incendio que provocó.

—Fue inteligente eso que hizo —le había dicho el policía a Sam mientras la acompañaba a la calle—. Un cadáver en descomposición no es en modo alguno un cuerpo inerte, en realidad rebosa vida. Los cuerpos muertos desprenden metano. Con el paso de las décadas esa fosa se había llenado hasta convertirse en una bomba a la espera de explosionar. Es como si hubiesen colaborado entre todos para mostrarnos dónde estaban.

Sam levantó la mirada hacia los tres relojes de pared colgados en la sala de noticias del *Times*. Ya era mediodía. Faltaba cuatro horas para que saliese con el primer borrador de su artículo escrito.

Ivy se quitó la vida la misma mañana en que iba a ser admitida en la institución mental, pero no sin antes asegurarse de que su muerte proporcionara a Elvira la distracción que necesitaba para escapar y tener una oportunidad en la vida.

Elvira esperó dos días bajo el gélido frío de febrero, calzada con unas sandalias y el mono marrón como única prenda de abrigo hasta que Kitty, vestida muy elegante con su cálida trenca roja, apareció en la iglesia. Las niñas se reconocieron al instante y corrieron juntas a esconderse, pero aquella noche, cuando Kitty salió en busca de ayuda, un cruel giro del destino hizo que las monjas la capturasen y, tomándola por Elvira, la golpearon con tanta severidad que acabaron matándola. Después arrojaron su cadáver a la fosa séptica de St. Margaret, donde permaneció hasta que el fuego lo puso al descubierto, al suyo y a los de cientos de niños y bebés que habían sufrido un sino similar, terrible.

Al despertarse en un hospital con el padre que no conocía sujetándole la mano, le dijeron que su hermana había muerto. Temerosa de que la entregasen, la aterrada pequeña no dijo nada, pero su alma permaneció apresada en St. Margaret.

Los dedos de Sam se sacudieron, dudando sobre las teclas. A su alrededor se extendían filas de monitores cuyos indicadores brillaban como las luces de un camino de salida que llevaba a las grandes letras negras pintadas sobre el muro blanco: *The Times*, presididas por el escudo de armas hannoveriano.

Todos se habían mostrado bastante amables durante su primer turno, con Miles andando por allí presentándole al afanoso equipo. Ella sonrió cortés a cada nuevo rostro, con sus tremendos nervios haciendo que olvidase sus nombres apenas se los decían.

Entonces suspiró y lanzó un vistazo a los rostros desconocidos, unos fijos en las pantallas y otros charlando animadamente entre ellos, y añoró que Fred estuviese sentado junto a ella. Calmando su mal genio, consolándola, trayéndole incontables tazas de café aguado. Lo echaba de menos más que a Ben, con quien apenas había hablado durante los últimos meses, a no ser para reñir el ajuste de sus acuerdos respecto a Emma. Intentó hablar un par de veces con Fred, y lo llamó por teléfono, pero había dejado su puesto en la *Southern News* y desaparecido.

Nunca se había sentido tan sola, con el abismo de St. Margaret destruyendo su relación con Nana como un cáncer. Lo cierto es que no habían hablado realmente acerca del asunto, pero aún se encontraba presente, como el elefante en la sala.

La verdad era que ni siquiera pensaba relacionar el tema del artículo con ella… Un artículo que ese sábado ocuparía cuatro páginas de la edición del *Times*. No tenía idea de que su nuevo jefe pretendía hacer que ella y Nana desempeñasen un papel prominente en la historia, y el dicho «vender hasta a su abuela» zumbaba en su cabeza como una avispa atrapada dentro de un bote.

De pronto se sintió mareada. No podía hacerlo; bien podría estar en la oficina completamente desnuda, dado lo expuesta que se sentía escribiendo la historia tal como quería Miles. Aquello no estaba bien. Solo tenía que decírselo, aunque eso implicase perder el empleo que tanto había luchado por obtener.

Poco a poco seleccionó el texto escrito durante las dos últimas horas y ya estaba a punto de apretar la tecla de borrado cuando sonó su teléfono móvil. El nombre de Nana destelló en la pantalla. Sam respondió.

—Hola, Nana —saludó Sam.

—¿Estás bien, cielo? Pareces cansada. —Sam oía un fondo de música clásica sonando con fuerza.

—Estoy bien, estoy teniendo un día un poco duro en el trabajo. ¿Y tú?

—Bien. Adivina quién nos ha invitado a todas a comer el domingo —dijo Nana—. ¡Maude Jenkins! ¿No es adorable?

—Lo es —contestó Sam, sintiendo que se le quebraba la voz mientras se apartaba de su silla, dirigiéndose a un lugar tranquilo al otro lado de la sala de noticias.

—Su vecina hará de anfitriona pues, como dice Maude, es demasiada comida para cocinarla sola. Al parecer, ya conoces a la señora Connors. Fuiste muy amable con ella tras el fallecimiento de su padre —prosiguió Nana, alegre—. ¿Crees que Ben querría venir?

Sam negó con la cabeza, sin poder evitar que sus ojos se llenasen de lágrimas.

—No —logró decir—. No creo que fuese. Apenas nos hablamos, Nana. Me culpa a mí de que Emma estuviese en ese incendio.

—Bueno, eso es una tontería. No fue culpa tuya; nada de esto lo fue. Si la culpa es de alguien, es mía.

Ambas quedaron en silencio. Sam podía oír la respiración de Nana al otro lado de la línea.

—Nana, tengo que hablar contigo de algo. Mi nuevo jefe en *The Times* quiere mencionarnos en el artículo sobre Kitty. A ti y a mí. Quiere que escriba cómo St. Margaret nos ha afectado a todas.

Hubo un largo intervalo, durante el cual Sam permaneció en pie mirando sus zapatos. Una lágrima cayó en ellos y se secó la cara con el dorso de la mano.

—Bueno, ¿y a ti qué te parece la idea? —La voz de Nana sonaba débil.

—Puesnosé, Nana. Estoyasustada, supongo; perotambién cansada de esconderme. Siento como si tuviese que hacerlo, aunque sea duro. Pero no puedo sin que tú me acompañes. —Sam se mordió un labio mientras las lágrimas resbalaban por su rostro.

—Entonces creo que deberíamos hacerlo. —La voz de Nana sonó cálida—. Tenemos que ser valientes, se lo debemos a esas chicas. Se lo debemos a Ivy.

—Nana, ¿de verdad estás segura? —Sam apenas lograba pronunciar las palabras.

—Sí, cariño. Estoy segura.

Nota de la autora

St. Margaret es un lugar imaginario, una amalgama de las historias de muchos hogares y personas que he leído durante mi investigación, aunque por desgracia las condiciones laborales descritas son absolutamente reales. Es cierto que la mayoría de los casos sucedieron en los hogares para madres solteras de Irlanda, pero también sabemos que algunos de los operativos en el Reino Unido perpetraron abusos similares.

Angela Patrick, en su libro *The Baby Laundry for Unmarried Mothers*, nos cuenta cómo en 1936 fue enviada a un convento de Essex dirigido como «una fábrica victoriana» y donde, tras ocho semanas, fue «obligada a entregar a su hijo». Creo que aún quedan miles de mujeres en el Reino Unido que han entregado a sus bebés y mantenido el secreto encerrado en su interior (lejos de esposos, hijos posteriores y amigos íntimos) porque la sensación de vergüenza que esas provechosas instituciones infundía en ellas se mantiene hasta la fecha.

El asunto de los bebés dados en adopción en contra de la voluntad de sus madres me llamó por primera vez la atención al leer una entrevista a Steven O'Riordan, que llevaba muchos años de campaña pidiendo justicia para los cientos de miles de mujeres encarceladas en las lavanderías irlandesas de las Magdalenas.

Después de leer acerca de los «horrorosos abusos físicos y psicológicos» que las mujeres internadas en los Hogares de las Magdalenas soportaron durante décadas, me pregunté si la disculpa pública presentada el día 19 de febrero de 2013 por el entonces *Taoiseach* (primer ministro) irlandés a esas mujeres fue suficiente. Ni una de las monjas o sacerdotes que tan terribles sufrimientos causaron tuvieron que pedir perdón; se quedaron a salvo, bien ocultos de los medios. Por otro lado, también se me ocurre que esos maltratadores murieron apaciblemente en sus camas, sin ningún problema de conciencia.

Sin embargo, lo que en verdad resonaba en mí era que no se trataba de unas cuantas «monjas malvadas» abusando sistemáticamente de miles de mujeres y niños. Las monjas solo eran la cara de aquellas instituciones; fue el conjunto de la sociedad donde esas chicas vivieron el que permitió que sucediesen todas esas atrocidades: padres, tíos, médicos, representantes del Gobierno local y agencias de adopción... Todos los que hicieron la vista gorda.

Y a pesar de que las historias de las Magdalenas han comenzado a recibir merecida atención, buena parte del público aún desconoce que también hubo esa clase de instituciones en el Reino Unido.

Los hogares para madres solteras aparecieron en el Reino Unido por primera vez en 1891. En 1968 había un total de ciento setenta y dos hogares conocidos dedicados a las madres solteras, la mayoría de ellos dirigidos por instituciones religiosas. Muchas jóvenes fueron presionadas por sus padres o por los trabajadores sociales para que diesen sus bebés en adopción en contra de su voluntad, logrando en 1968 la mayor marca de adopciones concedidas en Inglaterra: un total de 16.164.

Sí, aunque el abuso generalizado en Irlanda fuese menos común en el Reino Unido (aunque no inaudito), es innegable la presión ejercida sobre las jóvenes madres solteras para que diesen sus hijos en adopción. Se les ocultaba que las ayudas facilitadas por los servicios de bienestar social, en forma de vivienda y subsidio, les permitirían criar a sus bebés, haciéndoles creer que la entrega sería su única opción. Esa experiencia traumatizó a muchas mujeres hasta el punto de sufrir durante años enfermedades mentales o físicas, haciendo a muchas de ellas incapaces de tener más hijos.

Respecto a los experimentos con drogas, no tenemos pruebas de que alguna vez se realizasen en el Reino Unido, aunque sí se dispone de abundante información acerca de los llevados a cabo en Irlanda (véase el apartado de Fuentes). Al igual que los maltratos en los Hogares, sospecho que no se llevará a nadie ante los tribunales como responsable de esas pruebas farmacéuticas. Esa falta de responsabilidad ha sido la que me ha provisto de inspiración para escribir *La chica de la carta*.

Agradecimientos

Como escribió Ivy... no sé por dónde empezar.

En primer lugar, quiero agradecer a mi madre los cuentos que inventaba y nos contaba a Claudia, mi hermana menor, y a mí al ir al acostarnos. Siempre se quedaba dormida a mitad de la historia, exhausta tras una jornada como madre trabajadora; y siempre, para gran divertimento nuestro, se despertaba sobresaltada y continuaba narrando un relato totalmente diferente. Ahora más que nunca atesoro aquellos recuerdos. Gracias también al señor Thomas, del centro de enseñanza primaria St. Lawrence, el primero en mostrarme un libro de lectura apasionante como es *Boy*, de Roald Dahl, al leernos un capítulo en el colegio cada lunes por la mañana [hay trad. cast. Dahl, Roald, *Boy, relatos de la infancia*, Santillana Educación S.L., Tres Cantos (Madrid), 2016].

Gracias a mi esposo, Steve, a quien una tarde funesta le conté la idea que tenía para escribir una novela. Hacemos un salto en el tiempo de varios años (dos bebés, un perro y un par de mudanzas) y ahí estaba yo chillando por teléfono que me habían ofrecido un contrato para dos libros. Gracias por creer en mí sin ambages, por llevarte a las niñas los fines de semana para que pudiese escribir, por las interminables conversaciones acerca de la trama, por mantenerme centrada y reanimarme tras cada borrador. No podría haberlo conseguido sin ti, cielo, cariño, tesoro. Te amo.

Siento una enorme gratitud hacia Helen Corner-Bryant, de Cornerstones Literary Consultancy, por ver cierto potencial en mis primeras divagaciones escritas y ponerme en contacto con el brillante Benjamin Evans. Gracias, Ben, por cuidar tanto de la obra e ir mucho más allá al enseñarme el arte de narrar. Gracias también a la maravillosa Suzanne Lindfors por invertir jornadas enteras como escritora publicista de un primer borrador con la esperanza de que pudiese llamar la atención de un agente literario. Y funcionó, pues me tocó el gordo cuando Kate Barker se hizo cargo de mí colaborando en el libro codo con codo durante un año y sin garantía de obtener un contrato. Kate, ese día cambiaste mi vida, has sido mi implacable protectora y te has convertido en una verdadera amiga, por eso te doy las gracias.

También quiero agradecer a Sherise Hobbs, de Headline, por hacer corta la espera y ser tan reflexiva, además de estar siempre empeñada en obtener el mejor resultado y, por supuesto, ser la mejor editora que una chica podría desear. Mi agradecimiento también a Georgina Moore, Emily Gowers, Phoebe Swinburn, Viviane Basset y Helena Fouracre de Headline. A pesar de tener tantos libros que atender, siempre me hicisteis sentir que el mío disfrutaba de una atención exclusiva. Gracias, Caroline Young, por la hermosa portada de mi libro.

Quiero darle las gracias a Polly Harding, por comprenderme siempre; a Sophie Cornish, por enseñarme qué es el verdadero coraje y, desde que tengo memoria, por llevarme de la mano a través de todo el proceso. También hago explícito mi agradecimiento a Claudia Vincenzi por su respaldo sin fisuras y por hacerme reír hasta que me saltaban las lágrimas. Gracias a mis encantadores cuñados, Mike Harding, Simon Cornish y Stuart Greaney por unirnos y a Penny y Paul Vincenzi por mostrarnos a todos qué significa ser valiente.

Gracias a Claire Quy, Sophie Earnshaw, Sophy Lamond y Laura Batten por ser toda la terapia que pude necesitar, y también a Clodagh Higginson/Bridget por su increíble ayuda en todas las reseñas y por quererme tal como soy. Gracias a Sue Kerry por ser una extraordinaria investigadora, por el cuidado de los niños y por compartir su experiencia laboral en el cuerpo de policía de Sussex. Gracias a Chris Searle, de Chimera Climbing, por todo su aporte técnico. Gracias a Rebecca Cootes por trillar conmigo la trama y gritar en el patio cuando vendí el libro. Gracias a Esra Erdem y Emily Kos por la inestimable ayuda que me brindó con las niñas y a la encantadora Laura Morris por las gestiones en Merlin. Gracias a Rachel Miles, Kate Osbaldeston, Sophie Cornish, Steve Gunnis y Honor Cornish por leer los primeros borradores y proporcionarme una valiosísima retroalimentación. Gracias a Nicoles Healing por su amistad y dominio de las redes sociales.

Y por último, aunque en modo alguno menos importantes, gracias a Grace y Eleanor pues, como reza la hermosa cita de J. G. Ballard, «el cochecito del bebé en el salón es el mayor de los motivadores». Os quiero más de lo que pueden expresar las palabras; sois mi amor, mi vida, mi inspiración.

Fuentes

LIBROS

Elliot, Sue, *Love Child*, Vermilion, Londres, 2005.

Patrick, Angela y Barrett-Lee, Lynne, *The Baby Laundry for Unmarried Mothers*, Simon & Schuster, Londres, 2012.

Costello, Nacy; Legg, Kathleen; Croghan, Diane; Slattery, Marie y Gambold, Marina con O'Riordan, Steven, *Whispering Hope: The True Story of the Magdalene Women*, Orion, Londres, 2015.

Fessler, Ann, *The Girls Who Went Away: The Hidden History of Women Who Surrendered Children for Adoption in the Decades Before Roe v Wade*. The Penguin Press, Nueva York, 2006.

Newton Verrier, Nancy, *The Primal Wound: Understanding the Adopted Child*, Gateway Press, Baltimore, 1993.

Tofield, Sheila, *The Unmarried Mother*, Penguin Books, Londres, 2013.

PELÍCULAS

The Magdalene Sisters, Momentum Pictures, 2002 [*Las hermanas de la Magdalena*].

The Forgotten Maggies (documental), Steven O'Riordan Productions, 2009.

Philomena, 20th Century Fox, 2013.

PÁGINAS WEB

www.motherandbabyhomes.com

ARTÍCULOS PERIODÍSTICOS

«Irish care home scandal grows amid allegations of Vaccine testing on children», publicado por *Telegraph* el día 9 de junio de 2014.

«Thousands of children in Irish care homes at centre of "baby graves scandal" were used in secret vaccine trials in the 1930s'», publicado por *Daily Mail* el día 6 de junio de 2014.

«Special Investigation - vaccine trials on children worse than first thought», publicado por *Irish Examiner* el día 1 de diciembre de 2014.

«Nun admits children involved in medical trials», publicado por *Independent* el día 9 de junio de 2014.

Otros títulos en
Libros en el **Bolsillo**

SALVADOR GUTIÉRREZ SOLÍS

EL LENGUAJE

DE LAS

MAREAS

DOS JÓVENES DESAPARECIDAS. UN DEPREDADOR SEXUAL.
UNA INSPECTORA QUE NO RETROCEDE ANTE NADA

Del autor de *El lenguaje de las mareas*

SALVADOR GUTIÉRREZ SOLÍS

LOS
AMANTES

ANÓNIMOS

EN TRES CIUDADES ESPAÑOLAS, EN PAPELERAS DE LUGARES
MUY FRECUENTADOS, APARECEN UN PIE, UNA MANO Y UN CORAZÓN.
TODO APUNTA A LA PRESENCIA DE UN ASESINO EN SERIE.

El perfume de bergamota

Gastón Morata

JUAN PÉREZ-FONCEA

El HÉROE
del CARIBE

La ÚLTIMA BATALLA
de BLAS DE LEZO

Pocos hombres en la historia de
España hicieron tanto por su patria

Del autor de
*Los tercios
no se rinden*

ÓSCAR EIMIL

REINOS de AMBICIÓN

El precio de un Imperio

Supremacía y poder, intriga y ambición, lealtad, traición, guerra, amor y muerte: la segunda entrega de Reinos de Sangre, la épica saga del apasionante siglo XI español.

Del autor de
Reinos de sangre

MARIANO F. URRESTI

La ESPADA *del* DIABLO

Un cátaro y un templario. Siete
monasterios y una leyenda. Satanás no
ha regresado... porque jamás se fue.